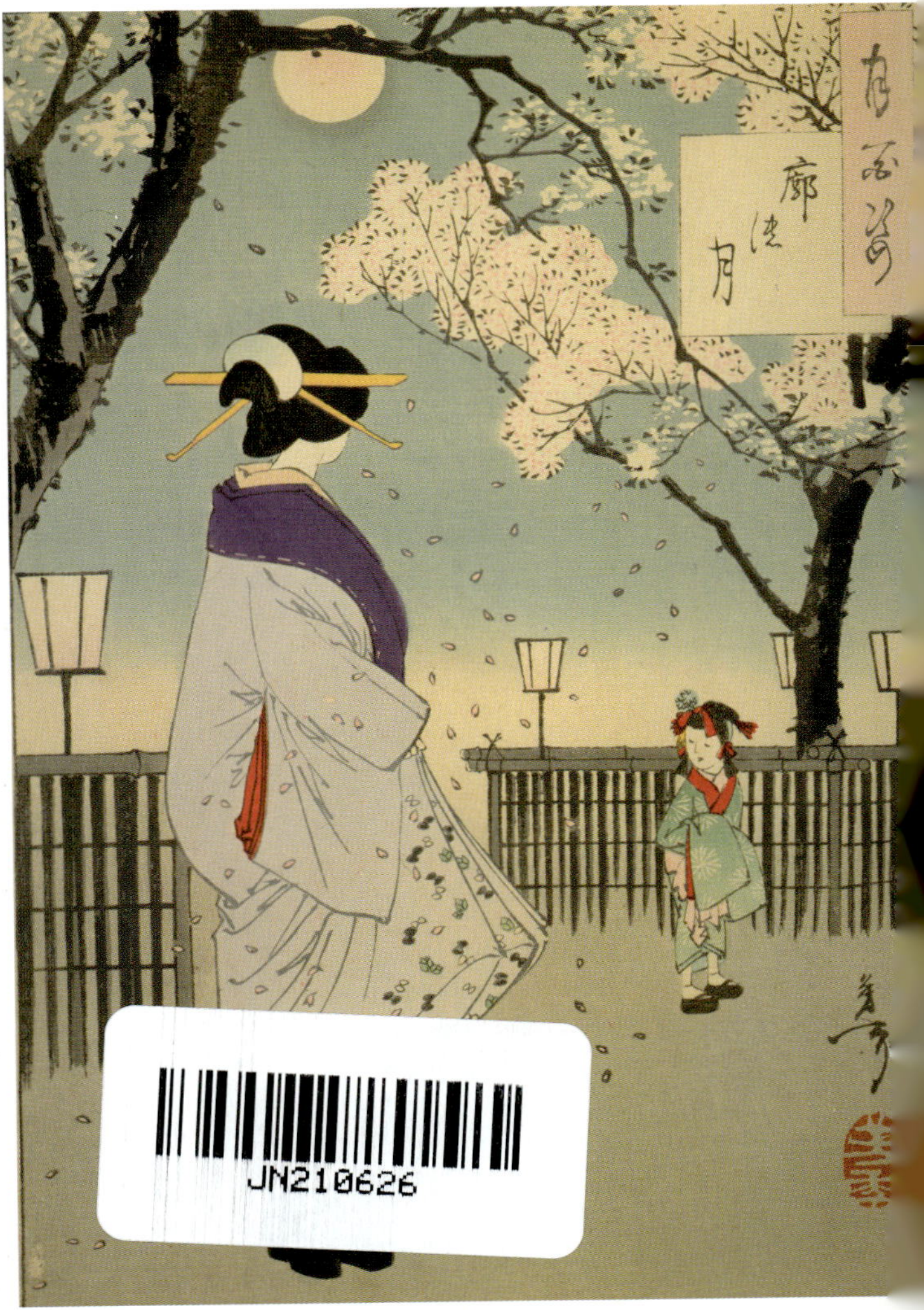

母様《かあさま》、どうか梅《わたし》を捨てないで、梅《わたし》から離れないで

梅《うめ》よ其方《そなた》はくノ一の子、涙は地獄、笑みは極楽《ごくらく》ぞ

母様《かあさま》、梅《わたし》には母様《かあさま》しかいない、母様《かあさま》の胎《からだ》に戻りたい

母はくノ一、遊女に化装《けそう》してでも悪務《あくむ》を果たすが命じゃ

母様《かあさま》梅《わたし》を抱いてくだされ、身傍《そば》に置いてくだされ、どうか……

ならぬ、くノ一を待つは血の池の修羅《しゅら》の海

母様《かあさま》が傷つき老《おい》なば梅《わたし》が護《まも》る、だから梅《わたし》を愛して

梅《うめ》よ、お前という子は……この母を泣かすか

特別改訂版

命《いのち》賭《か》け候《そうろう》

浮世絵宗次日月抄

門田泰明

祥伝社文庫

目次

口絵・「月百姿　廓の月」月岡米次郎筆（国立国会図書館所蔵）

妖《あや》し房《ぶさ》

一

「さ、女将《おかみ》さん。こちらへ来てみなせえ」

宗次《そうじ》は絵筆を置くと、それまで座っていた位置を左へずらして目の前、一間《いっけん》半ばかりのところで乳房の膨《ふく》らみを胸元からほんの少し覗かせて姿を崩している女を手招いた。年齢《とし》の頃は二十二、三といったところであろうか。

「あら、出来あがりました？」

女はふんわりと豊かな胸をひと揺れさせて立ち上がると、開き気味な胸元を合わせていそいそと宗次の横に座った。

「なんとまあ美しいこと。とてもわが身を描《か》いて貰《もろ》うたとは思えませんねえ先生」

「これは何処《どこ》のどなた様に見せても、江戸で一、二と言われている料理茶屋『夢座敷《ゆめざしき》』の、女将以外には見えねえでしょうよ。胸の膨らみの妖《あや》しさも、流れるように優《やさ》し気な白く長い脚《あし》も、間違《まちげ》えなく女将さんのものでさ」

「ねえ、宗次先生……」

「おや、昨日《きのう》までは宗さんと呼んで戴《いただ》いたのが、今日は宗次先生ですかい」

宗次は唇の端に、うっすらと笑みをつくった。

「十日もの間、私《わたくし》の素肌を見続けて絵筆を執《と》って下さったのですもの。なれなれしく宗さんと呼ぶ訳には参りませぬ」

「ま、宗さんはよして下せえ。余り好きじゃあないんでさ。その宗さんてえのは」

「ですから、ねえ、宗次先生」

「へい、なんでござんしょ」

「私《わたくし》の胸の膨らみ様《よう》は妖しい、と仰《おつしや》って下さいましたでしょう」

「ええ、言いましたよ」

「私《わたくし》の姿形《すがたかたち》の動かし様によっては、この体の奥深くで息衝《いきづ》く胸以上に妖しい茂《しげ》りも見えましたでしょうに」

「それはまあ、ちらりと」

「なのに、この十日もの間、先生は私《わたくし》の肌に触れもしなければ色目さえもお使いにならなかった。私《わたくし》のこの体、女としてそれ程に魅力が無いのでございましょうか」

「なにを馬鹿なことを言ってなさるんでい。描き終えたばかりのこの絵をご覧なせえ。やわらかそうな白い胸肌、男を知らねえようなすらりとした体、鼻筋が通り流れるような二重瞼《ふたえまぶた》の整い過ぎたる綺麗《きれい》な面立ち。これはどこから見たって『夢座敷』

の女将さんであり、男の誰が見たってブルッと疼《うず》きを覚える女性《にょしょう》でさあ」

「なら、宗次先生は何故《どうして》、せめて私《わたくし》の耳たぶなりともひと噛《か》みして下さらなかったのですか」

「素肌の一部でも見せた女を描く浮世絵師ってえのは、その対象に絶対手出しをしてはならねえのさ。それがこの宗次の考えでもありやしてね。それをやってしまっちゃあ、浮世絵師の命は、もうお終《しま》いでさあ」

「ま、上手な逃げ口上。とか何とか言って、神楽坂《かぐらざか》あたりの小粋《こいき》な住居《すまい》に触《ふ》れなば融《と》けるような女を隠しているのでは？」

「冗談じゃあねえやな」

「ご免なさい先生。少し調子にのって喋《しゃべ》り過ぎました」

鼻先で甘く声を絞った女は流し目をくれてから、三つ指をつき軽く頭を下げた。

不思議な妖しさと清楚さを併《あわ》せ持つこの美しい女、名を幸《こう》と言った。

「歌舞伎《かぶき》の舞台から脱《ぬ》け出たような色男、と未通女《おぼこ》や若後家たちから囁き指を差されたことで知られる旦那《だんな》が急な病で逝《い》って一年。残された女将さんの淋《さみ》しさは判りやすが、しっかりしなせえよ。まかり間違っても、この『夢座敷』の格式に罅《ひび》が入るような、つまらねえ男に引っ掛かっちゃあならねえ」

「あ、その言葉……」

「え？」

「亡くなった主人徳兵衛《とくべえ》が今際《いまわ》の際《きわ》に私《わたくし》の手を取って言い残した言葉に、そっくりです先生」

「それみなせえ。旦那は女将さんの豊満《ゆたか》な肉体《からだ》のこれからが、心配で心配でならなかったんだ。おそらく死にきれなかった事でござんしょ」

「宗次先生はもしや、徳兵衛が生まれ変わって、私《わたくし》の前に？」

「はははっ。宗次は宗次でさ。ともかく、女将さんの妖しく張った豊かな胸は、浮世絵師宗次以外の男の目に見せちゃあならねえ。しっかりと店《たな》を守り肉体《からだ》を守りなせえ。よござんすね」

「はい。真顔《まがお》でそのようなことを仰って下さる男衆《おとこし》は、宗次先生くらいです。自分を見失わぬように致します」

「いい御返事だ。安心致しやした」

そう言って絵道具を片付け始めようとした浮世絵師宗次の右の手を、雪肌な幸の白い手がそっと押さえた。

「そのかわり御願いです、宗次先生」

「そのかわりって？」

「お店は守ります。肉体《からだ》も守ります。豊か過ぎると自分でも思っている胸は宗次先生以外の人には絶対に見せも触《さわ》らせも致しません。ですから絵筆を執った先生の右の手で今、私《わたくし》の胸をそっとひと撫《な》でして下さいまし……御願いです」

「子供はいらっしゃらねえが、この店には二十人以上もの働き手がいて、女将さんはその上に立っていなさるんだ。しがねえ浮世絵師に、胸を撫でて、なんてえ情けねえ頼み事をするもんじゃありやせん。御亭主を亡くして淋しい気持は、よっく判りやすが、自慢の胸は大事に大事にしまっておきなせえ」

「でも宗次先生。私《わたくし》もう……」

「御天道様《おてんとうさま》はまだ頭の上ですぜ。日が暮れりゃあ大店《おおだな》の旦那衆が集まってくる『夢座敷』だ。さ、この離れを出て店へ顔を出し、凛《りん》とした姿表情で采配《さいはい》を振ってきなせえ。凛として」

「お怒りになったのですか先生……」

「そうじゃありやせん。ともかく私《あっし》はまた裏木戸から、そっと帰らせて戴きやす」

「宗次先生、少し意地悪……」

幸《こう》は自分の肩で宗次の肩を小突いて見せると、袂《たもと》から取り出した一両包みを未練気に宗次に差し出した。

黙ってそれを受け取って、絵道具を手早く片付ける宗次の背中に、幸は軽く手を乗せて訊《たず》ねた。

「次は何処のどなた様の妖し絵を、お描きになるのですか」

「描く絵が妖し絵な場合は、迂闊《うかつ》なことは言えませんや。それを言っちゃあ、浮世絵師宗次の信用が台無しになりまさあ」

「それはそうですね。実は夢座敷《うち》と長い付き合いのある酒問屋『伏見屋《ふしみや》』のお内儀さんから、一糸《いっし》まとわぬ姿をぜひ宗次先生に描いて貰いたいと頼まれているのですけれど……」

「伏見屋と言うと、下谷広小路《したやひろこうじ》のあの大店《おおだな》の？」

「はい。なんとか早いうちに訪ねてあげて下さいまし。できれば一両日中にでも」

「そのお内儀さん、お幾つでござんすか」

「とても三十八には見えない綺麗なお女性《ひと》ですよ。腰の低いそれはそれは気性のいい方《かた》でしてねえ」

「女将さんよりひと回り以上、年上ですか……」

「十九になるしっかり者の一人息子が立派に店《たな》を取り仕切っているので、何の不安もない御身分なんだけれど、旦那の善右衛門《ぜんえもん》さんが中風《ちゅうふう》で二年前から寝たり起きたりなんですよ」

「なるほど判りやした」

「お引き受け下さいます？」

「へい。引き受けやしょう。口の堅い店の誰かをさっそく私《あっし》の住居《すまい》へ寄こすよう、伝えておくんなさい。それで段取りを決めますよ」

「よかった。でも宗次先生、そのお内儀に、お気持を傾けないで下さいましね。男を知り尽くした深川《ふかがわ》芸者だって足元にも及ばぬ妖しさなのでございますから」

「私《あっし》に関心があるのは、絵を描くことだけでござんすよ」

宗次は絵道具を手に立ち上がった。五尺七寸を超えるすらりとした背丈に、いくぶん幅広帯の着流しが似合っている。

幸も胸元を整えながら、腰を上げた。

「江戸市中の浮世絵師たちから〝不良宗次〟と呼ばれて嫌われているって噂《うわさ》を耳にしたことがございますけれど、あれは嘘《うそ》ですねえ。この十日ばかりのお付き合いで、宗次先生のお人柄がようく判りました。噂なんて当てにならないものですねえ」

「それはどうも……じゃあ、これで」

宗次は軽く頭を下げると、静かに障子をあけて広縁《ひろえん》に出た。

庭のどこかで鶯《うぐいす》が鳴いた。

「ほんに素晴らしい先生だこと……憎いくらいに……」

呟《つぶや》きながら、幸はゆっくりと障子を閉めた。

この江戸ではいま、旦那に先立たれはしたが生活にいささか余裕《よゆう》のある後家たちの間で、浮世絵師宗次に自分の裸身を描いて貰うことが、密かな人気を呼んでいた。自分の肉体《からだ》が見崩れせぬうちに絵に残しておきたいと、縁故を手蔓《てづる》に密かに宗次のもとへ頼みにくる。

相場は一両。それ以下では引き受けないし、それ以上も求めない宗次であった。

だがこの浮世絵師宗次、いまや大江戸はおろか、関八州《かんはっしゅう》でもその名を知らぬ者がない程の実力派人気絵師であった。

二

翌日の昼時分、神田三河町《かんだみかわちょう》（鎌倉河岸《かまくらがし》）の宗次が住む八軒長屋へ、「ご免くださいませ。宗次先生のお宅は、こちらでございましょうか」と、なかなか礼儀を弁《わきま》えた十

二、三の丁稚《でっち》風が訪れた。がたぴしとうるさい建付《たてつけ》の悪い表戸は春爛漫《らんまん》の昼間、開けっ放しのままであったから、二間《ふたま》の他に小納戸《こなんど》しかない狭い部屋の何処にいても、誰がやって来たかと宗次には直《す》ぐに判る。
「構わないから、お入り。お前さんは？」

「はい、私は……」

そこで言葉を切った小僧は、「失礼させて戴きます」と、あばら屋の中へ腰を低くしいしい入ってきた。どこから見ても商家の丁稚の腰の低さだ。

「私は、下谷広小路の酒問屋『伏見屋』の者で、小吉《こきち》と申します」

小僧は声を潜めるように言ってから、きちんと頭を下げた。

「そうかえ。小吉ってえのかえ。この貧乏長屋がよく判ったね」

「駕籠《かご》屋さんに、連れてきて貰いました」と、小吉は外を指差す仕草をして見せた。

気が利く利発そうな小僧だった。目が、くりくりしている。

「お前さんの用件の見当はついているよ。が、まあ言ってごらん」

「これを宗次先生に御手渡しするように、と奥様から預かって参りました」

小吉が懐から大事そうに取り出した手紙を、宗次は受け取った。

なかなか手馴《てな》れた筆運びから、宗次は「伏見屋」のお内儀の生半《なまなか》でない教養の程を察した。

手紙の終りに、佐代《さよ》、と名がある。一糸まとわぬ裸体《からだ》を描いて欲しいと願うからには相当に芯《しん》の強い女《ひと》、と想像していた宗次であったが、手紙の印象は必ずしもそうではなかった。

「うん、手紙の件は承知した。よく届けてくれたね。小吉はもう戻っていいよ」

宗次は遠慮する小吉の手に小粒を握らせて、外まで見送った。

二つの町駕籠が待っていて、宗次を見た屈強そうな舁《か》き手四人が「どうも……」と軽く腰を折った。

宗次は彼らにも、然《さ》り気《げ》なく小粒を手渡した。

「この子を『伏見屋』まで、ちゃんと送ってやっておくれ。私の行き先は別だが、あとで言うから」

宗次は小吉が乗った駕籠が走り出すのを待って、あばら屋に引き返し絵道具を整えた。

手紙には、「二挺《ちょう》駕籠のうちの一挺で小吉を『伏見屋』へ帰らせ、あとの一駕籠に乗って本郷菊坂《ほんごうきくざか》の『伏見屋』の寮まで是非とも来てほしい」とあった。

佐代の人柄の謙虚さが知れる丁寧な上にも丁寧な文であったから、出かける気にもなった宗次だった。

そうでなければ、こちらの都合も聞かずに駕籠を寄越すようなやり方に従う筈《はず》もなかった。

それに江戸で一、二の料理茶屋「夢座敷」の女将幸の口きき、ということもある。

宗次は駕籠に乗った。昼時分で腹が空いてはいたが、駕籠を待たせて空腹を満たす訳にもいかない。我慢するしかなかった。

「急ぎじゃねえんで、ゆっくりやってくんな。行き先は本郷菊坂の『伏見屋』の寮だ」

「へい。うかがっておりますんで」

「なんだ、そうかい」

駕籠は走り出した。神田三河町から本郷菊坂までは、さほどの距離ではない。駕籠に揺られて、うつらうつら浅眠りするうち、「旦那、旦那……」の声で宗次は我を取り戻した。

「着きましたぜ」

「ありがとよ。これで帰《けえ》りに蕎麦《そば》でも食ってくんな」

駕籠から降りた宗次が、舁《か》き手に小粒を摑《つか》ませようとすると「とんでもねえ。さきほど充分に頂戴しましたんで」と遠慮する。

「いいから取っときねえ。神田三河町から本郷菊坂までは、上《のぼ》り下りが少なくねえんだ。大変だったろうよ」

「そうですかい。それじゃあ、お言葉に甘えて」

駕籠が去っていくと、宗次は目の前の屋敷を眺めた。広いが古い屋敷であった。遠慮がちに造られたかのような、こぢんまりとした四脚門《よつあしもん》が開け放たれていて、桜が満開の庭の奥で竹箒《たけぼうき》を使っている老女の後ろ姿が見えた。白髪《しらが》頭で少し腰が曲がっている。

「もし……」と、宗次は声を掛けた。

振り向いた老女が「これは気付きませんで」と、その場に竹箒を横たえて足早にやってきた。見るからに人の善《よ》さそうな、穏やかな顔立ちだった。

「浮世絵師の宗次先生でございますね。そろそろお見えになる頃《ころ》ではないかと、お待ち申し上げておりました。お忙しい中、有り難うございました」

宗次が口を開くよりも先に、老女は滑らかに上品に喋《しゃべ》って頭を下げ、自分はこの寮を長く預かっている霜《しも》だと名乗り、「真冬に立つ霜柱《しもばしら》、あの霜柱の霜でございます。貧乏百姓の家に生まれたものですから」と付け足した。

そう言えば霜のようになんだかごわごわと硬そうな、霜の白い髪だった。

「いま奥様に伝えて参ります。少しお待ち下さいませ」

老女霜は庭の奥へと急ぎ足で戻って行き、姿を消した。

ところが突然「ぎゃっ」という悲鳴が聞こえてきたので、宗次は驚いた。

女の、それも年寄りの悲鳴だと判るから、絵道具を左の小脇にして宗次は満開の桜の下を庭の奥へ向け走った。

座敷の広縁《ひろえん》で、霜が腰を抜かし、口をぱくぱくさせていた。

「どうしなすった、霜さん」

「あ、宗次先生。奥様が、奥様が……」

霜が少し開いている障子の向こう——座敷のなか——を指差した。その指先が激しく震えている。

ひらひらと桜の花びらが舞い込む広縁に上がって右手で障子を開けた宗次は、「うっ」と棒立ちになった。

真新しい青畳が敷かれた十畳の座敷の、ちょうど中央《まんなか》あたりで、一糸まとわぬ豊満な肉体《からだ》の女が、左の胸に深深と突き立った庖丁《ほうちょう》の柄を両手で握りしめ、朱に染まっている。

右の脚を〝くの字〟に立てた仰向けで、しかし首は広縁の方へ振って、見開いた目で真っ直ぐに宗次を見ていた。しかも、「ようこそ御出《おいで》なされませ」とでも言いた気《げ》に、口元にうっすらとした笑みがあった。

その笑みの余りの妖しさ凄《すご》さに、浮世絵師宗次は思わず総毛立った。

「お霜さんよ。怖いだろうが、仏さんを、ようく見てくんねえ。この宗次が会うことになっていた『伏見屋』のお内儀佐代さんに間違いありやせんかえ」

「間違いございませんとも。間違いございません」

青ざめた顔で、二度三度と頷《うなず》く霜だった。

「お霜さんがよ、一番最後にお内儀と顔を合わせたのは、いつ頃だい」

「か、駕籠で訪れた奥様を出迎えた時ですから、い、一刻《いっとき》ほど前です」

「そのとき、お内儀の様子は、いつも通りでしたかね」

「は、はい。まったく、いつも通りでした。穏やかで、お美しくて、この年寄りにかけて下さる言葉も、そ、それはもうお優しくて」

そう言い終えて、霜は堰《せき》を切ったように「何でこんな事に、何でこんな事に……」と泣き出した。

そこへ、台所仕事でもしていたらしい年若い女中二人が、前掛けで手をふきふきやって来て、座敷の惨状に黄色い悲鳴をあげた。

「この本郷菊坂を縄張りにしている十手持《じつて》ちといやあ、水戸《みと》様お屋敷そば春日町《かすがちよう》の平造《へいぞう》親分だ。すまねえが、お前《まい》さん、ひとっ走りして親分を呼んできてくんねえか」
十四、五くらいかと思える女中にそう頼んでから、
「お前《まい》さん、名前は？」

と訊ねる宗次であった。

「仙《せん》と申します」

「お仙ちゃんか。水戸様お屋敷そばの春日町といやあ、此処《ここ》からは程近くだ。道筋判るかえ」

「はい。私、江戸育ちだから判ります」

「じゃあ、すまねえが、ひとっ走り頼んだぜ」

「では、行って参ります」

真っ青な顔の仙であったが、気丈な娘らしく表情をキッとさせると、広縁を駆《か》け出した。

宗次は改めて惨状に視線を注いだ。青畳の上に血糊《ちのり》の広がりはあったが、壁や天井や障子へは飛び散っていなかった。庖丁は佐代の胸に対して刃を左横へ向けるかたち

で、殆《ほとん》ど刃を見せぬ程に突き刺さっている。

（こいつあ、自分で命を絶ったんじゃねえな。刃を横に向けて刺しやがったのは、胸の骨に邪魔されず心の臓を、ひと突きにするためだ。殺しに馴《な》れた者の手口に違いねえ）

宗次は、そう思った。

（それにしても、なんてえ綺麗で豊かな肉体《からだ》なんだ。これじゃあ、どれほどの堅物男《かたぶつ》でも武者《むしゃ》振りつきたくならあな……こんなにいい女を殺《や》りやがったのは一体どこのどいつだ）

宗次は、カリッと小さく歯を嚙み鳴らしてから、もう一人の女中と目を合わせた。

「お前《まい》さんは、自分の部屋へ戻ってな」

女中は黙って頷《うなず》き、頰《ほお》を濡《ぬ》らしている涙を手の甲でひと拭《ふ》きして、下《さ》がっていった。

「お霜さん、ひとつ頼みてえ事があるんだがねい……」

広縁に、ぺたんと腰を落として嗚咽《おえつ》を漏らし続ける老女の傍に片膝ついた宗次は、労《いたわ》るように、そっと小さな肩に手を置いてやった。迷い込んできた桜の花びらが一つ、彼女の肩に乗っている。

「な、何でございましょう」

霜はようやく、皺《しわ》だらけの顔を上げた。

「私《あっし》はお内儀に頼まれ、お内儀の着飾った美しい姿を描くために此処を訪れたんだ。霜さんは、それは知っていなさるね」

一糸まとわぬ裸身を、とは言わぬ宗次だった。

「はい。存じております」

「そのお内儀が、このような目に遭われたとなると、この宗次も黙っちゃあおれねえ。そこで、霜さんによ……」

「お、お待ちください。いま宗次先生は、お内儀がこのような目に遭われた、と言われましたが、まさか……」

「その、まさかだ。よっく御覧なせえ。お内儀はいかにも自分で自分の胸に庖丁を突き立てたような恰好《かっこう》をしていなさるが、どうやら、こいつあ殺しだよ、霜さん」

「ええっ」と、涙を忘れて目を大きく見開く霜であった。

「だからお内儀を描くことになっていた浮世絵師として、私《あっし》はせめてお内儀の仇《かたき》を討つ真似事《まねごと》をしてみてえんだ」

「本当に殺しなんですか先生」

「まず間違いはねえ」

「殺しなら、この婆《ばばあ》も仇討ちをしたいです。奥様には亭主も私も、それはそれは大事にして戴きましたから」

「お霜さん、ご亭主がいなすったのか」

「はい。夫婦して、お庭の一隅に住まわせて戴いております。四、五日前から亭主はひどい風邪で寝込んでおりますが」

「それはいけねえな。用心してあげなせえ」

「有り難うございます。それで、宗次先生が、この年寄りに頼みたいことと仰《おっしゃ》いますのは？」

「それなんだがね……」

宗次は霜の耳元に口を近付けて、何事かを囁《ささや》いた。

聞いて霜は、驚きの目で宗次を見返した。

「おそらく痕跡《こんせき》はあるよ、お霜さん。そしてそれは、誰がお内儀を殺《や》ったかを探索する上で、重要な手がかりになるんだ」

「判りました。奥様に合掌《がっしょう》して御許しを得、やらせて戴きます」

「それから、このことは私《あっし》とお霜さんだけが、知っておくことにしましょうや。お内儀のためにも」

「はい。誰にも言いません。十手持ちの平造親分にも、誰にも……」

霜は腰を上げて少しふらついたあと、座敷に入って障子を閉めた。

彼女が、座敷の中にいたのは、僅《わず》かの間だった。

広縁に出てきた霜は、明らかに湿《しめ》りを帯びている自分の右手人差し指を、宗次の顔の前に立てて見せた。

宗次は彼女のその人差し指に、自分の鼻先を近付けて臭《にお》いを嗅《か》いだ。

「矢張りな」

「矢張りでございますか」

「お内儀承知の上か、力ずくかは判らねえが、殺される直前に男に抱かれていた」

「奥様には病に倒れた旦那様がいなさるんです。承知の上で男と戯《たわむ》れるような、ふしだらな女性《ひと》ではありません。小粋《こいき》な一面はございましたけれど……」

「まあまあ。ともかく、お霜さん。このことは内緒だぜ」

「お約束します」

「ところでだ。お霜さんが、私《あつし》が訪れたことをお内儀に伝えようと、この座敷へ来たとき、障子は閉まっていたのかい。それとも少しは開いていたのかい」

「少し開いていました。これくらい……」

と、霜は両手を胸の前で広げ、一尺ばかりの幅をつくって見せた。なるほど、と宗次は頷いた。彼が悲鳴を聞いて駆けつけた時、障子は確かにその程度開いていた。

「さ、指を洗ってきなせえ。私《あっし》は庭をちょいと見せて戴きやしょう」

宗次は広縁から下りて雪駄《せった》を履くと、縁に沿《そ》うかたちで庭先を歩き出した。

(古いが、なかなか情緒のある造りだな……)と、宗次は感心した。酒問屋の「伏見屋」と言えば大変な大店《おおだな》であったが、この寮にはカネの臭いがしていなかった。徹底して豪奢《ごうしゃ》さを嫌った地味な格調の高さを求めた造り、と宗次は見た。

ただ一つ凝《こ》った点と言えば、建物を囲むようにして広縁を走らせていることだった。

だから、どの座敷どの小部屋からも、広縁の向こうに桜が咲き誇る庭を眺められた。

もっとも、庭が広大な割には、建物はさほど大きくはない。

彼は雨戸が開け放たれた広縁と庭先とを、注意深く見比べていきながら、ゆっくりと歩を進めた。

三

「一杯くんねえ」

「いらっしゃい。あ、宗次先生、毎度」

晴れぬ気分で「伏見屋」の寮を出た宗次が、自分の住居《すまい》がある神田三河町の八軒長屋近くまで戻ってきた頃、春の日は沈みかけていた。

宗次は八軒長屋入口の少し西、鎌倉河岸《かまくらがし》に面して半年ばかり前に店開きした居酒屋のような飯屋《めしや》のような店「しのぶ」の暖簾《のれん》を潜った。

「肴《さかな》はいつものやつで」

「へい、承知」

威勢《いせい》のいい角之一《かくのいち》という中年男と話し上手、聞き上手な女房の美代《みよ》、それに雇いの小女二人を加えた四人でやっている滅法《めっぽう》明るい雰囲気の店だった。

この「しのぶ」、店内の造りが一風変わっていた。先《ま》ず入口を入ったやや広目な店《たな》土間《どま》の右側半分に床几《しょうぎ》だけの席。左側半分に一間《いっけん》ほどの長さの床几を横一列に四つ並べ、それと向き合うかたちで高さ二尺半、幅一尺半ばかりの「呑み食い台」が備わっていた。大勢の客がその「呑み食い台」を前にして床几に並んで腰を下ろし、わいわい賑やかに台の上に載った酒や小料理を呑み食いしている。

この日、「しのぶ」は仕事帰りの威勢のよい職人たちで、すでにどの席も埋まっていた。

宗次は調理場と向き合っている一番奥の床几の端へ遠慮がちに座り、大根と蛸《たこ》の煮付け、脂《あぶら》の乗った鰯《いわし》の丸干しの焼いたの、などでチビリチビリとやり出した。

どう考えてもよく判らぬ、「伏見屋」の寮の事件だった。

(庭先にも広縁にも、外からの侵入を疑わせるような足跡はなかった。裏木戸の確《しつか》りとよく出来た閂《かんぬき》や二重のからくり錠も、間違いなく掛かっていた。寮の下働きの者《もん》たちにも怪しい点は全く無《ね》え……しかも訪ねて来た客は浮世絵師宗次ひとりだけ、となると、霜婆《ばあ》さんの一言《ひとこと》次第でこの俺が一番怪しい人物、ということになりかねねえな)

宗次は、ふっと苦笑を漏らしてから、佐代の裸体を脳裏に思い浮かべた。

(危なかったたな……あの凄い裸身を描いていたなら、この浮世絵師宗次、男として虜《とりこ》になっていたかも知れねえ。おそらく昼《ひ》も夜《よ》も無《ね》えで、お内儀の肌を狂い求めていた……ふん、てな事には真逆《まさか》なるめえよ。それにしてもお内儀の死体、ぶるっとく

るような薄ら笑みを見せていたなあ)

疲《つか》れたような小さな溜息《ためいき》を吐《つ》いてから、猪口《ちょこ》を口へ運ぶ宗次だった。猪口とは言っても、湯飲みにでも出来そうな荒っぽい造りの大振りな素焼きだった。これがまた、酒の味を引き立てた。

「宗次先生。今夜は妙に表情が冴《さ》えてないじゃありやせんか。これにでも振られましたかい」

主人《あるじ》の角之一が横に長い調理台の向こうで、小指を立てて囁いた。

「その通りだよ。今日のところは、そっとしておいてくんな」

「へい……これ、あっしから。元気をお出しなせえ」

角之一が調理台越しに熱燗《あつかん》を一本宗次に手渡し、宗次が礼を言う間もなく離れていった。

角之一のこの然《さ》り気《げ》ない小意気さが、威勢のよい職人客などを摑《つか》んで「しのぶ」の繁盛につながっている。

宗次は猪口をひと舐《な》めふた舐めして、また考え込んだ。

(お内儀の人柄を悪く言う者は、菊坂寮の下働きの中には一人もいなかった。『夢座敷』の女将も褒《ほ》めていたし、春日町の平造親分も仕事柄か、お内儀のことをよく知っており、よく出来た女性《ひと》だ、と言っていた……と、なりゃあ、お内儀を殺《や》ったのは、あの豊かな肉体《からだ》に印を残しやがった野郎に絞り込んでも、間違いなさそうだ……と、言いてえところだが）

宗次は、舌を小さく打ち鳴らして、猪口の一点を見つめた。菊坂寮の男手は霜の亭主矢助《やすけ》ひとりで、これはもう七十に手が届く小柄な老爺《ろうや》で、しかも風邪をひどくこじらせて寝込んでしまっている。かなり苦しそうであったことを、見舞を口実に訪ねた宗次は、自分の目で確かめてもいた。

では、犯人は矢張り外から侵入してお内儀を抱いた野郎となりそうだが、肝腎《かんじん》の侵入の形跡がどこにも見当たらない、ときている。

考え込む宗次の肩を軽く叩《たた》く者があって、彼は振り向いた。

いつ「しのぶ」に入ってきたのか、直ぐ間近に春日町の平造親分の怖そうな獅子面《ししづら》があった。

店内は職人たちの声高な話し声や笑い声で、活気に満ちている。

「これは親分……」と、宗次は声を抑《おさ》えた。ちょうど隣に座っていた大工風の二人が「御馳走《ごちそう》さん」と腰を上げたので、宗次は目で「どうぞ……」と親分を促《うなが》した。

「私《あっし》が此処で飲んでいると、よく判りましたね」

「なに。先生の住居《すまい》だと判っている八軒長屋を訪ねたら姿が無《ね》えんで、此処じゃあねえかと見当つけたまでさ」

と、親分の声も低い。

「で、私《あつし》が帰ったあと、何か手がかりは見つかりましたかい」

「いや、何一つ見つからねえ。不自然な点と言やあ、あの真面目で堅いお内儀が、一糸まとわぬ露な姿で刺し殺されていた、という点だけだ」と、宗次に顔を近付ける親分の声は一層低くなった。

「なにしろお大名や大身旗本家への出入りが許されている老舗《しにせ》の『伏見屋』だ。奉行所のお役人たちも噂が変な形で先走りしねえようにと、神経を尖《とが》らせていなさるが、この店での客の様子はどうだえ」

「ご安心なすって。今のところ、どの客の口からも、事件の噂は出ていねえようで」

「そうかい」

「で、私《あつし》を訪ねて来なすったのは?」

「浮世絵師の宗次先生と言やあ、お年齢《とし》は若いが今やその名前《なめえ》、人気、実力ともに、江戸は疎《おろ》か関八州の外《そと》にまで轟《とどろ》いていなさる大先生だい。それによ、幕閣筋へも大変顔が利《き》くとか利かねえとかの噂もあるじゃあねえかい。その宗次先生に、失礼を承知でもう一度だけお訊《き》きしてえ」

「もう一度だけ？」

「菊坂寮を……『伏見屋』の菊坂寮を訪ねたのは、お内儀の留袖《とめそで》姿を描くため、と俺の問いに答えてくれやした先生だが、本当は妖し絵を描くことになっていたんじゃねえんですかえ」

「あのお内儀が豊満な自分の肉体《からだ》の妖し絵を望むような女性《ひと》でないことは、親分もよく知っていなさるんじゃねえんですかい。お内儀が、お気に入りの留袖姿を描いてほしい、と言われたことに間違いはございませんよ」と、宗次は口調を強めて囁いた。

聞いて平造は頷くと、向こう端にこちらを見て立っている角之一と顔を合わせ、人差し指を「一本……」と立てて見せた。

角之一がすかさず「へい、毎度……」と応じる。親分のための熱燗と肴はすでに調《とと》のえていたらしく、直ぐに小女によって運ばれてきた。

「親分は熱めの燗で宜《よろ》しかったですね」

「おうよ」

「ま、ごゆっくり呑んでいって下せえ。調理台越しに、ちょいと行儀が悪うござんすが……」

角之一は調理台の向こうから体を前に傾けて平造親分の徳利を手に取ると「さ、親分……」と、平造親分の猪口に酒を注《つ》いだ。が、他の客の大声に呼ばれて「へい、只今……」と直ぐに離れていった。

「平造親分はこの店へよく見えるんですかい」

「実はよ宗次先生。女房《かかあ》の生家《さと》が牛込田圃《うしごめたんぼ》にあって、米のほか大根だの茄子《なす》だの長葱《ながねぎ》などを作っていてよ、この店へも納めさせて貰ってんだ。それで時には様子窺《うかが》いに顔出しをな」

「ほう。そうでしたかい」

「俺の大好物の、この大蛤《おおはまぐり》と太葱の味噌煮《みそに》を見ねえな」

「立派な太葱でござんすね。見るからに旨《うま》そうだ」

「だろう。こいつが女房《かかあ》の親父さんの作った長葱なんだ。ま、抓《つま》んでみな」

「戴きやしょう」

宗次は親分の器の中へ箸先《はしさき》を入れ、肉の厚い太葱を口へ運んだ。

「こいつあ旨え。当たり前の葱よりも、ほんのりと甘いですね。大蛤の旨味《うまみ》が染《し》み込んで、堪《こた》えられねえや」

宗次はそう言って、猪口の酒を呷《あお》り飲んだ。

「ところで平造親分。中風で寝たり起きたりだという『伏見屋』の旦那善右衛門さんてえのは、どのような御人《おひと》なんで？」

「善右衛門さんか。病に倒れる前は、女遊びがかなり非道《ひど》かったという噂があってな、お内儀の佐代さんに相当苦労をかけていたらしいや」

「へぇえ。あれほど魅力のあるお内儀に恵まれていながらの、女遊びですかい」

「そこはそれ。夫婦の不思議というやつよ。器量よしの女房《かかあ》に恵まれている奴に限って女遊びの噂が絶えねえ、ときたもんだ」

言い言い猪口を口元へ運ぶ平造親分だった。

「この俺なんか女遊びになんぞ、とんと縁《えん》が無《ね》え。なにしろ女房《かかあ》の面《つら》がまるで鬼瓦《おにがわら》でな。その鬼瓦にこの獅子面《ししづら》の俺がべた惚《ぼ》れなものでよ。ははははっ」

小声で話していた平造親分が、笑い声だけを張り上げた。

近くの酔客《すいきゃく》たちが、驚いて平造に目をやったが、直ぐに強面《こわもて》の平造親分だと判り、自分たちの話題へと戻っていく。

「で、善右衛門さんの近頃の具合はどうなんです？」

「何千両の金にだって不自由しねえ、と言われている『伏見屋』だ。有名な蘭方医《らんぽうい》の原渕良玄《はらぶちりょうげん》先生の懸命な治療を受けて、駕籠に乗ってだが月に三度治療院へ通えるまでに回復していなさるよ。少し前《めえ》に、会ってきたばかりだ。まだ、言葉が少し不自由だがな」

「喋れねえんで？」

「こちらの言うことは判るが、自分の言いたいことはまだ充分には言えねえ、ということだ。可哀そうに、頼りのお内儀が殺されたと知って、また寝込んじまったよ」

平造親分の声が宗次の耳に届き難いほど低くなった。

「そうでしょうねえ。体調を崩さなきゃあいいが」

「葬儀は寮そばの大善寺《だいぜんじ》で、内輪だけでやるらしい。急病死ということでな」

「ま、それがよござんしょ」

「ところで宗次先生よ。話は変わるが……」

「いやだねえ親分。急に目を細めて優しい笑顔をつくったりして。薄気味が悪いや」

「けっ。薄気味悪い顔は、生まれつきでえ。それよりもよ宗次先生」

「なんです？ そう顔を近付けねえで〝話は変わるが〟の先を言っておくんなさいな」

「実は先月、うちの女房《かかあ》が丸丸とした玉のような男の子を産みやしてね」

「おおっ。それは目出度《めでた》いことで……」

「俺は四十一、女房《かかあ》は三十二で、はじめての子なんだ。嬉《うれ》しくてなあ」

「そうでしたかい。今の年まで子宝に恵まれなかった、とあっちゃあ、そりゃあ嬉しゅうござんしょ。本当に、お目出度うございやす」

「ありがとうよ。そこで宗次先生に、頼みがあるんだが……」

「私《あっし》に出来ることなら、何なりと」

「鬼瓦みてえな面《つら》あしていやがる俺の女房《かかあ》がよ。醬油樽《しょうゆだる》みてえに大きな白いおっぱいを赤子に含ませている時、まるで観音様のように気高く見えやがるんだ。優しくて綺麗で人が入れ替わったみてえによ」

「いい話でござんすね。いい話だ」

「でよ宗次先生。女房《かかあ》が赤子に乳を含ませているところを、一枚描いてやってくれめえか。観音様のように見える、近付き難いその姿をよ」

春日町の獅子面の平造親分と言えば、江戸の裏社会では毛嫌いされ恐れられている、と江戸っ子の誰もが知っている。その親分の意外な温かさを初めて知った宗次だった。

「判りやした。喜んで描かせて戴きやしょ」

「そうかえ。描いてやってくれるかえ。嬉しいね」

と破顔《はがん》した平造親分だったが、すぐに心配そうな顔をつくった。

「ところで今や関八州の外《そと》にまでその名を轟かせている宗次先生への頼み賃は、安くはねえと承知しているんだが、幾らほど都合しておけばいいのかね」

「頼み賃などいらねえですよ。女房《かみ》さんの生家《さと》でとれる自慢の野菜を少しばかり頂戴出来ればね」

「えっ。そんなことでいいのかえ」

「赤子の誕生を祝って描かせて貰いやす。大きく張った白い乳を赤子に吸わせる観音様を描くのに、描き賃などを貰っちゃあ罰《ばち》が当たりまさあ」

「本当に野菜を届けるだけでいいのかえ」

「はい。ほんの少しばかり……私《あっし》は独《ひと》り者《もん》でござんすから」

「そう言ってくれると正直、助かるなあ。十手持ちの平造親分、などと世間様《せけんさま》から恐れられてはいるようだが、給金など鼻糞《はなくそ》ほどしかねえから」

急に元気を無くして肩を落とす平造親分に、「さ、飲みましょうや」と笑顔で徳利を差し出す宗次だった。確かに給金など鼻糞ほどの目明しの世界だが、しかし、平造親分ほどの「格」になると「何かあった時はひとつ宜《よろ》しく……」と大店すじからの〝袖の下〟が、年に数十両にもなる。十年で数百両にもなることを宗次は知っている。

これを、手堅い性格の目明しならば、老後に備えて確りと貯《た》めているとか言う。

四

その翌日、宗次は残りの量が少なくなってきた人肌色の顔料（絵の具）をつくるのに、一日を費やした。

よく乾燥させた紅色系の花を何種類も別別に土鍋《どなべ》でじっくりと煮立て、それらに糊《のり》を混ぜ合わせて人肌色をつくり上げるのだった。作業そのものは単純であったが、煮立てる時間の長さや、色汁と糊を混ぜ合わせる割合（宗次秘伝の量）の微妙さなどで、人肌色の出来が上品にも下品にもなる。

宗次の多色絵は、この人肌に他の絵師が真似《まね》のできない絶妙な美しさがあった。

まる一日をかけて充分な量の人肌色をつくり備えた宗次は、翌朝早くに八軒長屋を出て「伏見屋」の菊坂寮へと足を向けた。

春の朝靄《あさもや》が、ぼうっと寮を包んでいた。表門は固く閉ざされ、コトリとした物音もなく静まり返っている。

宗次は寮のまわりを一回りしてから、裏木戸の前に立った。この裏木戸の丁度《ちょうど》向こうに惨劇のあった、座敷がある。一昨日《おとつい》、霜婆さんから聞いたところによれば、裏木戸の二重からくり錠の開け方、閉《し》め方は、これを作った大工の棟梁《とうりょう》を除けばお内儀と中風の善右衛門しか知らないという。しかもその棟梁は三年前に八十三歳で大往生を遂げているというから、佐代殺しに関わりのあろう筈がない。

宗次は一昨日やったように裏木戸を掌《てのひら》で撫でたり、把手《とって》を押したり引いたりしてみたが、どっしりとした感じで作られている木戸は、軋《きし》み音ひとつ立てなかった。木戸の面《つら》の一体どこに、二重からくり錠とやらが仕込まれているのか、見当もつかない。

(全くもって、よく出来ていやがる。ここを開けての忍び込みは、やはり無理だなあ)

宗次はひとり頷いて、表門の方へ塀に沿ってゆっくりと歩いてみた。

(それにしても判らねえ。庖丁の突き刺し方は殺しに馴れた者の手口と思われるのに、お内儀の死に顔にはうっすらと笑みがあった……)

宗次は腕組をして足を止め、裏木戸の方を振り返った。

(あの薄ら笑みが、歓喜の余韻《よいん》だとすれば、お内儀は殺しに馴れているらしいその野郎を余程よく知っているという事になりかねねえ。つまりその野郎はお内儀の……情《い》

夫《ろ》）

考え過ぎか、と宗次は首を小さく振って歩き出した。情夫《いろ》だとすれば、そいつは情交の最中に、殺《や》るべき目的なり理由《わけ》があって、庖丁を振るったということになる。

（裏木戸はお内儀が開け、女中たちに気付かれぬよう、情夫《いろ》をそっと屋敷の中へ導き入れた……いや、違うなあ）

宗次は、まもなく訪ねてくるであろう浮世絵師を待つお内儀が、裏木戸から男を導き入れて慌ただしく抱き合う筈がない、と思った。その男に会いたくて会いたくて胸が熱《あつ》く疼《うず》く、というのであれば他の日にたっぷりとした時間を取れる立場のお内儀である。今や店は息子に任せ、その気があれば金も時間も自由にできる身分なのだ。

それに何より、お内儀が情夫《いろ》を持つような女性《ひと》である筈がない、ということが霜婆さんなど寮の下働きの者や「夢座敷」の女将の評判などから判る。

宗次が表門近くにまで戻ってみると、事件の日に春日町の平造親分を呼びに走った女中の仙が、門の前を力なく竹箒《たけぼうき》で掃いていた。

うなだれたその様子を、宗次は足を止め暫《しばら》く見守った。

「あ、宗次先生……」

気付いた仙が手を休めて、丁寧に腰を折った。青ざめた顔色だった。

宗次はゆっくりと、仙に近付いていった。仙の目に、涙が滲《にじ》んでいると判った。

「元気を出しねえ。気をしっかりと持って、心の中でお内儀を供養してさしあげねえと……な」

「は、はい」

「お仙ちゃんは、幾つだね」

「十四です」

「お父《と》っつあんや、おっ母《か》さんは？」

「浅草田圃で百姓をしています」

「二人とも元気なのかえ？」

「はい。元気で働いています。貧しいですけれど、農作物のとれる土地には恵まれています。よい土地で……」

「そいつあ何よりだ。なあに、元気で働ければ、貧しさなんぞ、そのうち逃げていかあな」

宗次は、沈んでいる仙の気持をほぐしてから切り出した。

「朝の早くからすまねえが、屋敷内をもう一度見てえんだ。いいかな」

「どうぞ。お霜さんと、お君《きみ》ちゃんは下谷広小路の店《たな》へ出かけて留守をしていますので、風邪で臥《ふ》せっている矢助さんと私しかいません」

「お君ちゃんて、もう一人の若い女中だね」

「はい」

「矢助さんの様子はどうでえ？」

「熱は下がりましたが咳《せき》がひどく、かなり弱っているようで……もう年ですから」

「風邪をこじらせると辛《つれ》えからな。ともかく、屋敷内をちょいと見せてくんな。お仙ちゃんも一緒についてきてくんねえ」

二人は表門を潜り、仙が門扉を確りと閉じた。なかなか用心深い。

そよとした風もないのに屋敷内は、桜吹雪が始まっていた。その桜吹雪を浴びながら、踏み石伝いに二人は前と後ろになって庭の奥へと進んだ。

宗次の足が止まって、その肩に桜の花びらが三つ……四つ……と降りかかる。

お内儀が死んでいた座敷は障子が開け放たれ、血糊で朱に染まっていた畳は綺麗になっていた。広縁が数え切れない程の花びらを浴びて淡白く染まっている。

「お仙ちゃん、畳屋《たたみや》が入ったのかえ」と、宗次は後ろに控えている仙に訊ねた。

「いいえ。お霜さんに言われて、私とお君ちゃんが、井戸端で三枚ばかりの畳を洗いました。昨日《きのう》一日干してあったのですけど、まだ湿《しめ》っています」

宗次は頷いて、仙を促し庭を横切って裏木戸の前に立った。

広縁から裏木戸までの間は、三十歩ばかりだった。裏木戸を入ったところからは白い玉石が一間《いっけん》ほどの幅で、広縁まで敷き詰められている。宗次と仙は今その上を歩いた訳だが、玉石はジャリジャリと結構うるさく鳴った。

(しかしだ……玉石の両側には芝が張られているから、塀を乗り越えて侵入した野郎がこの芝の上を歩けば足音は立たねえ。ところが一昨日《おとつい》の調べでは、塀の上には足跡の〝あ〟さえ無かったときていやがる)と、歯噛みする宗次だった。

「なあ、お仙ちゃん」と、宗次は後ろを振り向いた。

「この裏木戸から自由に出入りできるのは、本当に旦那の善右衛門さんと、お内儀の二人だけかい。他《ほか》に誰か出入りしたのを、見たことはなかった?」

「旦那様と奥様の二人だけです。でも旦那様は二年前から中風で一人では自由に動けない体ですから」

「うん。そいつあ判っているんだがね。その善右衛門さんだが、元気な頃は女遊びがかなり非道《ひど》かったらしいな」

「あのう、私……」

「おっと、すまねえ。若いお仙ちゃんに、お店《たな》の主人のよくない女癖を訊くなんざあ酷だわな。忘れてくんな」

「すみません」

「いいってことよ」

宗次は広縁まで戻ると、縁に沿うかたちで更に庭の奥へ足を向けた。

いや。正しくは、向けようとした、と言い直すべきであった。仙が背後から「宗次先生……」と呼び止めたのだ。

「どうしたえ。何か気付いたことでもあったかい」

「私、今のお店《たな》を切り盛りしている人のことを、悪く言いたくはありませんけど、亡くなった人のことなら言えます」

「亡くなった人のこと？　それって、お内儀のことを言っているのか」

「とんでもありません。奥様は神様みたいに優しい御人《おひと》でした。これはお霜さんから随分と前に〝内緒だからね〟と念押しされて聞かされたことなんですけど……」

「聞かせてくんねえ。絶対に内密にしておくからよ」

「本当に約束して下さいますか」

「約束する。この浮世絵師の宗次、誓って嘘は言わねえ」

「亡くなった先代つまり『伏見屋』の創業者である源左衛門《げんざえもん》様のことなんですけど、

仕事は出来たけれども、それはそれは女癖が悪かったそうです」

「ふーん。で、どのように悪かったのか、聞いているのかい」

「毎晩のように色町で遊んだり、妾《めかけ》を五人も六人も侍《はべ》らせたりと……なかでも大騒動になったのは、亡くなった大奥様の妹さんに手を出して男の子を産ませてしまったことだとか」

「なんてえ創業者だ。自分の女房の妹にまで手を出したと言うのかね」

「その妹さんですが、たいへん教養のある方とかで、二百石の旗本家へ嫁いでいたらしいのです」

「なにっ。するてえと武家の妻女に横恋慕《よこれんぼ》して手を出し、男の子を産ませたという訳か」

「はい。その騒動を内内に抑《おさ》えるのに、『伏見屋』では二千両もの大金を旗本家から求められ、それに応じて平謝りに謝った、とお霜さんから聞いています」

「それで不義密通を働いたその旗本家の妻女と生まれてきた男の子のその後は？」

「大奥様の妹さんは、ほどなく病気で亡くなられたそうです」

「旗本め、斬《き》りやがったな。そうに違いねえ」

「判っているのは、そこまでで、それ以後のことはお霜さんも知らないようで」

「その旗本家の名前、聞いていねえのか」

「えーと。確か……神崎《かんざき》……そう、赤坂《あかさか》御門に近い神崎半四郎《はんしろう》様です」

「神崎……半四郎」

呟き返した宗次の目が、一瞬だが鋭く光った。

（神崎半四郎と言えば、鹿島神刀流《かしましんとうりゅう》で知られた剣客。あるいは単に同姓同名か）

こいつあ当たってみる必要がある、と宗次は思った。

五

宗次は「伏見屋」の寮を出た足を、赤坂へと向けた。

江戸の町は活気づき始めていた。職人や商人たちが忙しそうに、通りを往き来する。役所へでも出勤するのであろう、与力とか同心身形《みなり》と判る姿も目立ちつつあった。

宗次は急がなかった。堀端をゆったりとした足どりで歩き、ときには花咲き誇る桜に見とれて立ち止まった。

「あら宗次先生お久し振りですこと。今日はどちらへ？」と、彼に気付いた商家のお内儀風が、妖《あや》しい目線で近寄ってきたりもする。

「やぼ用だよ。やぼ用」と、さらりと逃げる宗次は、そのお内儀風の裸身をいつ頃に描いたか、もう覚えていない。このところ、真《まこと》に次から次へと妖し絵の依頼が絶えることのない浮世絵師宗次であった。断わっても断わっても依頼がくる。それも「本気の絵仕事」で付き合いのある何何様《なになにさま》の仲介《ちゆうかい》が多いときているから始末が悪い。

それはともかく、旗本神崎邸は赤坂御門の程近くに住む町衆二、三人に訊《き》いて、直ぐに見つかった。表札はなかったが、「鹿島神刀流正統師範」の小振りな看板が掛っていた。

宗次は「やはり鹿島神刀流か」と呟いて屋敷を眺めた。二百石取りだから「伏見屋」の菊坂寮ほどもない敷地だったが、高い塀も表門もよく手が入っていて、新築の屋敷にさえ見えた。塀の向こうに覗《のぞ》いている大屋根の瓦《かわら》も、つい先頃にでも取り替えたのか、黒光りしている。

(旗本と雖《いえど》も生活が楽でない御時世《ごじせい》だというのに、こいつあまた贅沢《ぜいたく》なことで……ま、「伏見屋」から供された二千両を大事に使えば、二百石取りの屋敷もこの程度には維持できるもんなんですかねえ)

などと考え考え神崎邸を一回りした宗次であった。

表門の前に戻って彼は「さて……」と、腕組をした。剣客神崎半四郎がかなりの高齢であろうとの想像はつく。が、気になっているのは伏見屋源左衛門が神崎半四郎の妻に産ませた男の子の〝其《そ》の後〟であった。生きているのか、死んでいるのか。生きているなら、神崎家の後継者として立派に成長しているのかどうか。そのへんの事が、どうにも気になる宗次であった。

（ここに突っ立って思案していても埒《らち》が明かねえか……よし）

と、宗次は「鹿島神刀流正統師範」の小振りな看板が掛かった四脚門《よつあしもん》に、近付いていった。

用心しなければならぬ。相手は直参旗本、こちらは浮世絵師だ。

「ごめん下さいまし」

宗次は高くもなく低くもない声を出して、表門を軽くトントンと叩いてみた。できる限り、作法をやわらかく打ち出したつもりであった。

すると「どなたじゃ」と嗄《しわが》れた声が、門扉の直ぐ内側で生じて、潜り戸が小さく軋《きし》んで開いた。

顔を覗かせたのは、植木の剪定鋏《せんていばさみ》を手にした、白髪で表情柔和《にゅうわ》な小柄な老人だった。が、この屋敷の下働きの者には見えない。宗次は咄嗟《とっさ》にそう感じた。

「あのう、私……」

「ま、入りなされ。潜り門を挟んで顔を合わせていては、話がしにくかろう」

穏やかにそう言って、何のこだわりもなく宗次を促した老人の身形《みなり》は、実に質素であった。その日暮らし、に見えなくもない程に。

「それでは、ご免なさいまし……」と宗次は、体を丸めて潜り門を潜った。

「これはまた……」と宗次は驚いた。玄関口の左右に鉢植えの盆栽が並んでいた。

その数、四、五十はあるだろうか。素人目《しろうとめ》にも美しく剪定されていると判る、それらであった。両手十本の指を回し切れない程の幹太《みきぶと》の盆栽が、少なくない。樹齢二、三十年、あるいはそれ以上経っているのではと思われた。

「なんと、見事でございますね」

「亡き父の代からのものじゃ。見様見真似でいじくっているうち、儂《わし》の道楽になってしもうたわ。はははっ」

「左様《さよう》でございましたか。それで幹の太い盆栽が多いのでございますね」

「あれは父が一番大事にしていたものでな。樹齢四十年は経っていよう」

「ほう、四十年……」

宗次は、老人が剪定鋏の先で指し示した松の盆栽に感心した。太い幹は竜が天に昇るかのようにくねり、その先端あたりから四方へ均等幅で伸びる幾本もの枝は、いずれも水平で真っ直ぐだった。

「で、その方、町人のようじゃが何の用で訪ねて参った。盆栽の噂を耳にしてかな」

「あ、いえ、そういう訳では……私、浮世絵を描くことを生業《なりわい》と致しておりまして、神田三河町の八軒長屋に住む宗次と申しますが」

「なに、浮世絵師の宗次じゃと。これはまた有名なる人物が訪ねてきたものじゃな。儂《わし》には絵道楽は無いが、その当世《とうせい》大人気の浮世絵師が一体何用で訪ねて参ったのじゃ」

「鹿島神刀流の大剣客、神崎半四郎先生の肖像画をぜひとも描かせて戴きたく、御願いに参りました」

「さてはその方、この白髪頭《しらがあたま》の小柄で貧弱な体つきの老人を、神崎半四郎と見抜いて話しておるな。そうであろう」

老人は物静かに言って微笑《ほほえ》んだ。

「はい。見事に御手入れされている盆栽を見まして、この御方《おかた》こそ神崎半四郎先生だと確信いたしました」

「嘘を言うでない。儂《わし》のこの手に気付いたのではないのか」

老人は剪定鋏を持っていない方の手を宗次の顔の前に出して、甲と掌《てのひら》を、二度ばかりひらりひらりとさせて見せた。数十年に亘《わた》る修練を思わせる木刀胼胝《だこ》、竹刀胼胝が手の両面にはっきりとあった。手の甲にまで胼胝があるというのは、よほど特別な修練をしてきたのであろうか。

「凄い胼胝でございますね。剣術の修練で、これ程の胼胝が出来るものなのでございますか」

「ふん、とぼけおって」と、老人は皺《しわ》深い表情を崩した。目が優しく細くなる。

「いいえ、決して……私、絵筆しか握ったことのない浮世絵描きでございますから」

「ま、いいわ。で、儂《わし》の肖像画を描きたいという理由は何じゃ」

「剣術に打ち込むある若いお侍様が、先生の肖像画を床の間に掛けて励みとしたい、と申されております」

「その若侍の名は？」

「ある大身旗本家の御嫡男《ごちゃくなん》、とだけで御許し戴きたく存じます。名は言わぬ、という約束でございますので」

「いかに大身旗本の嫡男とは言え、儂《わし》の肖像画を求めておきながら名を明かしたくないというのは、無作法じゃの」

と、老剣客は苦笑した。

「大剣客、神崎半四郎先生のことを余程、まぶしく感じておられるからではありますまいか。どうぞ、堪忍してあげて下されませ」

「ふん。ま、いいわ。ともかく、ついて来るがよい」

「恐れ入ります」

宗次は先に立って庭の奥へ進む老剣客の後に従った。

屋敷内は静寂に包まれていた。独り《ひと》住まいであるかのような気配であった。が、それにしては庭内は綺麗に掃き清められている。

庭の一番奥はちょっとした畑になっていて、これも手入れが行き届いており、青菜《あおな》が芽を出していた。

その畑と向き合うかたちで、開け放たれた横に長い大きな櫺子窓《れんじまど》から朝の日が射し込んでいる、どっしりとした造りの剣術道場があった。

道場の入口には「無想塾」の看板が下がっている。神崎半四郎が書いたのか、見事な書体だ。

「此処へは一日置きに、諸藩の侍たちが鹿島神刀流の稽古《けいこ》に訪れる。今日は休みの日じゃが」

老剣客は、そう言い言い剣術道場に入っていった。

「明るくて気持の良い道場でございますね」

「この神聖なる道場の中央に黙然と正座している姿を描く、というのはどうかな」

「結構でございます。描く方としても、身が引き締まります」

「いつから始めるのじゃ。見たところ絵道具を持参しておらぬようじゃが」

「今日は先ず先生の御許しを頂戴致すために参りました。明日は諸藩の御侍様たちが稽古に見えましょうから、四、五日中に、ということで如何《いかが》でございましょうか」

「よかろう。但《ただ》し、余りだらだらと長期に亘るようでは困るぞ」

「一日に一刻半ばかり描かせて戴くと致しまして、それを一日置きに四度ばかり、お付き合い願えればと思いますが」

「うん、それならば承知した」

「それでは、先生の御許しを頂戴できましたことを早速《さっそく》、御依頼主様に御知らせして参ります」

「なんだ。茶も飲んでいかんのか。少しばかり雑談《はな》していったらどうだ」

「そのうちに、ゆっくりと……」

「そうか。では門まで送って行こう」

「めっそうも。此処で失礼させて戴きます」

「まあ、よい」

「これはどうも……申し訳ありません」

宗次は老剣客に見送られて、神崎邸を出た。いつものべらんめえ調を抑えていた堅《かた》苦《くる》しさで、首すじに汗を覚えた。

老剣客は宗次が通りの角を折れるまでその後ろ姿を穏やかなまなざしで、身じろぎもせずに見送った。

六

宗次が神田三河町の八軒長屋の路地へ入ると、井戸端に霜婆さんが人待ち顔で立っていた。鼻たれ小僧たちが、声高に路地を走り回っている。

「あれ、霜さん。一体《いってえ》どうしたんでえ、こんな所で」

「あ、宗次先生。お待ちしていたんですよう先生を」

囁き声で宗次に近寄る、霜であった。暗い表情だな、と宗次は思った。

「今日は下谷広小路の『伏見屋』へ、お君ちゃんと出かけていたんだろ」

相手に合わせて、宗次も声を低くした。

「ご存知だったんですか」

「朝、菊坂寮を訪ねたんだ。下手人につながるものが、何か見つかりやしねえかとな」

「そうでございましたか」

「お仙ちゃん、涙ぐみながら庭先を竹箒で掃いていたよ」

「可哀そうに……あの子、奥様から可愛がられていましたから」

「今お店《たな》からの帰りかえ。それとも抜け出してきたの？」

「帰りです。お君ちゃんは菊坂寮へ戻しました。私は先生にぜひ聞いて戴きたいことがありましたので……この長屋、すぐに判りましたよ」

「神田の八軒長屋と言やあ、ぼろ家の見本みてえなもんだからな。ともかく、霜さんの話とやらを聞こうかえ。絵師の部屋は汚ねえが、ま、覗いてくんな」

宗次は霜を促して先に立った。

二人は古い長火鉢を挟んで向き合った。

「葬儀だが、目立たぬようひっそりと、済ます事が出来たかい」

「はい。奉行所が何かと気遣ってくれましたので」

「そうかい。いずれは他人《ひと》様の耳に入るだろうが、お店《たな》の者《もん》の気持も、その頃にゃあ少しは落ち着いていやしょう。で、霜さんの話てえのは？」

「なんだか変なんですよう先生」

「変って？……」

「旦那様の善右衛門様がです」

「善右衛門さんの容態が、悪化したとでも言うのかね」

「いいえ。そういう意味ではありません。どこがどのように変、と上手くは言えないのですが、なんとなく妙なんですよう」

「霜さんよ。中風の長患いてえのは本人にとっても、まわりの者にとっても大層厄介だと聞いているぜ。善右衛門さんの面立ちとか性格が少しはおかしくなっても仕方がねえと思うんだがねえ」

「はあ……でも私《わたし》ゃあ、六十二のこの年まで三十年以上にも亘《わた》って菊坂寮を預かっておりますので、旦那様のことはよく存じ上げているつもりです。あのう……これは亭主の矢助には言わないでほしいのですけども……この婆《ばばあ》、実は……」

「どうしなすった」

「私や矢助をいつも大事に扱って下さいましたお優しい奥様の仇《かたき》を是が非でも討ち

たいので、恥をしのんで言います。先生、私《わたし》ゃあね……」

「言ってくんねえ。この浮世絵師宗次の口は滅法堅い。安心してくれて結構だい」

「この婆《ばばあ》。まだ乳の膨《ふく》らみがあった四十一の夏に奥庭の物置で、当時二十一、二で独り身だった旦那様に力ずくで犯されているんですよ」

「え……」

宗次は息をとめ、目の前の皺深い女の顔を見つめた。

膝《ひざ》の上に視線を落とす霜婆さんの目に、涙が滲《にじ》んでいた。二十年以上も前の屈辱の日を老いた脳裏に思い浮かべているのであろうか。

「それ、本当けえ」

「はい。嘘は申しません。その日から旦那いえ若旦那様は、矢助に遠方への用事を言いつけたり、下谷広小路の店を手伝わせたりしては、そのすきに私の体を物置や土蔵の中で自由にし続けました。まるで獣のように」

「なんてえこった」

「私《わたし》ゃあ、若旦那様を激しく憎悪しました。けれどもその憎悪とは逆に、体が次第に言うことを聞かなくなっていく無様《ぶざま》さに気付きましてねえ」

「若旦那の若く荒荒しい求めに、体が狂い出した。そう言いてえのか」

「恥ずかしいことに……はい……。その結果、若旦那様の子を二度も堕《お》ろしました」

「そりゃひでえ。ひど過ぎる。で、矢助さん、気付いちゃあいねえのか」

「気付いちゃいません。お人善しの矢助、とまで言われている程の善人ですから」

「堕ろした子は、若旦那の子に違いねえんだな」

「女には判ります」

「で、その異常な関係は、どれほど続いたんでえ」

「若旦那様が奥様……佐代奥様を迎えるまでの、五年の間……」

聞いて宗次は、ふうっと溜息を吐いてしまった。

「だから宗次先生。私《わたし》にゃあ肌を触れ合った旦那様のことが、よく判るんですよ」

「なるほど……」

「どこかが妙なんです、どこかが。そりゃあ、背丈も体つきも顔も旦那様には違いありませんけど」

「どこかが妙、と感じるのは、長患いの中風のせいじゃねえのかなあ」

「そうでしょうか……奥様殺しの手がかりに繋《つな》がってやしないかと思って、勇気を出して打ち明けてみたんですけど」

「辛《つれ》え話をありがとよ。ところで旦那の容態だが、蘭方医の原渕良玄先生のところまで月に三度、駕籠に乗って通院できるまでに回復している、と平造親分から聞いているが、そうかえ」

「はい。駕籠に乗るときだけ番頭さんたちの手を借りていますが、そのあとは旦那様の強い希望で供《とも》の小僧も連れずに一人で通院しているようで……あ、確か、明日がその通院の日ですよ」

「私《あっし》はまだ善右衛門さんの顔を知らねえんだ。いい機会だから、ちょいと拝《おが》ませて戴くとするか」

「いつも巳《み》の刻ごろに出かけているみたいです」

「そうかえ。じゃあ、その頃には『伏見屋』の前あたりをさり気なく歩いてみやしょう」

「宗次先生、いま私が打ち明けたこと、くれぐれも……」

「お霜さんの辛さ悔しさ、この宗次の胸深くにしっかりと納めて外にゃあ出さねえ。安心してくんな。それよりも、矢助さんを大事にしてあげなせえ。夫婦信じ合って、いつまでも仲睦《むつ》まじく……な」

「先生の御言葉、身にしみます。それじゃあ私、これで……」

「茶も出さねえで申し訳ねえな。なにせ独り身なもんで」

霜は暗い表情のまま帰っていった。

宗次は暫くの間、長火鉢の前から動けなかった。目の前に、霜婆さんの大きな悲しみが、まだ座っているような気がした。善右衛門に汚《けが》された体を、亭主の矢助に今日まで隠し続けてきた霜の苦しみ悲しみがどれほどのものか、宗次には理解できた。

（お霜さん、頑張って長生きしなせえよ。この宗次、必ずお前《めえ》さんの仇も討ってあげますぜ）

そう胸の中で呟き、己れに誓う宗次だった。

七

翌朝巳の刻の少し前ごろ、宗次は不忍池《しのばずのいけ》に近い下谷広小路の酒問屋「伏見屋」の斜め向かいに、「飯代先払」の大看板を立てている朝飯屋へはじめて入った。

界隈《かいわい》の仕事場で朝の早くから空きっ腹のまま一仕事した大工や左官、魚介類の仕入職人らしいのが、この刻限に続続と集まってきている。

宗次は「伏見屋」が見える大きな格子窓そばの床几に腰を下ろし、白湯《さゆ》を持ってきた店の小僧に銭を先払いして味噌汁と飯だけを頼んだ。

店内はかなり広かったが満席に近く、出入りの客でかなり混雑しており、宗次は「飯代先払」商法をなるほどと思った。これなら混雑にまぎれて食い逃げされる心配はない。

味噌汁と飯が直ぐに小僧の手で運ばれてきた。客を待たせないのも、心憎い。

味噌汁を見て、「これは……」と宗次は驚いた。大きな汁椀《しるわん》に豆腐、葱《ねぎ》、大根、青菜、細切り牛蒡《ごぼう》などが、おかずになりそうな程たっぷりと入っていて、ひと啜《すす》りしてみた汁の味もまた格別だった。

「さあさあ、どんどん配ってや。お客さんを待たせたらあかんでぇ。待たせたらあかんでぇ」

調理場の奥から、どら声の上方言葉《かみがた》が聞こえてきた。どうやら「飯代先払」も、客を待たせないのも上方商法らしかった。宗次は気に入った。また来よう、という気持になった。

彼は職人たちがしているように飯に味噌汁をぶっかけて、かき込んだ。うまい、と思った。

食べ終えた頃、空《から》の町駕籠が「伏見屋」の店先にやってきたので、宗次は白湯を軽く濯《すす》ぎ飲みして腰を上げた。

店の者《もん》たちの手に助けられて、伏見屋善右衛門と判る中年のやや太り気味な男が現われた。八の字眉《まゆ》で、口を薄く開いた、ぼうっとした顔つきの男だった。どうやら右手右脚に力が入っていないところから、右半身にそれなりの麻痺《まひ》あるいは痺《しび》れがあるようだった。この野郎が獣のようになって何年にも亘って霜さんを苦しめやがったのか、と宗次の目つきが険しくなる。

善右衛門を乗せて町駕籠は動き出した。なるほど霜が言ったように、店の者は誰も付き添わなかった。

朝飯屋を出た宗次は、駕籠の後をつけた。蘭方医の原渕良玄と言えば名医として知られた人物だから、その屋敷《すまい》は市谷左内坂《いちがやさないさか》あたりと耳にしている。

そして駕籠は、間違いなくその方角への道を進みつつあった。

大外濠川《おおそとぼり》に沿って牛込《うしごめ》御門近くにまで来たとき、「あら、宗次先生じゃあございませんこと?」と、後ろから澄んだ綺麗な声がかかった。なまめかしい艶《つや》のある声だった。

相手が誰であるか直ぐに判った宗次は、(まずい……)と振り返らずに足を速めた。

下駄の音が、軽やかに追ってくる。

「男が逃げ足なんて卑怯《ひきょう》ですよ。宗次先生ともあろう御方《おかた》が」

言われて宗次は仕方なく足を止めた。下駄の音が直ぐ背《うし》ろでやんで、宗次の耳たぶに「ふうっ」と息が吹きかけられる。ぞくり、となって宗次は首をすくめた。

「意地悪……」

「用があって急いでいるんでござんすよ」

と宗次は、ようやく振り向いた。江戸で五指に入る呉服商「松屋《まつや》」のひとり娘美千《みち》の艶然《えんぜん》たる笑顔が、唇が触れ合いそうなほどの間近にあった。ひとり娘とは言っても、入婿《いりむこ》亭主もいれば一男一女をもうけてもいる四十歳。けれども、五尺七寸を超える宗次と並んでも殆ど変わらぬ背丈と、圧倒的に豊かな肉づきのその体、それに端整などこか妖しい面立ちは三十を過ぎた程にしか見えない。

会えば「抱いて、抱いて……」としつこく迫る美千の妖し絵を宗次が描いたのは、ふた月ほど前。立派な亭主がいる女の裸身を「ぜひに……」と言われて描いたのは、この美千が初めてだったが、（もう、こりごり……）と宗次は思っている。何処でばったり出会おうと「抱いて、抱いて……」と、だだっ子のように喘《あえ》ぎ囁いて場所を弁《わきま》えない。

「ねえ先生、これから何処へいらっしゃるの」

と、この日も五本の手指を宗次の手に絡ませてくる。

「すまねえが今日はお内儀の話し相手はしておれねえんだ。大事な用があってな」

次第に遠ざかっていく善右衛門が乗った駕籠を視野の端で捉《とら》えながら、美千の手指を振り払う宗次だった。

「旦那も子供さんもいなさる、大店《おおだな》のお内儀なんだ。朝っぱらからそう体をくねらせずに、びしっとしなせえ。びしっと」

「でも体が日に日に溶けていくようで……毎夜、両の手でお乳を押さえて先生のことばかり考えています。ねえ、お願い。ここから『松屋』の寮までは近いから……ね、いいでしょ」

「よしなせえ。旦那以外の男と立ち話をするにゃあ、二尺と間を空けて話をしねえと、お天道様《てんとさま》にこっぴどく叱《しか》られますぜ。一生懸命に働いている旦那や大勢の店の者《もん》のことを、片時も忘れちゃあならねえのが、お内儀の立場なんだ。馬鹿言ってる場合ですかい」

「ま、ひどい……」

「見れば供の丁稚《でっち》も連れていなさらねえ様子。一人で一体どちらへ行きなさるんでい。火付盗賊かどわかし、が横行する物騒な世の中なんだ。妖しい魅力のある大店のお内儀が物欲しそうに一人で町中をぷらぷらするもんじゃ、ありませんぜ。さ、店へ帰りなせえ」

「帰らない……ねえ先生、お願い。私を描いて下さったあの寮へ……ねぇ」

「勝手にしなせえ」

　これ以上美千にかかわっていると駕籠を見失うと思った宗次は、くるりと背を向けて駆け出した。

　市谷田町《いちがやたまち》三丁目、下《しも》二丁目、上《かみ》二丁目、一丁目と大外濠川《おおそとぼりがわ》沿いに遡《さかのぼ》っていた駕籠が、市谷左内坂の手前を右へと入っていった。

（はて……あの辻は長延寺谷《ちょうえんじたに》通りだが）

　と首をひねりつつ、その通りに入って宗次の足が止まった。

「しまった」と彼は舌を打ち鳴らした。真っ直ぐに延びている長延寺谷通りから町駕籠は消えていた。町家と旗本邸が入り混じったこの辺りだが、少し先は長延寺門前町となっている。いつも昼時《じぶんどき》を過ぎる頃から長延寺に参詣《さんけい》する老若男女が目立ち始めるこの通りであったが、今はまだ疎《まば》らだった。

「寺か……」と見当をつけて、宗次は長延寺へ急いだ。市谷左内坂は、長延寺を挟んで反対側だ。寺にひと参りし、境内を反対側へ抜けて医者邸のある左内坂へ出ることは充分に考えられる。

　このとき、駕籠が門前町の向こう角から現われて、こちらに向かってきた。間違いなかった。伏見屋善右衛門が乗っていた駕籠だ。

　しかも駕籠は空《から》で、宗次の目の前を軽快に走り過ぎた。

「妙だな。体が不自由だというのに、なぜ駕籠を帰したんだ……」

　呟いた宗次は、くつろいだ表情を装って長延寺の境内へ入っていった。広い境内だった。

　本堂周辺に、善右衛門の姿はなかった。宗次はさり気ない足どりで、本堂裏手のよく手入れされた美しい竹林へ入っていった。

　ひっそりとした竹林の中には、立派な庫裏《くり》や宝物殿、やや小振りな五重の塔、僧侶《そうりょ》の修行道場などが点在している。

（いた……）と、宗次は太い竹の陰に軽くしゃがんだ。善右衛門は五重の塔の濡れ縁に腰を下ろし、どことなく人待ち顔だった。

（あの表情……番頭たちの手に助けられて「伏見屋」の店先へ現われた時の、ぼうっとした顔つきとは明らかに違うな。はっきりとした目的を持った者の表情……に見える）

　宗次は、そう思った。霜が言った「どこかが妙なんです、どこかが。そりゃあ、背丈も体つきも顔も旦那様には違いありませんけど」が、宗次の脳裏に甦《よみがえ》ってきた。

（霜婆さんよ。こりゃあ、ひょっとするとあんたの大手柄かもしれねえぞ）

宗次が胸の内で呟いたとき、善右衛門が五重の塔の濡れ縁から下り立った。それは中風を長く患っている者の動きではなかった。五体に力が入っていた。よろめかない。そして竹林の東の方角を見つめている。

少し腰を上げた宗次はゆっくりと静かに首を左へ振って、善右衛門の視線を追った。

意外な人物を竹林の奥に捉《とら》えて、宗次は息をのんだ。二百石取りの旗本神崎半四郎、鹿島神刀流の老剣客が、まぎれもなく其処《そこ》にいた。見誤りではなかった。

「どういうことだ……」と、宗次の目がきつくなる。

神崎半四郎が歩みを止め、善右衛門が自分の方から近付いていった。中風の長患いなどとんでもない。しゃんとした歩き方だった。

この時になって宗次は、善右衛門の懐が、重みがありそうな膨らみを見せていることに気付いた。

宗次は低い姿勢のまま、足音に気を配り善右衛門と並行に竹林の中を動いた。

神崎半四郎と善右衛門が向き合った。どちらも無言、無表情だった。

と、善右衛門が右手を懐に入れ、布包みのようなものを取り出して、両手で半四郎に差し出した。

受け取る半四郎もまた、両手であった。それだけの重みがある、ということなのであろう。また、ありそうだった。

(金だ……)と、宗次は見た。もしそうだとすれば四、五百両はあるか、と宗次は思った。

大金である。

老剣客と善右衛門は、それで用が済んだのか一言も交わさずに別れた。

宗次は再び、善右衛門と並行に姿勢低く竹林の中を移動した。

すると善右衛門は、今度は本堂の広縁に腰を下ろした。

宗次は竹林の中から、その横顔をじっと見続けた。

四半刻《とき》と経たぬうちに、またしても町駕籠が善右衛門の前にやってきた。

だが、先程とは別の駕籠屋であった。舁《か》き手の着ている印半纏《しるしばんてん》も額の捩《ね》じり鉢巻の色も、先程の舁き手のものとは違っていた。

善右衛門が舁き手に助けられ、大仰《おおぎょう》に右足をひき摺《ず》りながら駕籠に乗った。

運ばれて行った先は、原渕良玄の屋敷だった。

八

店を開けるのは申《さる》の刻を過ぎてからと決まっている料理茶屋「夢座敷」へ、浮世絵師宗次は昼八ツ、未《ひつじ》の刻ごろ足を運んだ。妖し絵を描き終えた女のもとへは、二度と足を向けないことを信条としている宗次である。が、この日ばかりは、そうも言っておれなかった。

女将の幸が店先を掃き清め、下働きの小娘が水を打っていた。生き生きとして見える小娘の表情は、働き甲斐《がい》をこの店に見つけているからだろうか。

宗次は少し離れた木陰に佇《たたず》んで、女将がこちらを向いてくれるのを待った。

提げ桶《おけ》の打ち水が切れたのか小娘が店の中へ姿を消し、竹箒を持つ手をひと休みさせた女将が宗次の方を見た。

二人の目が合って、女将が「あら……」という表情をつくる。

宗次が裏木戸の方を指差すと、頷いた女将はいそいそとした素振りで店の中へ戻った。

通りの角に建つ表店《おもてだな》の「夢座敷」は、東西に二十間《けん》、南北に十五間の入母屋《いりもや》造り総二階という大店だった。

宗次が料理茶屋の塀に沿って裏口へ回ると、女将の幸が待ち構えていたように木戸を開けた。

とたん、宗次は「しいっ……」と、唇の前に人差し指を立てて見せた。訪れた理由が理由だから、険しくなっている顔つきが自分でも判った。

いつもと様子の違う宗次に気付いて女将の表情が、ふっと曇る。

妖し絵を描き上げた離れで、二人は向き合った。

「どうなさったのですか宗次先生。なんだか怖いほど真剣な顔つき……」

「すまねえ。今日訪ねてきたのは、ちょいと訳ありでな」

宗次は女将の様子から、佐代が殺された事件はまだ耳に入っていないな、と思った。

「訳ありって……いやな話？」

「この『夢座敷』は酒問屋『伏見屋』とは長い付き合いだ、とか言っていたな女将」

「ええ。夢座敷《うち》は『伏見屋』さんからしか、お酒を仕入れていませんから」

「その『伏見屋』のお内儀のことで、少し訊《き》きてえのさ」

「お佐代さんのことで？……まさか先生、お佐代さんの妖しさに負けて……」

「そんな浮いた話じゃねえよ。女将はお佐代さんとは個人的にも親しかったのかえ」

「そりゃあ宗次先生を、お佐代さんに紹介するほどでございますもの。月に三度ばかり二人して神田明神下の師匠ん所へ、三曲お稽古《けいこ》にも通っていますし」

「三曲お稽古ってえと、琴、三味線、胡弓《こきゆう》などを一緒に奏《かな》でる、良家の子女向きとか言うあれだね」

「べつに良家の子女向き、と言うほどのことでは……」

「そのお佐代さんだが、これまで女将に相談ごとなど持ち掛けたことはなかったかえ」

「相談ごと？」

「たとえば中風の夫の面倒を見る苦労とか、店をやっていく苦労とか」

「先生、どうしてそのような事をお知りになりたいのでございますか」

女将に真っ直ぐに見つめられて、宗次は足元に視線を落として考え込んだ。理由《わけ》も告げずに佐代のことをあれこれ訊き出そうとすれば、訊かれた相手は不審に思って当然である。だが奉行所が公表を手控えている現在《いま》の段階で、佐代の悲劇を思い切って女将に打ち明けるには、彼女の人柄や口の堅さを信頼する必要がある。妖し絵を描く目的で彼女の素晴らしい裸身《からだ》を見知ったことなどは、信頼につながる筈もない。

宗次は視線を上げて結論を出した。

「女将……」

「はい」

「話は少し脇道へそれやすが、女将は私《あっし》のことを本心どう思っているんだ。これは巫山戯《ふざけ》半分に訊いているんじゃねえ。真面目に答えてくれ」

「言葉を飾らずに言わせて下さい……先生のこと、大好きです」と、幸は真顔で答えた。

「本気かえ」

「本気です」

「一体《いってえ》このしがない浮世絵師のどこを気に入ってくれたんでえ。聞かせてほしいな」

「私《わたくし》の裸身《はだか》を見つめて絵筆を執る宗次先生に、真剣を身構えて敵と対峙《たいじ》するお侍の姿が何故《なぜ》か重なったのでございます」

聞いて宗次の表情が、僅かに動いた。

「凄い気迫を感じました。先生が真剣勝負をなさっている、と気付いたのは三日目ごろからだったでしょうか。そして出来上がった素晴らしい妖し絵に、思わず身震いを覚えるような真剣勝負の結果が出てございました。息が止まるほどの」

「嬉しい見方をしてくれるなあ。ありがとよ女将」

「それに先生は、肌身を見せています私《わたくし》に指一本お触れなさいませんでした。男の裏表が見える『夢座敷』という接客仕事をしている私《わたくし》には、判るのでございますよ。この御方《おかた》こそ、本当の男でいらっしゃる、と」

「じゃあ女将……」

「はい」

「この浮世絵師が今、女将を抱こうとしたら？」

「拒みなど致しません。拒むものですか」

「私《あっし》の女房になってくれ、と迫ったら」

「ああ、先生喜んで……」

「大店『夢座敷』の金蔵から三十両、五十両と持ち出しては、飲む・打つ・買う、で使いまくる亭主になるかもしれねえぜ」

「先生は、そのような男ではないと見抜いてございます」

「そうけえ……」と宗次の表情が、ようやく緩《ゆる》んだ。

「でも宗次先生。私《わたくし》は先生に比べて何もかも幼な過ぎます。人間《ひと》として未完成な部分が余りにも多うございます。それでも、お宜《よろ》しいのでしょうか」

「未完成な人間、結構でござんすよ。それに何より、女将の肌身の色艶はどう見たって、十七、八ってえとこだ。胸の妖しい張り具合なんぞ小野小町《おののこまち》と雖《いえど》も追いつきやしねえ。女将に限って、人間的に完成だあ未完成だと気にするこたあ、ありやせんや」

「それを聞いたら宗次先生、私《わたくし》、もう……」

「おっと止《よ》しねえ。これからが大事な話なんだ」

「はい。とうの昔に承知してございますよ。私《わたくし》という女が先生にとって信用できそうな人間かどうか、試されたのでございましょう」

「こいつあ参った。さすが大店『夢座敷』の女将だ。かなわねえ」

「さあ、お佐代さんのことを、あれこれと知りたい理由《わけ》を聞かせて下さいましな。絶対に口外致しませぬゆえ」

「うん。実はな女将……」と、険しい表情に戻る宗次だった。

彼は、「伏見屋」のお内儀が殺されたことを打ち明けた。先入観を与えてはいけないので、中風の善右衛門が、ぴんしゃんしていることは伏せておいた。

「な、なんてことを……あのお佐代さんが」

幸の受けた衝撃は大きかった。両手を顔に当てて泣き、暫《しばら》くの間は宗次も彼女の身そばへ寄って見守ってやるしかなかった。

「すまねえな。酷い話を聞かせちまって……」

宗次は女将の白いうなじを見つめながら背中を、そっと撫でてやった。一年前に亡くなった「夢座敷」の旦那徳兵衛も、さぞやこの美しい妻を残しては死に切れなかっただろうに、と改めて思うのであった。

「申し訳ございませぬ。取り乱してしまって……」

着物の袂《たもと》で目がしらを拭《ぬぐ》い、幸が顔を上げた。宗次はその頬を両手にはさんで、額《ひたい》に唇を近付けていった。幸が「あ……」と、戸惑い気味に微《かす》かな声を漏らしたとき、宗次の唇はすでに額に軽く触れていた。

短くふわりと。そのためにかえって、幸の豊かな体に稲妻《いなずま》が走った。

彼女から離れて宗次は静かに言った。

「辛《つら》い事を聞かせてしまって本当に済まねえ。しかし、いま打ち明けたように、一歩間違えばこの浮世絵師宗次が下手人として御縄を掛けられていたかもしれねえ状況が、整えられていた。下働きの霜婆さんがいなけりゃあ間違《まちげ》えなく、そうなっていただろうよ。だからこの宗次、何としてでも下手人の目星《めぼし》をつけてえんだ。判ってくれるね女将」

「はい」

「あのような酷い殺されようをしたお佐代さんだ。仲の良かった女将に、事件につながるような相談ごとを持ちかけていた可能性がある、と私《あっし》は睨《にら》んでいるんだ。何でもいいから、思い出しちゃあくれめえか」

「お佐代さんは気性のしっかりした人で、旦那さんが中風で倒れた時でさえ、泣きごと一つ言わなかった人でございます……あ、でも、一度だけ妙なことを口走ったことが」

「いつのことだね」

「旦那さんが静養先の菊坂寮から数か月振りに店へ戻ってきた頃でしたから、あれは……」

「ちょっと待ってくんねえ。旦那の善右衛門さんは、店ではなく菊坂寮で静養していなすったのか」

「はい。繁盛して人の出入りが激しい店では療養に差《さ》し障《さわ》りがあるから、とお佐代さんや番頭さんの勧めで、症状が落ち着き出した頃に寮へお移りなさいました」

「無理にではなく、本人も了承して？」

「お佐代さんも番頭さんも、決して無理強いをするような人ではございません。それに名医で知られた原渕良玄先生も承知の上でのことですから」

「で、その菊坂寮から下谷広小路の『伏見屋』へ戻ってきたのは？」

「去年の秋、確か九月の終りか十月のはじめ頃だったかと」

「つまりその頃に一度だけ、お佐代さんが妙なことを口走ったというのだね」

「はい。すくなくともこの幸には、妙なこと、と感じられたのですけれど……」

「聞こう」

「店に戻ってきた主人がどこか変だ、と言ったんですよ。顔も背丈も体つきも主人だがどこか変だ、と」

菊坂寮の下働きの霜婆さんが言っていたことと同じだ、と宗次は思った。

問題はその〝変〟を、佐代と霜のどちらが先に感じたか、であった。

宗次は、佐代の方が先ではないか、と想像した。なぜなら彼女は「店に戻ってきた主人がどこか変」と言っているのだ。

これに対し、霜が口にした〝変〟は、「近頃気付いた」ような口ぶりだった。

（……ということは、善右衛門が〝変〟になったのは、菊坂寮から下谷広小路の店へ戻る直前あたりか……つまり寮で下働きの霜が、〝変〟と気付く余裕はなかったのかも）

腕組をして障子の一点に視線を注ぐ宗次の顔を、幸は身じろぎもせずに見つめた。

「ところで女将。『伏見屋』の先代というのは、どういう人物なんだえ。何か知っていることがあったら、教えてくんねえか」

「すでにお亡くなりになっている先代創業者の源左衛門さんでございますね。お佐代さんからは幾度か、仕事は出来ても女癖のあまり良くなかった人、と聞かされています」

「それだけかい」

「え？……」

「女癖についてもっと突っ込んで聞かされていたなら、打ち明けてほしいのだが」

「…………」

「頼まあ女将。口外しちゃあならねえ、とお佐代さんから口止めされていたとしても、今回ばかりはその約束を破ってくんねえか。何としても、お佐代さん殺しの下手人の目星をつけてえんだ」

「判りました先生……実は色町通いで知られた先代の源左衛門という御方《おかた》。自分の妻、つまり善右衛門さんの母親の妹を手ごめにして男の子を産ませたそうでして……」

「なに。色町通いじゃ飽き足らねえで自分の女房の妹を手ごめに……」と、はじめて聞いた風に驚いて見せる宗次だった。

「しかもその妹さん、二百石の旗本家へ嫁いでいた武家の妻女だったものですから、赤子を産んで暫くしてから夫に手打ちにされたとかの噂を耳に致してございます」

「なんてえ残酷な話でえ。それで残された赤子は?」

「さあ。そのへんの事は、『伏見屋』でもよく判らないみたいですよ。とにも角にも『伏見屋』としては二千両もの大金を旗本家に差し出して平謝りに謝り、それで何とか騒ぎは収《おさ》まったらしいのですけれど……」

「ふーん。二百石取りの旗本と雖も生活が楽じゃねえ御時世だから、二千両という大金を目の前に積まれりゃあ肝っ玉がひっくり返って、侍魂なんぞ吹っ飛んじまったかも知れねえな」

「お気の毒なのは、源左衛門の手ひどい裏切りに苦しみながら生涯を終えた大奥様と、赤子を残して手打ちにされたらしいその妹さんですよ。それはそれは仲の良い双子の姉妹だったようですから」

「えっ、双子の姉妹?」

はじめて知った事実に、今度は本当に驚く宗次だった。

「ええ。十八で嫁いだお佐代さんが大奥様から打ち明けられた話によれば、二人並ぶと、どちらが姉でどちらが妹か判らないほど、そっくりだったらしくて」

「それほど似ていたのかい」

「ええ。お佐代さんは、そう仰《おつしや》っていましたよ」

「女たらしの先代源左衛門は、うり二つの双子の姉妹の姉を女房にして善右衛門を産ませ、妹を手ごめにして男の子を産ませたか……ふん。少し読めてきたぞ」

「読めてきた、と申しますと？……」

「いや。こっちの話さ。いいことを聞かせてくれたな女将。恩《おん》に着るぜ」

宗次は立ち上がった。幸の白い手が、宗次の袂《たもと》の端を遠慮がちに摑んだ。

「まあ、もうお帰りになるのでございますか宗次先生」

「この次は客として、ゆっくりと来させて貰うよ。手持のあり金はたけば、『夢座敷』の正面玄関を潜れねえこともあるめえ。その時は、ひとつ安くしてくんな」

「何を窮屈なことを仰っているのですか。用が済めば、はい左様《さい》なら、は余りにもひどいじゃあございませぬか。どうか、お酒の一本でも二本でも飲んで帰《い》ってくださいまし。お宜《よろ》しいでしょ」

「けど店はまだ開いちゃいねえし、ここは女将の部屋だ。私《あつし》は裏口から入って来た男だし、此処へ酒を運ばせる訳にもいくめえ」

「宜しいのでございますよ、もう」

「え？」

「昨夕《ゆうべ》私《わたくし》、仏間の主人徳兵衛に白状したのでございます。色色なお客様に対して年《と》齢《し》を大年増《おおどしま》に偽《いつわ》り、あれこれの誘いの手をなんとか逃れてきたけれど、どうやら宗次先生に本気で惹《ひ》かれはじめたかも知れません……と」

「おいおい。仏を怒らせちゃあ罰が当たりますぜい。これからもずっと、大年増でいなせい大年増で……」

「いいえ。固く口止めした上で、板場を任せている父親のような大番頭にもきちんと打ち明けましたの」

「なんてえ早まったことを……で、大番頭は何と言ったね」

「亡き旦那様に正直に告げたのなら、それでいいじゃありませんか。女将さんも第二の幸せを早く摑まなくちゃあ、って言ってくれました」

「ふうん。開《ひら》けた大番頭もあったものだ」

「さすが父親のように頼ってきた六十一歳。物判りのいいことを言ってくれる大番頭だ、と胸が熱くなりましてございます。ですから、ね、先生。少し飲んで帰って下さいまし」

「判りやした。そこまで言って下さいやすなら、素直に一、二本ばかり頂戴致しやしようか」

宗次は腰を下ろし、女将が「それでは用意をして参ります」と部屋から出ていった。

九

ひと気《け》の絶えた大外濠川沿いの夜道を、宗次は八軒長屋に向けいい気分で歩いた。一本が二本、二本が三本と重なって、大き目な徳利で五、六本は呑んだであろうか。酒に呑まれる事などは決してなかったから、足元のふらつきなどはなかったが、とも角いい気分だった。

だが、暗い夜道であった。空には半月が浮かんでいたが、流れ雲が多くて頻繁に姿を隠し、そのつど大江戸の闇《やみ》は濃さを増した。

と、何処か遠くの方で呼び子が鳴って、宗次の足が止まった。

「春日町の平造親分が、こそ泥《どろ》でも追っているのかな」と、彼は呟いた。

「そうそう。親分の女房《かみ》さんが赤子に乳を含ませているところを描いてやらなきゃあ……うん」

宗次は思い出してひとり頷き、また歩き出した。

闇のずっと向こうに居酒屋「しのぶ」の赤提灯《ちょうちん》が、小さくぽつんと見え出していた。

月が雲に隠れて、すうっと足元が暗くなる。

呼び子は、もう聞こえなかった。こそ泥は御用になったのだろうか、と宗次が頭の片隅で想像したとき、後ろから駆け迫ってくる足音があった。

複数の者、それも二人や三人ではない足音だった。

宗次が振り向き、月が雲間に出て、淡い光が大江戸に注いだ。

勢いをつけて向かってくる者五名。それが一斉に抜刀《ばっとう》した。

宗次は雪駄《せった》を脱ぎ、大外濠川ぎりぎりまで退《さ》がった。いや、退がろうとした、と言い直すべきかも知れない。それほど相手は間近に迫っていた。身構えるひまが、なかった。

先頭の男――浪人態《てい》――が、無言のまま真っ向うから宗次に斬りかかる。

それに対し、浮世絵師宗次は無謀にも、降《ふ》り下《お》りてくる相手の刀に向かって突っ込んだ。

切っ先が宗次の額を割ったか、と誰の目にも見えたであろう次の瞬間、彼の肩の上で浪人態は大車輪を描いていた。鮮やかな、弧《こ》であった。

地面に叩きつけられるドスンという痛ましい音。

余りの早業《はやわざ》、それも絵に描いたような強烈な一本背負いに、残り四人の足が止まった。叩きつけられた浪人は仰向けのまま、ぴくりとも動かない。

宗次は大外濠川ぎりぎりまで退がり、左足を外側へ出すかたちで引き腰を軽く下げ、両手は地面に対し八の字を書くかたちで身構えた。

「揚真流地摺《ようしんりゅうじず》り投げ……」と浪人の一人が呟き、宗次が「ほう。ご存知でしたかえ」と小声で返した。この短いやり取りの間に、浪人四人は宗次に対しジワリと半円を描きつつ間合を詰《つ》めた。

「揚真流地摺り投げ……」の呟きを漏らした件《くだん》の男が、宗次の身構えの弱点を見つけたのかどうか、まるで這《は》うような低い姿勢で斬りかかった。

刃が夜気を鳴らして、浮世絵師の両脚を右から左へと閃光《せんこう》の如《ごと》く払う。

宗次が慌てることなく、両脚を縮めるようにしてふわりと敵の方へ舞い上がるや否《いな》や、伸ばした両手でがっしりと両肩を摑み、そのまま己《おのれ》の体を相手の頭上で一回転させた。

宗次の足の裏が相手の背側の地面に触れた刹那《せつな》、浪人の肉体は反動に引き込まれるかたちで、唸《うな》りを発し宗次の頭上で大回転した。

地面にのめり込むほど激しく叩きつけられたその肉体が、バキッと鈍い音を立てる。

目をそむけたくなるような痙攣《けいれん》が、浪人を見舞った。

残った三人が、素早く退がって宗次との間を開いた。三人が三人とも目を瞠《みは》っている。

「今のが揚真流地摺り投げでい。これくらいで、もう止《よ》しねえ。次はこの堀川へ叩っ込みますぜ。桜の時期とは言え、お堀の水はまだ冷《つめ》てえやな」

「き、貴様……町人ではないな」

三人の内の一人が、そう言いつつ刀を鞘《さや》に納め、あとの二人もそれを見習った。

「私《あつし》は浮世絵師の宗次。歴《れつき》とした町人でさあ。お前《めえ》さん方、そうと知って襲い掛ってきたのでござんしょ。誰かに金でも貰って頼まれやしたかい」

「ふざけるな。揚真流柔術は、揚真流剣法の皆伝者にのみ伝授される実戦柔術のはず。我らがそれを知らぬと思うておるのか」

「揚真流剣法も柔術も、一介の町人が極めることの出来る武術ではないわ。貴様は武士であろう。侍なら侍らしく名を名乗れ」

「…………」

「けっ。笑わせるねえ唐変木《とうへんぼく》め。闇夜にこのか弱い町人を不意討ちしておきながら何を寝惚《ねぼ》けたことを言ってやがるんでい、この阿呆《あほ》ん陀羅《だら》が。てめえ達《ら》がいま何をしたか、その悪人面を鏡に映して、よっく眺めてみな。へどが出らあな」

「な、なにっ。無礼な」

「お前《めえ》さん方。やっちゃあならねえ事をやれと、何処其処の誰かに金で頼まれなすったに違いねえ。幸か不幸か身構えた太刀すじはまだ曇っちゃあいなかったぜい。悪いことは言わねえやな。いまのうちに心を洗い直して、お天道様に対し恥ずかしくない真《ま》っ当《とう》な生き方をしなせえ。闇討ち稼業なんぞ止しにするこった。でねえときっと後悔しますぜ」

「…………」

「じゃ、ご免なすって」

宗次は、ひょいと頭を下げると、その場を離れた。

その後ろ姿を見送りながら、三人の浪人の内の一人が呻《うめ》くように漏らした。

「何者だ、あいつ……間違いなく……揚真流を極めておる」

「確かにな……凄い投げだった」

と、別の一人が、痙攣のおさまらぬ仲間を見つめる。

月が雲に隠されて、濃い闇が訪れ辺りを包み込んだ。


宗次は居酒屋「しのぶ」の暖簾をくぐった。店が最も立て混んでいる刻限だった。今日一日の、きつい仕事からくる疲れを癒《いや》そうとしてか皆、陽気だった。箸《はし》で茶碗《ちゃわん》や床几を叩いて調子を取り、あれやこれやを歌って、むんむんたる熱気である。多くは、職人風だった。下級の御家人《ごけにん》らしいのもいる。

主人《あるじ》の角之一が宗次に気付いて何やら言ったが、宗次の耳へは届かなかった。

それほど活気に満ちた騒然たる店内だった。

角之一が、人差し指を天井に向け、何やら言った。唇の動きは、どうやら「二階へどうぞ……」と言っているようだった。二階は角之一ら家族が起居する部屋である筈だ。

「いいの?」と宗次が唇を動かして見せると、角之一の頷きが返ってきた。

宗次が二階へ上がってみると、平造親分が暗い中庭を望める窓にもたれ、一人でちびりちびりとやっていた。

「おやまあ宗次先生じゃないですかい」

「これは平造親分……」

「いやね。下が余りに混んでいて、ゆっくり飲めねえもんで、角之一が〝二階でどうぞ〟と気を利かせてくれたのよ」

「女房《かみ》さんや赤子が待つわが家へ、早く帰らなくていいんですかい」

「なあに。今日は夕暮れ時にこれまでにない激しい大捕物があったんで、ちょいとばかしホッとしているところさ。俺の放った投げ縄が、手配り中だった凶賊の頭《かしら》の首に絡み付きやがってね。それで御用だ」

「ほう。それは大手柄だ。おめでとうござんす」

「で、奉行所の日頃はケチで知られた与力旦那から、よくやった、と小粒を頂戴したんで、ここで息抜きをしているところよ」

「そう言えば、先程も遠くで呼び子が鳴っていたかなあ」

「呼び子を鳴らして派手に追っかけるのは、たいてい小物の賊の場合でな。大捕物の場合は目立たぬよう隠密に調べを重ねて相手に迫《せま》っていかなくちゃあならねえ」

「このところ商家への押し込みが増えている、という噂をよく耳にしやすぜ」

「うん、確かに増えている。とくに芝高輪《しばたかなわ》から品川宿《しながわ》にかけてが深刻でな。どれもこれも皆殺し、という酷さだ。奉行所のお許しなく詳しいことを、あまり誰彼に話す訳にはいかねえが」

「平造親分は、念願の赤子を持った身だい。お手柄もいいが、無茶は決してしねえで下せえよ。お乳の立派な女房《かみ》さんを、悲しませることのねえように」

「そうよな」と親分が微笑んだところへ、小女が熱燗を二本運んできた。

「そのうち、頼まれた絵を描きに伺いやすよ。ま、熱いのを一献《いっこん》」

「お、すまねえ」

二人は猪口《ちょこ》を触れ合わせて、一気に飲み干した。

「うめえ」

「うめえねえ先生よ。今夜は尚更だわい」

「そりゃあ手柄酒は、うまいもんでさ。ささ、もう一献」

「頂戴するぜ」

二人はまた猪口を触れ合わせて飲み干し、顔を見合わせて、どちらからともなく静かに笑った。

（怖そうな獅子面だが、全く心根のよさそうな親分だ）

（この若い絵師、妙にしっかりした印象だが……本当に町人の生まれか？）

それぞれの思いを込めて、胃袋にうまい酒を流し込む二人だった。

「ねえ平造親分……」

「ん？」

「近いうち、平造親分の手をわずらわせる事態が、私《あつし》の身辺で生じるかもしれねえ。力になってくれやすかい」

「急にどうしたい。あ、さては。その男前を使って若い女を泣かせやがったな、この先生野郎」

「いや、女絡みじゃあねえんで」

「冗談だよ。先生がそんな野郎じゃねえってことは、闇の世界に恐れられているこの俺の二つの目が、とっくの昔に見抜いていらあな。安心しな。十手捕り縄に賭けて何の相談にでも乗るぜ」

「さすが、男、平造親分だ。ありがてえ」

「この平造がひと声かけりゃあ、五人の下っ引きを含めて十二、三人の荒くれがいつでも危ない橋を渡ってくれる。話の深刻さによっては、その内の一人二人を用心棒がわりに暫く先生のそばへ張り付けようじゃないか」

「そこまで深刻じゃあござんせんよ。用心棒は結構で」

「そうかえ。ともかく安心して何でも言ってきな。力になるぜ」

平造は凄みのある目を優しく細めて、宗次の猪口に酒を注《つ》ぎ足した。

口が軽いようで重く、やさしい性格のようで凄みがあり、軽妙さを表に出しつつ用心深さを背後に置いている、そうと判った平造親分の人柄を「気に入った」と宗次は思った。

十

八軒長屋へ戻った宗次は表戸――ひと蹴《け》りで吹っ飛ぶような障子張り――を閉《し》めたが、突《つ》っ支《か》い棒はしなかった。

してもしなくても、同じだと日頃から思っている。

小さな行灯《あんどん》を点した彼は猫の額ほどの裏庭に面した障子を開け、それにもたれて胡坐《あぐら》を組んだ。浮世絵師であるから夜の仕事のために大きな燭台《しょくだい》を三台も備えてはいたが、絵筆を持たぬ夜は使わない。

夜空にはひとかけらの雲も無くなっており、半月の薄明りが狭い部屋の半ばまで射し込んでいた。

宗次は、障子にもたれたまま眠りに入った。平造親分と心地好い酒が飲めたことで、眠りへも心地好く入れた。

彼は夢を見た。阿弥陀如来《あみだにょらい》像を背にして立つ女性に深深と頭を下げた自分が、足を速め次第に遠ざかっていく夢であった。そして真っ直ぐな道をどれほどか進んだのち振り返ってみると、女性の姿はすでに消え薄紫色の靄《もや》がその辺りに罩《たちこ》めていた。

と、どこからともなく、落葉がそよ風で転がるような微《かす》かな音が伝わってきた。ヒトヒトとも、カサカサとも、ヒタヒタとも聞こえた。

その音に呼び起こされるようにして、宗次は薄目をあけた。いつのまにか月は雲に隠れ、庭先にこぼれた心細い行灯の明りの中で、霧雨が無数の小さなきらめきを放って降っていた。どうやら、その霧雨のひそかな音が、宗次を目醒《めざ》めさせたらしい。

彼は見た夢を辿《たど》った。心が温《あたた》まった。なつかしくなった。

ほどなくして、その彼の口から「思った通り来たか……」という呟きが漏れた。穏《おだ》やかな呟きであった。

ゆっくりと立ち上がった彼は、背の高い大造りなぼろ箪笥《だんす》の前へ行き、一番上の引出しを開けた。

きちんと折り畳まれて入っている衣類の下へ、宗次は手を差し入れた。

なんと、彼が取り出したのは、茶柄黒鞘《ちゃつかくろさや》の大小刀であった。

小さな行灯の前に座った宗次は、表戸へ背を向けた姿勢で大刀を静かに黒鞘から抜き、少し前かがみに刃を行灯の明りに近付けた。

このとき何者かの手によって表戸が小音を立てて開けられた。宗次は、それへ振り向くこともせず、行灯の明りを吸って鈍い艶を放つ刃を、柄頭から切っ先へと鋭い目で舐《な》めていった。これまでに宗次が誰彼に見せてきた町人らしい目つきとは、明らかに違っている。

外の濃い闇を背にして、深編笠《ふかあみがさ》の小柄な男——侍——が入ってきた。が、宗次の目は依然として刃に集中している。

「その特徴ある茶柄黒鞘にやさし気な刀身は、まさしく名刀彦四郎貞宗《ひこしろうさだむね》……ですな」

と、侍。

「ほう。濁った目にも、お判りかえ」

宗次が刃を見つめたまま返した。

「これは手厳しい」

「それにしても、お前様《めえさま》ほどの剣客が……なさけねえやな」

と言いつつ、刀を鞘に納め腰を上げて振り向いた宗次は、大小刀を幅広な角帯にシュッと音をさせて通した。

土間に立つ小柄な男は左手で深編笠の先をつまんで少し上げ、はじめて宗次と視線を合わせた。

「やはりな。浮世絵師よりも、二本差しの方が似合っておるわ。目映《まばゆ》いばかりにな」

「ここは善良な町の衆しか住むことを許されねえ貧乏長屋だ。場所を変えてえが」

「望みの場所があるのか」

「鹿島神刀流正統師範、神崎半四郎先生にお任せしましょうかねい」

「判った。ついて参られよ」

侍――神崎半四郎――は、くるりと背を向けて霧雨の夜の中へ出た。

宗次は浅編笠を被《かぶ》って、剣客神崎半四郎の後に従った。

四半刻ほど経って二人が向き合った場所は、数か月前から無住寺《むじゅうじ》となっている金《こん》生寺《しょうじ》という有名な大寺の僧侶修行道場であった。

前もって用意されていたのであろう。道場の四隅では大きな燭台が八台も点《とも》されていた。

「これは用意の宜しいことでござんすねい」

「お主《ぬし》を歓迎するためにな」

二人は被っていた笠を取り共に静かに後ろへ退がって、それを足元へ置いた。

「いかに江戸を騒がせたる無住の寺とは言え、血で汚せば罰が当たりますぜい神崎先生」

「罰が当たるも、また人生」

「左様《さい》ですか」

この寺の元住職。吉原通いに狂って寺社奉行から厳しい叱責《しっせき》を受けたが止まず、とうとう江戸っ子を驚かせる〝吉原無理心中事件〟を起こしてしまった。以来、無住寺となっていた。しかし、金生寺——金を生む寺——という寺名《じめい》が大店の旦那衆から大変気に入られていたため、彼らの話し合いによって通いの寺男五名が確保され、無人と化した寺ながら交替でよく管理されていた。

寺社奉行は、見て見ぬ振りを続けている。荒寺《あれでら》となって野盗の類《たぐい》が巣くうよりは、治安のためにもよいという見方だ。

「私《あっし》を襲った手練《てだれ》の浪人ども。神崎先生の命《めい》を受けた連中では、と見ておりやすが」

「なんの話だ」

「おとぼけを……」

「知らぬ」

「では何故、先生は八軒長屋に私《あつし》を訪ねて参られやしたかねい」

「今宵斬るに値《あたい》する人物、と判断したまでのこと」

「その判断の根拠ってえのは？」

「それは、この神崎半四郎だけが知っておればいいことじゃ」

「なるほど。それほどに酒問屋『伏見屋』の財産がお望みですかい。それほどに私《あつし》に邪魔されることを恐れておいでですかい。大剣客として知られている神崎半四郎の御名が泣くじゃあござんせんか」

「はて、お前の言っておることの意味が判らぬ」

「ふん。『伏見屋』の蓄財は三万両とも四万両とも言われておるそうでござんすねえ。目よりも心が眩《くら》みやしたかな」

「さあて……何の事を申しておるのやら」

「市谷長延寺の竹林で〝御子息〟から大金を受け取った現場を私《あつし》に見られたことを神崎先生は、しかと気付いておられたはず……違いやすか」

「御子息とな？」

「はい。いま『伏見屋』にいて中風を演じているニセの善右衛門その人でござんすよ。中風に悩む本物の善右衛門は昨年の秋あたりに、神崎先生と御子息に殺害され、どこかに埋められていると見やした。違いやすかえ」

「…………」

「不義とやらで神崎先生が手打ちになさいやした奥様は、『伏見屋』の先代源左衛門の妻女とは双子の妹に当たり、うり二つとのこと。その奥様と源左衛門との間に生まれた、先生とは血のつながりなき御子息もまた、本物の伏見屋善右衛門とは恐らく……うり二つ」

「…………」

「その〝うり二つ〟を武器として、悪旗本神崎半四郎は『伏見屋』への復讐《ふくしゆう》を始めた。御子息に『伏見屋』を乗っ取らせるという手段で」

「やはり今宵斬るに値する人物だったな、お前は。と、なれば武士として名を名乗れよ。町人ではあるまい。いや、町人には見えぬ。素姓を知った上で一刀両断にしてやろうではないか」

「名は浮世絵師宗次。だが心曇った刀で、この浮世絵師が見事斬れますかな」

「ふざけたことを」

「ふざけてなんぞ、いませんや。『伏見屋』のお佐代を菊坂の寮で殺《や》ったのは、ニセ中風の善右衛門。ためらいなく殺《や》っているその冷酷な手口は武士のもの、と言うよりは、凶賊野盗の手口。御子息は相当に、ぐれていなさる様子。しかも女体《にょたい》泣かせの遊び人……左様でござんすね」

それには答えず神崎半四郎は腰の業物《わざもの》をゆっくりと抜き放ち、正眼《せいがん》に身構えた。

「いいだろう。きなせえ。悪旗本神崎半四郎。剣客の風上にもおけぬスッポン侍野郎が」

「なにいっ」

「汚れたる凶刀相手になんざあ、わが彦四郎貞宗は無用なり。素手にてよし」

「こ、こわっぱ……ぶった斬る」

神崎半四郎が大上段に振りかぶり、宗次は右足をスウッと引いて腰を落とし左手五本の指を開いて相手に向け、「ちょっと待て……」ともとれる構えを取った。

剣客神崎半四郎の顔が、さあっと青ざめていく。

(まぎれもなく揚真流……逃げ帰ってきた連中が言っていたことは本当だったか。スキが全く無い……この男、一体何者だ)

そう思いながら、大上段の構えから身動き一つ出来ない神崎半四郎だった。

「どうなされやした。私《あっし》が怖いですかえ」

「おのれ、若僧」

神崎は大上段から一気に逆下段に下げざま、真正面から浮世絵師宗次に斬りかかった。このときには、もう逆下段の刃が宗次の顔面を下から斬り上げていた。刃が鋭く鳴く速さだった。

が、次の瞬間、神崎は震えあがった。「やったか」と思った刃が空《くう》を切り、自分の両手首が相手にがっしりと摑まれていた。

刹那《せつな》、神崎にとっての天井と床が宙返りをし、ズダーンと大きな音が鳴り響いた。

その音と全身を砕かれたかのような激痛を記憶に残し、神崎は意識を失っていった。

ほとんど勝負にならなかったその一瞬の光景を、櫺子窓《れんじまど》の隙間《すきま》から息をのんで見つめている者が一人いた。八軒長屋を見張っていた春日町の平造親分である。

「もういいぜ親分。入ってきねえ」と、宗次の口調が、いつもの明るい調子に戻った。

宗次に言われて平造親分が、「信じられねえ」といった顔つきで入ってきた。

「ご覧の通りだ。親分」

「居酒屋『しのぶ』で聞いた通りの展開になったが、それにしても驚いたねえ。なんて強《つえ》えんだ宗次先生よ」

「相手が弱かったんだ。年を食っていたしな」

「いやあ、そんな単純な理由で片付けられねえ、宗次先生の強さだったわ。相手はこの江戸で名が知れた剣客ですぜ」

「とにかく、この剣客神崎半四郎が、お佐代さん殺しの黒幕だ。こいつあ歴とした直参旗本だからお目付《めつけ》筋に動いて貰《ぴ》わなきゃあならねえが、『伏見屋』にいるニセ善右衛門は、なあに親分がしょっ引きゃあいい。神崎の息子ではなく凶賊野郎としてな」

「じゃあ、この直参旗本野郎はひとまず宗次先生に任せていいんですねい。浮世絵師としてお目付筋への顔利《き》きが少しあるとか『しのぶ』で仰っていやしたしねい」

「それは平造親分が勝手に言ってなさった事じゃあござんせんか。が、まあいい。目付筋へは私《あつし》が引き受けやしょう」

「それにしても先生よう。その二本差しの姿、余りにも板に付いているというか……浮世絵師らしくはござんせんぜい」

「私《あつし》が侍《さむれえ》の真似事をしても、どうした、こうした、とうるさく訊《き》かねえ約束でござんしたね。誰にも言わねえ、という約束でもござんした。さ、この大手柄でまた平造親分の名が上がりやすぜ。急ぎ、しょっ引いてきなせえ、お佐代殺しの、ニセ善右衛門の野郎を」

「おっと、そうだ。先生に、あれこれ訊くのは、それからでもいいってもんだ。じゃあ、ひとっ走り行ってくらあ」

平造親分が、宗次の肩を軽く叩いて、僧侶修行道場を飛び出した。

十一

翌日は朝の早くから、ちぎれ雲ひとつない快晴だった。

宗次が、平造親分の女房と子供を描く絵道具を整えていると、「おはようございます」と澄んだ艶っぽい声がして、まだ開いていなかった表戸が、がたぴしと音を立てて開けられた。

「なんでい。『夢座敷』の女将じゃござんせんか。どうなさったんでい、こんなに朝早く驚かせてくれて」

「うふふ。ご迷惑でございましょうか。遊びに来てしまいました」

首を小さく竦《すく》めた幸は、右手に風呂敷包みを下げていた。

「料理茶屋『夢座敷』の女将ともあろう御人《おひと》が、男一人が住む貧乏長屋を軽々しく訪ねるもんじゃありやせんぜ。妙な噂が広まって、商《あきな》いに悪い影響が出たら、どうなさるんです」

と宗次は、声を抑えて言い、顔をしかめた。

「でも大番頭が、たまにはゆっくりと花見でもしてきなせえ、と気を利かせ二人分の弁当を作ってくれたのでございますもの。ご免なさい先生、少し上がらせて戴いても宜しゅうございましょう？」

「二人分の弁当を？」

「はい。ご覧になります？」

と微笑みながら、幸は散らかった座敷に上がり込んだ。

「あら。絵道具などを整えて、これからお出かけでございますの」

「うん。強面《こわもて》目明しで知られた春日町の平造親分てえ名前、知っていなさるだろう」

「名前も顔も存じております。接客商売の料理茶屋の女将などと申しますのは、有力な親分衆の名前と顔くらいは、知っておくものでございましてね」

「なるほど」

「で、その平造親分さんが、あの貫禄《かんろく》のある容姿を描いてほしいとでも仰っているのでございますの？」

「いやなに。親分の女房《かみ》さんが赤子に乳を含ませているところをね」

宗次は、頼まれた事情《いきさつ》を打ち明けた。

「まあ。平造親分さんて案外に優しいところが、おありなのでございますね」

「あの獅子面に目を細めて頼まれると、いやとは言えねえやな。出産祝いのつもりで、ひとつ素晴らしい絵を描いてやろうと思いやしてね」

「じゃあ今日は、お花見は無理ですか」

「女将の妖し絵を描いたように、私《あつし》が集中して絵筆を執るのは一日に一刻ばかりが三度ほどだ。だから、その三度ばかりが終えりゃあ、お付き合いしますぜ。それまで親分宅《ち》で待っていておくんなさい」

「お宜しいの？」

「いいともよ。大料理茶屋の板場が作ってくれた花見弁当だ。私《あつし》だって味わってみてえやな」

「よかった」

二人は八軒長屋を出た。いつもは井戸端に集まって噂話に花を咲かせている長屋の女房《かみ》さんたちも、有り難《あがた》いことに今朝はまだ誰もいない。

「ところで宗次先生。朝から暗い話になりますけれども、お佐代さん殺しの件……」

「それなら目星がつきましたぜ」

「え……」

「安心しなせえ。お佐代さんの仇は討てた、と思ってくれてよござんす。一両日中には奉行所の許しを得た上で女将にも多分詳しいことが話せやしょう」

「じゃあ、先生が下手人を？」

「いや。平造親分のお手柄だい。親分宅《ち》へ着いたら女房《かみ》さんに、おめでとう、の一言でもかけてやってくれますかい」

「宜しゅうございますとも。心を込めて声をかけさせて戴きます」

「大料理茶屋『夢座敷』の評判の女将に声をかけられたと知れば、親分の女房《かみ》さんも喜びなさるだろう。絵の対象に喜びが溢《あふ》れていると、いい絵が描ける。絵とは、そんなものだ」

「誠にそうですよね。私《わたくし》の妖し絵も先生、それはそれはお見事でございましたもの」

「あれは対象が滅法美しかったからでさ。女将のように抜きん出て綺麗な対象は、二度と私《あつし》の目の前には現われますまい」

「先生……」

「女将の胸の張りの美しさ妖しさは、魔物だ、と思いやしたねえ。絵師として心底から思いやした。絵筆を執《と》っている間に幾度、生唾《なまつば》を飲み込んだことか……今だから、正直に言わせて貰いやすがね」

「先生、私《わたくし》、今頃になってなんだか恥ずかしい……」

そう言った幸の二重《ふたえ》瞼《まぶた》の切れ長な目が少し潤《うる》んだようだった。

「手を握って歩いてもお宜しい？　先生」

「駄目でござんす。お天道様は、まだ低いんだ。親分宅《ち》を済ませたら、少し歩くが品川《しながわ》の花見《はなみ》が丘《おか》へでも行きやしょうか。あそこなら、見知った顔に出会うおそれは少のうござんすから軽く肩を寄せ合うくらいなら。それまでは我慢しなせえ」

「肩ですか……」

二人は、まだ表を閉ざしている居酒屋「しのぶ」の前まで来ていた。

ふと、宗次の足が止まった。

大外濠川に沿って、小さな点となった人間二人が、こちらに向かって駆けてくる。

「女将。すまねえが少しの間、此処で待っていてくんねえ」

「いいですよ」

頷く女将から離れた宗次は、こちらへ駆けてくる二人に自分からも足早に近付いていった。

「あ、宗次先生。いい所で会いやした。八軒長屋へ向かっていたんだ」

「何か新しいことが判りましたかね」

「その前に、こいつだが……」

平造親分は、一歩後ろに息を乱して控えている若い下っ引きらしい男を、顎《あご》の先で示した。

「俺の手足になって駆けずり回ってくれている、五平《ごへい》ってんだ。まだ二十二の若僧だが度胸があってよく気が利く。ひとつ見知ってやってくれ」

「人気絵師の宗次先生の御名前は、よく存じ上げておりやす。どうか宜しく御願い申しやす」

若い下っ引きが深深と頭を下げた。

「こちらこそな……」

「ところで宗次先生よ」と、平造親分は宗次の肩先を押すようにして、町家に挟まれた路地先へと誘い込んだ。

「出ましたぜ。伏見屋善右衛門さんの死体が」

「出ましたかえ。よく調べなすった親分」

「何もかも宗次先生の御蔭だあね。善右衛門さんが療養に使っていた菊坂寮の奥座敷の床下を掘り返してみるとね」

「やはり奥座敷の床下でしたかい」

「お縄にしたニセの善右衛門の野郎め。貝のように口を閉ざしてウンともスンとも言わなくなりやがったんで、こいつあ本物の善右衛門さんの死体を見つける方が先だ、と思ってよ」

「で、死体が出たら、神崎善右衛門は口を割りましたかい」

「お、神崎善右衛門って呼び方はいいねえ。野郎、急に神妙になって喋り出しやがったよ。与力や同心の旦那たちも、ようやくホッとなすってね」

「目付筋へ引《ひ》き渡《わた》した神崎半四郎は、切腹ではなく打ち首にされやしょう。むろん旗本神崎家はお取り潰《つぶ》し。地道に剣客を貫《つらぬ》いていりゃあ、明るい道の訪れもあったろうに馬鹿な侍《さむれえ》だ」

「神崎善右衛門が『伏見屋』から神崎家へ盗《と》り移した、どれほどかの大金は、『伏見屋』へ返されるのかねえ」

「さあてなぁ。江戸城の金蔵も近頃は金に困っているようだから、没収ということになるかもしれねえ」

「だろうな。ところで宗次先生よ、朝から何処へ出かけるんでい」

「春日町の平造親分ってえ人の所だ。親分の女房《かみ》さんの白い大きな乳と可愛い赤ん坊を描きによ」

言って宗次はひっそりと笑った。

「え？　俺が十手仕事《じってしごと》で不在だってえのに、その間に女房《かかあ》の白い大きな乳を、男前の宗次先生が一人で拝《おが》むってえのか」

「やっぱり、まずいかね」

「そりゃあ、ちょいとばかり心配だわさ……ははは っ、冗談冗談。ひとつ宜しく頼むわ先生よ」

「任せておきなせえ。本当に観音菩薩《ぼさつ》様のように気高く描いてみせますぜ」

「そのかわり牛込田圃の野菜をよ、山ほど届けるからよ」

「山ほどは食い切れねえ。独り身だからね」

「余ったら、八軒長屋の女房《かみ》さん達に配ってあげてくんねえ。どうせ独り身の先生は色色と迷惑や面倒をかけているんだろうから」

「ちげえねえや」

「楽しみだなあ、絵の出来上がりが」

「今日は初めてなんで、親分の女房《かみ》さんも硬くなるだろうと思ってね。介添人とでも言うか、綺麗な御人《おひと》をひとり連れて行きまさあ。安心して承知しておくんなせえ」

「綺麗な御人？」

「ほれ、あそこに……」

宗次が指差した先で、幸が平造親分と顔を合わせ、にっこりと微笑み軽く腰を折った。

「あっ……あの女性《ひと》は……『夢座敷』の女将」

「へい。左様で」

「宗次先生……あんたいつのまに……小野小町以上の美人といわれている、あの女将を」

「ちょいとした知り合いでござんすよ。では、お宅へ行ってめえりやす親分」

「宗……宗……」

あとの言葉が続かなくて平造親分は、ぽかんと口を開け浮世絵師宗次の後ろ姿を見送った。

「夢座敷」の女将と言えば、江戸の男世界では、それほど妖しき絶世の美女――雲の上の女性《ひと》――として見られていた。とてもとても容易には近付けぬ相手であった。

「ごめんなさいまし」

宗次に寄り添うようにして歩く女将が、しとやかに腰を折って親分に笑いかけ、町家の角に消えていく。

平造親分は、背すじを撫でられたかのように鳥肌立って、「ああ……」と吐息を漏らした。

（完）

舞《まい》之《の》剣《けん》

「とにかく御託《ごたく》を並べず、言う通りにしねえ。御縄を打たれないだけでも有り難《あがて》えと思いな」

一

泥鰌《どじょう》のジゴロの名で江戸町民から嫌われているとかの噂がある市中取締方筆頭同心飯田次五郎《いいだじごろう》に、ドンと背中を押し突かれて、浮世絵師宗次はよろめきながら北町奉行所の表門を潜った。

「そう乱暴にしねえで下さいよ飯田様。理由《わけ》もおっしゃらねえで朝の早《はえ》え内から黙ってついて来い、は幾ら何でも非道《ひど》すぎますぜ」

「黙ってついて来い、がその理由《わけ》だ。とっとと歩けい」

「へいへい……」

「馬鹿野郎が。へい、は一つと相場が決まってるんでい」

「へい」

けっ、威張りやがって、と宗次は首を竦《すく》めた。今朝《けさ》、目を覚《さ》まして（さあ、顔を洗おうかえ……）と薄布団《ぶとん》の上に体を起こしたとたん、滑《すべ》りの悪い表戸をこじ開けるようにして踏み込んできたのが泥鰌のジゴロだった。捕縛《ほばく》した凶悪犯を前にして話しかけるとき時たまだが、腰をくねりくねりと薄気味悪くくねらせるところから、この渾《あだ》名《な》が付いている。誰が付けたかは判らない。

宗次は、てっきり御白洲《おしらす》へ引き立てられるものと思った。なにしろ江戸町民の間ですこぶる評判の悪い泥鰌のジゴロに理由《わけ》もなく、奉行所へ連れてこられたのだ。

ところが泥鰌のジゴロは奉行所の表門を入るなり「真っ直ぐに歩け」と言う。

宗次は「え？」と思った。奉行所の表門からは石畳が真っ直ぐに敷き詰められていて、突き当たりは玄関式台だ。

御白洲へ行くには、表門の左手に並ぶようにしてある牢屋《ろうや》同心詰所の前を抜け、仮牢を過ぎて一の御白洲へ入る。これは民事白洲で、その奥の二の御白洲が刑事白洲だった。

一度も奉行所の世話になったことのない宗次でも、いろいろな大物小物を相手に絵仕事をしているため、それくらいの事は知っている。

「御白洲へ行くんじゃないんで？」

「御白洲での吟味が望みか」

「滅相《めっそう》も……」

「なら、あれこれ御託《ごたく》を並べず、言われたように歩きやがれ、この助平野郎《すけべえ》が」

「助平……参ったな」

宗次は舌を打ち鳴らして顔を顰《しか》め、玄関へ足を急がせた。

玄関に入るや泥鰌のジゴロは「引っ立てて参りました大崎様《おおさき》ぁ」と、奥へ向かって大声を出した。

次の間にいたらしい小柄で貧相な大人しい印象の男が、ひょいと玄関に現われた。

「与力頭《がしら》の大崎兵衛《ひょうえ》様だ。挨拶《あいさつ》せい」

背中を小突かれながら泥鰌のジゴロに言われて、「これが?」と宗次は内心驚いた。顔を見るのは今日が初めてだったが、北町奉行所の与力頭大崎兵衛と言えば、〝素手《すで》捕《ど》りの名手〟として江戸町民に知られた人物だ。

素手捕りの名手とは、読んで字の如く、下手人を捕《つか》まえるのに刀も十手《じって》も捕り縄も用いず、素手で召し取る名人を意味している。

(この貧相な体で素手捕りが出来るたあ、柔術の達者だな)と思いつつ、宗次は丁重に身分素姓を名乗った。

「ま、そう硬くならんでくれ。さ、上がりなさい」

「御白洲じゃなく、此処《ここ》から上がってお宜《よろ》しいんで?」

「ははは っ。だから上がりなさいと言っておる」と大崎与力は目を細めた。

「左様でございますか。じゃ、ご免なさいやし」と、宗次は上物の雪駄《せった》を脱いだ。着ているものも贅沢《ぜいたく》じゃないが小綺麗《こぎれい》だった。なにしろ浮世絵師宗次と言えば今、この大江戸では左に出る者はあっても右に出る者はない程の人気浮世絵師だ。小金《こがね》には困っていない。

「こちらへ」と大崎与力に促《うなが》されて、宗次は彼の後に従った。ちょいと振り向いてみると泥鰌のジゴロが玄関先で、こちらを睨《にら》みつけている。妬《ねた》み者のような目つきであった。

どうやら自分に用があるのは大崎与力だけか、と判ってきて、宗次は肩を緩《ゆる》めた。飯田次五郎のような性分《しょうぶん》の役人は、矢張り好きになれそうにない。

広い奉行所の、どの辺りの部屋へ通されたのかは判らなかったが、中庭がある静かな八畳の座敷だった。

「暫《しばら》く待っておれ」

「へい」

大崎与力が別室へと退《さ》がった。中庭には菊に似た色とりどりの花が咲き乱れていた。

その花を眺めながら、自分がこのような場所へ招き入れられた理由《わけ》を、ぼんやりと推量してみる宗次だった。しかし、もうひとつ納得できる理由が見つからない。大身《たいしん》旗本や富裕な商家の後家さんに強く求められるまま、決して本業ではない全裸・半裸の女体を独自の筆致で描き続けてきた宗次である。しかし本業ではなかったが、すでに五十枚を超えているそれらの絵の「妖《あや》しい品性」に宗次は自信を持っていた。しかもそれらの妖し絵は売り物ではなく、後家さんたちの手元に一枚絵として大事に秘匿《ひとく》されていて、街中《まちなか》へは誰の絵たりとも流れ出ていない筈《はず》である。したがって、その妖し絵描きが原因で、朝っぱらから奉行所へ引っ張られたとは思えなかった。

「待たせたな」

やや経って大崎与力が、縦横一尺ばかりの、深さの浅い木箱を手に戻ってきた。両手に持つその姿勢が、かなり大事そうな木箱であることを思わせる。

「見てくれるか」

と、大崎与力はその木箱を宗次の目の前へ静かに置いた。木箱の蓋《ふた》には、達筆な大きな字で「秘」と朱書きされた紙が貼られている。

「浮世絵師のこの私《あつし》に見よと言われますんで？」

「うむ」

「秘、と大書されておりやすが」

「構わぬ。与力頭の責任に於《お》いて承知する」

「そうですかい。それじゃあ……」

宗次は木箱を手元に引き寄せて、蓋に手を触れた。

その手の動きが、思わず止まった。目が一瞬だが鋭く光った。

(この臭いは……血)

そうと捉《とら》えた宗次であったが、口には出さず蓋を開けた。

「こ、これは……」と宗次は驚きの表情で大崎与力を見返した。

「あまり驚いてはおらぬな宗次」

「え？」

「表情は驚きを見せても、目が驚いておらぬ。ま、よいわ」

大崎与力は苦笑した。なるほど凄《すご》い与力だ……と宗次は感じながら木箱の中に見入った。

そこに入っていたのは、血まみれの浮世絵だった。しかも男と女の交わりの絵である。見事に細緻《さいち》な、いや、細微《さいび》と形容すべき筆運びだった。膨《ふく》れ上がった「秘の部分」の血の道の一すじ一すじ、絡み合う「秘草」の一本一本が生生しく鮮血の下から浮き上がっていた。あざやかだった。匂《にお》い立っていた。

二枚目の絵も、その下にある絵も、そして次の絵も、血まみれの〝四十八手喜びの絵〟であった。素人が描いたものでないことが、宗次にはひと目で判った。練達の絵師による一枚ものである、と。

「大崎様、この血腥《ちなまぐせ》え見事な筆運びの絵を、私《あつし》にどう見よと?」

「これらの絵は全て血まみれの事件現場に、〝これ見よ〟とばかり置かれていたものでな」

「血まみれの事件現場に……ですかい」

「うむ」

「一枚目のこいつあ、商家の旦那《だんな》風が武家の妻女らしいのを、無理矢理押さえ込んでいる絵のようでござんすね」

「私もそう見た。昨夜、日本橋の呉服商で事件があってな。その現場に置かれていたのがその一枚目の絵だ」

「日本橋の呉服商で?」

「事件は調べの都合でまだ公《おおやけ》にはしておらぬ。だが一家五人と番頭手代《てだい》ら九人、合わせて十四人が皆殺しにされていた」

「なんと……」

「蔵の中にビタ一文残っていなかったところから、少なくとも数名からなる凶悪な一味に押し込まれたと見て間違いないだろう。奪われたカネは、四、五千両は下るまい」

「四、五千両とはまた凄い……で、女にも手を出しておりやしたかい」

「出していた。五十に手が届くお内儀から年頃《としごろ》の女中、下働きの頑是《がんぜ》無い小娘に至るまでが、無残な目に遭《あ》っておった」

「くっそう……で、皆殺しに用いたと思われる凶器は？」

「私は、刀、と見ておる。奉行所内には長脇差《ながどす》ではないか、という違った意見もあるがな」

「刀だとするてえと、下手人は侍《さむれえ》、いや、素浪人ども……」

「判らぬな。その気になりゃあ、刀は誰の手にだって入る。百姓であろうが、女であろうが、駕籠《かご》舁《か》きであろうが」

「その通りで」

「二枚目の絵の事件現場は、これも公にはしておらぬが八百石取りの直参《じきさん》旗本家だ。

しかも主人《あるじ》は鹿島神刀流の皆伝者であり、名刀の蒐集《しゅうしゅう》家として幕閣にまで聞こえた人物ときている」

「被害は？」

「主人から下男下女に至るまで皆殺しでな、それは酷《むご》いものだった。カネに換えれば二、三千両はするであろう名刀十八本が見当たらぬ、と信頼できる親類筋の証言があることから、それを狙《ねら》っての押し込みだったのであろう」

「鹿島神刀流皆伝は、役に立たなかったのですかい」

「鯉口《こいぐち》も切っておらなんだ、と聞いておるが」

「聞いておる？……あ、そうか。旗本家のゴタゴタは目付《めつけ》筋の役目でござんしたね」

「その仕事が北町奉行所へ降りてきたということだ」

「それは大変なことで……しかし何でまた」

「被害に遭《お》うた旗本家の主人《あるじ》というのが、何と言う事か、わが御奉行と親しい剣術仲間であってな」

「え」

「もう一つ理由がある。目付筋とは申しても探索方の人手が足りぬ。また押し込み盗賊の類《たぐい》は奉行所あるいは盗賊改方の管轄《かんかつ》であり、こちらは探索の経験をそれなりに積んでいる」

「なぁる」と、宗次は頷《うなず》いて見せた。

「ふん。宗次よ、お前本当に町人絵師かえ」

「なんですってい」

「何もかも心得ておるような目の光り具合が、会《お》うた時からどうにも気になっておるのだ」

「大崎様ぁ……」

「ま、そんなことは、どうでもよいか。但《ただ》しな宗次、もう私に背を向けることは許さぬぞ」

「どういう意味です」

「野《や》に対し公にしておらぬこと、また公にしてはならぬこと、をその方に打ち明けたのだ。それなりの責任を背負ったと思うてくれ」

「そんな一方的な……無茶をおっしゃらねえで下さいやし……で、どう責任を背負えと申されやすんで」

「その方は江戸で一、二、いや、関八州《かんはっしゅう》を加えてさえ、その右に出る者は無し、と評判の天才的浮世絵師だとか言われておる。とくに女体を描かせれば江戸のみならず京、大坂にまでその名を知られているとの噂《うわさ》。しかも、女体を描いていながら浮いた話や醜聞《しゅうぶん》が全く耳に入ってこぬ。この大崎兵衛はそこへ目を付けたのじゃ」

「ですが大崎様。筆頭同心とかの飯田次五郎様は、私《あっし》のことを〝この助平野郎が〟と仰《おっしゃ》いやしたが」

「言わせておけ。それにあれは世間で言われている程のワルではない」

「そうなんで？」

「それよりも宗次。その木箱に入っている六枚の絵だが、間違いなく一本の線でつながっていると見てよいのかのう。つまり六件の残酷な事件は、賊の中に絵師は一人だけなのか、それとも複数いるのかどうか、という事なんだが」

「なるほど……」と、宗次は改めて血まみれの絵を手に取り、眺めていった。

大崎兵衛の視線は、その宗次の横顔へ、じっと注がれていた。絵の方へは、チラリとも視線を揺らさない。

やがて宗次が言い切った。

「二人……この血まみれの六枚の絵は二人の絵師によるものでござんすね」

「なに、二人と……」

「へい。見たところ一人の絵師が描いたように顔や姿形《すがたかたち》など絵の特徴が区別のつかねえほど似通っておりやすが、こいつあ間違《まちげ》えなく二人が描いたもの」

「一人が三枚ずつ描いたと申すか」

「いえ。一人が四枚、もう一人が二枚。さ、ご覧なせえ。際立った違いを申し上げやしょう」

宗次は二枚の絵を手に取り、大崎与力の顔に近付けた。

「たとえば女の『秘草』を見比べて下せえ。何か気付きやせんか」

「ん？『秘草』とな？……お……一方は『秘草』の先端が僅《わず》かに撥《は》ね、もう一方は男のそれに食い付くように巻き付いておるな。まるで自分の体の中へ引きずり込もうとでもするかのように」

「さすが素手捕りの名手、大崎様でいらっしゃる。では別の二枚を見てみやしょうか」

宗次は別の二枚を手にして、また大崎与力の顔へ近付けた。

「今度は男の『秘の部分』に注意して下さいやし」

「うん、『秘の部分』な。……ふむ……判らぬなあ。全く同じ筆先で描いたように見えるが」

「確かに、実に似ておりやす。だが一方の『秘の部分』のシワは四本、もう一方は三本」

「あ」

「そうなんでござんすよ。浮世絵師の筆先の特徴というのは、腕が立つ者であればあるほど、こういう形の僅かな違いとなって表れてきやすんで」

「そうか。よくぞ教えてくれたな宗次」

「それよりも旦那。この六件の事件ですがね……」

宗次はそこで言葉を切り、腕組をした。

「どうしたのだ宗次。なんでもよい。思うたことを言うてくれ」

「この六件の残酷な事件……賊はひょっとすると二組かも知れやせんぜ」

「なんだと」

と、応じてから、大崎兵衛はハッと背すじを伸ばした。

「全く別の、つまり二組の賊が、それぞれ残虐な事件を引き起こしたと申すか」

「その通りで」

「一組は四件、もう一組は二件……と」

「へい。そうゆうこってす。ただね大崎様、いま申し上げやしたことは、あくまで私《あっし》の勝手な読みに過ぎやせん。読みには、読み違いてえものが付きものでして」

「そんなことは心得ておる。いずれにしろ、でかしたぞ宗次。一応の感触は摑めたわ」

「まだ、でかしちゃあいませんよ大崎様。二組だったとして何処の誰様とも判っちゃあいねえじゃありやせんか」

「それを密《ひそ》かに突き止めてくれぬか宗次。江戸で一、二と言われる浮世絵師宗次だ。この血まみれの絵の特徴から、下手人を辿《たど》ってくれ」

「そんな事に手を取られていちゃあ、毎日の私《あっし》の飯代が稼げやしませんや。ここまでに、しておくんなさいやし」

「飯代の心配はない。但《ただ》し、頼みをやり遂げてくれた場合、の話だが」

「心配はない？」

「この事件には合わせて百五十両の賞金がかかっておる」

「えっ、百五十両……」

「八百石の旗本家皆殺し事件に五十両、その他の五件の事件に各《それぞれ》二十両」

「ですが、百五十両の賞金事件なんてこたあ、江戸市中の誰も知りやせんぜ。噂にだって上がっちゃあいねえ」

「つべこべ言うでない。百五十両の賞金は、南北両奉行と目付筋が、その方に対して特に用意して下さるのだ」

「なんだか妙に出来過ぎた話でござんすね」

「このような凶悪な事件が次次と生じることを、幕閣は恐れておるのだ。力を貸してくれ宗次……頼む」

素手捕りの名手が、真剣な顔つきで言い深深と頭を下げた。宗次の目つきが、優しくなった。

「与力の旦那が、お止《よ》しなさいやし。さ、頭を上げておくんなさい」

「手を貸してくれるか……それも密かにだ」

「仕方がねえや。お貸し致しやしょう。私《あっし》に出来る限り」

「有り難い。恩にきる。恩にきるぞ」

「大崎様。もしかして、上から事件解決の日を、厳しく限られたんじゃござんせんか」

「うむ……向こう十日以内に、となー」

「やっぱり、そうでしたかい。で、十日経っても解決できなきゃあ、コレですね」

宗次がハラキリの真似をしたが、大崎兵衛は答えなかった。

二

それから三日が、またたく間に過ぎた。

宗次は足を棒にして、肉筆画や、刷《す》り物絵、そして水墨画などを扱っている名の通った店《たな》を歩き回ってきたが、手ごたえは全くなかった。

この大江戸で、まっとうな絵、いわゆる〝表絵《おもてえ》〟を扱っている店《たな》の数なら、宗次にはおおよその見当がついている。だが、それに「女の秘体」や「四十八手喜びの絵」といったいかがわしい〝裏絵〟を扱っている店《たな》を加えると、さすがの宗次にもどれ程の店《たな》数になるか皆目見当がつかなかった。

「まったくええ事を引き受けちまったぜい」

夕焼け空の下《もと》、宗次はブツブツと呟《つぶや》きながら、自分のボロ家がある神田三河町の八軒長屋近くまで戻ってきた。

その入口の少し西、鎌倉河岸《かまくらがし》に面して在《あ》る居酒屋「しのぶ」が、そよ風に提灯《ちょうちん》を揺らせていた。その提灯を、宗次は長屋の入口の手前で立ち止まり、夕焼け空と見比べた。喉仏《のどぼとけ》が鳴った。小腹が空《す》いていた。

「まだ少し早《はえ》えが、いいか」

彼の足は「しのぶ」へと向かった。

薄汚れた暖簾《のれん》を両手で掻《か》き分けて、「親爺《とっつ》あん一杯くん……」ねえ、まで言わぬうちに、宗次の顔つきが「あれ？」となった。店には主人《あるじ》の角之一《かくのいち》も下働きの者たちもおらず、一人の客の姿もない。味馴《な》れた大根と蛸《たこ》の煮つけが、調理場で白い湯気を立て、店の中にたまらぬ匂いが漂っている。

「やっぱり少し早かったかえ」と、宗次は一度店の外に出て、南側の路地へ入っていった。調理場の裏手に畳六、七枚の小庭があって、そこが「しのぶ」の仕込み場に使われていることを、宗次は知っていた。

裏木戸に手をかけると「鱗《うろこ》を一枚も残すんじゃねえぞ、綺麗に除《と》りきるんだ」と、角之一の声が聞こえてきた。

宗次は「親爺《とっつ》あん私《あっし》だ。宗次だ。入って宜しいかえ」と、声をかけた。

「お、宗次先生。ええ早《はえ》えじゃござんせんか。散らかっておりやすがどうぞ」

「ごめんよ」

宗次は裏木戸を開けた。腰高《こしだか》な醬油樽《しょうゆだる》六つが、二つ一組で逆《さか》さにひっくり返っていて、その間に渡した大俎《おおまないた》の上で、魚だの鳥肉だの野菜だのが下働きの者たちによって捌《さば》かれていた。大童《おおわらわ》だ。

「いらっしゃい先生」と、彼らが庖丁《ほうちょう》を休めず、宗次に声をかける。

「邪魔してすまねえ」と宗次は応じてから、角之一に近付いた。

「なんだか凄《すご》い意気込みじゃねえか親爺《とっつ》あん」

「そうなんでさあ。未《ひつじ》ノ刻過ぎにいきなり、屋敷で宴会をやるので夕刻までにアレコレ揃《そろ》えて持ってこい、ってえ注文が入りやしてね。この通り大忙しでさあ」

「ふうん。それは大変だな。屋敷で宴会てえと、御武家か何処《どこ》かの大店《おおだな》かえ」

「それが、そうじゃねえんで」

「てえと？」

「先生は遥山兼之丈《はるやまけんのじょう》てえ名の浮世絵師を御存知で？……あっしは知らねえんだが」

「遥山？……あっ……あの遥山」

「あの遥山、と言いやすと」

「七、八年前《めえ》だったか、ひどい際物絵《きわものえ》を描く奴がいてな。闇《やみ》取引が舞台の裏絵好みの間では引っ張り凧《だこ》の人気だったが、余りに際物過ぎるてんで、風紀攪乱《かくらん》とかの罪で一年の江戸所払《ところばら》いとなった。だが一年経って戻ってくると、以前よりも一層ひどい際物絵を描き出しやがった。で、今度は……確か六年の江戸所払いとなった筈だ」

「そいつが、遥山兼之丈だと？」

「うん……そうか。遥山兼之丈は所払いの期限を済ませて江戸へ戻っていたのか」

「先生とは顔見知りで？」

「とんでもねえ。七、八年前と言やあ、この宗次はまだ駆け出したばかりのヒヨコよ。当時の遥山兼之丈と言やあ、際物絵描きの女泣かせで知られちゃあいたが、一応その分野に於《お》いちゃあ大御所だ。当時の私《あつし》とは比較にならねえ」

「二度目に六年の江戸所払いの裁きを受けて、一体《いってえ》どこへ足を向けたんでしょうかねえ」

「知らねえなあ。京、大坂の奉行所へは、遥山兼之丈の容姿や罪の詳細についちゃあ速《すみ》やかに連絡されているだろうから、向こうじゃあ際物絵描きは出来ねえと思いてえ」

「でしょうなあ。そうなると生活も楽じゃあねえ筈だが……それにしちゃあ」

「ん？　どうしたんでえ」

「いえね。屋敷とかに住めて、大勢で宴会をする九両もの銭《ぜに》をポンとね」

「なに。遥山兼之丈が九両もの銭を、ポンと前払いしたと言うのかえ」

「払ったのは遥山兼之丈の使いの者ですよ。それにしても、なんだか薄気味悪くなってきやがったな」

「うむ」と、宗次は腕組をした。

「ま、先生。此処じゃあ何だ。店で一杯やってくんねえ。まだ煮物なんぞ揃っちゃあいねえが、大根と蛸の煮つけが、そろそろいけまさあ」

「そうかえ」と、宗次は小庭を出て、また店の表へまわった。

居酒屋であり飯屋でもある「しのぶ」の客席は、店の入口を入って直ぐ右側の床几《しょうぎ》の席、左側の櫺子窓《れんじまど》に沿うかたちで奥へと続く小上《こあ》がりの席、それと調理場に向き合うかたちで設《しつら》えられた幅一尺半ばかりの横に長い板張り台（今で言うカウンター）を前にして床几に腰かける席、の三様《さんよう》から成っていた。結構な儲けがあるらしく、この「しのぶ」は店《たな》の内《うち》をよく改装するから小綺麗だ。

人気があるのは、長い板張り台を前にして床几に腰を下ろす席であった。長時間に亘《わた》って飲み食いしても、足腰が楽なのだ。板張り台の上に酒と料理を並べて味わいながら、その向こう——調理場——にいる主人《あるじ》夫婦や賄《まかな》いの者と話が交わせるという楽しみも受けている。

宗次は、その板張り台の席へ腰を下ろした。

「熱燗《かん》を待ちますかえ。それとも冷酒《ひや》でよござんすか先生」

「冷酒《ひや》でいいよ。小腹が空いているんだ。大根と蛸の煮つけの他に、何かねえかい」

「任せておきなせえ」

角之一が、せわしく動き出した。

「なあ親爺《とっつ》あん。ちょいと相談があるんだが」

「また何処ぞの妖しい後家さんに、追っかけられているんじゃないでしょうね。宗次先生は助平そうに見えて助平じゃねえんだから」

「おいおい……」

「なあに。それが酸《す》いも甘いも知り尽くした熟《う》れ女にゃあ、たまんないということでござんすよ。今度はいずこの美人です？」

「違うんだってばよ。先程の話、遥山兼之丈のことだ」

「へ？」と、角之一の動きが止まった。

「なあ親爺《とっつ》あん。その遥山兼之丈の屋敷つうのは何処にあるんだえ」

「へい。御堀《おほり》に沿って鎌倉河岸を東へ暫く行くと、今川堀に架かる竜閑橋《りゅうかん》がござんしょ」

「うん、ある」

「それを渡りやして直ぐの辻《つじ》を左へ折れ、二町ばかり行った右手だと聞いておりやす」

角之一はそう言いながら、大根と蛸の煮つけを盛った小鉢と箸《はし》を板張り台の上に、トンと置いた。

「すると此処から、そう遠くはねえな」

「それで注文を受けたんでさあ。遅れるわ鮮度が落ちてるわ、じゃあこの店の暖簾にかかわりやすんで」

「かなりの量を運ぶんだろ。何で運ぶ積もりだい」

「裏通りの棟梁《とうりよう》に大八車《だいはちぐるま》を借りて、それで材料と鍋《なべ》用の煮汁とをね」

「手伝わせてくれねえかな、その仕事を内緒でよ」

「なんでまた、江戸一番の浮世絵師と言われている宗次先生が……」

「闇絵師として七、八年前の大江戸を騒がせた遥山兼之丈の顔を、一度は拝《おが》んでおきてえんだ。店へは迷惑はかけねえ」

「そりゃあ、店《うち》としては間もなく忙しくなるんで大助かりだが」

「決まりだ。で、誰と誰で運ぶ予定になってるんでい」

「なあに。それほど重い物を運ぶ訳じゃあねえんで、宗次先生が手伝って下さるんなら、うちの女房《かかあ》と二人で充分でござんすよ」

「よし判った。大八車は私《あつし》が引こう」

「本当に宜しいので？」

「いいってことよ。そろそろ出る刻限なんだろ。酒なんぞ食らっている場合じゃねえやな」

宗次は床几《しょうぎ》から腰を上げると、店の外に出て再び小庭へとまわった。

三

宗次と、居酒屋「しのぶ」の女将《おかみ》美代の二人は、煮ればいいだけに捌《さば》かれた鯛《たい》、鯉《こい》、鯰《なまず》、鳥肉、野菜、それに味噌《みそ》あじの鍋用の煮汁、酒樽などを小型の大八車に積んで店を出た。

「綺麗な夕焼けですねえ宗次先生」

大八車を並んで引く美代が、朱色の空を見上げた。

「綺麗だねえ。いい夕焼け空だ」

「宗次先生に大八車を引かせるなんて、本当にすみません」

「なあに……それよりも積荷は一体何人分だえ。随分《ずいぶん》とあるようだが」

「十一人分ですよう」

「へえ、豪勢なもんだ。にしても、思わぬ先から注文があるなんざあ、居酒屋『しのぶ』の味の良さが、広まっている証《あかし》でござんすね」

「角之一も、そんなことを言っておりましたよ」

二人は夕焼け色に染まりながら、鎌倉河岸を東へ向かった。

「よ、宗次先生に、『しのぶ』の女将。これはまた妙な所で、妙な組合わせでござんすね」

鼻先の辻から印半纏《しるしばんてん》を着た若い職人風が小駆けに現われて、二人に声をかけた。

「よ、留《とめ》さん、いま仕事の帰りけえ」と、宗次が応じる。

「今日で何とか一段落でさあ。お二人はまさかこれから駆け落ちじゃあ……」

「馬鹿言ってんじゃないよ留さん。捌き終えた魚や鳥肉を大八車に積んで、駆け落ちも何もあったもんじゃないよ」

話し上手、聞き上手で客の評判がいい美代が、留さんとかに向け左手をふわりと振り泳がせて笑った。

「違いねえ。じゃあ、これから店へ顔出しして一杯やりまさあ」

「寄っとくれ」

「あいよ」と、留さんが二人から離れていく。

大八車は、平衡《へいこう》を保ちながら、宗次と美代に引かれて進んだ。

「それにしても、魚と鳥肉を捌かせるとは、上品な食べ合わせとは言えねえな女将」

「魚好きと、鳥肉好きに分かれて、鍋を楽しむんじゃありませんかね」

「ふうん、魚鍋の湯気が立ちのぼる中での、鳥鍋ですかい」

「確かに、荒くれた味わい方ですよねえ。狭《せま》い居酒屋の中でなら、まだしも」

「そうよなあ」

やがて竜閑橋が向こうに見えてきた。それを渡って直ぐ左が白旗稲荷《しらはたいなり》だ。

御堀の向こうの酒井《さかい》家、松平《まつだいら》家などの大名屋敷の白い土塀も、濃さを増した美しい茜《あかね》色に染まっている。絵のようであった。

また、どこかの職人風が「やあ先生、女将」と声をかけながら、忙《せわ》し気に走り過ぎた。

大八車は、竜閑橋を渡り出した。

「ねえ、宗次先生」と、美代が歩みを休めず、真顔で宗次を見た。

宗次が「ん？」と、彼女を見返す。

「水仕事は多いし夜も遅い毎日なんで、私《あたし》の手や顔の肌はこの通り荒れ放題の婆《ばばあ》になっちまいましたけれど、こんな女の裸でも浮世絵の対象になりますかねえ」

「婆《ばばあ》？……一体誰《いってえ》のことを言ってなさるんで」

「私《あたし》は、もう四十五ですよう。どこから眺めたって、女の香りなんぞ失《う》せてしまっておりますでしょうに。二つのお乳だって、凋《しぼ》んだ吊《つ》り鐘みたいに、ぶら下がっているだけで」

「何を言ってなさるんでい。冗談じゃありやせんぜ。『しのぶ』に毎日通ってくる若い職人たちは、料理や酒の味だけに引かれていると思ってなさるのかね」

「でも角之一は料理自慢だからさあ」

「若い職人の皆《みんな》は、女将さんに母親の面影を重ねて通って来るんでさあ。着物の上からだってそれと判る立派に膨らんだ自分の胸元を見てみなせえ。母親たっぷりの、それのどこが婆《ばばあ》なんで」

「そりゃあ若い頃は大きく張ったお乳だったけれど、今は角之一だってろくに見ちゃあくれませんよ」

「だから、親爺《とっつ》あんに内緒で自分の裸を絵に描いて欲しいと言いなさるんで？」

「いけませんかえ。宗次先生に私《あたし》の裸の絵を描いて貰《もら》うのは」

「私《あっし》にとって、『しのぶ』は一日の疲れを癒《いや》す大切な場所なんでい。角之一親爺《とっつ》あんに内緒で女将さんの裸を描く気はねえやな」

「噂通り、堅い御人《おひと》だねえ。ま、そこが魅力的なんだけどさ」

と、女将が溜息《ためいき》を吐《つ》く。

二人は竜閑橋を渡った先の辻を左へ折れ、白旗稲荷の前を通り過ぎた。

「どうやら、あの屋敷のようだな女将」

宗次が少し先の、大きな格子戸を構えた高い黒塀の町屋敷を、顎《あご》の先でしゃくってみせた。

「あれですねえ。黒塀越しに三本の赤松が見える、って店へ来た人が言ってましたから」

「一体《いってえ》どんな野郎が来て、九両もの銭を気前《きめえ》よく払ったんでい」

「いえ、野郎じゃなくて女でしたよ。素人じゃなくて玄人《くろうと》風な二十五、六くらいの」

「てえと、黒留袖《とめそで》を着せて三味線《しゃみせん》でも持たせると似合うような……かえ」

「そうそう、そんな印象の」

「見かけた顔の女じゃあねえんだな」

「ええ。見かけませんねえ」

大八車が、格子戸を構える町屋敷の前で止まった。通りは薄暗さを増しつつあって、職人風や商人風が帰りを急いでいた。将軍様の威光が眩《まぶ》しい大江戸と雖《いえど》も、ひとたび日が沈むと、提灯なしでは歩けぬほど真っ暗となる。闇社会が目を覚まし動き出す刻限だ。

「声をかけてきましょう」

女将が大八車から離れようとするのを、「ちょっと待ちなせえ」と宗次が引き止めた。

「女将は此処で待ってなせえ。運び入れは、私《あつし》が一人でやろう」

「え。なんでまた」

「いいから」

宗次は女将の手に大八車を預けると、後ろへ回って脚立を地面に向けてひねった。

「手を放してよござんすよ。脚を立てたから傾かねえ」

「あいよ」

宗次は、なかなかな造りの格子戸の前に立って、手をかけた。

「ご免なさいましよ」と声をかけながら引いてみると、鍵《かぎ》は掛かっていない。

軽く動いた。

格子戸の向こうは、縦横一尺ばかりの御影石《みかげいし》が三十ばかり敷かれていて、突き当たりは玄関だった。そこへ辿《たど》り着くまでの左右は、これまた背丈のある黒塀である。つまり格子戸を入ると玄関へ通じる路地構えとなっていて、右も左も庭先は全く窺《うかが》えなかった。

玄関も格子戸だった。凝《こ》った造りの上に障子が張られていて、中は見えない。

ただ、障子がぼんやりと薄明るいところを見ると、すでに玄関行灯が点《とも》されているようだった。

「ご免なさいまし。神田三河町の居酒屋『しのぶ』でございやすが」

宗次は格子戸には手をかけずに、「しのぶ」の名を告げた。

すると「こっちだ」と背後からダミ声がかかった。

宗次が振り向くと、左側黒塀の中ほどが開いて、目つきのよくない四十半ばくらいの町人態が、顔だけを覗《のぞ》かせていた。日没寸前の薄暗さであったから、そこに木戸があったなど宗次は気付かなかった。

「このたびは有り難うございやす。御注文の料理の材料をお持ち致しやした」

「座敷まで運んでくれ。まず酒からだ。料理の材料は広縁に並べてくれりゃあ、後は当方《こちら》でやらあ」

「さいでやすか。それじゃあ」

目つきのよくない町人態が木戸を開けたまま、庭木繁る薄暗い奥へ退がったので、宗次も大八車へ戻った。

彼は酒樽を両手にぶら下げて、運びを開始した。

庭に面した奥座敷には長火鉢四つが用意されていて、そのまわりを如何《いか》にも玄人《くろうと》らしい女二人を加えた無言の人間ども——なるほど十一人——が陰気臭く取り囲んでいた。浪人の身形《みなり》の者もいる。

それを、さり気なく目の奥に叩《たた》き込んで、宗次はせっせと材料を広縁に運び並べた。

「お待ちどお様でございやした。これで全部でございやす」

「お、御苦労だったな。取っときねえ」

目つきのよくないあの町人態が、座敷から広縁へ気前よく小粒を投げて寄こした。

「有り難うございやす。遠慮のう頂戴《ちょうだい》いたしておきやす。それから、あのう……」

「ん？　なんでえ」

「私《あっし》は青二才の頃……いえ、今も青二才でござんすが……遥山兼之丈先生の浮世絵の大変な愛好者でございやした。それでこの機会に、是非とも遥山先生に御挨拶させて頂きたいと思いやして」

長火鉢を囲んでいた十一人が、顔を見合わせたあと一斉《いっせい》に宗次を見た。

目つきのよくない町人態が言った。

「遥山先生は、もう浮世絵師じゃねえ。今じゃあ朱子学《しゅしがく》をなさる偉え学者さんなんだ。さ、もう一粒やるから大人しく引き揚《あ》げな」

広縁に、タンと小粒の落ちる乾いた音。それを手に取りながら、宗次は続けた。

「では、先生のお顔だけでも、教えておくんなさいやし」

「帰れっ、町人」

浪人の一人がいきなり怒鳴るや、宗次に向かって白い何かを投げつけた。

盃《さかずき》。それを額《ひたい》に受けて「あっ」と宗次がのけ反《ぞ》る。

「な、何をなさいやす。御無体《ごむたい》な」

顔をしかめる宗次の額から、糸のような血が一すじ伝い出した。

「帰らねば斬《き》るぞ町人」

「け、帰《けえ》りやすよ。帰《けえ》りやす」

「まあまあ、許してやっておくんなさい。悪気はねえんでござんしょうから」

目つきのよくない町人態が、苦笑《にがわら》いしながら浪人を宥《なだ》めた。

宗次が座敷に背中を向けて小駆けに消え去ると、とたん男九人の顔にギンと凄みが漲《みなぎ》った。が、物静かだ。女二人の表情には、とくに変化はない。

「兆吉《ちょうきち》」と、いきり立っていた浪人が嘘《うそ》のように穏やかな声を出す。いきり立ちは、演じたものであったのか？

「へい」と答えたのは、目つきのよくない町人態であった。

「見たか、今の男を」

「え？　何をでござんすか」

「けっ。頼りねえ奴だ。あの男、儂《わし》が投げつけた盃を、鮮やかに指と指の間で受け止めよった」

「なんですってい……しかし、額から血すじが流れ出ておりやしたが」

「額に当たる直前、指と指の間で盃を受け止めたのだ。そしてその盃で自ら額を傷つけたに相違ない」

「し、失礼ですが、どうして、そうと御判《おわか》りなさるんで」

すると浪人は膳《ぜん》の上の白《しろ》盃を再び、庭に向かって目にもとまらぬ速さで投げつけた。それが一条の白い光の尾を引いて庭木に命中し、ガチッと音を発して粉微塵《みじん》となる。

「見ろ。硬い庭木に当たった盃は音立てて砕《くだ》け散ったわ。にもかかわらず、あの男の硬い骨に覆われた額に命中せし盃は、音も立てず砕けもしなかった」

「あ……」と、八人の男たちの間に漂っていた凄みが消え、代わって驚きが広がった。

「あの男……一体何者だ」と、浪人の眦《まなじり》が吊り上がる。

「どう致しやすか原山《はらやま》の旦那《だんな》」

「構《かま》わぬ。殺《や》れ、兆吉」

「へい」

「だが兆吉がいくら腕達者な博徒上がりだとは言っても、不安が残るな。寺村《てらむら》、作《さく》田《た》、手を貸してやれ」

「心得た」と、寺村、作田とかの二人の浪人が同時に応じ、口元を引き締めた。

四

空になった大八車に提灯二つをぶら下げて、すっかり暗くなった道を宗次と美代は居酒屋「しのぶ」を目指した。

「ほんとにもう。庭木に額をぶっつけて怪《け》我《が》をするなんてえ」

「面目《めんぼく》ねえ」

「先生の男前を台無しにしちゃあ、私《あたし》が角之一に叱《しか》られますよ」

「べつに女将に齧《かぶ》り付かれた訳じゃあねえんだから、親爺《とっつ》あんに叱られる訳がねえだろう」

「ふん。先生はどうせ、私《あたし》なんかにゃあ、齧り付かせてくれないんでしょうからね」

「おいおい変な絡み方を、しねえでおくんない」

「ねえ宗次先生」

「なんだよ。こんな夜道で猫なで声を出したりして」

「先程の件……」

「先程の件？」

「角之一に内緒で、私《あたし》の裸の隅隅までを描いてくれる話だよう」

「だから、その話は駄目だと断わったでしょうが」

「宗次先生までが、婆《ばばあ》になったこの私《あたし》を馬鹿にするんですね」

「馬鹿になんか、しちゃあいねえよ。だから先程も言ったたろ。着物の上から見たって、女将の胸は若若しく膨らんでいるってよ」

「だったら、そのお乳を墓にまで持って行けるよう、妖しく綺麗に描いておくれな」

「それは角之一親爺《とっつ》あん……」

　とまで言って、宗次は急に口を閉ざした。

　提灯の明りの中に、ぼんやりと浮かんだ宗次の顔を、美代は怪訝《けげん》な顔つきで眺めた。

「どうしたのさ」

「女将……」と、宗次の声が低くなった。

「え？」と、女将も思わず小声になる。

「すまねえが、一人でこの大八車を引けねえかえ」

「小型の大八車ですからね。わけありませんよ」

「なら、此処から一人で店へ帰《けえ》ってくんねえ。できる限り急いで」

「先生」

「誰かがこの大八車を、つけていやがる」

「なんですって」

「先に、『しのぶ』へ戻って、もし十手持ちの旦那たちが飲みに来ていたら、此処へ急ぎ駆けつけてくれるよう頼んでくんねえか」

「それよりも一緒に走りましょ。ね」

「言ったようにしねえ。さ、行きなせえ」と、宗次は低い声を荒らげた。

「ま……」

宗次が大八車から離れると、美代は「ふんっ」とばかり目を剝《む》いて走り出した。

ガラガラと、車のやかましい音が辺りの闇に響きわたる。その音の余りの大きさで「まずい」と思ったのかどうか、宗次が背中に感じていた〝見つめられている気配〟がふっと消え去った。

少し大八車の後に従ってから、宗次は足元の見分けがつけ難《にく》い堀端に佇《たたず》み、腰帯に通してあった鋼《はがね》と飾り銀で出来ている長目の煙管《きせる》で、ゆっくりと煙草《たばこ》をふかした。

蛍《ほたる》のような小さな明りが一つ、暗闇の中にボウッと、点いたり消えたりを繰り返した。

暫《しばら》くすると、宗次は再び〝気配〟を感じ出した。今度はヒタヒタと静かに近付いてくる気配であった。誰かが単に歩いているのとは違った、明らかに忍び寄ってくる気配だ。

一日の仕事を終えた職人や商人が帰宅を急ぐ刻限は、とっくに過ぎている。

「十手持ちの旦那たちが駆けつけてくれたとしても、間に合わねえか……」と、宗次は呟いた。

そして、ふうっと月の無い暗い空に向かって、煙草のけむりを吐き出す。

と、遠くの方からカチンカチンと拍子木《ひょうしぎ》を打ち鳴らす音が聞こえてきた。

宗次は、有り難い、と思った。できれば今日は争い事なく、居酒屋「しのぶ」で旨《うま》い酒を堪能したいのであった。

だが期待に反して、拍子木の音は次第に遠ざかり、やがて聞こえなくなった。

宗次は、堀へ向けていた姿勢を、振り返らせた。東の方角に提灯の明りが三つ、認められる。

それは間違いなく、こちらへ向かって来つつあった。慌てている様子はない。明りの揺れ具合から、悠然と歩いているかに見える。急がずとも、用が足せるかの如く。

刻み煙草を新しく煙管に詰め替えて、宗次は辺りを見まわした。

半月が雲間《くもま》に現われたのは、この時だった。漆黒《しっこく》の闇に、弱弱しい月明りが降り始めた。堀がほんのりと青白い帯と化して、それまで足元の見分けがつけ難《にく》かった陸と堀の境目が、ぼやっとだが浮き上がった。堀端の柳の並木も、堀向こうの武家屋敷の連なりも目に入った。

提灯三つの明りが、間もなく宗次の面前に並んで立ち塞《ふさ》がった。お互いに、すでに見知った顔であった。だが宗次は無言、相手も口を開かない。

彼らは足元に、提灯をそっと置いた。

二本の刀と一本の長脇差《ながどす》が鞘《さや》を走って、その切っ先が宗次に向けられた。

宗次が片足を引き、半身に構えて僅《わず》かに腰を下げる。煙管を逆《さか》さに持ち己《おのれ》の鼻先二尺ばかりのところで、その先は中央の浪人に向けていた。

向けられた浪人が、「ふん」と唇の端で笑う。

横一列に並んだ三つの切っ先が、ジワッと間合を詰めた。投げつけられた盃を一瞬のうちに指の間で受け止めたとされる宗次を一応は警戒しているようだった。一気に斬りかかってこないことが、それを物語っている。

半月の明りを受けて、煙管の飾り銀が鈍く輝いていた。

「どうしたい……私《あっし》が怖いかえ」

宗次が、ようやく誘いの小声を発した。件《くだん》の浪人がまた、「ふん」と唇を歪《ゆが》めて笑い返す。

とたん、あの町人態――兆吉――が地を蹴《け》った。無言だが〝気合〟が入っていた。気後《きおく》れがなかった。飛ぶようにして、宗次にぶつかった。出入りで培《つちか》ってきた爆発的な喧嘩《けんか》剣法。これで名を売ってきた兆吉だった。

だが、「ぎゃっ」と悲鳴を発して仰向《あおむ》け様《ざま》に弾《はじ》き返され、ドンと地面に背中を叩きつけたのは兆吉だった。転げ回る兆吉の喉笛《のどぶえ》に、何という事か煙管が深深と突き刺さっている。

「お、おのれっ」

一撃のもとに、それも目にもとまらぬ速さで倒された兆吉に、浪人二人の血相が変わった。

宗次がスウッと身構えを改めた。右足を軽く引いて左手を前に出し、五本の指をバラリと開いた。「ちょっと待て」と言わんばかりの構えだった。むろん、素手構《すでがま》えである。

「くらえっ」

背丈のある方の浪人が激しく斬り込んだ。唐竹割《からたけわ》りの斬り込みだった。夜気が唸《うな》った。が激昂《げっこう》する彼は、重要なことを忘れていた。目の前の相手が、閃光《せんこう》のごとく飛襲った盃を額の直前で指間《しかん》に受け止めたことを。

宗次が両手で白刃《しらは》を挟《はさ》み取って右へ振り、その瞬間に腰を沈めざま内懐に滑り込むや浪人の内股を跳《は》ね上げた。

白刃取りと、内股跳ねが、ほとんど同時だった。

浪人の体が絵に描いたように宙で二回転して堀に落下。船止《ふなど》めの杭《くい》へ背中を激突させた。

ボキッという背骨の砕ける無残な音と、「ごあっ」という異様な悲鳴とが、同時に堀の底へと吸い込まれる。

「まだやるかえ」

宗次は月を背に残る一人を静かに見つめた。

「き、貴様《きさま》……一体何者だ。名乗れ」

圧倒的な力の差を見せつけられ、浪人の声は震えた。

「それは、こちらの台詞《せりふ》だあな」

「く、くそっ」

「まだやるなら、次はお前《めえ》の脇差《わきざし》で眉間《みけん》を割る……どうでえ、やるか」

「お、覚えておれ」

浪人は刀を鞘に納めると、東へ向かって駆け出した。その後ろ姿が朧《おぼ》ろ夜《よ》の彼方《かなた》に見えなくなると、今度は西の方角から足音が伝わってきた。

息を乱して駆けつけたのは、この界隈《かいわい》で名を売っている十手持ちの平造親分と子分の下っ引き五平、そしてその弟分の三人だった。宗次とは懇意な間柄だ。

「で、大丈夫《でえじょうぶ》ですかい、宗次先生」

「よく駆けつけてくれやした平造親分。たぶん夜盗の類《たぐい》と思いやす」と、宗次は取り敢えず偽った。

「凄《すげ》え。煙管《きせる》が喉をぶち抜いていやすぜ先生よう」と、喉から血泡を噴き出して静かになってしまった兆吉の顔を、平造親分は生唾《なまつば》を飲み下して覗《のぞ》き込んだ。

「やむを得なかったんでい。こ奴、博徒上がりと見たが、剣客なみの凄い斬り込みだったんでね」

「へえ……」

「その煙管は私《あっし》に浮世絵を教えてくれた先生の形見なんだ。それを血で汚しちまったよ。もう使えませんや」

「身を守るためでさあ。仕方ありやせんよ。で、先生を襲ったのは、こ奴だけですかい」

「いや。あと浪人二人がいたな。一人は念流《ねんりゅう》、もう一人は小野派一刀流《おのはいっとうりゅう》と見やした。念流は堀の底に沈んでいるが、小野派一刀流は逃げよったわ」

「それにしても先生よう……」と、平造親分は宗次に近寄って、耳元へ真顔を近付けた。

「浮世絵師の宗次先生って一体、何者なんでえ。三人の夜盗を相手に、うち二人をやっつけるなんざあ、当たり前の町人に出来るこっちゃあねえやな。それに、町人の浮世絵師にゃあ念流だの小野派一刀流などは判りっこねえ」

　平造親分の囁《ささや》きに、宗次は苦笑で答えた。

「襲われた瞬間を親分は見ていねえから、そう言いなさるんだ。ともかく怖くて、滅茶苦茶暴《あば》れまくったら、こんな有様になっていやがった。相手の剣法だって当てずっぽう言ったまでよ」

「そんな言い訳、いまさら通用しねえよ先生。まるで天狗《てんぐ》のごとき凄腕を拝《おが》むのは、何も今夜が初めてじゃねえんだから。ま、いいわさ。この有様は、滅茶苦茶暴れた結果に、しておきやしょ」

　子分二人の耳に入らないようにか、親分の囁きは一層、小声になっていた。

「恩にきますぜ親分。やっぱあ友達だ。面倒かけるが、あと片付けを、ひとつ頼みまさあ」

「けっ。えれえ奴と友達になってしまったぜい。ともかく此処から消えな先生よ。あとは何とかすらあ」

「すまねえな」

　宗次は平造親分の肩をポンと叩いて、現場を足早に離れようとした。

「待ちねえ。ちょっと待ちねえ先生」

平造親分が思い出したように、追いすがった。

「なんでえ親分。ともかく此処から消えな、と言いなすったばかりじゃねえか」

「消えてもいいんだけどよ、一つだけ確かめてえ」

「確かめてえって？」

「先生よ。本当に先生は、我が身を守るために相手を倒したんだな」

「その通りでさ」

「相手に見覚えはねえんだな。つまり襲われる心当たりはねえんだな」

「ねえ」と、宗次はもう一度偽った。

「なら、いいんだ。俺だってよ、この後《あと》始末《しまつ》にゃあ奉行所の与力同心の旦那衆に対して、体を張らなきゃあならねえんだから」

「迷惑かけるなあ。本当に申し訳ねえ」

「いいってことよ。先生にゃあ、うちの女房《かかあ》を観音様みてえに神神《こうごう》しく描《か》いて貰ったんだ。あの絵はうちの宝だ。しかも描き賃なしでよ。さ、先生、いいから行きねえ」

「有《あ》り難《がと》うよ。じゃあ……な親分」

宗次は平造親分とその子分二人を残して、現場を後にした。

（こりゃあ、ひょっとすると大変な事態になるかも知んねえな）

宗次は、そう思った。町屋敷の長火鉢を囲んでいた十一人の顔は、ちゃんと頭の中に入っていた。しかし、浮世絵師遥山兼之丈がその内の九人の男の中にいたようには思えなかった。絵師らしい印象の人物はいなかった、と思っている。

五

翌朝巳《み》ノ刻ごろ、宗次は北町奉行所の表門の前に立った。

「浮世絵師の宗次と申しやす。与力頭の大崎様に御知らせ致したき事があって参りやした。お取り継ぎ下さいやし」

強面《こわもて》の門番に腰を低くして頼み込んだ時、背後から声が掛かった。

「浮世絵師の助平宗助《そうすけ》じゃねえか。何の用だ」

「へ……」と宗次が振り返ると、江戸町民から〝泥鰌《どじょう》のジゴロ〟の名で嫌われている市中取締方筆頭同心飯田次五郎が、怖い顔で立っていた。

「これは飯田様……」

「ま、いいから入れ助平宗助」

泥鰌のジゴロに促されて、宗次は奉行所の大門を潜った。

「で、大崎様に何用だ助平宗助。お前なんぞに軽軽しく会って下さる立場の御人《おひと》じゃねえんだぞ」

「あのう飯田様……」

「なんだ」

「私《あつし》は決して助平じゃござんせん。お止《よ》しになって下さいやし。それに私《あつし》の名は宗助じゃなくて、宗次なんで」

「助平じゃない、だと」

「へい。誓って」

「どうして証明できる」

「そりゃあ、私《あつし》と日常的にお付き合い下さりゃあ判りやす。何のお付き合いもねえのに、助平呼ばわりは幾ら何でも、ひどいじゃござんせんか」

「お付き合いか……」

「そうでございやす。私《あつし》だって旦那《だんな》が江戸町民から、泥鰌のジゴロ、と後ろ指を差されていることを知っておりやす。ですが私《あつし》は、旦那のことを泥鰌だなどと思ってやいません。市中取締という重要な仕事に日夜打ち込んで、江戸の治安を守って下さっている大切な御方《おかた》だと思っておりやす」

「ふん」

「それよりも飯田様。大崎与力様にお取り継ぎ下さいやし」

「その前に、浮世絵師のお前に頼みがある」

「何でございやすか」

「そのう……お前の描いた絵は昨今、随分と値打ちがあるらしいな」

「うーん、ま、少しは値が付くようになりやしたかねい」

「そこでだ……ひとつ、うちの一人娘を描いてやってくれんか。むろんカネは、ちゃんと支払う。相場通りな」

「えっ、すると、旦那は浮世絵師相場ってえのをよくご存知なんで？」

「いや、知らん。教えてくれ」

宗次は思わず苦笑した。泥鰌のジゴロの性格が大体わかってきた事への温《あたた》かな苦笑だった。

「で、お嬢様は幾つでいらっしゃいやすんで」

「五つだ」

「五歳……」と、宗次は驚いた。二十歳《はたち》くらいの娘がいても、一向におかしくない泥鮨のジゴロであった。

「長いこと出来なかったのだ、子がな」

泥鮨のジゴロは、そう言って足元に視線を落とした。

「そうでござんしたか。それじゃあ目の中に入れても痛くねえほど、可愛いでござんしょね」

「ああ、可愛い」

「でしょうねえ。それじゃあ、こう致しやしょうか。お嬢様と奥様が並んでいる姿を描かせて戴《いただ》きやしょう」

「妻は……いない」

「えっ、いないって……」

逃げた？　と一瞬思った宗次だった。

「娘を産み落として……亡《な》くなった……難産だった」

「なんと」

宗次は、絶句した。衝撃を受けていた。

「それじゃあ、男手一つで育ててきなすったんで」

「うん」

下を向いて小さく頷《うなず》いたジゴロの目から、少したって小粒な涙が一つ伝い落ちた。子の命に代えて、母の命を閉ざした時の妻を思い出したのであろうか。

宗次は、下唇を嚙《か》んでしまった。

「そうでしたか……そんなことが」

「母を知らぬ娘が……不憫《ふびん》でな宗助」

「宗次でございやす」

「うん……うん」

「判りやした。描かせて戴きやしょう。観音様の胸に抱かれて嬉《うれ》しそうに微笑んでいるお嬢様を」

「観音様の？」と、ジゴロは下に向けていた顔を上げた。目が真っ赤だった。

「奥様でござんすよ。観音様となって、お嬢様を見守って下さっている奥様でござんすよ」

「宗次、貴様……」

市中取締方筆頭同心、泥鰌のジゴロこと飯田次五郎は、顔をくしゃくしゃにして遂にポロポロと涙を流した。まるで、幼子《おさなご》であった。

「さ、涙をお拭《ふ》きなせえ旦那。私《あっし》は自分で、大崎様にお目通りを願ってきやすから」

宗次は懐から折り畳んだ白手拭《てぬぐ》いを取り出してジゴロの手に握らせると、くるりと向きを変え玄関へと足を急がせた。

玄関を一歩入って天井を見上げつつひと呼吸した宗次は、後ろを振り向いてみた。

ジゴロは宗次の白手拭いで俯《うつむ》き加減に目頭《めがしら》を拭きつつ、表門左手にある同心詰所へ向かっていくところだった。

(飯田の旦那。この浮世絵師宗次、一世一代の絵筆を執らせて戴きやすぜ。任せておきなせえ……この私《あっし》だって……母親の顔を知らねえんだ)

宗次が少し丸くなっているジゴロの背に、声なき声を送ったとき、「よう、宗次じゃないか」と後ろから声がかかった。

「あ、これは都合よくお目にかかれやした」と、宗次は腰を折った。

与力頭の大崎兵衛であった。

「何か判ったのか。ま、とにかく上がりなさい」

「はい。失礼いたしやす」

宗次は、はじめて大崎に通されたこの前の座敷へ、再び座らされた。

「で、どうだ。何か判ったか」

「へい。事件と直接の関係があるかどうかは、まだ判りやせんが、ちょいと妙なことに出会《でくわ》しやして」

宗次は、際物《きわもの》浮世絵師遥山兼之丈が江戸へ戻っているらしいこと、その彼の住居《すまい》とかで胡散《うさん》臭い宴会が大勢で行なわれたこと、その宴会の食材を居酒屋「しのぶ」の下働きを装って自ら宴会座敷まで運び込んだこと、などを打ち明けた。

ただ三人組に襲われて、うち二人を倒したことは口に出さなかった。うまく騒ぎの後始末をしてくれた十手持ちの平造親分に、迷惑が掛かってはいけないと思ったからである。

「そうか……遥山兼之丈は江戸へ戻っていたのか」

「街道筋の関所へは、兼之丈の似顔絵は回しておりやしたんでしょ」

「とは言うても、それは何年も昔のことだ。古い似顔絵は関所役人も、あまり目を通さぬであろうからなあ」

「それに所払いの期限をきちんと済ませて江戸入りすりゃあ、役所筋もあれこれ文句は言えやせんしねえ」

「一応、前科者についての江戸入りは、関所筋から奉行所へ事前に情報が齎《もたら》されることになってはおるのだが、近頃はどうも意思の疎通が悪くてなあ」

「ともかく一度、遥山兼之丈の身辺を奉行所でお調べ下さいやし。私《あっし》は怪しいと睨んでおりやす」

「おいおい。奉行所でお調べ下さいやし、はないだろう。それもお前がやるのだ」

「え。まだこの先も続けろとおっしゃるんですかい。勘弁して下さいましな大崎様あ」

「報酬は百五十両だぞ、百五十両」

「うーん」

「宗次」

「へい」

「昨夕《ゆうべ》御堀端で目撃者のいねえ、博徒と浪人の喧嘩があって二人とも相打ちで死んだ、と目明しの平造から奉行所へ届けがあってな。同心飯田次五郎を通じ、私に凶器の一つが届けられた」

「ほう」と、宗次がとぼけて見せた。

「その凶器というのがこれだ」

〝素手捕りの名手〟大崎兵衛はそう言うと、懐《ふところ》に手を入れて紙に包まれた細いものを取り出した。長さは、およそ一尺。

大崎与力は紙包みを開いた。出てきたのは煙管《きせる》であった。

「この煙管が死んだ二人のうちの一人、長脇差《ながどす》を手にした博徒の喉元を、見事に貫いていたそうだ」

「へえ、それは凄い」

「まったく凄い。相打ちだとかいう浪人の溺死体《できしたい》が御堀から引き上げられたのだが、腰の刀は鞘《さや》から抜け落ちでもしたのか見つかっていない。御堀へ突き落とされたと見られる浪人の武器は、この煙管だったのだろうなあ」

「さいですか」

「ま、博徒と浪人の喧嘩の果てだというので、私は表には出ずに処理を下に任せておいたのだが、それにしても……」

　と大崎は煙管を手にとって、しみじみと眺めた。

「この煙管、どこかで見た記憶があるのだ。本当に浪人が用いた武器であったのだろうか」

「そんなに短《みじけ》え物で、よく長脇差《ながどす》の相手が出来ましたもので」

「まったくよなあ。それにしても、この煙管……確かにどこかで見たのだ。これ迄《まで》に、この座敷で会った大勢のうちの誰かの物であったような気が……しないでもない」

「煙管のことはともかくとしやして、遥山兼之丈のこと、私《あっし》がもう少し調べてみやしょう」

「ん？」

「大崎様」

「そうか。引き続きやってくれるか」

と、大崎与力は豹変《ひょうへん》した如くにっこりと笑って、煙管をそのまま懐へしまった。

（まったく……よく言うぜ）と、宗次は胸の内で苦笑し舌を打ち鳴らした。

「ところで大崎様。江戸所払いとなりやした遥山兼之丈の、当時の際物絵《きわものえ》を参考までに見せて戴けやせんでしょうか」

「それが無いのだ」

「無い？」

「江戸所払いの御沙汰《さた》を下された潔癖症の御奉行がな、その直後に焼却処分を命じられたのだ」

「なんとまあ……じゃあ御沙汰を証する当時の際物絵は一枚も無《ね》えんで？」

「ああ。一枚もな。だからこそ、お前が頼みなのだ」

「そうですかい」と、宗次は呆《あき》れたように小さな溜息を吐いた。

六

翌朝宗次が、神田三河町の貧乏臭い八軒長屋で目を醒《さ》ましたのは、巳《み》ノ刻過ぎだった。彼が外の井戸端で手桶《ておけ》に水を満たし顔を洗っていると、後ろから女の嗄《しわが》れ声が掛かった。

「あら宗次先生。いま起きたんですかえ」

「昨夕《ゆうべ》少し飲み過ぎてねえ」と宗次は答えたが、相手が誰と判っているのか振り向かない。

「残りもんの味噌汁に冷飯《ひやめし》でよかったらあるけど」

「そいつあ有《あ》り難《がて》え」

「じゃあ部屋へ用意しとくよ」

「すまねえな」

毎朝ではないにしろ、長屋の女房《かみさん》連中と宗次の間柄は、こんなものであった。

宗次が自分の部屋へ戻ってみると、小肥《こぶと》りで四十過ぎの女が、竈《かまど》を竹筒で吹いていた。

「いま火種を入れたからね。味噌汁はすぐに温《あたた》まるから、そこで鼻糞《はなくそ》でもほじくって待ってな」

嗄れ声が言って、宗次が「はいよ」と答える。

「ところでこの四、五日、久平《きゅうへい》さんの姿が見えねえなチヨさんよ」

「亭主の久平は寺の大屋根を葺《ふ》き替えるとかで、棟梁《とうりょう》や仲間たちと一緒に鎌倉まで出かけてんのさ」

「そいつあ大仕事だな」

「いまならこの体、空《あ》いてるよ宗次先生。私《あたし》のこの胸でも吸うかね」

「え、本当けえ。そう言やあチヨさん何だか今日は腰のあたりが張ってるねえ」

「燃えてんのさ。胸も腰もさあ……なんとかしておくれな」

「いいねえ、いいねえ」

「ふん。いつも口先ばっかりの癖《くせ》して何が、いいねえ、いいねえ、だよ。この宗次先生野郎が」

「面目《めんぼく》ねえ」

「ま、そこが宗次先生のいいとこさ。さあ出来たよ、お食べな」

薄汚れた盆に、味噌汁と冷飯と沢庵《たくあん》をのせて宗次の前に置いた四十女のチヨが、優しく目を細めて微笑んだ。嗄れ声と眼差《まなざ》しの優しさが、対照的だった。

宗次は冷飯に熱い味噌汁をぶっかけ、「うめえうめえ」と言いながら食い出した。

「洗濯物があるなら出しときな」

チヨはそう言いながら丸い尻《しり》を搔き搔き外《そと》へと出ていった。閉められた表障子がピシャンと鳴る。チヨのこの勢いの良さは、いつものことだ。

宗次が勢いよく飲み込むようにして遅い朝飯を済ませかけたとき、チヨが乱暴に閉めていった立て付けの悪いその表障子が、ガタピシと音うるさく開いた。

「や、女将《おかみ》……」と、宗次が箸《はし》を置く。その女将とやらが入ってきて、小便臭く薄暗い部屋が、花が咲いたようにパアッと明るくなった。

江戸で一、二と言われている料理茶屋「夢座敷」の女将幸《こう》であった。客に対し常に年は三十三、四と大年増《おおどしま》を装っているのだが、それは到底無理というもので、矢張りどう見ても二十二、三にしか見えない。小野小町以上の美しさ妖しさで男客を虜《とりこ》にしているとかで、だから、「夢座敷」は大繁盛だった。一年ほど前に旦那を病気《やまい》で亡くしているだけに、男客たちの下心は煮えたぎっている。だが、幸が心を開いている相手は、今のところただの一人……。

「いまごろ朝御飯でございますの先生」

「うん。向かいのチヨさんが残り物を持ってきてくれてな」

「いま御茶をいれましょうね」

「茶葉は無《ね》えよ女将」

「それは百も承知してございます」

幸は着物の袂《たもと》から茶葉を入れた小さな和紙袋を取り出すと、やんわりとした身のこなしで動き出した。

この幸、ほんの少し前に、宗次の手によって自分の肌身露《あらわ》な妖し絵を描いて貰っている。

亭主を病気で亡くし、後家となってしまった自分の「女」を見つめ直すために、宗次へ依頼した妖し絵だった。このところ宗次には、武家や大商家の後家たちから、妖し絵の注文が殺到している。もちろん秘密裏に、だ。

自分の豊かな体を宗次に見つめられ妖し絵として描かれて以来、幸の宗次に対する感情は激しく波立つようになっていた。この貧乏長屋へも、よく出入りするようになっている。

「さ、どうぞ先生」

幸が雪肌な白い手で、宗次の前に茶を置いた。

「どうしなすったい女将。いつもの二重《ふたえ》の切れ長な優しい眼差しが、今日はまるで真剣勝負に出かけるみてえですぜ」

「それって、いやな目つきでございますの？」

「何を言いなさる。女将は何をしても、妖しくて美しくて若若しい。それに品がおありなさる」

「まあ、本当？」

幸はまるで小娘のように初初《ういうい》しい表情になり、宗次と向き合って座った。

そこへチヨが「食べたかね」とやってきた。

「おや、『夢座敷』の女将さん。今日はまた御早くに」と、べつだん驚かない。

「チヨさん、いつも申し訳ありませんねえ。先生の朝餉《あさげ》の面倒をお掛けしてしまって」

「なあに、どうせ残り物ですよう」

「次に参りますとき、御主人の久平さんに『夢座敷』の美味しい御重《おじゆう》でも、お持ち致しましょう」

「いつも頂戴してばかりですみません。それより女将さん、この宗次先生に、早く家庭を持って貰わなくちゃあ、そろそろウジがわきますよ。なんとかして下さいなあ」

「私《わたくし》もそれを勧めようと、こうして時時、うるさく訪ねて参っているのですよ」

「いっそのこと、女将さんと先生が一緒になれば宜しいのさあ。そうなさいな女将さん」

「いえいえ。私《わたくし》は『夢座敷』の商《あきな》いで手一杯で、とてもとても……」

二人は顔を見合わせて笑い合った。

長屋の女房《かみさん》連中とも、今ではこのように打ち解《と》けている「夢座敷」の幸であった。

チヨが冷飯と味噌汁と沢庵が綺麗に消えている盆を下げて出ていくと、幸は宗次を流し見るようにして訊ねた。

「ウジがわきそうでございますか先生？」

「毎日銭湯へ通っているんだ。わく訳がねえだろうに」

「早くお嫁さんを貰いなさいましな」

「言われなくとも、いい女がいたらな」

「いらっしゃらないのですか」

「まあな。これぱっかりは、思うようにはいかねえよ」

「どのような女《ひと》が、お好みですの？」

「女将のように雪肌でな、腰がちょいとくびれた……そうよなあ、楊貴妃《ようきひ》のように美しい女がいい。尤《もつと》も、楊貴妃ってえのを、私《あつし》が見知っている筈もねえんだがよ。うん、が、まあ、楊貴妃のような女、な」

「私《わたくし》が探して差しあげましょうか」

「うん。探してくれ」

宗次は幸がいれてくれた熱い茶を、静かに啜《すす》った。

「おいしい？」

「おいしい。ありがとよ」

幸は、楽しそうに、ただ宗次を眺め、一方の宗次はただ茶を啜るだけであった。幸が訪ねてくると、二人の間には決まって、こうした静かな満ち足りた時間が広がってゆくのだった。

「ねえ先生」と、幸が囁き声を遠慮がちに漏らした。

「なんでい」と答えて湯飲みを置く宗次の声の響きが、それ迄浸《ひた》っていた静けさから現実へと戻った。

「なんでもありません。何となく呼んでみたかっただけ」

幸は真顔で言ったあと、小さく笑った。

「いきなり訊くようで悪いが、女将は何処の生まれなんでい」

「そのうち自然と判ります」

「何となく、いい血筋の人のように思えてなあ」

「いい血筋と申しますと？」

「よくは判らねえ。だが町人の血筋じゃあねえような気がすらあ。何となくよ」

「そのようなことはありません。普通の家に生まれて、普通に育ちました」

「そうかえ。ま、それでいいやな。すまねえ、余計なことを訊いちまった」

「気になさらないで下さいまし」

「けど、女将よ。こんな薄汚ない部屋に出入りしていたら、いまに変な噂が広まって『夢座敷』の商いが左前になりますぜ」

「店は大番頭がしっかり守ってくれています」

「ところで、今日は大事な用で来なすったんだろ。先程も言いやしたが、ここへ入ってきたときの真剣勝負のような目つきは一体《いってえ》どうなさいやした」

言われて幸は、ようやくこっくりと頷き、懐に手を入れた。

彼女が取り出したのは、四つ折の紙であった。それを黙って宗次に差し出し、受け取った彼はそれを開いた。

「こいつあ……」

と宗次の目が光った。崩れ座った全裸の女の絵が描かれていた。きつい面立《おもだ》ち、しなびた小さな乳房、痩《や》せ細った体、年齢は五十前後であろうか。ただ、床の間つきの座敷の立派さ、女の周囲《まわり》の脱ぎ乱れた着物の贅沢さなどから、大商家の内儀あたりではないかと思われた。

宗次は立ち上がって縁側に出、外の明るさを借りてその絵の隅隅《すみずみ》、とくに女の「秘草」を注視した。

「間違いねえ」と、宗次は呟いた。与力頭大崎兵衛から見せられた際物絵二種のうちの一種と寸分違《たが》わぬ筆使いであった。女の「秘草」の先端が、僅かに、しかしはっきりと撥《は》ね上がっている。

彼は幸のそばへ戻った。

「女将は、この浮世絵を私《あっし》に見せようと、やって来なすったのか」

「はい」

「見たところこの全裸の女、どこかの大店《おおだな》のお内儀のようだな」

「と言うことは、この絵を描いたのは宗次先生じゃございませんのね」

「なにっ？」

「宗次先生の絵には必ず御名《おんな》と落款《らっかん》印がございますものね。私《わたくし》もこれは贋《にせ》宗次が描いたものだと思うておりました」

ふんわりとした口調で答える幸だった。

「どうやら訳がありそうだな。聞かせてくんねえ。この全裸の女は誰でえ」

「下谷池之端、不忍池そばの料亭『しらぎく』の女将キクさんでございますよ」

「お、あの江戸一番と言われる大料亭の……」

「その『しらぎく』の大広間で昨夕《ゆうべ》、主だった料亭、料理茶屋の女将たちの集《つど》いがございましてねえ。魚や肉、野菜などの食材を一括で安く仕入れる方法はないものか、と、相談し合ったのでございます。結論は出ませんでしたけれども」

「ふーん。それで？……」

「お食事やお酒が出て座が盛り上がった頃、キク女将がいきなり切り出されたのでございます。『私いま江戸で一番の人気絵師宗次先生に妖し絵を描いて戴いた』って……」

「なるほど」

「皆さん見せて見せてと大騒ぎになりました。けれども私《わたくし》はこの時、少しおかしいな、と思ったのでございます。宗次先生は口軽な性格の女《ひと》の妖し絵は決してお描きになりませんもの……そうでございましょ」

「その通りだ。さすが『夢座敷』の女将」

「で、キク女将が皆さんに見せるために持っていらっしゃった妖し絵を見て、これは贋《にせ》宗次の絵だ、と私《わたくし》確信しました。ご覧になりましたように、絵のどこにも宗次先生特有の品格がございませんもの。それに御名も落款印もありません」

「それにしてもこの絵。キク女将からよく借りられたな」

「私《わたくし》も宗次先生に描いて戴くことを考えたいので、一日二日参考までに貸して下さいませんか、と腰を低くして御願い致しました」

「そうでしたかい。ま、よく私《あつし》に見せてくれやした。それにしてもキク女将は、贋宗次と一体何処《いってえ》で知り合うたんでい」

「客として『しらぎく』へ現われたそうです。滅法《めっぽう》金離れのよい客として、とキク女将はおっしゃっていました」

「するてえと、贋宗次の住居《すまい》は知らねえんだな」

「はい。そのようです」

「キク女将は後家かえ」

「いいえ。入り婿《むこ》でよく働くおとなしい御主人がいらっしゃいます」

「ふん、どうせ顋の先で亭主を、こき使ってんだろ」

「さあ……でもキク女将の口調は、すでに贋宗次と一線を越えてしまったような感じでございました」

「馬鹿な女だ。いい年して分別《ふんべつ》を失いやがって」

「この絵、どう致しましょうか？」

「私《あっし》の名も落款印もねえんだから、贋宗次が描いたことは、はっきりしてる。いいからキク女将に返《けえ》してやんな」

と、宗次は贋絵を幸の手に返した。

「そう致します」

「女将……」

「はい……」

「ありがとな」

宗次はそう言うと、右の手を幸のやわらかな白い頬に軽く触れてやった。この右の手の動きは一寸《ちょいと》ばかし軽率かねい、と反省を加えつつ。

七

翌日、宗次は朝五ツ過ぎ神田三河町の八軒長屋を出て、浅草へと足を向けた。快晴であった。

天台宗金龍山浅草寺《きんりゆうざんせんそうじ》の参道脇は、絵草紙屋が少なくないことで知られている。その一軒一軒を虱潰《しらみつぶ》しに調べてみるつもりの、宗次であった。

「よう、宗次先生。お出かけですかい」

道具箱を抱えた顔見知りの職人たちが、ときどき声をかけて忙《せわ》し気に通り過ぎていく。

宗次は笑って頷き返すだけだった。

彼は足を速めた。

神田川《かんだがわ》、通称大外濠川に差しかかって、和泉《いずみ》橋の手前で宗次の足が止まった。桜の大樹の陰から現われた「夢座敷」の幸が、ひっそりと腰を折ってから宗次に近寄り肩を並べた。胸元に寄せた手に御重《おじゆう》を包んでいるらしい風呂敷包みを持っている。

「いいのかえ、大事な店を放っぽり出して」

「しっかりした大番頭が見てくれております。お店の繁盛を浅草寺さんに御願いしてきます、と告げましたら黙って二人分の御弁当を用意してくれました」

「二人分の？」

「はい」

「一人でお参りするのじゃないな、と見抜かれているじゃあねえかい」

「はい……たぶん」と、幸は微笑んだ。

「よく出来た大番頭だい」

「はい……六十一歳になる、お父《と》っつあんみたいな大番頭ですから」

二人は小声を交わしながら和泉橋を渡り、大外濠川沿いに東へ足を向け、幾つ目かの通りを左へと入った。

「足、疲れたら遠慮なく言ってくんねえ」

「宗次先生と御一緒ならば大丈夫でございますよ」

「どこまでもかえ」

「ええ、どこまでも……」と、幸は右手で胸元に持っていた風呂敷包みを左手に移し、右手は宗次の着物の袂《たもと》を、そっと摑んだ。

さして広くない道を右へ左へと曲がり、松平内記邸の角に出て掘割《ほりわり》に架かった小橋を渡ると、浄念寺、龍宝寺、厳念寺、善照寺、心月院といった寺が掘割に沿うかたちで南から北へと立ち並んでいる。

二人はゆったりとした足取りでそれらの寺院の前を通り過ぎ、東本願寺の先を右に折れて浅草広小路へと入っていった。

「凄い人出だな。『夢座敷』の客にばったりと出会うかもしれねえ」

「宗次先生は、出会《でお》うたらお困りでございましょうか？」

「なあに、べつに困りゃあしねえ……」

「先生がお困りにならないのでございますなら、私《わたくし》も平気でございます」

「ふん……」と宗次は苦笑した。

浅草寺の参道、いわゆる仲見世通りへ入っていくと宗次の目つきが、鋭くなり出した。

幸は「絵の腕を更に研《みが》くため浅草寺参道の絵草紙屋を調べ歩く」と宗次から予《あらかじ》め聞かされていたから、摑んでいた彼の着物の袂から手を離し、半歩退がって従った。

一軒目、二軒目、三軒目と宗次は絵草紙屋を見て回った。

だが愛好家から、あぶな絵と呼ばれている春画《しゅんが》は、昨年から奉行所の取締りが厳しくなったこともあって、どこも表には出していなかった。訪ねて来た男が浮世絵師宗次だと判っても、「あぶな絵のいいのがあったら見てえんだが」と頼むと「うちは扱っていませんでして」と強く尻ごみをした。

浮世絵の流通経路は大きく二つに分けられる。一つは、企画し制作することを統括する地本《じほん》問屋あるいは絵草紙問屋と呼ばれる「版元」。

もう一つは、版元から卸された浮世絵を表の市場でさばく「絵草紙屋」。

但《ただ》し、見る者の顔が赤くなる程どぎつい表現の春画、つまりあぶな絵は、絵師、彫《ほり》師《し》、摺師《すりし》の三者が組んだ闇の流通経路で、高値で取引されたりする。

あぶな絵の客は大奥、大店《おおだな》、旗本、大商人とさまざまだ。その日暮らしの町人には、ちょいとばかし手が出ないから、最初の購買者が見あきて手放したものが、下下《しもじも》の段階まで流れ落ちてくるのを待つしかない。その時にはかなりボロボロになっていたり、変なシミで不潔に汚れていたりする。

「気に入ったのがねえなあ」

何軒目かの絵草紙屋を出て、宗次は空を仰ぎ溜息をついた。

宗次が絵草紙屋に入っている間、邪魔になってはいけないと外で神妙に待っていた幸は、心配そうに彼のそばへ寄っていった。

「むつかしいお調べ事でございますか」と、幸は遠慮がちに訊ねた。

「うん？……いやなに……すまねえ。何処ぞで、ひと休みといくかえ」

「小綺麗な茶屋の御座敷にでも上がって、そろそろ御弁当を開きましょう」

「そう言やあ時分時《じぶんどき》だ。あ、茶屋ではなく、今日はいい天気だから伝法院《でんぽういん》の池の畔《ほとり》にでも腰を下ろすのがいい」

「あ、それが宜しいかも知れませぬね」

二人は浅草寺の本坊である伝法院へ足を向けた。伝法院は浅草寺の直ぐ南に位置し、片万字形《かたまんじがた》「卍」の美しい心字池《しんじいけ》を中心に、緑豊かな広大な境内《けいだい》を有している。

若い僧が二人に会釈《えしゃく》を送って、通り過ぎた。

「参道を一歩はずれると、信じられないほど静かだ。気持が安まる」

「本当に。参道の混雑が嘘のようです」

「心字池の向こう側へ回ってみましょうや。足元に気を付けなせえよ。巨木の根が地表を這《は》っていやすから」

「はい」

心字池の反対側へ回った二人は、楓《かえで》の古樹に挟まれた、平たい大石の上に腰を下ろした。

「ねえ先生」と、幸が膝《ひざ》の上に御重を置き、風呂敷包みを解《ほど》いていく。

「ん？……」

「先生は本当に町人でございますの？」

「え？……また急に、どうしなすったい。押しも押されもせぬ町人でござんすよ」

宗次は怪訝な目つきで、幸を見返した。

「私《わたくし》……もしかして先生は御侍様ではないか、と思ったり致しました。それも、御身分の高い」

「冗談言っちゃあいけねえやな女将。私《あつし》は生まれも育ちも立派な町人でさあ」

「なら、いいんですよ。それで」

幸は笑って「はい」と、海苔《のり》で巻いた握り飯を宗次に差し出した。

「こいつあ凄い。浅草海苔だな。これで巻いた握り飯など、そうそう食えるもんじゃあないねえ」

「玉子焼も、小鯛《こだい》の焼いたのも、うなぎの蒲焼《かばやき》も召し上がって下さい」

「さすが『夢座敷』の弁当だ」

宗次は握り飯に勢いよく齧《かじ》り付いた。

「ふふっ。わざと町人に見せようと演じているみたいでございますよ先生」

「あれ、まだ疑ってんのかね女将」

とか何とか明るく言葉を交わしつつ、たちまち大きな握り飯一つを平らげた宗次に、幸が二つ目を差し出そうとしたとき、宗次の表情が、ふっと止まった。そう、止まった、と幸には見えた。

「女将。御重を閉じなせえ」

「え？」

「いいから、御重を閉じて、暫《しばら》く私《あっし》から離れているんだ」

「はい」と、幸が真顔になる。

「そこの築山《つきやま》の向こうへ退がっていなせえ。早く」

異変を感じた幸は手早く御重を閉じて風呂敷に包むと、さり気なく宗次から離れ、七、八間《けん》向こうにある築山の陰へと回り込んだ。

「とうとう、おいでなすったか」

幸の後ろ姿を見送った宗次は、呟いて立ち上がり振り向いた。

左手先の鬱蒼《うっそう》たる木立《こだち》の中から、三人の浪人態が姿を現わした。

続いて博徒らしいのが三人。

（あいつは、いねえのか）と宗次が思ったとき、一番最後にそいつ――堀端で宗次に襲いかかった三人の内の生きのびた一人、浪人――が、苦虫を噛み潰したような顔つきで現われた。

「ようやく現われやがったか悪党ども。どの野郎にも見覚えがあるぜ。ど助平の遥山兼之丈の所にいた面《つら》だ」

七人が無言のまま抜刀し、宗次を扇状に取り囲んだ。

「ほほう。罰当たりな野郎共だい。真っ昼間から寺の境内で人の命が欲しいとはねえ。私《あっし》がピンピンしていると余程都合が悪いというんですかい」

七人は無言のまま、宗次との間をジリッと詰めた。すでに刀を正眼に構えている。本気で殺《や》る気だ。

「ふん。由緒ある寺の境内を血で汚してえとは、全くもって罰当たりな野郎共だ。お前《めえ》さん方、随分と景気よく飲んで食ってをやっていやがるようだが、まさか盗み金で贅沢《ぜいたく》をやっているんじゃあ……」

「野郎っ」とはじめて声を出した三十半ばに見える中央の浪人が、刀を大上段に振りかぶった。

宗次が、腰帯に差し込んでいた煙管《きせる》を抜き取った。艶《つや》のない雁首《がんくび》はどうやら鋼物《はがねもの》だ。

「てめえ達、もしや次の狙《ねら》いは下谷池之端にある江戸一番の料亭『しらぎく』じゃねえだろうな」

　宗次は鎌を掛けてみた。ほとんど当てにはしていなかった。と、大上段に構えていた浪人の目が、一瞬だがたじろいだ。

　宗次はそれを見逃さなかった。

「どうやら図星《ずぼし》か。するてえと、『しらぎく』の女将キクをたらしこんで妖し絵を描きゃあがったのは、ど助平の遥山兼之丈あたりか」

　大上段に振りかぶっていた浪人が地を蹴った。唸りを発して叩き下ろされた白刃が、煙管の雁首と打ち合った。

　白昼下《はくちゅう》、はっきりと青白い火花が散る。

「くそっ」

　浪人が宗次の肩口を狙い、小手を狙い、胴を狙った。矢継ぎ早だ。

　ギン、ガチンと煙管の雁首で白刃を弾き返された浪人が、ふわりと飛び退がって右下段に身構え直す。

「本格だなお前《めえ》さん。いい腕だ。地道にやってりゃあ、どこかの大道場から師範代の声がかかったかも知れねえものを、盗人《ぬすっと》とは情けねえ」

「貴様。町人じゃないな。今の雁首さばきの見事さは明らかに揚真流『小柄《こづか》の舞』と見た」

「なんでえ、それは。私《あっし》はただの貧乏浮世絵師。但し遥山兼之丈のような、ど助平じゃあねえがな」

宗次はそう言うと、煙管を腰帯へ戻した。

「此処《ここ》は有り難え仏様の地。悪どもの汚ねえ血で汚す訳にはいかねえやな」

「久し振りに背筋にゾクリとくる骨のある奴と出会うた。手加減はせんぞ」

「きなせえ。束《たば》になって」

「皆、手を出すな。こいつは俺の手で殺《や》る」

「受けやしょう」

宗次は右足を引いて軽く腰を下げ、左手を前に突き出して五本の指をバラリと開いた。「ちょっと待て」と言っているような例のあの構えだ。

三十半ばに見える浪人が踏み込もうとした足先を止めた。「くっ」という呻《うめ》きが唇の間から漏れる。

宗次は動かなかった。身じろぎ一つしない。全身を力ませて立っているのではなく、そよ風になびく柳のようにやわらかく立っている。

その様子は築山の陰から緊張して眺めている幸にとって、まことに頼りなく心細く見えた。正眼に構えた浪人の方が、圧倒的に強そうに見える。

（助けを呼ばなければ……）

幸は自分の周囲を見まわして、絶望的になった。そこは心字池が急に曲がっている位置にあたっており、松が繁った急傾斜が立ちはだかり行き止まりになっていた。

浪人は大上段に振りかぶって、再び踏み込もうとして止《と》まった。凄い形相《ぎょうそう》だ。歯をギリギリと噛み鳴らす音が幸の耳にまで届いた。

対する「ちょっと待て」構えの宗次は、池の畔にふわりと頼りない印象で立っている。幸にはそのように見えた。

待ち切れねえ、と判断したのか浪人の仲間たち六人が、足元をジャリッと踏み鳴らして宗次との間を詰め出した。日を浴びた七本の刀が鋭く光る。

宗次のもう一方の手——右手——はそれまで、腰の下にダラリと下がった状態であったが、それが拳をつくった。いや、人差し指と中指の二本を残した三本拳というやつであった。

この拳が、間もなく恐ろしい結果を呼ぶとは浪人、博徒どもは気付いていない。

「どうしなすったい」

宗次が、ニヤリとした。

次の瞬間、大上段の浪人が飛びかかるようにして真っ向から斬りかかった。

幸は両手で顔を覆った。瞼《まぶた》の奥で、頭を唐竹割りにされた宗次が、血しぶきを噴き上げてのけぞった。「があっ」という濁《にご》り声の悲鳴。

（あの人だけを死なせては……）と、幸は顔を覆っていた自分の手を振り払った。そう。力を込めて振り払った。

その幸が見たものは、信じられない光景であった。

大上段から斬りかかった浪人が、刀を手にしたまま宙を舞って心字池に落下するところであった。

そして二人目の浪人が、宗次の二本貫手《ぬきて》を喉仏の直下に浴びて、これも池の畔に叩きつけられる寸前。

ザバーンという水音、ドスーンと地面に叩きつけられる肉打つ音。その二つの音が、ほとんど同時に幸の耳に入った。

幸は、わが目を疑った。本当に疑った。

三人目、博徒が斬りかかった。恐れを知らぬ喧嘩剣法であった。二撃、三撃、四撃と強烈な斬り込みが、稲妻の如く宗次を襲う。

素手では危ない、と感じたのか、宗次の右手が腰の煙管を抜き取った。

煙管の先が、縦横斜《たてよこなな》めと遮二無二《しゃにむに》暴れる博徒の凶刃《きょうじん》の間を縫うようにして、一条の閃光《せんこう》を走らせた。

幸には、それが見えなかった。

下唇の下に煙管の一撃を食らった博徒が、顎の骨を砕かれ悲鳴もなく背後の心字池に落下。

このとき「そこで何をしていなさる」と、大喝《だいかつ》が生じた。雷鳴のような、大喝であった。

残った悪党共四人が、反射的な行動に移った。はじめに現われた林の奥に向かって、雲を霞《かすみ》と逃げ去ったのだ。倒された仲間の方など、振り返りもしない。

大喝を放ったのは、心字池の向こうに立っている紫衣《しえ》を着た老僧であった。

手にした数珠《じゅず》を宗次の方へ差し向け、くわっとした目つきだ。

「和尚様、私《わたくし》たちは襲われたのでございます」

幸が、澄んだ声をかけた。

はじめて築山の陰に幸がいると気付いたようで、老僧の視線が宗次からそちらへ移り、表情が緩んだ。

宗次と幸は池の畔伝いに、老僧のそばへ行って深深と頭を下げた。

「申し訳ございません。物盗りかと思われる連中に不意に襲われまして、無我夢中で身を護りましてございます。とは申せ、神聖なる地を汚しましたること、いかようにも罰し下さりませ」

べらんめえ調を抑えて、丁寧な口調で謝まる宗次の顔を、老僧はじっと見つめた。

「うむ。神妙じゃな。この界隈《かいわい》も近頃は何かと物騒じゃが、真っ昼間、しかも浅草寺本坊の境内に賊が現われたなど聞いたことがないがのう」

「本当でございます和尚様。あちらの池の畔に一人の賊が倒れ、池の中に二人の悪党が沈んでおります。なにとぞ寺社方でのお調べを手配り下さりませ」

幸が宗次に寄り添うようにして言った。江戸の男たちから〃小野小町以上の小野小町〃と騒がれている「夢座敷」の女将幸である。その余りの美しさ妖しさ、そして洗練された言葉作法と物腰に、老僧は目を細めた。

「ふむふむ。そなた達が悪党でないことは一目見れば判る。倒された悪党共のことは寺社方ではなく町奉行所にでも頼んでおこうかの。さ、もうよい。行きなされ」

「え。もう立ち去っても宜しゅうございましょうか」

と、幸のしとやかさが一層のこと輝く。まばゆいばかりに。

「この浅草寺伝法院は罪を裁く場所ではないのでな。お前様方はもう行ってよい。あ

「ありがとうございます。ご恩は忘れませぬ。さ、あなた。和尚様のお許しを戴きました。参りましょう」

幸に促されて、宗次は黙って頷いた。

二人が老僧から離れて歩き出したとき、「あ、ちょっと待ちなされ」と後ろから声が掛かった。

「はい」と、幸が宗次よりも先に振り向いて、表情を上品にやわらげる程度に、かすかに微笑んだ。このあたりの心得加減は、さすが絶妙の幸であった。

「住居《すまい》と名前だけは聞いておこうかのう。何処のどなたかな」

「はい。料理茶屋『夢座敷』の女将、幸と申します」

幸は改めて丁重に腰を折った。宗次は、する事がない。

「なんと。あの『夢座敷』の……」と、老僧が驚いた。

「女将の幸殿とは……そなたかの」

「はい」

「はい」

「なるほど、なるほど……そなたが幸殿」

とは町奉行所の仕事じゃ」

「はい。幸でございます」

「あははっ。これは参った」

「え？」

「これは参った、と申しておる」

「あのう……」

「そなたの小野小町以上の小野小町、という噂は若い修行僧たちの間にも広まっておってな。その噂に心を揺らす若い僧たちを私は時に、厳しく叱ってきたのじゃ。生臭い美しさなどに心を奪われてはならぬ、とな」

「生臭い……」

「ははは。許しておくれ。今日からは、仏の使いかと見紛《みまご》う小野小町以上の白百合《しらゆり》のような美しさからは多くを学ぶように、とでも叱り直しておこうかの」

「私《わたくし》は一介の料理茶屋の女将。白百合のように清らかではございませぬ」

「なんのなんの。見る側が『あの人は白百合』と見える事こそが大切なのじゃ。生まれも育ちも仕事も関係はない。心じゃよ心。心は姿形《すがたかたち》の全てにあらわれる。幸殿の姿はまぎれもなく白百合じゃ」

「おそれ入ります」

「亭主殿もそう思うじゃろ。幸殿は、まこと白百合じゃと。だから亭主の座に納まったのであろう」

「は、はあ。まことに」

幸がたまらず、ウフフッと形のよい唇の奥で笑った。

「おうおう、幸殿も美しく喜んでおる。亭主殿もなかなかの男前じゃ。夫婦いつまでも仲良うしなされ。さ、もう行くがよい」

「はい。それでは失礼いたします」

二人は伝法院を後にし、人ごみの中へと戻った。

「ふう参った。二人はとうとう夫婦にされちまったい」

「ご迷惑でございますか？」と幸が宗次の端整な横顔へ視線を流し、彼の左腕に自分の右手を控え目に絡めた。

宗次は答えなかった。

「先生にもしもの事があったら、この幸も生きてはいない積もりでございました」

「…………」

宗次は、またしても答えなかった。

「本当に恐ろしくて、まだ心の臓が震えております。あの悪党たちは一体何者なので

しょうか。料亭『しらぎく』の女将の名や、遥山兼之丈の名前が先生の口から出てお
りましたけれど……遥山兼之丈とやらがあの悪党たちの首領なのでございますか？」
「怖い目に遭《あ》わせちまって申し訳ねえ。許しておくんない。だが女将は、まだ何も知
らなくっていいやな。いや、知る必要もねえ」
　宗次は、そう答えた。
「先生があれほど危ない目にお遭いなされましたのに、私《わたくし》は何も知らなくてよろし
いのでしょうか」
「よい……知らなくてよい」
「なんだか『しらぎく』の女将のことが、心配でなりませぬけれど……」
「大丈夫だ。とにかく先程あったことは暫く忘れてくんねえ」
「先生……本当は一体何者でいらっしゃるの？……よい、といま仰いましたけれど
も、それは御侍言葉……やはり御侍様？」
「町人の浮世絵師宗次だい。それ以外の何者でもねえよ」
　幸は問い掛けを止した。少し悲しそうに、宗次の横顔を見た。
　人ごみの中を、すれ違う男たちが、幸の余りの美しさに「お……」と気付いて、立
ち止まり出した。振り返る者、後を追うようにして二、三歩戻る者。「はてな。あの

人は……」と首を傾《かし》げる者。

「女将、やはり何処《どこ》その料理茶屋の座敷でも借りますかえ」

「はい。その方が御弁当をゆっくりと楽しめますする」

「よし。そう致しやしょう。なるべく上品所を探しましょうや」

「はい」と、幸は表情を美しくやわらげて目を細めた。嬉しそうであった。

八

その日、夕刻七ツ半前、宗次は呉服橋御門の北町奉行所に、市中取締方筆頭同心、泥鰌のジゴロこと飯田次五郎を訪ねた。

「よう宗助。いよいよ娘を描いてくれるのかね」

「宗次でございやす」

「あ、すまぬ。宗次であったな。で、描いてくれる日はいつだ。決めてくれたのであろう?」

「へい。できる限り早くに描きますんで、もう暫く御待ち下さいやし……実は今日は旦那にちょいとご相談してえ事がありやして」

「相談ごと？　言ってみな。乗るぜ」

「ありがとうござんす」

「こっちへ来な。遠慮はいらねえ」

「へい」

奉行所表門を入った所で出会った宗次を、飯田次五郎は同心詰所へ連れていき、

「白湯《さゆ》しかねえが、ま、飲みねえ」と、白湯と煎餅《せんべい》をふるまった。

与力頭の大崎兵衛は飯田次五郎のことを「あれは世間で言われている程のワルではない」と言ったが、宗次は「なるほど」と思った。

白湯を出す時の飯田次五郎の笑顔が、善人を覗かせていた。

「で、相談というのは？」

詰所に控えている他の同心へチラリと視線を流して、ジゴロの声が低くなった。

「旦那は私《あっし》が与力頭の大崎様と幾度か接触していることにつきやして、その理由《わけ》を御存知でございやすかい」

と、宗次の声も低くなる。

「いや、それがな。大崎様にお訊《たず》ねしても〝ま、もう少し待て〟と話して下さらんのだ。お前、何の用で大崎様に呼ばれたり会ったりしているんでい」

「大崎様に叱られるのを覚悟で、お話し致しやしょうか」

「おう、話してくれ。そのかわり誰にも言わねえ。約束する」

「誰にも言わねえと約束して下さることも大事《でえじ》ですが、ひとつ命を張って大手柄を立てて戴きてえんで」

「ほう……」

「実はね旦那……」

宗次は、このところ続発している凶悪な押し込み強盗事件の調べを絵師の立場で手伝ってほしい、と大崎に頼まれたことを詳しく話して聞かせた。

「ふうん。そうだったのけえ。素手捕りの名手と言われていなさる大崎様は立場上、御奉行に厳しく言われることが多いだけに、追い込まれていなすったんだなあ」

「大崎様の責任は、市中取締方筆頭同心である飯田様の責任と、いわば一蓮托生《いちれんたくしょう》のはず。そうでござんしょ」

「うん、まあな。儂《わし》の手柄は大崎様の手柄でもある訳だから」

「そこで旦那……」

宗次は、遥山兼之丈とその一味に、二度までも命を狙われたことを打ち明けた。但し、幸の名は口にしなかった。

「じゃあ、おめえ……」

「へい。江戸所払いとなったど助平の遥山兼之丈が、悪仲間と共に舞い戻って来た江戸で賊働《ぞくばたら》きをしているおそれがある、という訳でして」

「よし判った。直ちに……」

「おっと、待って下せえ旦那。いま迂闊《うかつ》に動けば、連中は江戸を逃げ出しやしょう。なにしろ凶悪な連中なんでい。一人たりとも逃がす訳にゃいかねえ」

「その通りだ宗次。押し込んだ先で連中は幾人もの女を犯し殺し、幼い子供まで容赦なく手に掛けやがった。絶対に逃がす訳にはいかねえ」

「連中が捕まりゃあ、御白洲でどのような裁きを下されますかねい」

「この世にも、あの世にもいられねえ厳罰が下されるだろうよ。磔獄門《はりつけごくもん》だけじゃあ済まねえ厳罰がな」

「わかりやした旦那。では、私《あっし》に、あと三日を与えて下せえ。必ず一人も逃がさねえ下準備を整えて御覧に入れやすから」

「宗次……おめえ一体《いってえ》」

「へ？」

「おめえ一体……何者《なにもん》だ」

じっと宗次の目を見つめるジゴロであった。目つきが険しくなっている。

「へい。ただの町人浮世絵師宗次でござんすが……あまり勘とか読みの当たらねえ」

宗次はそう答えて立ち上がると、「じゃあ、私《あっし》からの連絡を待っていておくんなさい」と軽く腰を折って、ジゴロの前から退《さ》がった。

彼は外濠に架かった呉服橋を渡り、堀沿いに神田三河町の八軒長屋へ足を向けた。日はすっかり落ちて、足元提灯を持たぬ宗次は、暗い海の底を泳いでいるようなものだった。日中はあれほど晴れていたのに、夜空には月も星もない。

だが馴れた夜道である。

「賊ども、逆を突いてきやがるか。それとも手を引くか」

宗次は呟いた。

いま最も危ないのは下谷池之端の大料亭「しらぎく」である、と宗次は思っている。それゆえ、襲い掛かってきた浪人博徒どもの前で、わざと料亭「しらぎく」の名を口から出したのだった。それによって、連中が料亭「しらぎく」から遠ざかるか、あるいは狙ってくるか……宗次は賭《か》けたのだ。

闇の向こうに、居酒屋「しのぶ」の赤提灯が、ポツンと見え出した。

（当分は、あの「しのぶ」からも目を離せねえな。なにしろ連中は「しのぶ」に鍋物

の材料を注文しやがったんだから)

宗次はそう思いつつ、赤提灯へ向けて足を速めた。腹が空いていたし、一杯飲みたい気分だった。

居酒屋「しのぶ」の近くまで来ると、客たちの甲高い笑い声や手拍子の歌声が聞こえてきた。

宗次の手が、「しのぶ」は今夜も大繁盛のようだ。

だが、その手がスウッと下りて、彼の体が一歩退がった。そして櫺子窓《れんじまど》に近付き、店《たな》の中の様子を窺う。

「奴だ。間違いねえ」

宗次は呟いた。昼間、浅草寺伝法院で宗次に襲いかかった七人の中で、無傷で逃げ出した四人の内の二人——浪人——が、なんと厚かましくもこの居酒屋で飲んでいた。しかも鋭い目を、ときどき主人《あるじ》の角之一へ向けている。

「大胆なのか馬鹿なのか」

フンと鼻の先を鳴らして苦笑した宗次は櫺子窓から離れた。これだけ客が入っている間は何事も起こらぬだろうと判断した宗次は、すぐそばの八軒長屋へと戻っていった。

　この刻限になると、長屋は真っ暗だ。どの家もその日暮らしであったから、行灯《あんどん》の炎《ひ》を点せるのは、宗次のところぐらいだ。

だからどの家も夕食は、ほの明るさが残っている日没前に済ませ、日が沈んでしまうと真っ暗だから朝まで、もうやる事がない。高鼾《たかいびき》をかいて寝てしまうか、夫婦者だと激しく睦《むつ》み合うかだ。

　宗次が自分の家——と言うより部屋——の前まで来て表障子を開けようとすると、向かいのチヨさん家《ち》から表障子越しに「あんたあ、あんたあ……」と荒荒しい嗄《しわが》れ声が聞こえてきた。

「なんでえ。職人仕事で鎌倉へ行ってる旦那が帰ってんじゃねえか」

　この八軒長屋では「お互いさま」となっているその露骨《あからさま》な睦み声を聞き流して、宗次は表障子を開け我が家に一歩入った。

とたん、暗闇の中でビョウッと空気が唸った。それを真っ向に感じて、宗次はほとんど本能的に上体を沈めていた。続いて頭上、胸元、右肩、左肩と空気が唸った。宗次にひと呼吸も与えない、連続であった。

　五撃目を辛うじてかわした宗次は、竈《かまど》の脇へ横っ飛びに体を沈めざま薪《まき》を掴んだ。暗闇でも住み馴れた我が家だ。どの辺りに何があるかは判っている。

六撃目が襲いかかってきた。

宗次が闇に向かって掬《すく》い上げるように薪を投げる。

ゴツンという音がして、「ううっ」と声を発する者がいた。

宗次はすかさず、思いっきり二本目を投げつけた。何処に命中したのか今度は「げっ」と低い悲鳴が起こった。

宗次は、そっと居場所を右へずらした。目に見えぬ相手の我武者羅《がむしゃら》な次の攻撃を避けるためだった。

が、何事も生じなかった。静けさが戻ってきた。

「逃げやがったか」

呟いて宗次は雪駄《せった》を脱ぎ、畳の上にあがって行灯を点した。この八軒長屋でまともに畳が敷いてあるのは、宗次の部屋ぐらいのものだった。

二本の薪が畳の上に転がっている。

猫の額ほどの――本当に猫の額ほどの――庭に面した縁側に、幾つかの足跡が残っていた。雪駄か草履かまでは判らない。うっすらとした足跡だった。

侵入者はどうやら庭から侵入し、庭から逃げ出したようだ。

（焦り出したか）

と、宗次は思った。その表情が、それまでの町人浮世絵師宗次とは、ガラリと変わっていた。

彼は背の高い大造りな古い簞笥《たんす》の前に立って、一段目の引出しを開け、手を差し入れた。

取り出したのは茶柄黒鞘の名刀彦四郎貞宗だった。侍なら誰でもが持てる、というような並の刀ではない。では何故、そのような名刀を一介の絵師が所持できているのか？

宗次は腰の幅広な角帯に大小刀を通した。五尺七寸を超えていそうな着流しの体に、二本差しがこの上もなく似合っている。

宗次は庭側へ雪駄を移し、低い庭木戸を開けて腰をかがめ路地に出た。

彼は表通りに接している路地口に、懐手《ふところで》で暫く立っていた。

居酒屋「しのぶ」の酔客の派手な騒ぎが、ここまで伝わってくる。

宗次が、それを耳にしながら四半刻《しはんとき》ばかり身じろぎもせず懐手で佇《たたず》んでいると、ようやく現われた。「しのぶ」から、あの二人の浪人が。

かなり飲んだらしく、いささか千鳥足だ。

宗次は路地口から少し退がると、浪人二人が目の前を通り過ぎるのを待った。

二人は、無言だった。足元提灯も持っていない。

宗次は外濠沿いに二人を尾行した。闇の中の尾行であるから、見失わぬよう前方へ神経を集中する必要があった。とにかく、月が出ない江戸の夜は暗い。

堀端を少しよろめきながらも急ぐ浪人に目を凝《こ》らしつつ、宗次は（遥山兼之丈の屋敷へ向かっているな）と読んだ。宗次は夜目が利いた。夜目が利くだけの**「厳しい人生」**を歩んできている。

と、不意に月明りが地上に降り出して、闇夜の江戸がたちまち白夜《びゃくや》の中に浮かび上がった。

浪人二人が立ち止まって月を仰いだので、宗次は懐手のまま堀端の古樹の陰へゆっくりと足を移した。散歩でも楽しんでいるかのような足の運びだった。全く慌てていない。

彼の体が古樹の陰に隠れたとき、浪人二人の内の一人が振り向いた。べつに意味もなく振り向いたのであろう。

二人はまた歩き出したが、古樹の陰で窺《うかが》っていた宗次の表情が「ん？」となった。遥山兼之丈の例の町屋敷へ向かうには、鎌倉河岸を堀端に沿って東へ進み、今川堀に架かる竜閑橋を渡らねばならない。

にもかかわらず、二人の浪人は突然左の辻へ入っていったのだ。

まだ気付かれてはいない、という確信があったから宗次は懐手でゆったりと尾行を続けた。皓皓《こうこう》たる月明りだ。そのため夜目が利く宗次は尚のこと相手がよく見えたが、こちらも用心する必要があった。

暫くつけていると、大外濠川の手前あたりで、二人の浪人の肩越しに居酒屋の二つの赤提灯が見え出した。浪人の足が、次第にそちらへと向かっていく。

（また飲むのか……）と宗次が思ったとき、その赤提灯の店から浪人三人が現われて二人に合流した。宗次は目を凝らした。三人の浪人の内の二人は、浅草寺伝法院での〝逃走者〟だった。間違いなかった。残りの一人は、痛そうに手拭いで額を押さえている。若《も》しや、其奴《そやつ》が宗次の長屋へ侵入したのか？

四人の〝逃走者〟に一人を加えての五人は、不機嫌そうに無言だった。

「はて？」と呟いて、宗次は立ち止まった。

浪人五人の姿が次第に遠のいてゆく。

宗次は懐に入れていた両手を出すと、道を左に折れて足を速めた。

九

宗次は下谷池之端の料亭「しらぎく」の冠木門《かぶきもん》の前に佇《たたず》み、二階を見上げた。

二階座敷から三味線《しゃみせん》の音が聞こえてくる。

女の嬌声《きょうせい》と手拍子に合わせて、扇子を手に舞っている侍らしい姿が、影絵となって障子に映っていた。

宗次は冠木門を潜った。炎《ひ》を点した幾つもの大灯籠《とうろう》が並ぶ庭の奥へと座敷が長く続いており、どの座敷からも三味線の音や女の声が聞こえてくる。

さすが江戸一番の料亭「しらぎく」であった。

「いらっしゃいませ」

下足番の老爺《ろうや》が丁重に腰を折って、素早くだが、さり気なく宗次の頭の先から足の先までを目で嘗《な》めた。

「部屋、空いておるか」

いつものべらんめえ調が消え、両刀を腰に帯びた侍姿にふさわしい落ち着いた言葉遣いだった。

「ご予約の御客様ではございませんので？」

「一見《いちげん》の飛び込み客だ」

「申し訳ございません。ここ『しらぎく』は紹介のない御客様はお断わり申し上げているのでございますが」

「何とかならぬか。カネは規定の倍払ってもよい」

「うーん」

渋る老爺の手に宗次は、「なんとか頼む。一度だけでも、この店で飲んだり食べたりする事を経験しておきたいのだ」と、小粒を摑ませた。

「それじゃあ、女将さんにうかがって参りましょう。どのような部屋でも宜しゅうございますね」

「構わぬ」

「あのう、お名前をお聞かせ下さいまし」

「幸田宗次郎《こうだそうじろう》だ」

「幸田宗次郎様……お旗本でいらっしゃいますか」

「左様。次男坊だが」

「では、しばしお待ち下さりませ」

老爺が大灯籠の炎で明るい庭伝いに奥へ消えると、宗次は冠木門の陰から外の様子を窺った。

老爺は思いのほか早く戻ってきた。

「女将さんの了承を得ましたが、今回限りということで御承知願えますか」

「こうして其方と顔見知りとなった以上、次からは一見の客ではなくなるぞ」

「あ、はあ……」

「ははは。まあよい、わかった」

「それから、座敷は女中頭《がしら》の部屋を使って戴きますので、これも御承知下さりませ。客間が一部屋も空いておりませんので」

「女中部屋結構」

「それでは御案内いたします」と老爺は先に立った。玄関に入るのではなく庭伝いであったが、宗次は飄然《ひょうぜん》たる態《てい》で老爺の後に従った。

案内されたのは冠木門とは反対側。調理場に近い六畳に小さな板の間付きの、それでも裏庭に面した部屋だった。行灯《あんどん》の明りは、すでに点されていた。

「あのう幸田様。お酔いになりましても、お戯《たわむ》れに簞笥の引出しなどは開けないようにして下さりませ。女中頭とは申しても、まだ四十前の女でございますので」

「ほほう、私がそのような侍に見えると申すか」

「あ、いえ。決してそうでは……ただ、近頃の御侍様は時に」

「私は女の裸には関心はあるが、着ているものなんぞには興味ないわ」

「それを聞いて安心いたしました。それでは御酒が三本付いております当店の並の料理を用意させて戴きます」

「うん。並でよい」

老爺は退がっていった。老爺に案内されるとは、客として相当見下されているな、と宗次は苦笑した。なにしろ、着流しに両刀差しなのだ。仕方がない。

彼は縁側で胡坐《あぐら》を組んだ。裏庭とは言っても、皓皓《こうこう》たる月明りは表の庭と殆《ほとん》ど変わりはない。

（さすが江戸一番の料亭「しらぎく」。女中部屋に面した裏庭と雖も、造り実に良く手入れも見事）

感心しつつ宗次は大刀を帯から抜き取って、静かに脇へ置いた。

どれほどかして、襖障子《ふすましょうじ》の向こうに足音が近付いてきた。しとやかな歩き方と判った。

「失礼いたします。料理を御持ち致しました」

澄んだ綺麗な女の声には何とも言えぬ和《やわ》らかな漂いがあった。さすがこの店の座敷女中はよく教育されている、と宗次は思った。

べつだん答える必要もないので、宗次は黙って月を眺めていた。

襖障子が開いて、女中部屋の空気が僅かに揺れた。行灯の炎も小さく戯《たわむ》れた。

「月明りの庭を眺めながら、縁側で御酒を召し上がりなされませ」

「うん、そう致そう」

宗次は振り向かずに応じた。

女が直ぐ後ろに膳を置いたのが判って、「どうぞ」と月明りで仄《ほの》かに青白い手が盃を差し出した。

宗次は矢張り振り向かずに盃を受け取った。

その盃に、やや斜め後ろの位置から女の手が酒を注ぐ。本来なら無作法この上もない所作であるが、なぜか二人とも気にしていない様子であった。徳利がトクトクトクと心地よく鳴る。

「いい香りの酒だ」

「京は伏見《ふしみ》の御酒でございます」

「京か」

と、宗次は盃を口へ運んだ。

「幸田宗次郎様……」

女が宗次の右肩うしろから、そっと耳元へ唇を近付けて囁いた。

宗次は飲み干して空になった盃を、縁側に置いた。その宗次の背に女が柳の小枝の如くフワリともたれかかる。

「素敵《すてき》な御侍様姿」

「似合《にお》うておるか」

「はい。とても町人の装いとは思われませぬ。お言葉も自然でいらっしゃいます」

「なぜ私《わたし》が此処へ来ると判ったのだ」

「女にとって大切な御人《おひと》の動きは直ぐに判りまする」

「横へ来なさい」

「はい」

女が膝を音もなく滑らせて、宗次と並んで座った。なんと「夢座敷」の女将、幸であった。

「伝法院での一件で、『しらぎく』に何事かが生じるのでは、と心配になり『夢座敷』を大番頭に預けて訪ねて来たのか」

「キク女将に妖し絵をお返しする用もございました」

「なるほど」

「私《わたくし》が幸であると、どの辺りでお判りになられたのでしょう」

「襖障子が開いて幸が入ってきた瞬間だ」

「瞬間、でございますか」

「うむ。そなたは名状し難い、天女《てんにょ》のような品のある香りを漂わせているのでな」

「まあ、お戯《たわむ》れを……」

「で、キク女将には、何かが起こるので用心するように、とでも忠告致したのか」

「いいえ、まだ申してはおりませぬ。キク女将の御部屋で雑談しているところへ、下足番の矢平《やへい》さんが、幸田宗次郎様とおっしゃる御旗本が是非『しらぎく』で飲みたいと申されて、と告げに参ったものですから、もしや宗次先生ではないかと……」

「ははは。それで確かめるため、膳を運んできたのだな」

「お許し下されませ。出過ぎた事を致しました」

「なんの……」

「それから」と、幸は宗次から二、三尺ばかり離れると縁側に両手をついた。

「浮世絵師宗次先生と信じる余り、分別作法を弁《わきま》えず余りにも馴れ馴れしく御付き合いさせて戴きましたる不手際。『夢座敷』の女将として深く反省致しておりまする。何卒《なにとぞ》お許し下されませ」

「どういう意味だ……許すも許さぬもないぞ。この侍姿はそうと装ったに過ぎぬわ。これまで通り気楽に付き合《お》うてくれ」

「けれども、どうか真《まこと》の御姓名御身分を幸に打ち明けて下されませ。幸は……幸は心からお願い申し上げておりまする」

「幸……」

「はい」

「浮世絵師宗次では駄目と申すか」

「そうではございませぬ。浮世絵師宗次の御名《おんな》も含めて、その反対側に潜ませておいでになります貴方様《あなたさま》の真の御姿《おすがた》をも、『夢座敷』の女将として大切に致したいと思うからでございます」

月明りのもと、幸の切れ長な二重《ふたえ》の目が必死に訴えていた。

「そうか。有り難う幸」

「幸は……幸は『夢座敷』の女将としての命を賭《か》けてお願い申し上げております。決して大袈裟《おおげさ》に申し上げているのではございませぬ」

「幸、私《わたし》のそばへ」

「はい」

幸は宗次との間を詰めた。

「誰にも洩《も》らさぬと誓《ちこ》うてくれるか幸」

「お誓い致します」

「浮世絵師宗次として、気軽に付き合《お》うてくれることも約束してくれるな」

「お約束いたします」

「では話そう。先《ま》ず盃に酒を満たしてくれ」

「はい」

幸が宗次の手にした盃に酒を満たすと、宗次は半分を飲んで幸に差し出した。

幸は残りを飲み干した。

「これで誓いと約束は成ったな」

「お誓いし、お約束いたします」

「今宵《こよい》この店に難儀が降りかかるやも知れぬ。ゆえに私《わたし》は客として訪ねて参ったのだ。したがって長長とは話せぬから、簡潔に話して聞かせよう」

宗次はそう言ってから、

「私《わたし》の父の名は徳川光友《とくがわみつとも》。しかし母の名は今は申せぬ」

「え……徳川光友様と申せば……」

「左様。元和《げんな》五年（一六一九）に石高六十一万石が確定した尾張《おわり》藩の二代藩主、つまり今の尾張大納言が私《わたし》の父だ」

幸は驚いて宗次から離れようとした。その肩に宗次は素早く手をのばして、がっしりと摑んだ。幸は驚いて退《さ》がるであろうと予想出来ていた。

「おはなし下さりませ」

「浮世絵師宗次として気軽に付き合うてくれるのではなかったのか幸」

「なれど……」

「真《まこと》の身分素姓が知りたいと申したから、打ち明けたまでだ」

「けれども御三家の……それも御三家筆頭尾張家のお血筋を引く御方であられまする」

「だから、どうだと言うのだ。今になって誓いと約束を破ることなど許さぬ」

「ご身分が違い過ぎまする」

「私《わたし》は単に尾張藩二代藩主の血を引いているに過ぎぬ。今では野に下りた一介の素浪人、いや町人ぞ」

「とは申せ、時と場合によっては、将軍の座に就《つ》くかも知れぬ御方でございまする」

「その時は、その時じゃ。将軍の座などに関心は無いわ。平身低頭で就くことを頼まれようとも断わるつもりぞ。はははは」

「笑い事では済まされませぬ」

「では、もう私《わたし》とは付き合わぬと言うか」

「事情が余りにも……余りにも違い過ぎまする。どうか考え直させて下さりませ」

「そうか……矢張り、そう言うか」

「はい」

「ならば、この店に難儀が降りかかる前に、ここを出て『夢座敷』へ戻るがよい。もう、私《わたし》には関わらぬことだ。キク女将には、ひと晩だけこの部屋を借りたいと伝えておいてくれぬか。私《わたし》のことを、キク女将に対しどう言うかは幸の判断に任せよう」

頷いた幸は、肩を落として女中部屋から出ていった。

「尾張大納言徳川光友の血を引いているから、どうだと言うのだ。尾張家には無用の子として捨てられたも同然のこの私《わたし》ではないか」

呟いた宗次は、幸に血筋を打ち明けはしたが、実の名前（徳川宗徳《むねのり》）を明かさなかったことに気付いて淋《さび》しく苦笑した。

月を仰ぎ見ながら、彼は一人酒を飲んだ。美味い酒であろう筈がなかった。

飲みながら、実は気になっている木戸が、この裏庭にあった。女中部屋から見て右手向こうの松の大樹に半ば隠れるようにして。

閂《かんぬき》は通されていると月明りの下《もと》はっきりと認められたが、さほど頑丈には見えない裏木戸だった。

宗次は、三本の酒を飲み干すと、縁側でごろりと横になった。料理には、ほとんど手を付けていない。

宗次は眠った。三本の酒が眠らせた。三味線の音や女の嬌声《きようせい》が次第に遠のいてゆく。

と、梟《ふくろう》の鳴き声が小さく聞こえてきた。その鳴き声が次第次第に大きく近付いてくる。

宗次は目を醒《さ》ました。錯覚ではなかった。高さ五、六尺の塀の向こうで、確かに梟がホウー、ホウーと鳴いていた。いつのまにか三味線の音も嬌声も消えて、料亭は静まり返っている。

「塀の向こうたあ、梟が鳴く高さにしてはいやに低いじゃねえか」

宗次は、いつもの浮世絵師に戻った調子で呟き、体を起こそうとして動きを止めた。

　どこから出てきたのか、月明りのなか女――女中らしい――が足音を立てぬよう裏木戸へ近付いていく。若い女ではない。四十前あたりか。

「この部屋の女中頭かな」と、宗次は横になったまま、やや上目遣いで見守った。

　女は、なんと裏木戸の閂をはずして、小さな両開きの扉を開いた。

　全身黒ずくめが、一人また一人と裏木戸から入ってきた。

「女は引き込み役けえ。そういやあ、あの女……」と、宗次は上体をそっと起こした。

（遥山兼之丈の屋敷で見かけた女の一人に似ている）と彼は思った。

　最後の一人、五人目が侵入を終え、女の手で裏木戸が閉じられた。

　女が御丁寧に閂を通す。店の者を外へ逃がさぬようにするためだろうが、宗次は「有り難《ありがて》え」と腰を上げ、彦四郎貞宗を腰に通した。

　相手は、まだ宗次に気付いていない。一番最後に入ってきた黒ずくめに、仲間の一人が何事かを囁いている。女は裏木戸を番するかのように動かない。

　一番最後に入ってきた黒ずくめが「よし」といった感じで頷くと、侵入者達は一斉に抜刀《ばっとう》した。

「手前《てめえ》らか。大店《おおだな》や武家を次次に襲っている凶賊どもは」

宗次が、ようやく声を発した。

その声が黒ずくめ達に与えた衝撃は予想外に大きかった。

「こ、こ奴……。また現われやがった」

黒ずくめの一人が憤然と肩を力ませた。それは、己れ達が宗次や幸に襲いかかったと白状しているものであった。

この時だった。宗次が縁側から庭へ無言のまま飛び下りるや、素足であるというのに疾風《はやて》のごとく植込みの中を走った。

「殺《や》れっ」

一番最後に裏木戸を潜った黒ずくめが命じた。慌て気味であった。

だが、この瞬間すでに宗次は五人に激突していた。まさに激突であった。抜刀した彦四郎貞宗が宙に躍り、袈裟《けさ》斬りに走り、下から掬《すく》い上げる。

首から上が、腕が、膝から下が、ザクッ、ズバンッと音凄まじく切断され、しかもそれが蹴り玉のように吹っ飛んで松の幹や大灯籠にぶつかった。

余りの強烈さに「わっ」と逃げかけた一人の頭上に、返す刀で彦四郎貞宗が追い打ちに打ち下ろされる。

ガスッという鈍い音。

刃は頭蓋骨《ずがいこつ》を真っ二つに割り、首を左右に裂いて肺臓の中ほど迄にも達した。

宗次が、その奴の腹を蹴りざま彦四郎貞宗を引き抜く。

またたくまに四人に減らされて裏木戸まで追い詰められた残った賊徒一人——首領らしい——は、あまりのことに茫然《ぼうぜん》となった。

「女に手をかけてなぶり殺し、頑是無《がんぜな》い幼子の命まで奪いやがって……痛さと怖さを、たっぷりと味わいやがれ」

言いざま、宗次の彦四郎貞宗が狙いを定めたように、首領らしき黒ずくめに向かって伸びる。

「くそっ」と相手が下段構えから反撃した。

ものともせず宗次の彦四郎貞宗が真っ向から叩き下ろされる。それを防ごうとした相手の刀身が二つに断ち割られ、彦四郎貞宗がそのまま相手の顔面を深深と抉《えぐ》った。

「ぐわっ」と断末魔の叫びを発して、其奴が後ろ向きに倒れる。

扇状に高高と空に噴き上がる血しぶき。

首領らしき其奴を倒され、裏木戸の傍《そば》に佇《たたず》む女は、茫然となった。

「おい女よ、命乞いは通用しねえな。もう一人の女の居所を吐いた後には、可哀そうだが磔《はりつけ》獄門《ごくもん》が待っているぜ」

　宗次は彦四郎貞宗を懐紙で清めると、鞘に納めた。

　台所の勝手口から待ち構えていたかのように、「しらぎく」の印半纏《しるしばんてん》を着た男衆が次次と走り出て来て、宗次に斬られた血まみれの賊徒共を庭の隅へと引き摺《ず》っていく。

　このとき宗次の横合いから白い手が伸びて「血が……」と、その頰を濡《ぬ》れ手拭いで軽く拭く者があった。幸であった。

　しくしくと泣きながら、返り血を浴びた宗次の首や両の手を、かいがいしく拭いてゆく。

「幸……」と宗次が小声をかけた。

「はい」

「ひょっとしたら将軍様になるかも知れねえ浮世絵師がこの世に一人くらいいても、面白いんじゃねえのか」

「はい」

「そしてよ。その将軍様の女房《かみさん》の座に何処かの料理茶屋の女将が納まるのも面白いってもんだ」

宗次の顎の先を拭きながら、幸はしくしくと肩を震わせながら、自信なさそうに小さく頷いた。おそらく宗次の言葉は、自分を対象として言ったものではない、と理解しているのであろう。

「そうかえ。幸もそう思ってくれるかえ」

宗次の表情が緩んだとき、台所の勝手口から五十前後かと思われる女が現われて、小股《こまた》で足早に宗次の前にやってきた。

「この店の女将キクでございます。このたびは本当に有り難う存じました。何もかも幸さんから、うかがいました。御礼の申しようもございません」

キクは深深と腰を折った。気丈だ。生首がそばに転がっているのにシャンとしている。

「おっと、キク女将。それよりも、ちょいと手伝って貰いてえ事があるんだ」

「なんなりと」

「この賊たちの中には遥山兼之丈という不良絵師がいる筈だ。誰か足の速い者《もん》を北町奉行所へ走らせてな。市中取締方筆頭同心の飯田次五郎様を呼んで来て貰いてえんだ。いなさらねえようだったら、御門番か同心詰所の誰かに伝言を頼むだけでもいい」

「どのように申せば宜しゅうございましょうか」

「絵師の宗次が料亭『しらぎく』に直ぐに来てほしいと、ただそれだけで結構でい」

「承知いたしました」

「あ、男と雖も江戸の夜は物騒だ。一人ではなく二人ばかし走らせてくんねえ」

「はい。そう致します」

キク女将は、あたふたと台所へ戻っていった。

（おそらく〝首領格の黒ずくめ〟が遥山兼之丈だろう）

そう確信しつつ、宗次は幸を見た。

「さあてと、『夢座敷』の女将よ。いま何刻《なんどき》だい」

「もう九ツを過ぎております」

「九ツをな。『夢座敷』まで送ろう」

「え、でも奉行所の飯田次五郎様がお見えなさいます」

「いいんだ。あとはジゴロの旦那が適当にやってくれる」

「は、はい」

幸は宗次の血の汚れを拭いた手拭いを、そばの生首にかけると、素足で歩き出した宗次に肩を並べた。幸もまた、気丈であった。


（完）

命《いのち》賭《か》け　候《そうろう》

一

「よう、浮世絵の先生。いま帰《けえ》りですかえ」

「これは平造親分、遅くまで御苦労様でござんす」

「御苦労様はお互い様よ。とは言っても、宗次先生の御苦労様は何処《どこ》そのいい女相手《ひと》の盃《さかずき》遊びだろうがな」

「ははは。冗談《じょうだん》は困りまさあ。今日は明け六ツに長屋を発《た》ちやして、神奈川《かながわ》宿の絵筆《えふで》神社へ使い旧《ふる》した何本もの絵筆を納めて参《めえ》りやした」

「そうでしたかえ。こいつあ下手《へた》な詮索《せんさく》しちまったい。許してくんねい」

「なあに……」

「うちの女房と赤子を描いてくれた絵筆も納めてきなすったかね」

「いや、その絵筆はまだ元気でおりやす。安心しなせえ」

「うれしいねえ。今宵は満月だがよ先生。ちぎれ雲が多くて足元がよくねえ。気を付けて帰《けえ》って下せえよ」

「有り難《あがと》さんでござんす。それじゃあ……」

「あいよ」

今や江戸は疎《おろ》か関八州《かんはっしゅう》を眺めても宗次に並ぶ描き手無し、とまで評されている浮世絵師宗次は、獅子面《ししづら》の平造親分の背中が自身番の中へ消えてから、ゆっくりとした足取りで歩き出した。

一町《いっちょう》ばかり歩いて十七、八段の急な石段を登り切ると、申しわけ程度の木立《こだち》に包まれた小さな御稲荷《おいなり》さんがある。そこから左へなだらかな長い坂道——子守坂《こもりざか》——が下っている。

「おじさん助けて」

稲荷社《やしろ》の前まで石段を登り終えて息を整えようと足を緩《ゆる》めた時、何処からか聞こえてきた幼い声に浮世絵師宗次の体が止まった。

「おじさん、お母さんを助けて」

間違いなかった。幼子《おさなご》の声だった。あいにく、ちぎれ雲が月を隠したばかりで、辺りは闇《やみ》色と化してしまっている。一寸先も見えない。

(この暗さで俺が見えてんのか？)と、思いながら宗次は、

「どこだい。手を叩《たた》いてごらん」

と、声がしたと思われる方へ、目を凝《こ》らした。

手を叩く音がした。幼い子の手と判《わか》る音だった。社の裏あたりだ。

「いま行くから、そこを動くんじゃないよ」

宗次は声の調子を控えた。子守坂の左側も右側も職人長屋だった。鳶《とび》、大工、左官、庭師、研《と》ぎ師など威勢のいい連中が大勢住み暮らしている。〝騒ぎ〟だと気付けば長屋から飛び出し、ああしろ、こうしろ、それがよい、と〝世話騒ぎ〟に化けかねない。

宗次は足元を確かめ確かめ、用心深く社の裏手へと近付いていった。雑草に覆われたやや下り調子だ。

と、ちぎれ雲が流されて、月明りが江戸の町町に届いた。

「お……」と、宗次が思わず身構える形となった。月明りを正面からまともに浴びた四、五歳の女の子が、まっすぐにこちらを見つめていた。闇の中でも、目が利《き》いているかの如《ごと》く。

「どしたい？」

宗次は女児に近付いた。継《つ》ぎ接《は》ぎだらけの薄汚れたものを着ている。

「お母さんが……」

女児が指差したところ、社の裏壁にもたれかかるようにして、女が倒れていた。二

十六、七であろうか。やはり継ぎ接ぎだらけの、薄汚れたものを着ている。
宗次は女と幼子を見比べた。先程から女児は「おじさん」と言い「お母さん」と言っている。四、五歳の女児が、である。町人の子にしては、いささか不自然な言葉遣い、と宗次は思った。

「どうしなすった。しっかりしなせえ」

宗次は月明りを浴びて青白い女の顔を覗《のぞ》き込み、そっと声を掛けた。

だが、女は反応しなかった。

「もし……」

宗次が女の肩に手をやると、まるで待っていたかのように女の体が横に崩れた。

（こいつあ、いけねえ）と、宗次は女の首筋に軽く掌《てのひら》を触れた。

脈は、すでに無い。

「すぐに戻ってくるからね。ここを動くんじゃないよ」

「はい」

頷《うなず》く女児の頭を撫《な》でてやり、宗次は緩い傾斜を駆《か》け上がった。

次に反対側の石段を十七、八段駆け下りた所で、一町ばかり下で提灯《ちょうちん》二つを揺らせている自身番に向け叫んだ。職人長屋が騒ぎ出すかどうか、気にかけている場合ではなかった。

「おやぶーんっ。平造親分っ」

「おう」と、自身番の障子引き戸の向こうから、はっきりと返事があった。

静かな夜。宗次の声が、ウーン……とまだ尾を引いている。

平造親分が、自身番の外に出てきた。この界隈《かいわい》では知らぬ者とて無い十手《じって》持ちの大親分だ。

「私《あっし》だ。宗次でござんす」

月明りの下、宗次は手を振った。異常を知らせるため、大形《おおぎょう》に振った。

「おう先生、どしたい。いま行くぜい」

平造親分は自身番の中に向かって何やら言い残すと、走り出した。

少し遅れて、足元提灯を手にした下っ引きらしいのが二人、親分を追う。

宗次は石段の上まで引き返して、平造親分が駆け上がってくるのを待った。

「どうしなすったい宗次先生」

「へい……」

宗次は稲荷社《やしろ》の裏手の方を指差し、小声で打ち明けた。職人長屋のあちらこちらで、表戸が軋《きし》んだ音を立て、月夜の中へ一人、また一人と人影が現われる。

「そうですかえ。よし判った」

平造親分が足元のよくない下り調子を、雑草を掻《か》き分けながら、身軽に下りてゆく。江戸市中を見回り駆け回る岡っ引きは、脚腰が丈夫だ。

宗次も平造親分の後に続いた。幸い、足元提灯が要《い》らぬ程の、月明りとなっている。

「よしよし、もう心配ないよ」

獅子面の平造親分が、声優しく先《ま》ず女児の頭を撫でた。この平造親分、年齢《よわい》四十一だが先頃《さきごろ》、玉のような男の赤ん坊に恵まれたばかりである。

子の父となった優しさが、「よしよし、もう心配ないよ」に出ていた。

「宗次先生よ。すまねえが暫《しばら》くこの子を頼みまさあ」

「判りやした」

皆まで聞かずに、宗次は女児を抱き上げ、稲荷社の前へと戻った。入れ替わるようにして、足元提灯を提げた平造親分の手下が、雑草の中へ踏み込んでいく。

「一体《いってえ》どうしなすった。浮世絵の宗次先生よ」

少し酒臭い息を吐く白髪頭《しらがあたま》の五十年輩が、宗次に話し掛けてきた。宗次には初めての顔だ。

「え？　親爺《とっつ》あんは、私《あっし》のことを知っているんで」

「知ってまさあな。儂《わし》はこの職人長屋に住む庭師の清吉《せいきち》と申しやしてね……」と、背後の長屋を指差して、続けた。

「これでも六人の庭師を抱える貧乏頭領《とうりょう》で、あちらこちらの御屋敷への出入りを許されているんでさあ」

「あ、なある。それで何処かの出入り屋敷に詰めていた、私《あっし》を偶然に見かけたってえ訳だ」

「へい、その通りで。江戸で一、二の浮世絵の先生と御屋敷の人から聞いて、一度は言葉を交わしてみてえと思っておりやして……で、何か事件ですかい先生？」

「まだ判らんのだい。すまねえが親爺《とっつ》あん、長屋の衆になんとか家の中へ戻って貰《もら》えねえかな。この子が怯《おび》えちゃあいけねえんで」

「なるほど、この子絡《がら》みですねい。よござんす、任せておくんなせえ」

きっぷよく引き受けた庭師の親爺《とっつ》あんが宗次から離れて、こちらへ近寄って来つつある長屋の衆の中へ足早に入っていった。

女児は心細いのか、宗次の首にしがみついている。

「ほうら御月様を見て御覧。兎《うさぎ》が餅《もち》をついているのが見えるだろう」

宗次は夜空を仰いでみせた。しかし無駄であった。幼子《おさなご》は宗次の首に両腕を回し、その小さな顔を彼の頰《ほお》に押しつけ目を閉じていた。

宗次はこの時になって、自分の頰に冷たいものを感じた。涙だな、と判った。

「何も心配しなくていいぞ。何も心配しなくていい。このおじさんが、ずっと付いていてやるからな」

幼子は目を閉じたまま頷き、宗次の首に回した両腕に一層力を込めた。

平造親分が雑草をざわつかせて、社《やしろ》前に上がってきた。幼子の顔を覗き込み、目を閉じていると知ってから、宗次と目を合わせて（駄目だ。やっぱり死んどる……）と、首を小さく横に振る。

「誠にすまねえが宗次先生よ。この子を今夜一晩預かって貰えねえかえ」

「そりゃあ構わねえが」

「自身番へあれを運び、直ぐにでも北町の飯田様や医者に来て貰って検《み》て貰わなくちゃあなんねい」

「そうだあねえ。そいじゃあ、私《あっし》はこの子と八軒長屋へ戻っておりやしょう」

「この子からは色色と訊《き》き出さなきゃあなるめえが、暫《しばら》くは無理だろう。あ、それから先生よ、場合によっちゃあ……」

「母親とこの子の似顔絵が要《い》ることになるかも知れねえ、だね。そん時は言いつけて下せえ」

「そうですかい。助かる」

「では御苦労かけやすが、後は御任せ致しやしたぜ」

「はいよ、引き受けた」

宗次は幼子を抱いて子守坂を下り出した。庭師の頭領清吉の動きは大《たい》したもので、長屋の衆はいつの間にやら子守坂から消えてしまっている。清吉の姿も見当たらない。

幼子は宗次が坂道を下り出しても、目を閉じたまま何も言わなかった。

宗次は平造親分が「直ぐにでも北町の飯田様……」と言った言葉に安心していた。

泥鰌《どじょう》のジゴロの異名を持つ、大変なうるさ型の北町奉行所筆頭同心飯田次五郎だが、平造親分と同様、年がいってから一粒種に恵まれ、いま男手一つで五歳になる娘を育てている。母親はこの一粒種を産み落として、直ぐに亡くなっていた。だから、うるさ型の市中取締方筆頭同心ではあっても、泥鰌のジゴロは幼子の扱い方を心得ている。

少し前のこと、宗次は飯田次五郎に頼まれて、その一粒種を渾身《こんしん》の描《か》き業《わざ》で大きく描《えが》いてやり、ジゴロを男泣きにさせていた。描き賃は取っていない。

宗次が鎌倉河岸《かまくらがし》を、神田三河町の八軒長屋近くまで戻ってみると、少し先の居酒屋「しのぶ」の赤提灯が、まだ明りを点《とも》して揺れていた。が、下働きが表に出て、暖簾《のれん》を片付け始めている。

宗次にとっては行きつけの店で、主人《あるじ》の角之一《かくのいち》や女将《おかみ》の美代とは懇意だった。

足を急がせて、宗次は「しのぶ」の店先へ顔を入れた。

「もう閉店《しまい》かえ」

「あら宗次先生。構やしませんよ。さ、どうぞ」

女将美代のいつもの愛想のいい声が返ってきた。調理場と背中合わせにある裏手の仕込み場から、主人《あるじ》の角之一も手拭いで手をふきふき「やあ先生」と戻ってくる。

「今夜は遅いじゃござんせんか」

「用があって神奈川宿まで、ちょいと出かけていたのさ」

「そりゃあ御疲れでござんしょ。神奈川宿までは七里ばかりありやすからねぇ」

「私《あっし》の腹は充分だが、この子に何か見繕《みつくろ》ってやってくんねぇかな」

「で、その子は？」

「理由《わけ》ありなんだ。そのうち話す」

「よござんす。旨《うめ》えものを考えましょ。おい美代、手伝いねぇ」

「あいよ」

息の合った夫婦が調理場で動き出したのを見届けて、宗次は抱いていた幼子を、調理場と向き合った幾分長脚で土間から高目な床几《しょうぎ》の席へ「よいしょ……」と座らせた。

「名は何てえのかな」

「うめ……」

「うめ……春先に花開く梅、梅干《うめぼし》の梅かえ」

「はい」

「お母さんの名は？」

「知りません」

「え？」

「一度も教えて貰ったことがありません」と、意外に落ち着いた話しようだった。

「…………」

「ごめんなさい」

「いや、いいんだ。じゃあ、お梅ちゃんの名前の上の方は、あるのかな。たとえば楠木《くすのき》とか足利《あしかが》とか伊達《だて》とか」

「それも知りません……」

「知らないかぁ」

「はい、お母さんから聞いていません」

「それじゃあねぇ。お梅ちゃん、年齢《とし》は？」

「五歳」

「はい」という答え方、「五つ」とは言わずに「五歳」と返すその話し振りに、宗次は矢張《やっぱ》り町人の子にしては少しひっかかる、と捉《とら》えた。それにしても着ているものは見窄《みすぼ》らし過ぎた。ぼろぼろだ。

やわらかく茹《ゆ》でた莢豌豆《きぬさや》を卵で綴《と》じたものを御飯にのせた丼《どんぶり》が、あっという間に出来あがった。いまごろ莢豌豆がとれるのかえ、と宗次は気付かれぬよう小首をひねったが、どうでもいいことだと思い直した。

「さあ、たんと御食べ。床几が低くて食べ難《にく》いようなら古座布団でも持ってこようかえ先生」

「いや、大丈夫《でえじょうぶ》だろ。さ、食べねえ、お梅ちゃん」

目を細めた笑顔の女将美代がはじめに丼を、次に味噌《みそ》汁を、食台の上へ優しくトンと置いた。食台というのは調理場と長床几の席との間を隔《へだ》てるようにして横に長く渡された、幅一尺半ばかりの板張り台（今で言うカウンター）である。その名の通り、調理場でつくられた料理や熱燗《あつかん》などは、客が居並ぶこの細長い食台の上に置かれる。食べ易《やす》いし呑み易いと客の評判はいい。

「いただきます」

梅は両手を合わせてから、箸《はし》を手にとった。女将の美代がにこやかに頷き、角之一が「へえぇ」と感心したような顔つきをした。

梅が、おっとりと食べ始める。箸の持ち方も正しい。

「しのぶ」の客席は食台を前にした長床几の席の他に、小上がりの板敷《いたじき》席が奥に六つばかりある。夜になると、たいてい満席だ。はやっている。だから儲かってもいるのだろう。しょっちゅう小さな改装をしているから店はいつも小綺麗で清潔だった。

「美味しいかい？」と梅に顔を近付けようとした宗次を、「およし」という目つきで女将が軽く手で制した。宗次が苦笑《にがわら》いをしつつ、姿勢を元に戻す。

「宗次先生よ」

角之一が声を掛けて、目を（こちらへ……）と横に滑らせた。

促された宗次が梅を女将に任せて、床几の端の方へ移ると、調理場の角之一が少し身を乗り出して囁いた。

「先生よ。すまねえが頼まれてくんねえかい」

「何を？」と、宗次も小声になる。

「女房《かかあ》がうるさくて仕方がねえんだ。毎日のようによ」

「だから何がだい」

「自分《てめえ》の生まれたままの姿を先生に描いて貰いてえんだとよ」

「生まれたままの姿？」

「裸だよ裸。へん、いい年しやがってからに、しょうがねぇやな」

そう囁いて、女房の方へ視線を走らせる角之一だった。

宗次は「あ……」という顔つきをした。そういえば、いつだったか女将の美代から「私《あたし》の裸を描いてくんない？」と言われた記憶がある。

このところ宗次は、大店《おおだな》や高級料理屋の後家、はては大名旗本の妻女から「ぜひに私《わたくし》の、裸絵を……」と密《ひそ》かに頼まれることが増えていた。絵が公《おおやけ》になることは万が一にもなかったが、その卓越した力量の〝妖《あや》し美《び》〟は評判に評判を呼び続けている。もちろんのこと裏評判だ。相場は一両。それ以上は求めず、それ以下でも引き受けぬ宗次であった。裕福な者にすれば「たったの一両」。貧しい者にすれば「大変な一両」。

宗次のカネに対する線引きが、その相場に生きていた。

だが〝原則として〟を付す必要があった。その相場が位置しているのは、あくまで「たったの一両」の世界である。

梅が米粒一つ残さずに、丼を食べ終えて「ごちそうさまでした」と手を合わせた。

「立派な亭主を持つ女の裸なんか描かねえよ。興味なし」

宗次は小声で言い残して、梅のそばへ戻った。

「どうだえ。美味しかったかえ」

「はい」と、梅が弱弱しく笑った。笑うと両の頬に笑窪《えくぼ》が出来た。

「あら可愛い」と、女将が思わず口に出す。

「さ、お梅ちゃん、今夜はおじさん家《ち》で寝ような。明日また旨《うま》いもんを食べさせてやるぞ」

そう言いつつ宗次が着物の袂《たもと》から巾着《きんちゃく》を取り出そうとすると、「そんなのあ、いつだっていいだろうがよ。薄汚れた巾着を子供の前で出したり引っ込めたりするもんじゃねぇやな」と、角之一が顔をしかめた。

「ちがいねぇ」と、宗次は袂から手を戻し梅を抱き上げようとした。

「ちょいと宗次先生。よかったら、うちの風呂へ入っていきなよ。狭っ苦しい釜風呂《かまぶろ》だけど、お梅ちゃんを入れてやればどう？」

と、女将が宗次の動きを止める。

「え？　この店には風呂なんぞがあったのかえ」と、宗次は驚いた。

「べつに客のためにある訳じゃないんだよ。朝の早くから夜の遅くまで仕入れだあ、煮物だあ、洗い物だあ、で働き通しなもんで、風呂へ行きそびれることが多くってねえ。下働きの子らも可哀《かわい》そうなもんで、猫の額《ひたい》ほどの裏庭の端に、十日ほど前、風呂小屋を造って貰ったのさ」

「なるほど、そうだったのかえ」

「店によく通ってくれる子守坂の職人長屋に住む大工の源《げん》さんが、只《ただ》みたいな工賃でさあ」

子守坂の職人長屋と聞いて、宗次の唇から笑みが消えた。

が、角之一も女将も、その変化に気付かない。

「ちょうど入り頃の湯加減だろうから入っていきなよ。なんなら、私《あたし》も一緒に入ったげるから」

「馬鹿」と、角之一が目をむき、梅がまた弱弱しく笑った。角之一もフフッと目を細める見せる。

「しかし幼子とは言え男の私《あつし》と一緒じゃあなぁ」と、宗次はとまどった。

「わかったよ。じゃあ、女将の私《あたし》が責任もってちゃんと入れてあげるから、宗次先生は先に帰ってて。お梅ちゃんはあとで、うちの旦那《ひと》に送らせるからさ」

「そうかえ。そうして貰えると助かるが」

「うん。それがいい」と、角之一も頷いて梅の風呂入り話はまとまった。

二

畳二枚ほどの庭から破れ障子を通して朝陽《あさひ》が射し込んできた。

宗次は音を立てぬよう体を起こし、枕元《まくらもと》の行灯《あんどん》を消した。油がもったいないので、いつもなら消して寝るのだが、梅のために油を途中で一度注《つ》ぎ足し、一晩中点《とも》してあった。

その梅は、まだよく眠っている。寝息も安らかだった。宗次は顔を近付けてみたが、梅の目尻に涙の粒が浮いていなかったので、ひとまず安心した。

彼は足音を忍ばせるようにして土間に下り、表戸の突《つ》っ支《か》い棒を、そっと外した。

いつもなら突っ支い棒なんぞ、しないで眠ってしまう。ひと蹴りすれば吹っ飛んでしまいそうな上半分障子・下半分杉板張りの片引き戸だ。

それでも昨夕《ゆうべ》は梅のため、念のための用心をした。

宗次が外へ出てみると、向かいの屋根葺《ふき》職人久平《きゅうへい》の女房チヨが、金串《かなぐし》に刺した烏賊《いか》の一夜干しを七輪の上で焙《あぶ》っていた。

小肥《こぶと》りの四十過ぎ、とびきり人の善いチヨだった。

宗次はチヨと顔を合わせ、(すまねえ……)と言うふうに、鼻柱の前で右手を立ててみせた。

チヨが(いいんだよ、任せときな……)と答えんばかりに笑みを返す。

実は昨夜、八軒長屋へ戻ってきて直ぐ、宗次は梅のための朝飯《あさめし》をチヨに頼み込んでいた。

炭火で軽く焙った烏賊の一夜干しの香《こう》ばしい匂いが、あたりに漂っている。

「あんまし、焙り過ぎちゃ硬くなるからね」と嗄《しわが》れ声のチヨが腰を上げ、宗次のそばに近付きニッとした。そして意味あり気に鼻先から囁き声を出す。

「亭主は今朝早くに、小田原《おだわら》の幸運寺《こううんじ》さんへ出かけちまったよ先生」

「そいつあ御苦労さんだな。屋根葺職人では名人として名を売っている久平さんだ。

働き者《もん》の亭主に恵まれてよござんすねチヨさんは」

「話を、あさっての方向へ、そらすんじゃないよ。もう……」

「べつに、私《あつし》は、そらしてなんぞ」

「久平は十日ばかり小田原だよう。一度くらい私《あたし》の、胸をわし摑みにしてくれたっていいだろうにさあ」と、一層声が小さくなる。

「わかった、わかった。その内に必ず思い切りわし摑みさせて貰うよ」

「へん。いつも、それぱっかしだ。弱虫絵描き」

「はいはい。私《あつし》は弱虫絵描きでござんすよ」と、宗次が苦笑する。チヨとのこのような会話は、これまでに何度繰り返されてきたか知れやしない。お互いに、本気か冗談か判らないような会話を交わせるほど、気楽な間柄だ。

「今日は洗濯する日だから、小便で汚れた褌《ふんどし》や汗臭い腹巻があれば出しときな。洗っとくからさ」

「有り難《あがて》え。助かるよ」

「フンッ。早く嫁さん貰いなよ宗次先生。私《あたし》のように、胸が立派な心優しい嫁さんをさ」と、ガラガラ声が少し甲高《かんだか》くなる。

「ああ、考えとく」

「あと少ししたら朝飯《あさめし》運ぶから」

「申し訳ねえ」と、宗次はきちんと頭を下げた。冗談と礼儀の区別は心得ておかないと、気性のいい長屋の女房《かみさん》連中とは付き合えない。

「あいよ」と気さくに答えて、チヨは乳房の下を掻き掻き向かいの家の中へ入っていった。七歳になる上の娘に向かって、火傷《やけど》しないよう七輪に湯鍋をかけとくれ、と嗄れた声で言っている。この長屋ではよほど小声で話さないと、隣近所へ筒抜けだ。そんな事は誰も気にしてはいないから、夜は夜で睦言《むつごと》や感きわまった悲鳴が響きわたる。なかでもチヨの嗄れた呻《うめ》き声はひときわ轟《とどろ》きわたることで知られていた。

しかし、お互い様だから、誰も聞こえぬ振りだ。冷やかしさえしやしない。

宗次は井戸端で顔を洗って、家——というよりは部屋——へ引き返した。

布団の上に梅が起きていて、目頭を手の甲でこすっている。

「おはよう、よく眠れたかな」

「はい。よく眠れました」

「もうじき朝飯だけど、先に顔を洗うかい」

「洗います」と、梅がこっくりと頷いた。幼子とは思えないしっかりとした受け答えである。

「よし。じゃあ一緒に井戸端へ行こうかえ」

宗次は底浅の手桶と手拭いを手に、梅を促した。

チヨの家の開いている表障子の向こうに、上の娘が土鍋に大根の刻んだのを入れているのが見えた。

宗次は声を掛けた。

「お花坊、おはようさん」

「あ、先生。おはようございます」と、打てば響くが如く明るい声が返ってくる。

「味噌汁だな」

「うん。大根と葱《ねぎ》をたっぷり入れて」

「旨《うま》そうだ」

「あとで小鍋に移して持っていったげる」

「うん、何時《いつ》もすまねえな」

宗次は梅の小さな手を引いて、井戸端へ行った。長屋の亭主連中はいつも、六ツ半頃には働きに出かけるから、いまは静かだ。もう半刻もすると朝陽《あさひ》の中に女房《かみさん》連中や子供達が出て来て、賑《にぎ》やかになる。

宗次は洗った顔を手拭いでふく梅を、じっと見つめた。手拭いの用い方が、きちんと教育されていると判った。

味噌汁の香りが長屋路地に漂い出していた。

「もうじき朝飯だ。ちょいと長屋のまわりを散歩してみるかい」

梅は黙って頷いた。元気が無くなり出していた。母親のことを気にかけているに相違なかった。

宗次は手桶を井戸端に置いたまま、梅が用いた手拭いを肩に掛け、小さな手を握って長屋の路地の外に出た。

「お梅ちゃんは、何処《どこ》で生まれたのかな」

宗次は出来るだけ、笑みを顔いっぱいに広げて訊《たず》ねてみた。

「お城……」と、梅が答えた。

仰天《ぎょうてん》して宗次は足を止めた。長屋の路地を出たばかりのところであった。お城、という答えが返ってくるとは、まさか予想もしていなかった宗次である。

「お城って、御侍さんが大勢いる、あのお城のことかい」

「はい。お母さんが、そう言っていました」

「なるほど。お母さんが、お梅はお城で生まれたんだよ、と言っていたんだね」

「はい。何度も言っていました」

宗次は歩き出した。梅の手は放さなかった。梅も握り返していた。

「で、何処のお城？」

「知りません」

「お母さんは、教えてくれなかったんだ」

梅は頷いた。

「お梅ちゃんは、いつ頃から旅に出たの？」

「ずっと前……」

「ずっと前ってえと？」

「わかりません」

「すると、お梅ちゃんが気付いた頃には、もう旅に出ていたのかもなぁ」

「はい。ずっと歩いてばかり……いつも、いつも」

「じゃあ、この大きな江戸の町へは、どの方角からやって来たのか判る？」

「方角？」

「うん、大体でいいよ」

梅は立ち止まって辺りを見まわしたが、力なく首を横に振った。

「旅をしていて、覚えた町や村の名はないかえ」と、宗次は一層笑顔をつくった。

「沢山《たくさん》あります」

「そうかあ。沢山あるかあ。たとえば、その中で、お母さんから絶対に忘れちゃあいけないよって言われた場所なんぞ、あるかな」

「はい」

「おっ。あるかあ。ならば、おじさんに教えとくれ」

宗次は梅とつないだ手を小幅に振り振り、ゆっくりと歩を進めた。

「三条大橋《さんじょうおおはし》」と、梅が答えた。少し考える素振りを見せてからの、答えだった。

宗次は、「京だ」と思わず歩みを止め、しゃがみ込んで、目の高さを梅と同じにした。

「三条大橋は忘れちゃあいけない、とお母さんから言われていたんだね」

「はい。幾度も」

「お梅ちゃんは、三条大橋を覚えているの？」

「知りません」

「それにしても、お梅ちゃんは癖《くせ》や訛《なまり》のない綺麗《きれい》な言葉で話すねえ。お母さんは、話し言葉にうるさい人だったのかえ」

「はい。梅は梅らしく話しなさいと、いつも言われて」

「ふうん」

宗次は腰を上げて、また鎌倉河岸を歩き出した。笑顔が消えていた。

三条大橋は、江戸日本橋から百二十六里六町一間《いっけん》の距離にある東海道の終着地点である。出発地点の日本橋と終着地点の三条大橋は東海道の五十三次の〝数〟の中には含まれていない。東海道の〝一〟の宿は品川宿であり、〝五十三〟の宿は琵琶《びわ》湖そばの大津《おおつ》宿である。近江《おうみ》米の集散地、湖上水運の中心地であり商業宿場として著《いちじる》しい発展を遂げている大宿場町だ。

(京か……この子の言う城のある場所は)

宗次は、胸の内で呟《つぶや》いた。こいつあ大事《おおごと》になるかも、という予感が湧き上がっていた。

と、梅が「おじさん」と、先を指差して見せた。二町ばかり先に安産寺《あんざんじ》境内の森があった。この界隈《かいわい》では名刹《めいさつ》で知られている。

「どうしたい。お参りしたいのかえ」

「うん」

梅が初めて「うん」と言った。子供らしかった。

「お母さんとは旅の途中、寺や神社によくお参りしたんだな」

「うん」

「だけどよお梅ちゃん、ありゃあ有名な寺だが安産寺だ。元気な赤ちゃんを産めますようにって頼む寺なんだよ。おじちゃんは赤ちゃんが産めないし、お梅ちゃんにも、まだ早いだろう」

　うふふっと梅が目を細めて笑った。心底おかしそうに笑った。

　宗次も「へへへへっ」と付き合った。梅がふふふっと尚《なお》も笑う。

「ま、いいか、お梅ちゃん。少し早いが、お参りしとこうか。おじちゃんも、ひょっとしたら産めるかもしれないからね」

「うん。お参りしておきます」と、まだ笑っている。

「へへへへっ」と、宗次も負けてはいない。

「うふふふっ」

　二人はつないだ手を振り振り、安産寺境内へと向かった。

　朝早い境内には、一人の人の姿もなかった。代わりに、鶯《うぐいす》が頻《しき》りに鳴いている。

「本堂に手を合わせたら、八軒長屋へ戻って朝飯を腹一杯食べような」

「はい」

　梅の返事が、梅らしさを取り戻した。

二人は本堂の前まで行き、宗次が賽銭《さいせん》箱へ小銭を投げ入れた。

コロンと銭の落ちる音がして、二人が合掌《がっしょう》する。

ゆっくりとふた呼吸ほどして宗次が閉じていた目を見開いて合掌を解くと、梅はまだ拝《おが》んでいた。

鶯がまた鳴いて、梅がようやく顔を上げた。真剣な表情だった。

宗次は「何を拝んでいたの」と、訊《き》きはしなかった。母の無事を祈ったに違いない、と判っていた。すでに間に合わぬ安産寺参りであったとは、気付くよしもない幼い梅である。いや、ひょっとすると、母との永遠の別れに気付いていて、拝んだのであろうか。

「さ、長屋へ戻ろう」

「はい」

二人は手をつないで、山門の方へ向き直った。

宗次の表情がフッと硬くなった。石畳が敷かれた長い参道の尽きたところにある六脚の大山門。その下に身なり正しい三人の侍が佇《たたず》み、こちらを見ている。

三人とも、深編笠《ふかあみがさ》だった。

「裏門から出ようか、お梅ちゃん。近道なんだ」

梅は頷《うなず》いた。が、三人の侍の方を、じっと見返している。

「お梅ちゃんは、知っているのかい、あのお侍たちを。と言っても深編笠で顔を隠しているが」

「知りません」

「じゃあ裏門だ。急ごう」

宗次は梅の手を引いて、本堂裏手に広がる手入れの行き届いた森へと入っていった。

裏門からも常日頃、参拝客はある。だから表の参道と同じように、石畳の敷かれた幅二間ばかりの道が蛇行《だこう》して、裏門へと続いていた。その石畳道の両側に沿っては、色とりどりの牡丹《ぼたん》の花が咲き乱れている。ここの牡丹の美しさは有名だ。

その石畳道の半ば、左手にある蓮《はす》池の畔《ほとり》まで来たとき、宗次と梅の足は止まった。前方を、二人の侍が塞《ふさ》いでいた。矢張《やっぱ》り深編笠だ。

チッと宗次の舌が鳴る。

彼はしゃがんで、梅の目と同じ高さになった。

「お梅ちゃん、おじちゃんは、ちいと暴れることになるかも知れない」

「ちいと暴れるの？」

「そうだ。ちいとな。だから、そこの池の畔の大松の陰に潜《ひそ》んでなさい」

「はい」

宗次が指差した松の木陰へ、梅は駆け込んだ。素直《すなお》であった。

見届けて頷き、宗次は腰を上げた。石畳道の左側から二人、右側から三人の侍が近付いてくる。

このところ、騒動には首を突っ込んでいない宗次であった。

だから五人の侍の目的が、梅にあると読むほかなかった。それとも単に朝の早くから牡丹を観《み》に訪れた風流侍なのか？

いやいや、そうではなさそうだった。その証拠に侍たちの左手は、すでに鯉口《こいぐち》に触れている。

その親指も、鍔《つば》を押すばかりの位置だ。宗次にはそうと、はっきり見えた。

二人の侍も三人の侍も、宗次から一間《けん》半ばかりの位置で足を止めた。宗次を倒さぬ限り、彼らは梅のところへは行けない。大松までは幅二、三尺ばかりの池に沿った小道が一本だけである。

「町人、直ぐに立ち去れい。金はくれてやる」

深編笠の一人が言って、予《あらかじ》め用意してあったのか右手を袂《たもと》に入れ、一両小判を取り出した。そして、それを宗次の足元に捨て投げる。

その小判を、宗次は爪先《つまさき》で軽く蹴り返した。

「ケッ。いまどき一両ぐれいで、この大江戸の町人を好き勝手に動かせると思ってやがんのけえ」

「いい度胸だ。幾ら欲しい？　三両か、それとも五両か」

「阿呆《あほ》が」

「な、なにぃ」

「阿呆が、と言ったんでえ。それほど難しい言葉じゃねえと思うがな三一侍《さんぴんざむれえ》さんよ」

「おのれ。言わせておけば……」

「ああ、言うてやった。腹が膨《ふく》れたけえ」

「覚悟せい」

「いいともよ。覚悟してやろうじゃねえか三一侍」

五人の侍が、申し合わせたように刀を抜き放った。その構えを見て、宗次の表情がちょっと変わった。こいつぁ本格だ、と思った。切っ先が微塵《みじん》も揺れていない。鋭く静止している。

(柳生《やぎゅう》でもねえ、念流でもねえ……はて?)

宗次は静かに右足を引きつつ腰を下げ、左手五本の指をバラリと開いて前に突き出した。「ちょっと待て」といった感じの構えだ。右手は腰のあたりで遊んでいる。

と、深編笠の一人が、宗次のその構えに「揚真流《ようしんりゅう》……」と呟いた。

「なんでえ。その揚真流ってのは」と、宗次は返した。

「貴様、町人ではないな」

「見ての通りの貧乏町人でえ」

「ならば、それでもよい。どうやら斬《き》り甲斐《がい》がある」

そう言いつつ深編笠は一歩退《さ》がって右手だけで刀を構え、左手で深編笠を脱いだ。年齢《とし》は四十半ば。色の浅黒い、きつい目つきの精悍《せいかん》な面貌《めんぼう》だった。剣客、の二文字が板に付いた面構えである。

ほかの四人も、一歩退がっては次次と深編笠を脱いでゆく。その動作の中に、針の先ほどの隙《すき》もない。しかもその厳しい面構え、並《なみ》の侍のものではなかった。

(こいつぁ厄介《やっかい》だ……)と、思い始めた宗次に、五人は再び切っ先を揃《そろ》えてジリッと間を詰め出した。

宗次の腰のあたりで遊んでいた右手が、帯に通してあった長煙管《ながぎせる》を素早く抜き取る。そしてそれを逆に持った。鋼《はがね》と思われる雁首《がんくび》も吸口の造りも、かなり長めである。

右手はそれでも、煙管を逆に持ったまま、ブラブラと遊んでいた。

いきなり侍の一人が、石畳を蹴って突っ込んできた。無言だった。刃が右から左へと、やや掬《すく》い上げるように走る。

割られた空気が、鋭く唸った。

宗次は、飛び退《すさ》った。その足元が安定しないうちに、返す刃が矢張り掬い上げるようにして脇《わき》へ打ち込んでくる。

速い。滅法《めっぽう》速い。躱《かわ》す余裕はなかった。ガチンと音がして、長煙管の吸口の部分が危ういところで刃を受ける。青白い火花が散った。

侍が退がって身構え直した。退がり方も速い。その足元も安定している。

「まぎれもなく揚真流の皆伝技《かいでんわざ》、小柄《こづか》の舞。しかと見せて貰った」

別の深編笠が言った。自信を覗かせた、落ち着いた重い口ぶりだった。

「町人が会得《えとく》できる技ではない」と、宗次に打ち込んだ侍が付け加えた。

「町人なら苦しまぬよう一思いに、と思ったが武士と見て尋常《じんじょう》に立ち合《お》うてやろう」

一番はじめに深編笠を脱いだ精悍《せいかん》な面貌の四十半ばが言い、隣の侍に命令調子で顎をしゃくった。

「おい、野々宮《ののみや》、お前の刀を貸してやれ」

「はっ」

野々宮と呼ばれた侍——三十過ぎか——が、刀を鞘《さや》に納め「取りに来い」と宗次に差し出した。

「いらねえな。揚真流だか何だか知らねえが、俺にゃあ俺なりの喧嘩《けんか》のやり方ってのがありやしてね。それよりも三一侍さんよ。町人相手に切っ先を向けていなさるんだ。五人の名前《なめえ》と藩名ぐれえは堂堂と明かしなせえ」

「………」

「そうも、いきやせんか。なら、無傷で京へ帰す訳にゃあいかねえな」

京、と聞いて、はじめて五人の間に、波立ちが生じた。

「京、とは何のことだ」

精悍な四十半ばが、くわっと眦《まなじり》を吊《つ》り上げる。

「そいつあ己《おの》れの胸に訊いてみるこったい」

「皆、退がっておれ。こ奴はどうしても斬らねばならん。私が殺《や》ろう」

精悍侍が二歩進み出、ほかの四人が三歩退がって刀を引いた。一糸《いっし》乱れぬ呼吸であった。厳格な日常的鍛錬が、その意思を一体とさせた動きに表れている。

（一流だ……）と宗次は思った。呼吸の一致が、見事と言うよりは綺麗であった。

「参る」

「来なせえ」

精悍侍はやや腰を下げ気味に、中段の構えを取った。切っ先を、幾分下げ気味にしている。宗次を〝侍〟と見て取った、完璧《かんぺき》な隙《すき》の無さだった。

宗次もはじめて、長煙管を正眼に身構えた。が、しかし、彼の額、首筋にはすでに汗の粒が浮き出していた。喉仏《のどぼとけ》も上下に動いている。恐れているのか？

刀を引いた四人の侍が、固唾《かたず》を呑んだ。

「いえいっ」と、精悍侍が、突き進んだ。電光石火であった。

いや、突いたと見せた刀が、あざやかに跳《は》ね上がった。峻烈《しゅんれつ》！

「うっ」

宗次がのけ反《ぞ》り、下顎の先端から、小さな血玉が飛び散った。

「ぬんっ」

二撃目が、宗次の胸を突いてきた。ひと呼吸すら置かぬ、連続攻撃だ。

長煙管が、それを音高く受けて、火花が弾《はじ》けた。

三撃、四撃、精悍侍の刀が宗次の目の前で躍《おど》った。空気が唸り宗次が相手の刀を、長煙管で懸命に打ち払う。完全に受けに回っていた。攻め返すどころではなかった。相手の切っ先は、彼の首、眉間《みけん》に届かんばかりだった。紙一重《かみひとえ》。

五撃目、長煙管がついに真ん中あたりで、断ち切られた。宗次が同時に後方へ逃げ飛ぶ。

侍が余裕を見せて二歩退がり、鼻先で笑った。嘲笑《あざわら》いではなく、鼻先の笑いであった。

「あれま、お気に入りの煙管をよ……」

宗次は手元に残った長煙管の半分を、侍の足元に投げ捨てた。

「さあて、今度は手で受けて貰おうかのう」

精悍侍が、身構え直した。大上段であった。

宗次が少し踏み出して再び「ちょっと待て」の構えをとる。右手は矢張り腰のあたりで遊んでいた。顔から首筋から汗が伝い落ちていた。大粒だった。

「受けてみい」

それが侍の気合だった。境内の森をゆるがす程の裂帛《れっぱく》。何の迷いも計算もない力任せの打ち下ろしが、宗次の頭上に真っ直ぐ落ちた。

刃が頭蓋《ずがい》を割ったか、と誰の目にも見えたであろう刹那《せつな》、それまで腰の辺りで遊んでいた彼の右手が頭上に落ちてくる刀の横っ腹を叩いた。平手で相手の頬を打つかの如くに。

刃が的を外し、己れの力で前のめりになった侍の左手首を、踏み込みざま宗次の両手が、がっしりと摑んだ。

侍が身を引こうとした時は、もう遅かった。宗次が体全体を沈めざま左へ捻《ひね》る。大車輪を描いた侍が、石畳に叩きつけられ「げっ」と呻《うめ》いた。それでも侍は刀を放さない。自分から立ち上がろうとする。侍のその意思と力を借りて、まだ相手の手首を放さぬ宗次が、もう一度体を捻った。

再び侍の肉体が石畳にドンと叩きつけられ二度弾んだ。侍の手から離れた刀が、宙をくるくると回って池に受け取られた。チャポンという水音。

侍は石畳の上で動かなくなった。余りの凄《すさ》まじい投げ技《わざ》を目《ま》のあたりにして、あとの侍四人は声も出ない。刻《とき》にすれば、一瞬のうちに決まった勝負だった。

倒された侍の頭部から、ゆっくりと流れ出す血が、石畳の上に地図を描き始める。

「さ、この御仁《ごじん》を連れて、今日のところは引き揚げなせえ。助かるか、すでに死んでいるか判りやせんがね。寺の者《もん》が騒ぎ出せば、寺社方《かた》や町方《まちかた》が駆けつけ、取り返しのつかぬ大事《おおごと》になりやすぜ」

言われて侍四人は、無言のまま刀を鞘に納めた。

三

宗次と梅は安産寺を急ぎ後にした。

「怖い目に遭《あ》わせてしまったね、お梅ちゃん。ごめんよ。大丈夫かい」

「はい。大丈夫です」と、意外に落ち着いている。

「今の事は誰にも言わないこった。いいね」

「はい。でも、おじさんの顎から少し血が」

「なあに、すぐ止まらあな」

梅の手を引いて後方《うしろ》を二、三度振り返ってから、「ところで……」と宗次は訊ねた。

「お梅ちゃんは、おじちゃんよりも平気そうだな。どうやら侍に襲われるのは、初めてじゃないいね」

「はい、幾度も」

「そうか、幾度もか」

そう言えば幾度も、という答え方も、町人の幼い娘には不似合いである、と宗次は気付いた。

「幾度も襲われたんじゃあ、お母さんは大変だったろうに」

「お母さんは、強いから、そう大変でもなかった……」

「強い？……じゃあ、襲ってきた侍をお母さんは倒したこともあるのかえ」

「はい」

「ふうん」

こいつぁ驚いた、と宗次は次の言葉を失った。

宗次は子守坂で首筋にしがみついてきた時の梅を、脳裏に思い浮かべた。怯《おび》えを素直に表に出していた幼子そのままの小さな姿であった。いとおしさ、があった。

だが今、宗次が手を引いている梅は、幼子らしい姿を薄め少しばかり大きく見えた。弱めているのではなく、薄めていた。つまり怯えを素直に見せていた小さな梅も、いま案外平気な顔をしている少し大きく見える梅も誠《まこと》の「梅である」と宗次は思った。梅が器用に自分の内側で二つの感情を操っているとは思えなかった。

（この子は想像以上に、苦難の道を歩み続けてきたに違いねえ。この子の心の脆《もろ》さと強さという二つの面は、その結果なのかもなあ……）

そう考えてしまう宗次であった。梅の小さな手を握ってやる己《おの》が手に、自然と力が入る。

八軒長屋の部屋へ戻ってみると、万年床はきちんと片付けられ、薄汚れた二つの膳《ぜん》に朝飯の用意が整えられていた。竈《かまど》にのせられた味噌汁の小さな土鍋が、白い湯気を立てている。

「座ってな。いま味噌汁を装《よそ》ってやるからよ」

「うん」

「お、子供らしい、いい〝うん〟だ」

「え？」

「いやなに。いいってことよ。さ、座ってな」

「はい」

宗次は竈の前に立って、木の椀《わん》に味噌汁を装《よそ》いつつ、格子窓の向こうに見えるチヨの家《うち》に向かって(有《あ》り難《がと》よチヨさん、本当に申し訳ねえ)と、胸の内で礼を言った。

そのチヨが、家の外に出てきた。足早にこちらへ向かってくる。

引き戸がガタピシとうるさく音を立て、最後にパアンと鳴った。

「おいおいチヨさん。お梅ちゃんが驚くじゃあねえかよ。もっと静かに開け閉めしてくんねぇ」

「なら表戸くらい新しくしなよ。今や江戸は疎か関八州を加えても一、二とか言われている人気浮世絵の先生だろ」

「そんなに儲《もう》かる商売でもねえんだってば」

「なに言ってんだい。床下に二、三千両は隠している、と女房《かみさん》連中が噂《うわさ》してるの知らないんだね」

「二、三千両もありゃあ、大名屋敷でも買い取ってらあな。それに、真っ先にチヨさんへ友禅や紬《つむぎ》の着物二、三十着を贈ってるって」

「なに言ってやがる。その甘い言葉で私《あたし》の柔らかなおっぱいを弄《もてあそ》ぼうたって、そうはいかないよ。其処《そこ》どきな。男が竈の前に陰間《かげま》みたいな面《つらあ》して立ってんじゃないよ。邪魔邪魔」

「へいへい」

「あれ先生、顎の先の傷、どしたんだい。女の尻でも撫《な》でて噛《か》みつかれたのかい」

「髭剃《ひげそ》り負けだよ、髭剃り負け」

「ふん、噛まれたんだよ。ガブリと……スケベ」

宗次が竈の前から退がり、梅が膳の前でケラケラと笑った。心底からおかしそうだった。宗次が「参ったなあ」という表情を拵《こしら》える。

チヨが二つの膳に味噌汁の椀を置いた。

「さぁ、お梅ちゃん、たんと御食べ」

にこやかな優しい表情と嗄れ声で、チヨがすすめた。人柄の善さが出ていた。

「はい。いただきます」

梅は両手を合わせてから、箸を手に取った。宗次も見習った。

チヨは梅から視線をそらさなかった。母親のまなざしだった。

「烏賊《いか》の一夜干しを食べてごらん。消し炭で軽く焙《あぶ》っただけだから、軟《やわ》らかいよ」

「はい」

梅が焙《あぶ》り烏賊の細く割《さ》いたのを一本、箸でつまんで口に入れた。

「どう？」

「美味しいです。とても」

「よかった。じゃあ先生、食べ終えたら、そのまんまでいいよ。私《あたし》が片付けるから」

「椀と箸ぐらいは洗っとくよ」

「そんな暇があったら絵を描いて、私《あたし》に四、五十両気前よく恵んどくれ」

「わかったよ。そのまんまにしとく」

「汚れて臭い洗濯物も出しときな」

「あいよ」

いつもの調子で、チヨが外へ出ていった。表戸は半ば開けっ放しだ。

そのチヨに、男の声が掛かって、耳にした宗次の箸の動きが止まった。

「ようチヨさん。今朝も先生の面倒見かえ」

「あら、平造親分。おはようさんです。なにね、先生ん所へ小さな可愛い御客様があったもんで、美味しい味噌汁でもと……」

「おう、そうだったい。そいつあ誠に済まねぇ。世話を掛けちまった」

「いいんですよ。おおよその事は、先生から聞いてます。困ったら、お互い様」

「するてえと、先生は今、朝飯かあ」

「ええ。うちで白湯《さゆ》でも飲んで一服しなさいな」

「そうよな。ちいと御馳《ごち》になるか」

平造親分がチヨの後に続こうとしたとき、外《そと》に出てきた宗次が「親分……」と引き止めた。

「よう、先生。すっかり面倒かけちまったな」

平造親分が「またな」とチヨに小声で言い残し、くるりと足先を変えた。

「どうでしたい、あの子の母親」と、宗次が声を潜める。

「死因は、見当もついちゃぁいねえ。医者や、死体を検《み》なれた与力頭《がしら》の大崎兵衛様が詳細《つぶさ》に全身を調べなすったんだが、疵《きず》一つ付いちゃあいなかった」と、平造親分も小声になった。

「刺し傷も？」

「無《ね》え。細く深い刺し傷は与力の大崎様が一番疑ってたんだが、結局なかった」

「裸の体つきは？……病気で痩《や》せていたとか」

「いやぁ、豊かな女らしい綺麗《きれい》な体だったなあ」

「なるほど……豊かな綺麗な体つき……か」

「ところで宗次先生よ。あの子、何か話してくれましたかえ」

「うん。名は梅。梅干の梅でね、年齢《とし》は五歳。母親と長旅を続けていたようで、振り出し地はどうやら東海道の終着点、三条大橋のようだなあ」

「なんと、京ですかい」と、親分は一層小声になる。

「あるいは、それより遥《はる》かに遠い場所が振り出し地かも知れやせん。ただ、お梅ちゃんは母親から、三条大橋だけは忘れてはいけない、とたびたび言われていたようで」

「するてえと先生。京かその界隈が振り出し地と見て、間違《まちげ》えなさそうだな」

「私《あっし》も、そう見ておるんだが……でも納得《なっとく》できねえ気持もある」

「母親の着ているものも、あの子が着ているものも大変な貧しさだが、この平造もそれが納得できねえやな」

「うーん、そうですねえ」

「母親の顔や体は少しも汚れていなかったし、それに武家の妻女が持つような立派な懐剣を身につけておってな」

「ほう……懐剣をですか」

「しかも巾着《きんちゃく》には……この巾着がまた町人のものらしくねえときている……その中に小判が二十両も入っていてよ先生」

「なんと……二十両も」

「はいな」

宗次は、さすがに驚いた。しかし彼は、梅がどうしても町人の娘とは思えぬこと、安産寺で素姓不明の侍に襲われたこと、一連の出来事が妙に連続し過ぎること、などについては、平造親分に打ち明けなかった。もう暫く、様子を見てから、という考えだった。

「ともかくよ先生、直ぐに北町奉行所へ顔を出してくんねえか。もう、この刻限によ、大崎兵衛様と飯田次五郎様が奉行所に出張《でば》って、先生を待っていなさるんだ」

「こんな朝っぱらから？」

「とは言っても職人衆なら明け六ツ過ぎには、すでに稼ぎに出かけているんですぜい。迷惑の掛けついでだ。俺と一緒に奉行所まで出掛けてくんねえな。絵筆の用意をしてよ」

「判った。行きやしょう」

「じゃあ、お梅ちゃんのことは、チヨさんに頼んどこうか。それでいいかい」

「ああ、チヨさんなら安心だ」

平造親分は「うん」と頷いて宗次の肩を軽く叩くと、向かいのチヨの家へ「チヨさんよう」と入っていった。

四

北町奉行所の前まで来ると、平造親分が言った。

「すまねえが宗次先生よ。俺の役割は此処《ここ》までだ。同心詰所で飯田様が御待ちなんで訪ねてくんねえ」

「で、親分は？」

「俺は、別にもう一つ御役目を抱えていてよ。その調べを急ぎ進めなきゃあなんねえ。なあに、チヨさん家《ち》へは後で忘れず顔出しとくから、安心してくんな」

「頼みましたぜ。あの子が、どうにも不憫《ふびん》だ」

「この平造も同じ気持さ」

「じゃあ此処で……」

「うん」

平造親分は御門番に会釈《えしゃく》を送ると、小駆けに立ち去った。

奉行所の門を潜《くぐ》った宗次は、門を入って左手直ぐのところにある同心詰所を訪ねた。

「お、宗次先生、来てくれたかい。待っていたんだ」

待ち構えていたのか、市中取締方筆頭同心の泥鰌《どじょう》のジゴロこと飯田次五郎が、宗次よりも先に声を掛けた。初対面の者《もん》なら圧倒される鬼面《おにづら》だ。この面で江戸のワルを震えあがらせている。

「遅くなりやした飯田様。平造親分から女の検死の結果は、おおよそ聞いておりやす」

「そうか。で、さっそくで済まぬがな、子守坂で亡くなったその女の似顔を墨絵で描いて貰いてえんだ」

「承知しやした。刷《す》り増《ま》しの手配りは奉行所の方でやって下さいますね」

「うん。それは任せてくれ」

宗次は、似顔絵の版下絵を描くだけでよいこととなった。この版下絵をもとに彫師が主版《おもはん》を彫ってゆき、校合摺《きょうごうずり》という手順を踏んで刷り増しにつながってゆく。色刷りの場合は専門の摺師が扱うが、墨摺《すみずり》の場合は彫師の手で行なわれることが少なくない。

「ついて来な。仏の所へ案内しよう」

「近くの寺にでも？」

「いや。奉行所内の空いた石蔵《いしぐら》の中だ。ひんやりとしていて、死体が傷まねえのでな」

泥鰌のジゴロと宗次は同心詰所を出て、木立の下を右手の方へ歩いていった。

すれ違った若い同心二人が、ジゴロに向かって軽く頭を下げる。筆頭同心の地位にあるジゴロは、奉行所内にあっても強面《こわもて》だ。鬼面が利《き》き過ぎてか、町人達は怖がってしまって余り評判はよろしくない。

が、この同心の意外な心根の優しさを、すでに宗次は知ってしまっている。

「平造の話じゃあ、仏の娘らしいのを先生が預かってくれているそうじゃねえか」

「へい、五歳になる子でしてね。心《しん》のしっかりとした素直ないい子でして」

「その子の似顔絵も描いてほしいのだが」

「心得ていやす。もう頭の中で描き終えておりやすから、その子を目の前に置かずとも」

「そうかえ。じゃあ、ともかく母親の方を先に頼まぁ」

「そう致しやしょう」

「で、その五歳の子の姓名《なめえ》は何《なん》てえんだい。仏は懐剣を持っていたんだ。落ちぶれてボロを着てても侍の妻、てえ面立《おもだ》ちなんだがな」

「名は梅の実の梅てえんですが姓の方は、知りません、と答えるだけで」

「知りません？」

「お母さんから聞いていません、と」

「ふうん。どう見ても仏は姓名を有する侍の妻女ってえ感じなんだが」

「与力の大崎様も、飯田様と同じ御意見で？」

「同じだ……先生、この石蔵だよ」

青紅葉《もみじ》の高木《こうぼく》の前で、泥鰌のジゴロは二戸前《とまえ》ある蔵の手前の棟の石段を三段ばかり上がって、厚く重い扉の把手《とって》に手をかけた。

「さ、入んねぇ先生」

扉を開いたジゴロが、内戸を左へ引いて宗次を促す。

「ご免なすって」と、宗次はジゴロよりも先に冷《ひ》んやりとした石蔵の中へ入った。大《おお》行灯《あんどん》が二本点《とも》されていたが、天井の高い石蔵だけあって、中は薄暗い。

仏は四本の脚の上にしつらえられた板の上に横たえられ、胸の上まで筵《むしろ》が掛けられていた。宗次が改めて見る女の死顔は、穏やかだった。年齢《とし》は二十六、七という感じか。

「裸のままだ」

「え？」

「与力の大崎様が、浮世絵師の先生に先《ま》ず裸のまま見て貰え、とおっしゃってな」

「私《あつし》に必要なのは、顔だけなんですがね」

「ま、いいやな。大崎様が、そう仰《おお》せなのだから」

「そうですかい。それじゃあ見させて戴きやしょう」

宗次は筵をそっと丸めるようにして仏の足元へまとめた。美しい全裸の遺体が、彼の前にあった。

宗次は、わざとらしい合掌《がっしょう》はしなかった。その代わり、鋭く険しい目つきとなった。

「ふうん……絵描きの目つきじゃねぇのう先生」

「え？」

「いや、いいんだ。すまねえ、余計なことを言っちまったい」

「見せて戴きやすぜ」

「うん。思いのまま見な」と、ジゴロが大行灯の一本を仏が横たわった台に近付けた。

宗次は、仏の顔をじっと見つめた。

（なるほど、言われてみれば武家の妻女に見えなくもない）

そう思いながら、耳、後ろ首、額の下、豊かに張った乳房、腹部……と視線を移していく。

どこにも、外傷はなかった。そばで飯田次五郎が固唾《かたず》を呑む。

ひと通り見終えてから、宗次は大行灯を仏の足元へ近付け、「飯田様、すみやせんが手伝って下さいやすか」とジゴロに声をかけた。

「どうすんだえ？」

「脚を開きてえんで」

「脚を？」

「へい。驚くほど綺麗な仏ですが、すでに硬直していやす。片方の脚を頼みまさあ。静かに、そっと」

「よし判った」

ジゴロが仏の左脚に、宗次が右脚に手を触れて、ゆっくりと左右へ開いた。仏の腰のあたりが、ギギッと微かに軋《きし》む。

「なるほど、硬えもんだな。南無阿弥陀仏《なむあみだぶつ》、南無阿弥陀仏」

「なんだか抵抗しているような硬さでござんすね。嫌がっているみてえだ」

「おい先生よ。気色《きしょく》の悪いことを言わねえでくんな」

「このくれえで結構で」

そう言って宗次は、行灯台から大蠟燭《ろうそく》を左手で取り外し、遺体の股間《こかん》へと近付けた。

ジゴロも、ようやく宗次の目的を知って、股間へと顔を近付ける。真剣なまなざしだ。

宗次の右手が、仏のそこに触れて体毛を優しく開いた。労《いた》わるようにして。

「やっぱりだ……御覧なせい」

「医者でなくとも、綺麗だと判るな先生よ」

「この仏は男を知っちゃあおりやせんで」

「ましてや、子を産んだようには見えぬな」

「その通りで」

「すると梅という幼子は……」

「この仏が産んだ子じゃありやせんね」

宗次は右手を引っ込めると、ようやくのこと合掌した。

（無作法を許してやってくんねえ。お梅ちゃんのことは引き受けた。安心して成仏《じょうぶつ》しなせえよ）

そう語りかける宗次であった。

「一体誰《いってえ》なんだ、この仏はよ」

「身元につながる物は何一つ無かったんですかい」

「懐剣と二十両も入っていた巾着だけだ。これだけを見れば武家の妻女、いや武家の娘とも言えそうなのだが」

「あとで懐剣と巾着を見せて下せえな」

「大崎様の手元にあるのだ。似顔絵を描いた後で、大崎様が先生に何か話があるそうだ」

「そうですかい」と言いながら、宗次は大蠟燭を手に、仏の右手の位置へと移った。

ジゴロも従う。

「すみやせん。蠟燭を持って下さいやすか」

「うむ」とジゴロは宗次から蠟燭を受け取った。

宗次は仏の右手五本の指を、力を込めて開いた。

「こいつあ驚きですね飯田様」

「竹刀胼胝《しないだこ》だな。それも当たり前の修練で出来たもんじゃねえぞ」

「いいや、これは竹刀じゃありやせん」

「ん？」

「木刀でさあ。木刀胼胝だ」

「何故そうだと判る？」

「根拠はありやせんが、そんな気が致しやす」

「先生よ、儂《わし》は随分《ずいぶん》と前から気になっていたんだが……お主《ぬし》……まさかヤットウを」

「へ？」

「いや、いい……いいんだ」

「念のためだ、左手も見てみやしょう」

「そうだな」

二人は仏の左手の位置へと回った。

「見て下せえ旦那、左手もこの通りだ」

「いまどき侍でも、これだけの修練胼胝が出来ている者はいねえやな」

「それどころか、皆伝《かいでん》に達しているかも知れやせんぜ、この修練胼胝は」

「女剣客かあ」

「あるいは……」

「あるいは？」

「忍び」

「くノ一だと？」と、ジゴロが更に驚いて見せた。

「ちょいと仏の足の裏を見て戴きてえんで」

「よし、見よう」

二人は、もう一度、仏の足元に立った。

「この両足裏の爪先《つまさき》部分を御覧なせえ」

「おう、爪先だけは随分と荒れておるなあ」

「荒れているんじゃありやせん。こいつあ皮膚が厚くなっているんですよ。爪先歩きの修練によってね」

「忍び歩行、という奴か」

「その通りで」

「宗次先生よ、おめえ矢張り……いや、余計な詮索《せんさく》は止めておこうか」

「私《あっし》のこの見方、大崎様に御会いした時に、話してもよござんすか」

「うん、ぜひ話してくれ。話してくれた方がよい。参考になろう」

「承知しやした」

「では、そろそろ似顔絵を描き始めてくれるか。終ったら与力番所へ案内するのでな」

「御願いしやす」

「ここは暗い。同心詰所で描いてもよいぞ。文机《ふづくえ》もあるしな」

「いえ、この場で結構で。仏を見ながら正確に描きてえもんで」

「そうか。じゃあ描き終《お》えたら声を掛けてくれ。儂《わし》は同心詰所にいるから」

「そう致しやす」

ジゴロは仏に合掌してから、石蔵を出ていった。

五

ジゴロに案内された与力番所の片隅で、宗次は暫《しばら》くの間、畏《かしこ》まっていた。

番所内には誰もいなかった。「ちょっと待っておれ」と出ていったジゴロも一向に戻ってこない。

宗次は丹念に描きあげた似顔絵二枚を、見直した。

よく出来ている、と思った。浮世絵師ではあったが、浮世絵から離れて写実的手法を駆使し描きあげたつもりであった。近頃では、浮世絵の他に精密写実な花鳥風月にも熱心に取り組んでいる。評判も大層よい。

梅の顔は、出色の出来だった。

「よう、待たせてすまぬ」

襖障子《ふすましょうじ》が開いて、与力頭の大崎兵衛が入ってきた。

「お久し振りでございやす」と宗次が頭を下げる。

「ほんに久し振りよな。前の事件では大いに力を貸してくれた。改めて礼を言う」

「滅相《めっそう》もありやせん」

「ここでは何だ。奥の座敷へでも移ろうかえ」

「さいですか」と、宗次は二枚の似顔絵を手に腰を上げた。

「それだな、描いてくれたのは」と言いつつ、大崎与力の足が部屋の外——廊下——へと出る。

「へい」と宗次は頷いて、与力の後に従った。

「貰っておこうか」

「どうぞ」と絵を大崎与力に手渡してから、宗次は付け加えた。

「あと二枚の絵が控えとして私《あっし》の懐に入っておりやす。宜《よろ》しゅうございましょうね」

「構わぬ。短い間に四枚も描いてしまうとは、さすがよの」

「描くことが仕事でござんすから」

二人は小声で話し合いながら、長い廊下を真っ直ぐに進み、突きあたりを右に折れて進んだ。

「此処《ここ》だ。内庭《うちにわ》の間《ま》と言うてな、此処ならゆっくりと話せる」

「明るい、よい御部屋で」

「御奉行が気に入っておられる部屋なのだ」

二人は文机《ふづくえ》を挟んで向き合った。

「さっそくでございやすが大崎様……」

と、宗次は切り出した。

「真剣な目つきよのう。飯田次五郎より、その方《ほう》が仏の子供らしいのを預かっていると聞いたが、その子から何か聞き出せたのか」

「実は、聞き出せたどころでは、ございませんで」

「ん？　どういう意味だ」

「襲われたんでございやすよ。仏の子――梅と申しやして五歳になるらしいのですが――その子と私《あっし》が五人の身なり正しい侍に」

「なにっ、侍に襲われたと」と、驚いて思わず身を乗り出す大崎兵衛であった。

宗次は、安産寺で襲われた事、梅から受けた印象及び仏の裸体を検《み》て気付いた事などを、こと細かに打ち明けた。

文机の上に似顔絵二枚をのせた大崎与力は、「ふむう」と腕組をし、眉間《みけん》に皺《しわ》を刻んだ。

「どうやら厄介《やっかい》な方向へ向かいそうだな宗次先生よ」

「と、申されますと」

「仏が身につけていた懐剣だ」

「もしや、懐剣に紋所《もんどころ》でもございましたか?」

「その通りだ。が、誰にもまだ話してはおらぬ。その方だけだ。飯田次五郎から懐剣を受け取った私が、つい先程この部屋でな、鎺穴《はばきあな》の下に刻まれている〝槍卍《やりまんじ》〟の紋所を見つけたのだ」

「槍卍の紋所?」

「武家へも出入りするなどで、これ迄《まで》に沢山の浮世絵を描いてきた宗次先生だが、二本の槍が卍形に交差した紋所を知らぬか」

「へい。はじめて耳に致しやすが」

宗次は本当に知らなかった。槍卍とは、紋所の名にしては全く奇っ怪な名だ、と思った。

「そうか、知らぬか。いや、知らぬであろうな。町衆の社会には縁のない紋所よ。おそらく今の諸大名方《がた》の多くも御存知ないであろう」

「誠に失礼ながら諸大名方さえ御存知ない〝槍卍〟を、どうして与力頭の大崎様が御存知でいらっしゃいますので」

「前置が少し長くなるが、よいかの」

「お聞かせ下さいやし。是非とも」

「武家の社会で〈与力侍〉が支援者、加勢者として権力者の間で認知されるようになったのは、鎌倉時代でのう。その後、室町時代に入って、主として大名の側近つまり〈警護の侍を与力〉と位置づけることが多くなったのだ」

「ほう。そうでやしたか……支援者、加勢者としての位置づけから、警護の侍へとねえ」

「面白いことに有力大名に従う中・小大名も、安土桃山《あづちももやま》時代に入ると〈与力〉と呼ばれるようになってな」

「中、小とは申せ大名が〈与力〉ですかい。こりゃあ驚きですね」

「うん。要するに〈与力〉という言葉や地位には、それ程の歴史や伝統があるということなのだ」

「なるほど」

「江戸幕府の時代になると、それまでの〈与力〉の伝統に少し変化が生じてなあ。おおむね現在の与力体制となったのだよ」

「ひと口に与力と申しましても、沢山の御役目が設けられていると聞いておりやすが」

「うん。先手《さきて》与力、町与力、京都所司代与力、禁裏付与力、仙洞《せんとう》御所付与力、作事奉行与力、書院番組与力、大番組与力と、まあ色色あらあな」

「へえ。与力の御役目も大変でござんすね。で、大崎様が槍卍を御存知な理由《わけ》は？」

「大崎家は〈鎌倉の頃に与力〉として認められた旧《ふる》い家柄でな。わが父大崎三左衛門《さんざえもん》は未だ元気矍鑠《かくしやく》として大目付様付きの筆頭与力の地位にあり、三百五十石を賜《たまわ》って軍学史、戦史などの編纂《へんさん》に携《たずさ》わっておるのだ」

「御父上様は、まだ現職であられましたか。それも大目付様のおそばで三百五十石を賜るなんざぁ、当たり前の与力職じゃあござんせんね。高い能力が求められやしょう」

「うむ。与力の俸禄《ほうろく》は知行《ちぎよう》二百石が多く見られることから、父の三百五十石というのは破格で旗本並《なみ》と見ていいだろうな。事実、屋敷も旗本屋敷が多い番町に敷地四百坪を賜っておる」

「それじゃあ旗本並と申すよりは、立派な旗本ではござんせんか」

「が、与力は与力だ。大目付様付きの筆頭とは申してもな」

「大崎様はどこか違う町与力だ、と見させて戴いておりやしたが、矢張り大層な御血筋だったんでござんすねえ」

「べつに血筋を自慢するために申したのではない。次男坊の私は大崎家を継げぬゆえ大目付様の口ぞえで町与力になったまでだ。さあて宗次先生よ。ここまで明かせば、諸大名さえ恐らく知らぬ〝槍卍〟を何故私が知っているか、判ろうな」

「御父上様は軍学史、戦史を編纂なさっておられやす。その御父上様から、何かの折に槍卍について教わりなすった……そうでございましょう？」

「ま、そんなところだ。が、父も槍卍については表面を撫でる程度のことしか知らぬようだが」

「そうですかい。で、槍卍と申しやすのは？」

「今は亡き二代将軍徳川秀忠《とくがわひでただ》様が、駿府《すんぷ》に隠退なされていた大御所《おおごしょ》様の命《めい》を受け、尾張・紀伊《きい》・水戸《みと》の徳川御三家に働きかけて組織した三十名から成る暗殺集団だ」

「な、なんですってい」

暗殺集団という言葉に宗次は驚いた。心底から驚いた。予期していなかった与力大崎の言葉であった。

「隠退なされていた大御所様の命《めい》を受けて組織されたものとすりゃあ、随分と昔の事ではござんせんか。一体誰を暗殺する目的で組織されたんで?」

「豊臣秀頼《とよとみひでより》公とその母君、つまり淀《よど》君よ」

「えっ」

今度は驚くよりも、茫然《ぼうぜん》となる宗次であった。

「豊臣秀頼公と淀君の御最期と言やあ、元和《げんな》元年の大坂夏の陣じゃあございませんか。昔の事とは申せ、秀頼公、淀君の母子二人が戦《いくさ》に敗れ大坂城内で自害したことは、寺子屋で学ぶハナ垂れ小僧だって知っておりやすことで」

「表の戦史では、大坂城内で自害という事になっておる。いや、べつにそれでもよいのだ。今の江戸幕府にとってはな」

「では、裏の戦史では?……」

「母子は槍卍によって暗殺されていた。いや、暗殺されたらしい、ということだ。あくまで〝らしい〟だ。大坂夏の陣が生じる二月《ふたつき》も前にな」

「なんと……」

宗次は次の言葉を失って、与力大崎の顔を見つめた。大きな衝撃を受けていた。

大崎兵衛も腕組をして、宗次を見返した。

二人の間に沈黙が漂う。

暫くして、大崎の方から沈黙を破った。

「のう、浮世絵の先生よ」

「へい」

「いつだったかも訊ねたと思うが、お前さん、真実《まこと》の町人かえ」

「町人でござんす」

「私は、お前さんが相当口の堅い腕達者な立派な侍と睨《にら》んで、いまの話を打ち明けたのよ。迷わずにな」

「むろん口外は致しやせん。お約束致しやす。ですが私《あつし》は町人です」

「そうかい、ま、町人でもいいやな。それにな、槍卍による淀君母子暗殺の事実は……話し易《やす》いよう、一応は〈事実〉としておくが……今の幕府にとっちゃあ、何が何でも秘密にしとかなきゃあならねえ、って程の事でもないらしいのさ。昔の事だし、現在《いま》の政治《まつりごと》はしっかり安定しておるしな」

「ですが過去の槍卍の組織が今になって浮き上がってくることで深刻なゴタゴタが生じるのは、幕府にとって有り難くないいんじゃござんせんか」

「それよ。ゴタゴタはな」

「すみやせんが、仏の懐剣とやらを見させて貰えやせんか」

「判った。見て貰おう」

と、与力大崎が腰を上げた。

「それにしても歴史というのは大方が非情でござんすね大崎様」

床の間の前に立って、こちらに背を向けた大崎に、宗次はしんみりと語りかけた。

「戦《いくさ》の時代が余りにも長く続いたからのう、戦の時代が……」

「左様ですなあ。主母子《あるじおやこ》が暗殺されていたにもかかわらず、豊臣の家臣団はそれをひた隠しにして大坂夏の陣へと突入していったのですねえ」

「江戸幕府も大坂城にはすでに主《あるじ》は不在と知っていながら、容赦なく徹底的に叩いた。開いて間もない幕府の力をより完璧なものにするためにな」

そう言いながら、遠い棚にのっている大きな手文庫の蓋《ふた》を開ける大崎兵衛であった。

「ま、幕府が大坂夏の陣に勝利したことで戦の時代は終焉《しゅうえん》し、〝元和偃武《げんなえんぶ》〟と呼ばれる平和の時代が訪れたんでござんすが」

「へええ……町人絵師が元和偃武なんてえ言葉を知っているとはねえ」

与力大崎は苦笑しながら宗次の前に戻って正座をすると、文机の上に一本の抜き身の懐剣を置いた。鎺《はばき》は取り払われ、したがって柄《つか》の覆《おおい》はない。

宗次は懐剣を手に取って眺めた。

「いい短刀だ」という呟きが漏れた。

なるほど柄の鎺穴の下に槍卍の紋所がくっきりと刻まれている。圧倒感のある紋所だ。

「すると大崎様。仏は槍卍を組織していた者の血を引いているのでござんすかね」

「さあてなぁ。槍卍は、大坂夏の陣が終ると同時に幕府の命《めい》によって姿を消したのだ。この点は、はっきりとしている。はっきりとしているから、いま当時の実態を摑もうにも摑み切れないという訳でな」

「ふむう」

「安産寺で襲いかかってきた五人の侍。この連中の素姓が判れば、思いがけないことが判ってくるかも知れぬ。とんでもない新しい組織が、実は既《すで》に誕生していたとか、な」

「そうですねえ。一人くれえ捕縛しておくべきでしたか」と、宗次は手にしていた懐剣を文机の上に戻した。

「侍《さむれえ》を相手に素手《すで》で丁丁発止《ちょうちょうはっし》の出来る町人など、あまり聞かねえやな」

大崎がまた苦笑まじりで呟いたが、宗次は聞こえぬ振りを装った。

「ともかくだ宗次先生よ。さっそく似顔絵を刷り増しして南北両奉行所の他に京都所司代、京都の東西両町奉行所、そして大坂の東西町奉行所筋へも手配りしておこうかえ」

「念のため、御父上様にも似顔絵を見て戴いたら如何《いかが》でございやしょう。内密に、ということで」

「そのつもりだ」

「安産寺で襲いかかってきた五人の侍《さむらい》でござんすが、一人二人の特徴ある顔立ちは覚えておりやす。これも似顔絵に残しておきますかい?」

「いや、いかぬ。侍の似顔絵は今の段階ではいかぬよ。そなたの話では、きちんとした身なりだというから、何処かの大藩に詰める侍ということも有り得る。似顔絵の方は暫く慎重でいよう」

「判りやした。徳川御三家筋の家臣ということもございやしょうから」

「な、なにっ」

「いえ大崎様。言ってみたまでですよ。深い意味はございやせん」

「口は慎《つつし》んでくれ。わが父は幕閣に間近な立場で務めに励んでおるのだ」

「申し訳ありやせん」

「御三家が怒り出すような事にでもなれば、我我としては動き難《にく》くなる。そうであろう」

「その通りで……口が軽うござんした」

「どうせ私の反応を見る積もりで、御三家、と言ってみたのであろうがな」

「…………」

「ふふふっ。図星《ずぼし》か」

「それに致しましても、母と子の単なる行き倒れ、と思っていたものが少しばかり面倒な事になってきやしたねえ」

「話の方向を変えたか……が、まぁ確かに面倒な事になってきたなぁ。仏がくノ一であるやもしれぬとは、いやはや困った」

「槍卍を組織していた者たちですが、所持していた刀には皆が、二本槍の交わった紋所を刻んでいたのでしょうか」

「さあて、皆が刻んでいたのか、差配の地位にあった者だけが刻んでいたのか、実はその辺のところはよく判っておらんのだ。なにしろ……」

「大坂夏の陣が終るや否《いな》や解散させられやした組織ですからね」

「全くその通りなのだ。したがってこの懐剣は、わが父にとっては大変な研究材料となろうな」

そう言いながら頷きつつ、与力大崎は文机の上の懐剣に視線を落とした。

六

墨絵描きの道具を手に北町奉行所を後にした宗次は、その足で安産寺へと急いだ。

山門から入って本堂の賽銭《さいせん》箱へ賽銭を投げ入れて拝んだ宗次は、本堂裏手へと足を運んだ。馥郁《ふくいく》たる牡丹《ぼたん》の香りが漂ってくる。

寺の小僧とすれ違った。相手は笑顔で腰を折り、宗次は「おはよう……」と返した。とは言え、およそ一刻間隔で打ち鳴らされる「時の鐘」は、少し前に巳《み》ノ刻昼四ツを知らせている。間《ま》もなく四ツ半にはなるであろうから「おはよう……」の時刻でもない。

陽に輝く蓮池の水面《みなも》が、牡丹の咲き乱れる向こうに見え出したとき、宗次の体がそばにあった大石灯籠《どうろう》の陰へスウッと入った。

声が聞こえてきた。小声ではない。何やら指示を放っているような口調だが勢いのよい早口でよく聞き取れない。「切れ」とか「取っ払え」とか言っているようにも思える。

人影も牡丹の向こうにちらついていた。いや、ちらつくと言うよりは、敏捷《びんしょう》に動き回っている印象であった。五人か？　六人か？　とにかくその程度のようだった。

宗次は暫く大石灯籠の陰で用心深く、様子を窺った。

「判ったな。間違えるなよ」

その声が、次第に大石灯籠の方へと近付いてきたので宗次は体を小さく折って、しゃがみ込んだ。大石灯籠の陰からそっと片目だけを出してみると、背に「庭清《にわせい》」と染め抜いた紺色の法被《はっぴ》を着て捩《ね》じり鉢巻の白髪頭《しらがあたま》が、牡丹の群落へ顔を突っ込んでいる。

どうやら花や葉、茎の生育状況を調べているらしい。

侍ではないと判って、宗次は大石灯籠の陰から出ると声をかけた。

「牡丹、よく育ちやしたね親方」

親方かどうか判らないが、ともかく親方と言ってみた。

「おうよ」と、相手が振り返る。威勢がいい。

顔を見合わせた二人は思わず「おっ」「あっ」と驚き合った。

「これは浮世絵の先生じゃねえかよ」

「子守坂職人長屋の清吉親方でしたかえ。この寺へも出入りを?」

「亡くなった親父清三郎《せいざぶろう》の代からでさあ。住職の了仙《りょうせん》和尚には、儂《わし》がハナ垂れ小僧の頃から可愛がって戴きやしてね」

「そうでしたかえ。あ、昨夕《ゆうべ》は大変に助かりやしたよ。面倒かけちまった」

「なあに。ところで先生は牡丹の絵でも描きに?」と、清吉の目が、宗次の持つ墨絵描きの道具に注がれる。

「描きに来たんじゃあねえんで。私《あっし》はこの寺の牡丹を眺めるのが大好きなもんでね」

「有り難《あがて》え。この大江戸で一、二の人気浮世絵師と言われていなさる宗次先生に、この牡丹の美しさを誉《ほ》めて貰えると鼻が高《たけ》えやな」

「真実《まこと》に綺麗だよ親方。心が洗われまさあ」

「じゃあ先生よ。この牡丹が満開のうちによ、ひとつ描いて下さらねえかな。墨描きではなく多色絵の手法でよう」

「判った。約束しよう。昨夕《ゆうべ》の御返しだ」

「嬉しいねえ。多色絵の手法なら何色も使うんでござんしょ」

「これまでに十色《といろ》を用いた絵師が最高と言われているようだが、近頃の私《あっし》は十三色ばかり使うかなあ」

「へえ。そいつあ凄え。ここの牡丹を見事に再現できやすね」

「ああ、できる。とにかく、ここの牡丹には酔いしれるよ」

「花も植木も人間と同じ生きものでさあ。一花一花、一枝一枝に優しく話しかけるようにして小まめに面倒みてやりゃあ、スクスクと育ってくれますわい。赤ん坊を大切に大切に育てるのと同じ要領でさあ」

「なるほど」

「ところで昨夕《ゆうべ》の幼子絡《がら》みの騒ぎは、何だったんですかい」

「いや、あれはもう一段落したよ。たいした騒ぎとはならなかった。心配かけて申し訳ねえ」

「そうでしたかい。そりゃあよかった」

そこへ「親方、見つかりました」と、若い職人が膝《ひざ》の上までを濡らしてやってきた。

鍔《つば》の部分に水草が絡み付いた刀を、大事そうに持っている。

宗次の目が、僅《わず》かに光った。その刀が何処から〝見つかった〟ものか、想像のつく宗次であった。実は、その刀を手に入れんがために、安産寺を訪れた彼である。その刀から、侍の身分素姓が割れるのではないかと。

「どうしやした親方。その刀？」

宗次は、さり気なく訊ねた。

「それがよう先生。庭仕事で、儂《わし》が出入りさせて戴いている、さる藩の上屋敷詰めの御侍《おさむれえ》の刀なんでさあ」

「ほう。で、なんでまたその御侍の刀が、この安産寺でずぶ濡れ状態で見つかったんですかい？」

「大きな声じゃ言えやせんがね宗次先生」と、清吉親方の声が低くなる。

「この浮世絵師は口が堅いんで。誰にも言いやせんや」

「へい、そりゃあもう先生のこった。信用してまさあな。実はね先生」

「おう」と、宗次が腰を少し曲げて、親方へ顔を近付ける。

「神楽坂の料亭で芸者遊びをしたさる藩の五人の御侍が、その帰り途《みち》、満月の下の牡丹を観ようとしてこの安産寺を訪れたと思いなせえ」

「うん、思った」

「牡丹を観ているうち剣術の話となり、酔った勢いも手伝って、五人のうちの一人が刀を鞘走らせて色色な身構えの形を披露《ひろう》してみせた……と思いなせえ」

「判ったぞ。形をして見せるうち、酔っているものだから、刀が手元から離れて池に飛び込んでしまった？」

「その通りなんで。そこで儂《わし》に人目につかぬよう探し出してくれ、と御声が掛かった次第で」

「酔っ払っているとは言え、大事な刀を池へ飛ばすとは、情けねえ侍だな」

「とんでもねえよ先生。その御侍は藩江戸詰めの剣術指南でありやしてね。刀を池へ放っぽり出すような御方《おかた》ではねえんで。ええと……流儀は……何て言ったかな」

「当理流《とうりりゅう》二刀術《にとうじゅつ》だよ親方」

刀を持つ若い職人が親方に代わって言った。

「あ、そいつだ。当理流二刀術だ。余り聞かねえ流儀でやんしょ先生」

「う、うん。はじめて聞くなぁ」

そう答えながら、宗次の目つきは少しばかり険《けわ》しくなっていた。（そうだったのか……）という目つきだ。

「ともかく親方、俺《おれ》はこの刀を御屋敷へ届けて参りやす」

若い職人はそう言うと、踵《きびす》を返そうとした。

「そこの裏門脇の井戸でな、きちんと洗って持ってけよ。充分に水分を拭き取ってな」

「心得てやさあ」と職人が歩き出す。

「そんじゃあ親方、私《あっし》も牡丹の描き方を、長屋へ戻って考えてみましょうかい」

宗次が切り出すと、清吉親方は「頼みやしたぜ」と目を細めた。

「では御免なすって」と、宗次は裏門とは逆――山門――の方へ足を向けた。

七

宗次は、刀を風呂敷に包《くる》んで安産寺裏門を出た若い職人の後を、用心深く尾行した。

職人は例の子守坂を上り切って稲荷社《やしろ》の前を左斜めに折れると、中小武家屋敷の間を縫《ぬ》うように急いで大外濠川――神田川――沿いに出た。

職人が何処の藩邸へ向かうのか、宗次はまだ予想できていなかった。はっきりと判ったことは、安産寺で対峙《たいじ》した侍が当理流二刀術の使い手である、ということだ。

当理流二刀術――あまり聞くことのない――だが一流の剣術でもあるこの流儀を、宗次は実は知っていた。

職人は大外濠川に沿うかたちで、西の方角へと急いだ。

やがて向こうに、牛込御門《うしごめごもん》が見えてきた。この辺りまで来ると侍の往来が一段と目立つ。

この頃になってようやく、宗次はなんとも嫌な予感に襲われ出した。

職人が牛込御門の向こうへ——つまり大外濠川を——渡った。

江戸城は多数の「内郭門《ないかくもん》」及び「外郭門《がいかくもん》」を有している。とくに本丸・西ノ丸の大手から中へ向かうたびに通過する〝大手六門〟すなわち中雀門《ちゅうじゃくもん》、中之門、大手三之門、大手門、内桜田門《うちさくらだもん》、西ノ丸大手門の警備は譜代《ふだい》大名や書院番の手によって厳重を極めていた。

江戸の周辺地域と江戸市中を結ぶ出入口の「外郭門」は、外桜田門、小石川門《こいしかわもん》、牛込門、市谷門《いちがやもん》、四谷門《よつやもん》、赤坂門、虎ノ門《とらもん》、日比谷門ほか多数あったが、これらは譜代《ふだい》大名もしくは柳の間詰めの外様《とざま》大名や大身《たいしん》旗本らの手によって警備されていた。

ただ外郭諸門の通過は、それ程うるさくはなかった。なぜなら外郭諸門の外側は徳川御三家や親藩松平一門、旗本屋敷及び諸藩の藩邸など多くの武家屋敷で埋まっており、「何処へ何用で行く？」とか「何処の誰か？」など迂闊《うかつ》なことは問えないのだ。ましてや侍相手には問いにくい。町人と雖も〝庭清〟のように諸藩の藩邸へ出入りしている場合もあり、呉服屋にしたって魚屋にしたって八百屋にしたって岡っ引きにしたって例外ではない。時には藩主から個人的に秘密の役目を仰《おお》せ付かっている町人だっている。

宗次は牛込御門の間近まで来て、歩みを緩《ゆる》めた。

大外濠川の向こう岸を急いでいる庭清の職人の姿が見えた。

「よう。浮世絵の宗次先生ではないか」

御門番に就いていた大身旗本家の家臣――三十前後か――が、にこやかに声を掛けてきた。恰幅《かっぷく》のいい、どっしりとした穏やかな印象の侍である。

「これは渋河《しぶかわ》様。この月は月番でございましたか」

「うん。此度《こたび》の月番は、ちと事情があって二月《ふたつき》に亘《わた》るのでな、ときどきは顔を見せて面白い話でも聞かせてくれぬか」

「えっ、交替なしの二月続けてとは、また大変でございますな」

「なあに。殿が前向きに御引き受けになられた二月仕事だ。大事に務め上げねばならぬ、大事にな」

「渋河様に務めを御任せになれば、殿様も御安心でございましょう。私も、ときどきは此処へ顔出しさせて戴きまする。ところで、御妹様は私の描いた似姿絵《にすがたえ》を気に入って下さっていましょうか」

「それはそれは大層気に入っておってな。嫁《とつ》いだ先の五百石旗本家では姑《しゅうとめ》殿もすっかり宗次先生贔屓《びいき》になっておるようだ」

「すると御妹様と姑殿は、仲睦《なかむつ》まじいのでございますね」

「何処へ出かけるにも二人一緒らしい……その方《ほう》の似姿絵の御蔭《おかげ》ぞ」

「それを聞いて安心いたしました。では渋河様、今日のところは急ぎの用がありますので、これで失礼させて戴きますが、日を改めて必ずまた参りましょう」

「そうか。待っておるぞ。妹もな、そのうちまた宗次先生に会いたい、と申しておった」

「喜んで……では御免下さりませ」

宗次は、ほかの侍にも会釈を送って牛込御門を足早に渡った。

さすが江戸で一、二と言われている浮世絵師宗次であった。今や三千石大身旗本家の侍頭《さむらいがしら》で念流の使い手、渋河玄七朗《げんしちろう》とも懇意だ。頼まれてその妹の結婚祝に似姿絵を描いてやったことからである。因《ちな》みに三千石の大身旗本家と言えば、どれ程の家臣を抱えているのか？

いざという場合の旗本軍役に沿って言えば、騎馬武者二名、主《あるじ》の身辺を警護する手練《てだれ》侍八名、それに鉄砲・弓・槍の若党・足軽《あしがる》などを加えれば総勢五十名は超える。

宗次は庭清の職人の後をつけた。嫌な予感は、いよいよ膨らんでいた。

職人は大外濠川を前に見て立ち並ぶ武家屋敷の通りを過ぎ、町家の前を急いで市谷《いちがや》田町《たまち》の角を右に折れて、左内坂へと入った。

宗次が舌打ちをする。拙《まず》いな、という顔つきであった。

左内坂の登り口から三町ばかりは寺院と町家が入り組むかたちで続いている。

それを過ぎると、左側は果てしなく続く白壁の高い塀だった。

徳川御三家筆頭、大納言尾張徳川家の上屋敷である。右手に中小武家屋敷が密集するこの左内坂の通りが、間もなく馬場大通りと結び付くのだが、その直前に下御門《しもごもん》あるいは小門と称する尾張屋敷の勝手口御門があることを、宗次は知っていた。

宗次は足を緩め、前を行く庭清の若い職人との間を、少し開《あ》けた。

職人が下御門へと近付いていく。勝手口御門とは言っても歴《れっき》とした長屋門の構えであり、御門番——中間《ちゅうげん》だが——が六尺棒を手に立っている。

庭清の職人はその中間と一言二言親し気に話して、邸内へと入っていった。

八

宗次は下御門から出てきた庭清の職人を物陰で暫く見送ってから、襟元を正すなどしながらゆっくりと尾張屋敷下御門へ近付いていった。

「なんだ？」

六尺棒を手にした年輩の中間が、胡散《うさん》臭そうに宗次を見て、目つきで身構えた。宗次は腰を低くして言葉正しく素姓を明かした。

「私は神田三河町の八軒長屋で、浮世絵を描いて日日の暮らしを立てております宗次と申しますが」

「浮世絵を描いている宗次？……おお、美人絵を描かせりゃあ凄《すご》い絵を描くって言われている、あの宗次先生のことけぇ」

「凄い絵って程のこともありませんが、はい、私が浮世絵師宗次でございます」

「そうかえ。あんたが宗次先生かえ。案外に、役者風のいい男じゃねえか」

と、中間の表情が笑顔に変わった。

「で、何の用だえ？　ここは御三家筆頭尾張藩の上屋敷で、年に一度の庭園開放の参観日以外は、誰でもが入れる場所じゃあねえんだが」

「はい、存じております。実は筆頭家老の神坂《かみさか》兵部《ひょうぶ》之《の》彰《しょう》様に御取次願いたいんで」

「な、なにっ。御家老の神坂様に？」と中間は驚いた。なにしろ大納言尾張徳川家の江戸詰め家老だ。権力者である。

「浮世絵師宗次が訪れた、と御家老様のお耳に入れて下されば助かるのですが」

「御家老様とは、どのような関係でぇ」

「浮世絵の話でございまして」

「御家老様とかえ」

「はい。かなり前に頼まれておりました浮世絵の話でして」

「ふうん。御家老様が先生に浮世絵を頼んでいらっしゃったというのかね」

「はい。左様です」

「先生よ。それ、ふざけ半分に言ってるんじゃねえだろうな」

「滅相もございません」

「ふざけ半分なら、儂《わし》も先生の首もアッと言う間に飛んじゃうぜ」

「ふざけ半分に御願いできるような事ではございません」

「うむ。それもそうよな」

「御願いできましょうや」

「判った。儂は御家老様に直接お会いできる身分でも立場でもねえんで、ともかく側《そば》衆《しゅう》の方《かた》にお声を掛けてみようか」

「恩にきます。あのう、御家老様個人の事ですゆえ、なるべくそっと御声を掛けて下さいますように」

「うん。承知した。ちょっと待ってな」

「恐れ入ります」

中間が邸内へ消えていった。

宗次は（恐らく追い返されるであろうな）と思いつつ、待った。

中間は、なかなか戻らなかった。広大な屋敷であったから、家老まで〝そっと御声を〟届かせるのは大変と判ってはいたが――それにしても遅過ぎた。

「矢張り無理だったか」

呟きを残して、宗次は勝手口御門の前から離れてゆっくりと歩き出した。

半町ばかり行った所で、尾張藩上屋敷の角を左へ折れ曲がろうとしたとき、背後から「おい」と細いやわらかな声が掛かった。

宗次が振り向くと、小柄な若侍が立っていた。脇差は腰にあったが大刀は腰にも手にもない。柔《やわら》の達者か？　と宗次は彼の軽く開いた足元にさり気なく注目した。

安産寺のあの五人の侍とは似ても似つかない顔つきだ。

宗次は先ず深深と頭を下げてから、若侍に近付いていった。中間の姿は、御門外《そと》のどこにも見当たらなかった。首を、はねられたのであろうか。

「浮世絵師宗次か」

若侍は声を控え気味に問うた。

「はい。間違いございません。宗次と申します」

「ついて参れ」

「はい」

若侍は先に立って歩き出し勝手口御門を入った。両手は軽く拳《こぶし》をつくっている。後ろ姿には、微塵《みじん》のスキもない。

（やはり柔の達者か……）と、宗次は思った。

二人は邸内の土蔵長屋に沿うかたちで歩いた。土蔵長屋とは言っても大層な庭だった。その細長い庭の中程に左へ折れる小路があって、その小路口で若侍は足を止め振り向いた。

「この小路口から真っ直ぐ中庭を横切って行くと御用部屋の木戸門に突き当たる。木戸門は開いておるから一歩中へ入って待っておれ」

命令調な若侍の口調であった。

「承知致しました」

宗次はうやうやしく頭を下げ、若侍は土蔵長屋に沿って足早に引き返した。

宗次は土蔵と土蔵の間の小路へと入っていった。敷き詰められた小石が足の裏で鳴る。

幅一間程の小路は半町ほども続き、宗次の目の前に広広とした中庭が現われた。が、宗次は庭の造りになど見向きもせず、正面の木戸門に向かって進んだ。

木戸門は若侍が言ったように、開いていた。

宗次は一歩、木戸門の中へ入った。直ぐのところに余り大きくはない泉水があって、その向こうの日当たりの良い部屋の広縁で、白髪の武士が一人、端座してこちらを見ていた。

無表情である。いや、冷ややかな無表情、とでも言い改めるべきか。

宗次も無表情で近付いていった。若侍は「木戸門を一歩入って待て」と指示したのだが、それを忘れたかのような宗次の動きだった。

白髪の侍は、近付いてくる宗次を認めていながら、何も言わない。

宗次の足が、広縁の手前で止まった。

「どうぞ、御上がりなされませ。こうして間近にお目に掛かりまするのは……七年ぶりでございますかな」

「そうだったかねい」と、此処《ここ》に来て町人言葉に戻る宗次であった。

二人は座敷で向き合った。共に床の間を横に見る対等な位置であった。

「して、一体何用で参られましたのでしょうかな。尾張藩邸へは参られてはならぬお立場の筈《はず》でございましょう」と、白髪の侍の声は低い。

「そう堅苦しいことを言うねえ。俺だって好《す》き好《この》んで来たくなんぞねえやな」と、宗次も声を抑《おさ》えた。

「七年前だったかに町中《まちなか》で御会いした際、改めて強く申し上げた筈でございますが、あなた様のお立場は、幼き折に揚真流兵法の開祖であられる大剣聖、従五位下《じゅごいのげ》梁伊《やない》対馬守隆房《つしまのかみたかふさ》先生に御預けした時から、この尾張藩とは縁が切れておりまする」

「判ってらあな。百も承知之助だ。だが、恩師でありまた父（養父）でもある梁伊隆房は五年前《めえ》の冬、座禅を組んだ姿勢のまま静かに亡くなられた」

「なんと、それはまた、知りませなんだ」と、少し驚いて見せる白髪の武士。

「ふん。知っていて知らぬ振りを決め込んでんだろうがな、筆頭家老殿よ」

「いいえ。本当に知りませなんだ」

「どっちでもいいやな。大剣聖らしい堂堂たる姿での大往生だった。八十二歳でな」

「で、此処へ参られた御用向きは？……お金でございましょうかな。尤《もっと》も尾張藩の金蔵からは鐚《びた》一文お出しできませぬが」

「ふん。暮らしになんぞ、困っちゃいねえや」

「そう言えば、今や当代きっての売れっ子浮世絵師でございましたな」

「そういうこと。金じゃあなく、正直に話して貰いてえ事がある」

「何を正直に話せと申されまするのか」

「槍卍とは何でえ」

「えっ」と、筆頭家老神坂兵部之彰の顔つきが変わった。雷に打たれたようだった。

「本気で仰天《ぎょうてん》してんのかい。それとも、態《わざ》と驚いてんのかい」

「槍卍という言葉を、なぜ知っておられまする。何処の誰からお聞きになられました」

「不意の人助けによって知ったのよ」

「人助け？」

「私《あっし》がこの話を持って訪れたこと、お前《めえ》さん本当に予想だにしていなかったのかえ」

「左様、本気で仰天致しておりまする」

「ふうん。一体《いってえ》どうなってんだ……」と、宗次は腕組をして、庭の四方へ視線を走らせた。

誰もいなかった。向こうへと長く延びている広縁にも人の気配はない。

「実はな筆頭家老さんよ……」と、宗次は相手の方へ上体を少し傾けた。

「はい」と、神坂も同じように、上体を前に傾けて、二人の額が近くなった。

宗次は梅の所在を明らかにしないかたちで、昨夜からの騒ぎを詳細に打ち明けた。ただ与力大崎兵衛については触れなかった。父親が幕閣そばで役目に就いているからである。したがって槍卍については〝ある有力筋から教えられた〟と打ち明けた。

「そのような訳でな、私《あっし》と梅ってえ子を襲った侍《さむれえ》は、早朝の幾人もの参詣《さんけい》人にその面《つら》あ目撃されてんのさ。私《あっし》は、そやつら一人一人の似顔絵も似姿絵も描き残せるんだ。これ、藩にとっちゃあ拙《まず》いんじゃねぇのかね。今に大騒ぎとなって幕閣の知るところとなるかも知れねえぜ」

「襲った五人の侍が、この屋敷へ駆け戻ったことを、御自分の目でお見届けなされたのでございまするな」

「おうよ。だからこうして、直談判《じかだんぱん》に来たんじゃねえか」

「う、うむ……」と神坂兵部之彰は腕組をし、目を閉じた。苦し気な表情だった。

「筆頭家老さんよ。頼むから槍卍について詳しく教えてくれねえか。徳川御三家で一番位《くらい》の高い尾張徳川家は、今は亡き二代将軍徳川秀忠様に、いや大御所家康様に命じられて、槍卍の結成に大きな影響力を発揮した筈だ。大坂夏の陣の二月《ふたつき》も前《めえ》に、槍卍によって豊臣秀頼公と淀君様が暗殺されていたという言い伝えについては、もうい い。過ぎた昔の事だ。知りてえのは、今なお槍卍の刻印ある懐剣を所持する女に対し、なぜ次から次へと刺客が襲いかかったんだ。なぜ幼い梅を、この藩邸の侍《さむれえ》たちは拉致《らち》もしくは殺害しようとしたんだ……さ、知ってる事を全て話してくんねえ」

「もし話せぬと申しましたら？」

神坂が苦悩の表情を見せつつ、目を閉じ腕組をしたまま低い声で返した。

「私《あつし》が動いて調べるしかないな。場合によっては身分素姓を明かして、将軍家に目通り願うかも知れねえ。思い切り派手に目立ってよ」

聞いて神坂が、くわっと目を見開いた。

「本気で申しておられますするのか」

「本気でえ」

「私の一声《ひとこえ》によっては、この屋敷から生きては出られぬお体になるかも知れませぬぞ」

「言うてくれるじゃねえか。結構だねえ。差し詰め、そのような場合に備えて、私《あつし》を大剣聖梁伊対馬守隆房に御預けなさったんですなあ」

「…………」

「この藩邸に死人の山が出来やすぜ。私《あつし》も殺られるかも知れねえがよう」

「…………」

「お前《めえ》さんも知ってのとおり、揚真流兵法は別に梁伊撃滅流と称されている程の実戦兵法でえ。藩邸の侍《さむれえ》を繰り出すんなら繰り出してみなせえ。尾張藩江戸屋敷はたちまち血の海となって、将軍家から手厳しい咎《とが》めを受けやすぜ」

「…………」

「ねぇ、筆頭家老さんよ。槍卍について正直に話しておくんねぇ。それから、出来れば私《あつし》を産んでくれた母親の名も、ついでに知っておきてえ」

「あなた様のお母上の名は、知りませぬ。たとえ知っていたとしても私の立場では申し上げられませぬ」

「なんだ、そりゃあ。ケッ、面倒臭いことを言ってくれるねぇ」

宗次が言ったあと、筆頭家老神坂兵部之彰は、つと腰を上げるや障子を静かに閉めた。日が遮られて、座敷がやや暗くなる。

神坂は元の位置には座らなかった。座布団から一歩退がって正座をし、畳に両手をついて軽く頭を下げてから、穏やかに切り出した。頭は下げたままだ。

「随分と真《ま》っ当《とう》なべらんめえ町人となられて、この神坂兵部之彰も安堵《あんど》いたしましてござります」

「藩邸を訪ねれば爺《じい》に迷惑や負担を掛けることは判っておった。だが梅なる幼子を何故かこのままにはしておけぬ気持になってしもうてな」

宗次の口調と態度が不意に変わった。

「確かに、お訪ね下さらぬ方が、この爺にとっては助かりまする。宗徳《むねのり》様の今日《こんにち》は何もかも、この爺の手配りによる結果でございますゆえ……むろん、当時はそれが最善の策であろうと信じて手配りしたのではありまするが」

「判っておる。で、この宗徳の母が誰であるかは、二十八のこの年齢《とし》になっても打ち明けては貰えぬのか」

「本当に、この爺は知らないのでございます」と、〝爺〟はようやく、ついていた両手を畳から浮かせ顔を上げた。

「誠か」

「誠でございます」

「尾張徳川家の重鎮である爺が、知らぬ筈がないと思うのだがのう」

「ご存知なのは藩公と御正室様のみでありましょう」

「その正室が、わが母であるということは……」

「それはあり得ませぬ。それについては七年前だったかに町中《まちなか》で御会いした折、はっきりと申し上げました。絶対にあり得ぬことだ、と」

「うむ、そうであったな。覚えておる……判ったわ爺。母に関しては、もう爺には訊《き》くまい」

「飄飄《ひょうひょう》と生きて下されませ。飄飄と人生を……」

「言われなくとも毎日毎日、飄飄ぞ。侍の社会にも武家の地位にも関心などないわ。だが、梅だけは何とかしてやらねばならぬ」

「その優しさが、宗徳様の生命《いのち》とりにならねば宜しいが」

「わが恩師梁伊対馬守隆房は〝優しさは剣よりも剛《つよ》し〟と御教え下された。梅に対してはただ、その教えに従うのみ」

「………」

「その梅のためにもな爺、伝え聞いているだけの事でもよいから教えてくれ。槍卍なる組織は現在《いま》も存在するのか」

「しない、と確信いたしておりまする」

「では、かつての槍卍の関係者は現在も存在するのか。表の社会に」

「お答えするのが大層難しゅうございまする。槍卍は、大坂夏の陣が終ると同時に完全に解体され、組織を構成していた者達もバラバラにされたことがはっきりしておりますゆえ」

「バラバラとは？……どういう意味なのだ」

「遠国《おんごく》の二十五の大名家に各一名ずつ、また市中の五家の大身旗本家に各一名ずつ御預けとなりました……そう伝えられておりまする」

「すると彼等が今も生き長らえているとすれば」

「年齢《よわい》六十三となりますこの爺よりも、はるかに年老いておりましょう。すでに幾人もが亡くなっているやも」

「そうよなあ。ところで御三家によって組織されたという槍卍。尾張、紀伊、水戸から何名出ておる」

「御三家平等に独り身の者各十名ずつを送り出しましてございまする」

「手練《てだれ》であったのであろうな」

「はい。相当な」

「三十名は忍びであったのか」

「いいえ。皆、武士でございます。むろん中には忍び技を心得た者も、おりましたでしょうが」

「その三十名は役目を全《まっと》う後の預け先で、所帯を持つことは許されたのか」

「はい」

「では、その血縁の者が今、表の社会で暮らしておることは充分に考えられるのう」

「それは確かに……」

「豊臣秀頼公と淀君の暗殺を遣《や》り遂げたのは、御三家の槍卍のうち、何《いず》れから出た者であったのだ。尾張か？　紀伊か？　それとも水戸か？」

「………」

「過ぎたる事だ。答えてくれ爺」

「………」

「誰にも言わぬ。約束するぞ」

「尾張の者達の手によってでございます」

「やはり……そうであったか」

「が、しかし……」

「ん？」

「暗殺されしは秀頼公お一人のみ」

「なんと……では淀君は？」

「大坂夏の陣の二月前《ふたつき》、つまり秀頼公が暗殺されると同時に、尾張槍卍の手の者によって丁重《ていちょう》に連れて参られました」

「連れて参られたあ？……何処へだ」

「尾張へでございまする」

「えっ」

「尾張へでございまする。将軍家及び紀伊徳川家、水戸徳川家ともこの件についてだけは承知しておりませぬ」

「知らぬ、と言うのだな」

「はい」

「淀君も秀頼公と同時に暗殺された、と将軍家も紀伊・水戸も信じておるという事か」

「その筈《はず》でございます。今もなお……」

「う、うむ」

「尾張徳川家の如何《いか》なる記録文書にも……この事は記されてはおりませぬ。藩公及びごく一部の重鎮による口伝《くでん》記録のみでございまする」

そう言う神坂兵部之彰の表情は、息苦しそうだった。顔色も失せ始めている。

「して、尾張へ連れてこられた淀君は、その後どうなった？」

「手がつきました」

「なにっ」

「藩公の手がつきました」

「馬鹿を申せ。大坂夏の陣の頃に於《お》ける淀君と申せば、すでに妖《あや》しき年齢《とし》は過ぎておる筈」

「口伝記録によれば、当時の淀君は四十七歳。しかし、どう眺めても三十五、六にしか見えなかったらしいその若若しさ、美しさ、熟し切ったる妖しさに藩公はつい手を御出しになり、翌年女の子が誕生いたしました……密かに……それこそ密かに」

「なんという事だ……豊臣家の意思を継ぐおそれのある血脈は絶えたのではなかったのか」

「おそらく……現在も続いておる筈でございまする」

「おそらく、とは？」

「宿命の子は生まれて直ぐ野に放たれました。その後の詳細については全く判っておりませぬ」

「で、子を産んでからの淀君は如何《いかが》なった？」

「自裁《じさい》なされました」

「自裁とは哀れな……ひどい仕打ちではないか。とめられなかったのか」

「昔の事です……今となっては、この爺の立場では、何とも申せませぬ。遠過ぎる昔の出来事です」

「野に下《お》ろされた赤子の消息は、摑めておらぬのか」

「すでに公《おおやけ》なる藩の歴史から抹消《まっしょう》されておる出来事ですゆえ、本当に何も判りませぬ」

「それにしても、変ではないかな。藩史に記録されておらぬ尾張槍卍であるというのに、なぜまた五人の侍は梅という幼子に対し血走って動き出したのだ。余計に深刻な騒ぎとなって尾張藩を苦しめる事になるのではないか。梅の母親の立場を貫いて亡くなった女は、これ迄に幾人もの刺客を相手にしてきたという。これらの刺客は皆、尾張が放った刺客《もの》か」

「この爺の全く知らぬ事で判りませぬ。五人の侍については、さっそく詳しく調べてみまする。調べた上で厳しく対処いたさねば……」

「ところで爺……」

「はい?」

「安産寺で私と梅に斬りかかってきた侍だが、当理流二刀術の剣構えを見せておった。尾張には藩公剣術指南として尾張柳生が存在しており、他の流儀が育つ余地などないと思うのだが」

「当理流二刀術と聞いて誰が動き出したのか、見当がつきました。その者は尾張に於《お》いて他藩より強く推挙され召し抱えられた者。三月《みつき》ほど前に江戸藩邸へ剣術指南格で赴任して参りました。むろん尾張柳生家は承知の上でのこと」

「当理流二刀術と申せば確か、二天一流の宮本武蔵藤原玄信《みやもとむさしふじわらはるのぶ》を育て上げたと伝えられる、作州《さくしゅう》宮本村の新免無二斎《しんめんむにさい》が開祖」

「仰せの通りです。無二斎は当時の竹山《たけやま》城主新免伊賀守《いがのかみ》より新免姓を与えられたる程の武将。但し新免伊賀守も新免無二斎も尾張とは特段の関係はございませぬ」

「そうか……全くややこしいのう」

「宗徳様に斬りかかった者の調べについては、暫《しば》しの猶予を下されませ。この爺が必ず結果を出しまするゆえ」

「判った。爺からの連絡を待っていよう。爺のことだ、私の今の住居《すまい》はすでに把握しておろうな」

「爺だけが知っておりまする。なにしろ、宗徳様の今日《こんにち》あるを手配りしたのは、この爺でござりますゆえ」

「ずっと責任を感じてきたと申すか」

「はい」

「本当《まこと》か」

「本当《まこと》でござりまする」

「ま、よいわ。今日のところは、ひとまずこれで引き揚げよう」

宗次——宗徳——は、静かに腰を上げた。

九

神田三河町の八軒長屋まで戻ってくると、腕の良い屋根葺《ふき》職人久平の部屋から、女房のチヨと子供達の笑い声が聞こえてきた。梅の声も混じっている。

宗次はひと息吐《つ》いて安心すると、表戸を開け自分の部屋へと入った。表戸は開けっ放しだ。

ゴーンと〝捨て鐘〟の音が聞こえてきた。

「いつの間《ま》にか、昼八ツか……」と宗次は呟いた。腹が減っていた。

捨て鐘が三つ打たれて、その後に刻《とき》の鐘の〝本鳴り〟が打たれ出した。

居酒屋「しのぶ」を訪ねて何かを食わせて貰うか、と宗次が思ったとき、「先生帰ってんのかい」と嗄れ声がしてチヨが土間に入ってきた。

「お梅ちゃん、少し元気になったよ先生」

「ああ。笑い声が聞こえていた。面倒かけてるね」

「何言ってんだい。いずれは久平を裏切って夫婦《みようと》になるかも知れない間柄じゃないか。水臭いことを言うんじゃないよ」

「違《ちげ》えねえ。ははは っ」

「昼腹《ひるばら》は？　大丈夫かえ」

「減ってるよ。かなり……」

「じゃあ、私《あたし》のおっぱい吸うかい。それとも茶漬《ちやづけ》がいい？」

「茶漬」

「待ってな。今、持ってくっから。ふんっ」

「すまねえ。あ、それからもう暫く、梅を預かってやってくんねぇ」

「いいともさ。任せておきな」

チヨが大きな尻を掻き掻き土間から出ていった。

宗次は深刻な顔つきになった。腕組をして考え込む。

（大事《おおごと》になりそうだな、今回の行き倒れ騒ぎはよ……）

胸の中で一人呟く宗次であった。亡くなった梅の母？　の死因は判らず、しかもその若い綺麗な亡骸《なきがら》には男の体を知った痕跡《こんせき》、いや、出産の痕跡などはなかった。そして所持していた二十両の金子《きんす》と槍卍の刻印がある懐剣。その綺麗な亡骸《なきがら》も二十両も槍卍の懐剣も、みすぼらしい着衣には余りにも不釣合だった。判っているのは、何処かの城で生まれたらしい五歳の幼子が梅という名である事と、きちんと教育されて育っているらしい事、そして、その子が口にした「三条大橋」だけである。

この行き倒れ騒ぎと、突如として浮上してきた〝槍卍の足跡〟とを如何《いか》に結び付けるべきか、宗次は苦慮した。なにしろ槍卍の足跡自体『豊臣家の意思を継ぐかも知れぬ血脈の存続』を抱えていそうなのだ。

（ひとつ藩公に願い出て、自分の目で尾張藩公文書の何から何までを総当たりで調べてみるか……)

とまで考える宗次であった。が、そのような事をすれば、別の大騒ぎが藩内に生じる事は目に見えていた。

「なにしろ俺《おれ》は不要《ふよう》の子として藩の外へ捨て出された身だからな」

呟いた時、チヨが薄汚れた盆に茶漬をのせて、「あいよ」とやって来た。

玄米飯の上に塩鱈《しおだら》の干物の細かく割《さ》いたのと、大根の漬物を刻んだのがのっており、それに白湯がかけられていた。

小皿には、痩せた鰯《いわし》の干物が三枚、添えられている。

「旨《うま》そうだ」

宗次は箸と茶碗を手に取った。

チヨが開けっ放しの表戸の向こうを窺《うかが》いながら、「ねえ宗次先生」と宗次の肘《ひじ》に胸を押しつけて声を潜めた。

「なんでぇ。旨そうな茶漬を目の前にしてんだ。気を散らさせないでくんねえ」

「あの子、お梅ちゃんだけどね。どこかの姫様かねえ」

「ん?」と、宗次は箸を持つ手を止めて、唇が触れ合いそうなほど間近にあるチヨの浅黒い顔を見つめた。梅のことについては「行き倒れ母子……」程度しか、チヨには打ち明けていない。

「どこかの姫様って？」

「お昼を食べる時の作法とか、話し言葉に何となしの品があるんだよう」

「それだけの事で、姫様って決めるのは乱暴ってもんだぜ」

「私《あたし》ゃあ母親だよ先生。ハラを痛めて子を産んだ女には、特有の勘てぇものがあんのさ。特に幼い子を見るとき、その勘は働くんだよう」

「ふうん、勘ねぇ」

「あの子、あと十二、三年もすりゃあ、宗次先生のいい女房になるかもよ」

「馬鹿馬鹿しい。何言ってんでい。その頃の俺ぁ、もう四十を超えて鼻血も出ねえやな」

「あ、そうだねえ。私《あたし》の体で丁度いいかもねえ」

「なぁチヨさんよ」

「はいよ」とチヨが目を細める。

「頼まあ。冷たくならねえうちに、茶漬を食わしてくんねぇ」

「あーあー、色気のない先生だよ全く」

チヨが頬を膨らませて出て行く後ろ姿に、流し目もくれないで宗次は茶漬を啜《すす》った。

「うん。チヨさんのつくってくれるもんは、何食っても旨えやな」

流し込むようにして茶漬一杯を食べ終えて箸を置いた時、人影が一つ土間に飛び込んできた。飛び込んできた、という形容そのままの急な現われ様だった。しかも、ひどく息を荒らげている。

「どうしましたい平造親分。びっくりするぜい」

「宗次先生よ、薄気味悪い事になっちまった」

「薄気味悪い事って言いやすと」

「その前に、お梅ちゃんは？」

「向かいのチヨさん家《ち》だが」

「そうかい。なら平気だ」と言いつつ、肩で息をしながら、表戸を閉じる平造親分だった。

「聞いて驚くぜ先生」

「聞きやしょう。ま、腰を下ろしなせぇ」

促されて、平造親分は上がり框《かまち》に腰を下ろした。

「お梅ちゃんのな、母親の亡骸《なきがら》が消えちまったい」

「消えちまったあ？」

宗次は、わが耳を疑った。聞き間違いかと思った。

「そう、消えちまったんだ」

「そんな馬鹿な。冗談も休み休みにしなせえ親分」

「それが休み休みに出来ねえんだよ」

「あの北町奉行所の頑丈な石蔵《いしぐら》から、誰がどうやって亡骸を運び出せるんで？」

「いや。実は北町奉行所の石蔵じゃあねぇんだ」

「へ？……一体どういうこって？」

「筆頭同心の飯田様と先生が亡骸を検《み》たあと直ぐによ、いつ迄も死体を石蔵に横たえておく訳にはいかねえってんで、大八車に乗せられ寺へ運び込まれたんでい」

「その寺から消えたと言われるんですかい」

「そうよ」と、平造親分は、まだ息を乱している。

「なんとまあ。で、何処のなんてえ寺なんです？」

「麴町《こうじまち》に近い白雲寺《はくうんじ》だ」

「なんでまた御旗本の屋敷町に近い白雲寺を選びなすったんで？」

「飯田様や御仲間の御同心方の判断さ。行き倒れでも、武家か武家に準ずる家柄の者と思われる場合《ばえ》は、これ迄にも白雲寺が引き受けてくれていたんでな」

「なるほど、なるほど。確か白雲寺は、病気快癒で知られた千洞宗天晴《せんとうてんせい》派の寺院でしたな」

「うん。千洞宗天晴派だ。間違いねえ」

「それにしても、一体《いってえ》どうして消えちまったんだ。歩ける訳でもねえのに」

「幽霊にでもなったんじゃねえのか。俺、変な面倒はいやだぜ」

「平造親分ともあろう人が、何を言ってなさる。奈良平安鎌倉の時代じゃあるめえし、今時、御化《おば》けなんぞ出やしませんよ」

「なら、どうして消えたと言うんでい」

「それよりも、御奉行所の役人方の調べは、もう済みなさったので?」

「大騒ぎで済ませたわさ。で、結局、何一つ判らねえんで、兎《と》も角《かく》も先生の所へ知らせに来たってぇ訳だ。お梅ちゃんを預かって貰っているしよ」

「………」

「何か思いつかねえか先生よ。仏が突然、姿をくらました理由《わけ》をよ」

「判んねぇなあ。単純な、絵描きの頭ではなぁ」

ますます面倒な事になってきやがった、と宗次は眉間に皺《しわ》を刻んだ。無理もない。

梅の母？　が仏になったことは、自分の目と手によっても北町奉行所内で確認できているのだ。その仏が、千洞宗天晴派の白雲寺から忽然《こつぜん》と消えたという。

白雲寺は江戸っ子には知られた名刹《めいさつ》だ。この寺へ、たとえばあの五人の侍が踏み込んで仏を攫《さら》えば、それこそ首が飛ぶ。白雲寺は、そのような無謀を侍に許すような、脆弱《ぜいじやく》な寺院ではなかった。

寺社奉行は恐らく黙っていまい。たとえ相手が尾張藩士であっても。

「俺ぁ奉行所へ行って、先生に知らせたことを飯田様に伝えてくらぁ。少し長くなるかも知れねえが、お梅ちゃんを見てやってくれ」

「任せときねえ。飯田様に、しっかりと引き受けやした、と伝えておいて下せえな」

「すまねえな、恩にきるぜ」

「なぁに、乗りかかった船だ」

「じゃあな先生……」

平造親分は軽く手を上げ、あたふたと長屋から出ていった。

十

宵五ツ戌《いぬ》ノ刻。

薄暗い行灯《あんどん》の明りの中で眠る梅の顔を、宗次は枕元に座って見つめた。

安らかな梅の寝顔だった。

しかし心では泣いているのであろうか。両の目尻に小さな涙の粒が浮いている。

宗次は指先でそっと、その涙の粒を拭ってやった。

(可哀そうによ……こんなに幼い子が)

宗次は、梅の頬に軽く掌《てのひら》を触れてやった。

(俺も確かこれくらいの年だったかなあ。大剣聖梁伊対馬守隆房が実の父親ではないと、ご自身の口から直接告げられたのは……)

宗次は遠い昔の幼い頃を思い出し、梅の寝顔と重ねた。

と、表戸の向こうで人の気配がした。宗次には、(辺りに気を遣って訪ねて来たな……)と判る、ひっそりとした人の気配だった。

上半分障子・下半分杉板張りの表戸が、指先で叩かれでもしたらしく小さく鳴って揺れた。

宗次は立ち上がって土間へ下りると、表戸の前には立たず壁際へ体を寄せた。

「誰でぇ？」

梅の方を気にしながら、宗次は小声を放った。

「神坂兵部之彰の使いの者です。開けてくだされ」

障子に口を近付けているると判る、囁き声だった。男の声だ。

宗次は表戸の突《つ》っ支《か》い棒を外すと、「入んなせぇ」と小声で告げ、用心のため二、三歩退がった。

表戸が開けられ、足元提灯の明りを下から浴びて、小柄な若い侍の顔が浮き上がった。

「おお、あなた様は……」と声小さく応じた刹那《せつな》、宗次の脳裏に嫌な予感が走った。

「夜分に申し訳ござらぬ」と、若侍が頭を下げる。

「ささ、お入りなされ」

囁き声のやりとりがあった後、促されて若侍は土間に入り、表戸を閉じた。

彼は尾張藩邸に於いて宗次を、江戸家老神坂兵部之彰が待つ御用部屋近くまで案内した、あの若侍であった。

「神坂兵部之彰の使いの者、と仰せでありましたな」

と、宗次の言葉が改まった。

「父が……神坂兵部之彰は我が父であるのですが……つい先程、自害いたしました」

「なにっ」

衝撃を受けた宗次であったが、危うく声が跳ね上がるのを抑《おさ》えた。

「介錯《かいしやく》は私——神坂兵三郎《ひょうざぶろう》が致しました」

「なんてことをしてくれた。爺がなぜ腹を切らねばならぬ」

「宗徳様のことは、しばしば父から聞かされておりました。万が一、藩邸に御見えになるような事があっても、心を鬼にして冷淡にあしらうように、とも言いつけられておりました。本日の藩邸での私の横柄《おうへい》なる態度。なにとぞ御許し下されませ」

「そのような事は、どうでもよいわ。爺はなぜ、腹を切ったのか」

「宗徳様を襲いし五人の侍に腹を切らせ、父も責任を取って彼等の後を追いました」

「早まったな爺……」

「町人として飄飄と生きて戴きたい……それが宗徳様に対し父が遺した最後の言葉でございました」

「ぬぬう……」

宗次は拳を握りしめて歯を嚙み鳴らした。

「で、遺書は？」

「ありませぬ」

「他に言い遺した言葉は？」

「ありませぬ」

「私への言葉を遺しただけと言うか」

「はい」

「この騒動、そなたの知っている事だけでも打ち明けてくれい。どのように小さな事でもよい」

「私は何も知りませぬ。何も判りませぬ」

「爺が何もかも一人で抱え込んで逝《い》ったと言うのか……全くなんて事をしてくれた」

宗次は、がっくりと肩を落とした。なつかしい幼き頃の事が脳裏を過《よ》ぎる。

三代将軍徳川家光《いえみつ》の頃に〝放鷹《ほうよう》の御膳所《ごぜしょ》〟であった目黒村泰叡山《めぐろむらたいえいざん》近くに、小さな庵《いおり》を組み隠棲《いんせい》していた稀代《きたい》の剣客梁伊対馬守隆房。

尾張徳川家より宗次が元服齢に達するまでの条件で養育米三百石を支給されていた養父隆房のもとへ、〝ある人物〟がよく訪れていたことを宗次は今もはっきりと覚えていた。

若かりし頃のその〝ある人物〟こそが、後《のち》の〝爺〟であった。もっとも幼き頃の宗次には、その〝ある人物〟が何処の誰か判らなかった。嬉しかったのは、来る度に抱《だ》き上げてくれたこと、決まって黒飴《くろあめ》を手土産に持って来てくれた事などであった。

「そなたは何故……爺の自害を止めなんだ。子であろうが」

宗次は若侍を睨みつけた。

「必死で止めました。が、聞き入れてくれませなんだ」

「藩公はもう御存知なのであろうな」

「早馬を飛ばしましてございまする」

「藩公は現在《いま》は江戸ではなく尾張に御出《おいで》なのか」

「はい。左様でございまする」

「判った。もう藩邸へ戻られよ。面倒な事後の処理があろう程に」

「宜しゅうございまするか」

「何か新しい事が判ったなら、必ず知らせてくれ」

「承知いたしました」

父を亡くした神坂兵三郎は涙一つ見せず、小声を残して長屋から出ていった。

宗次は、不意の客の来訪にも気付かず眠り続けている、梅の枕元へ戻った。

安らかな寝息に変化はなかった。

「爺……なんて馬鹿なことを」

宗次は、断腸《だんちょう》の思いであった。江戸詰め家老神坂兵部之彰が、自分と尾張藩との間に大きく冷ややかに立ちはだかってきた事に、幾度となく憤りを覚えてきた宗次である。しかし兵部之彰個人に対する憎しみは、なぜか皆無だった。憎もうとすると、幼き頃の黒飴が脳裏に浮かぶのだ。

「爺……」

宗次の目元に、ようやく涙が浮かんだ。養父であり剣の師である梁伊対馬守隆房を亡くしたあとは、自分の幼き頃から今日までを知る唯《ただ》一人の存在であった〝爺〟である。

宗次は天涯孤独を感じた。

(五人の侍が腹を切った事で、まあ、梅の身の安全は少しは回復したと考えるべきか……)

そう思いながら、宗次は破れ布団《ふとん》を梅の首筋まで、静かに上げてやった。

「お母さん……」

梅が、呟きを漏らした。

自分も産みの母親を知らないが、梅も産みの母親を知らない。この宿命的な出会いは神仏の悪戯《いたずら》か、と宗次は思った。

容易に眠気は訪れなかった。兵部之彰の顔が、頭の中で消えては甦《よみがえ》るを繰り返した。

暫くすると「お母さん」と、梅が二度目の呟きを漏らした。

夢でも見ているのであろうか。夢だとすれば、どのような女性が現われたのであろうか。

(この子の素姓を解く鍵《かぎ》は、三条大橋だ。そこに梅の何かがある筈)

そう考えた宗次は、梅と共に江戸を離れて京《みやこ》へ向かう事になるかも知れない、と思った。

が、その前に、千洞宗白雲寺から消え去った〝仏〟と梅の二人が、どのような目的で江戸へやって来たのか解き明かす必要がある。

宗次は天井に向かって、「ふうっ」と溜息を吐《つ》いた。このところ大店《おおだな》の後家さん達や、夫を病《やまい》で亡くし息子に家督を相続させた大名・旗本の妻女たちから、妖し絵の注文が殺到していた。十日に一枚を仕上げたとしても、注文すべてを仕上げるには向こう一年は掛かりそうだった。他にも役者絵や名所絵の依頼もあるから、体が二つあっても足りない。収入に換算すれば年三百両は堅いだろうか。そのうえ「ねえ、これ取っといて」と無理矢理握らされる〝御苦労さん代〟が少なくないから――いや、実は注文値よりも、こちらの方が多い――宗次の実入《みい》りは年四、五百両は堅い。

とは言っても、休まず描いて描いて描きまくることが出来た場合のことだ。

もし梅と京《みやこ》へ出かければ、その収入は途絶《とだ》える。但し長い旅によって宗次の五感に触れる新しい風景、色色な人達、動物、神社仏閣、建物、人情、風習といったものは、浮世絵師宗次の大きな資産となる。

「お母さん……」

梅がまた呟きを漏らした。宗次が体を横にして手枕で、梅の横顔を見てみると、行灯《あんどん》の薄明りを吸って小さく光る粒が頬を伝い落ちていくところだった。

「心配するねえ。このおじちゃんが付いとる」

宗次は優しく話しかけつつ、左手の人差し指で、涙の跡《あと》を拭いてやった。

その指の動きが、梅の耳のあたりで止まった。宗次の目が、きつくなっていた。

(一人……二人……三人……まだこの哀れな幼子を付け狙うっていうのけえ、今度は何処の野郎共だぁ)

宗次は歯を嚙み鳴らして起き上がると、押し入れ——と言うよりは物入れ——の破れ襖《ふすま》を開け、梅を布団ごとその中へそっと入れた。

梅が目を醒《さ》ました。

「どうしたの」

「また変な馬鹿侍が来やがった」

「梅を狙って来たの」

「いいや、今度の狙いはこのおじちゃんだ。お梅ちゃんじゃあねえ」

「大丈夫？」

「頑張ってみる。お梅ちゃんは声を立てず、暫くこの中にいな」

「はい」

「いい子だな。いい子だ」

宗次は両掌で梅の頰を挟んでやってから、破れ襖を閉じた。

彼は手早く腰帯を締め直し、古い箪笥《たんす》の引出し最上段から大小二刀を取り出して腰帯に通した。

そして行灯の炎《ひ》を消し、猫の額ほどの庭との間を仕切っている障子を開ける。

やわらかな月明りが、射し込んできた。

やがて、表戸が小さく軋《きし》み出した。突っ支い棒と表戸がこすれて、軋《きし》む音だった。その突っ支い棒が倒れて、カランと乾いた音を立てた。大胆な来訪者だ。表戸が開く。ゆっくり、ゆっくりと。今さら遠慮しても仕方がないというのに。月明りが長屋小路から玄関土間にも射し込んだ。訪れた客は侍と判った。その数四人。

侍四人は狭《せま》い土間に入って並んだ。素早い並び様《よう》だった。暗い土間では、一人一人の侍の面相までは窺《うかが》えない。

「なんだ。お前さん達は？」

「浮世絵師宗次だな」

「宗次ではない。儂《わし》は居候《いそうろう》の浪人、尾形与市《おがたよいち》だ」

言葉調子を改めて、宗次は偽《いつわ》った。

「なに？」

「宗次なら幼子《おさなご》を連れて、半刻ほど前に何処かへ飛び出していったが」

「それは真実《まこと》か」

どうやら四人の侍は宗次の顔も姿形《すがたかたち》も知らないらしい。

「嘘《うそ》を言うても始まらん。その前に一人の侍が息急《せ》き切って駆けつけ、宗次と外でコソコソ話し合うていたな。宗次が慌て気味に幼子を抱いて飛び出したのは、それから間もなくだ」

「行き先は?」

「知らん。関心もない。儂はただ飯食いの居候に過ぎぬから」

「訪ねて来た侍というのは、何処の侍だ」

「だから儂には何も判らんちゅうに。儂はこれから濠端《ほりばた》の居酒屋で一杯飲むんじゃ。お主《ぬし》達も付き合わんか。ああだこうだと用件があるなら、そこで聞こうではないか」

「勝手にせい」

四人の侍は身を翻《ひるがえ》し、長屋から出て行った。

宗次は押し入れの襖へ近付き、囁いた。

「お梅ちゃん、もう暫く、我慢してくれるか」

襖の向こうから「はい」と、しっかりした声が返ってきた。

宗次は二刀を簞笥《たんす》へ戻して外へ出ると、表戸を閉めた。もう睦事《むつごと》をはじめているらしく、四、五軒先から「あんたあ、あんたあ」と振り絞ったような黄色い声が聞こえてくる。

宗次にとっては聞き馴れた睦み声だった。長屋の誰も気にもとめない。それどころかいのだ。

「ああ、あの夫婦は今日も仲良く元気だ」と、かえって安心する。皆、心があたたかいのだ。

表通りに出た宗次は、月明りが降り注ぐ彼方にまで目を凝《こ》らし、あるいは長屋の東西両側に走っている路地をもさり気なく覗き込んだが、侍四人の姿はすでになかった。

「速すぎるなあ……もしや忍びか」

どちらでもいい、という感じで呟いて宗次は歩き出した。

居酒屋「しのぶ」の赤提灯はまだ灯りを点《とも》していた。

だが宗次は、「しのぶ」とは反対の方へ足を向けた。少し先の濠端に屋台の赤提灯を見つけたからだ。

「しのぶ」を避けたのは、店へ入るなり「やあ宗次先生」と迎えられるかも知れないからである。もし四人の侍が「しのぶ」のそばに潜んで聞き耳を立てていれば、尾形与市ではないと知れてしまう。

宗次は、客のいない屋台の前の床几《しょうぎ》に腰を下ろした。床几がギシリと鳴った。

「いらっしゃい」と、五十前後に見える親爺《おやじ》。がっしりとした体つきだ。

「冷やの酒と、肴《さかな》は適当に見繕《みつくろ》って……」

「この屋台、今夜が初めてかい」

「へい」

「左様で。宜しく御願い致しやす」

「屋台は立派だが、床几の脚がぐらぐらだぁな。客二人も座れば潰《つぶ》れそうだ」

「すいやせん。手造りなもんで」

「手造りかあ」と、宗次は八軒長屋の方を横目で流し見た。長屋への入口が此処からは、よく見えた。

「それに移動を考えやすと、余り重い材料で頑丈には造れねえんで」

「そうよな、屋台仕事は移動が大変だからなぁ」

「へい、お待ち……」と、宗次の前に大根と厚揚げの煮物と、冷や酒が並んだ。

「旨そうじゃねえか」

「自信ありやす」

「そうけえ」

宗次は先ず酒をひと口飲んでから、大根に箸をつけつつ、もう一度長屋の方へ視線を走らせた。八軒長屋へは、この通りからしか入れない。

「なるほど、こいつあ旨え。いい味だ」

「有り難うごぜえやす。贔屓《ひいき》にして下さいやし」

「おう、贔屓にさせて貰うぜ。ところで訊ねるが、ほんの少し前のこと、四人の侍《さむれえ》がこの屋台の前を走り過ぎなかったかえ」

「四人の侍……さぁ」と親爺は首をひねった。

「身なりは悪くねえ。浪人ではなく、何処ぞの藩の侍って感じなんだが」

「あ……」と親爺の声が急に小さくなった。

「どうした、思い出したのかえ」

「いえ。半町《はんちょう》ばかり右手斜め後ろの路地から今……」

「なにいっ」と、宗次は振り向きざま床几から立ち上がった。

間違いなかった。あの侍達だった。路地から出て月明りの中を、ゆっくりとこちらへ向かってくる。

宗次は舌を打ち鳴らすと、「御馳《ごち》になった。またゆっくりと来らあ」と袂《たもと》から取り出した小粒を親爺の手に握らせた。

「あ、こんなには……」

「いいってことよ」

宗次は屋台から少し離れて相手――侍四人――が近付くのを待った。

腰に二刀はない。愛用の煙管《きせる》もない。

あるのは、素手《すで》、だけであった。

十一

「お客さん。後生《ごしょう》です。屋台からもっと離れて下さいまし。壊されちまったら、元《もと》も子《こ》もねぇ」

争い事になると思ったのか、屋台の親爺が小声で言った。怯《おび》えたような、響きだった。

「わかった」

頷《うなず》いて宗次は少し足早に歩き出した。

四人の侍は宗次をつけたが、その間《あいだ》を半町ほどに保って、それ以上は詰めなかった。

屋台では親爺が、そそくさと片付けを始めた。係わり合いになるのは御免、とでも考えたのであろうか。その、そそくさ振りが、どこか痛痛し気《げ》に見える。

宗次はときどき、振り返った。侍の数《かず》が四人に変わりがないことを、確かめるためだった。一人でも減れば、幼い梅がいる八軒長屋へ引き返したと判断して、自分も急ぎ駆け戻る必要がある。たとえ三人相手に、血みどろになろうとも。

月は一層のこと、皓皓《こうこう》と明るかった。

安産寺境内の森が、月明りの下に見え出した。

「また彼処《あそこ》にするか」

呟《つぶや》いたあと、チッと舌を鳴らして尚《なお》、足を速める宗次だった。

（一体全体《いっていぜんてい》なんてえ面倒を背負っちまったんだ。大人しく絵描き生活を楽しんでたのによう）

そう腹立たしくなってきた宗次であったが、幼い梅のことを考えると、この腹立たしさは抑えなきゃあなんねえ、と思い直した。

（全く可愛い子だわ。あの子は……）

宗次は、ふっと唇の端に笑みを見せ、月明りを浴びながら安産寺の山門を潜《くぐ》った。

安産祈願《きがん》のこの寺院は、女房《かかあ》の産み刻《どき》に亭主が拝みに駆けつけることもあるので、夜でも山門を閉じることがない。

宗次は、尾張藩の五人の侍に襲われた例の蓮池の畔《ほとり》まで来て、足を止めた。

池面《いけも》が月を映して、輝いていた。蛙《かわず》が賑やかに鳴いている。

四人の侍が、落ち着いた足取りで、宗次に近付いた。全く足音を立てない。

(忍びか……厄介《やっかい》な)と思った宗次であったが、この時になって相手に殺気が全くないことに気付いた。実は、殺気のない刺客ほど恐ろしいことを、これ迄に係わってきた騒動・事件で幾度となく経験してきた宗次である。

養父であり剣の師であった故《なき》、梁伊対馬守隆房《やないつしまのかみたかふさ》からも、そう教えられてきた。

四人の侍が、宗次の面前に、孤《こ》を描く位置をとった。共に左手を鯉口《こいぐち》に触れている。

目に凄《すご》みを漂わせる四人であった。が、身なりは整い、上級藩士然としている。

宗次は、静かに雪駄《せった》を脱いだ。参道に敷き詰められた石畳が、足の裏に冷たい。

腰を僅《わず》かに下げて左足を半歩引いた宗次は、右から二人目の大柄な侍に視線を集中した。その侍だけが、すでに鯉口を切っている。

だが身構えてもおらず、矢張り殺気もない。四人とも。

「どうしなすった。きなせえ」

宗次が誘った時、蛙の鳴き声が響く境内を一陣の夜風が吹き抜け、咲き乱れる牡丹《ぼたん》がざわめき、幾枚かの花びらが月下の宙に舞い上がった。

と、どうしたことか侍たちの手が、鯉口から離れた。

「浪人、尾形与市ではなく、浮世絵師の宗次先生だな」

右から二人目の大柄な侍が口を開いた。抑え気味の低い声だが、意外にも、やわらかな口調だった。

「…………」

宗次は答えなかった。殺気がなく口調がやわらかいだけでは、油断できない。ましてや四人は見事に足音を立てず近寄ってきたのだ。只者ではない。

「理由《わけ》あって、我我は名乗れぬ。もう一度訊ねる。浪人、尾形与市ではなく浮世絵師の宗次先生だな」と、矢張り口調は物静か。

「…………」

「いきなり長屋に押しかけたる不作法はこの通り、お詫《わ》び申し上げる」

大柄な侍が軽く頭を下げると、あとの三人もそれを見習った。

月明りは、彼等四人を三十前後に見せていた。大柄な侍が、最年長には見える。

「名乗ってほしいやね。やっぱり。それが〝先の礼儀〟というもんじゃねえかえ」

宗次は身構えを解かぬまま、言葉を返した。視線は大柄な侍からは、外さない。特に、その足先にさり気なく注意を集中した。跳躍の一瞬を捉《とら》えられるからだ。

大柄な侍が宗次の言葉で、いくぶん困惑気味に、他の三人と顔を見合わせた。

「もし、私《あつし》が尾形与市に違いねえ、と頑固《がんこ》に言い続けたら、どうしなさるんで」

「斬らねばならぬ。この場で」

大柄な侍が、即座に返した。反射的に顔つきが変わっていた。

「斬りなさるかあ……やだねえ、斬られるのは」

宗次はようやく身構えを解いた。が、用心して一歩退がり、四人との間を開いた。

「じゃあ、お前さん一人だけでも名乗りなせえ。それで我慢すらあな」と、宗次は大柄な侍を顎《あご》の先でしゃくった。

「この私がか?」

「そうよ」

「しかし、私が名乗った以上は……」

「辛気臭《しんきくせ》えなあ。拙者《せっしゃ》の名を知る以上は命を賭《か》けよ、そう言いたいんでござんしょ」

「左様。不都合あらば、必ず斬る。そう覚悟してくれ」

「不都合ねえ。斬る斬る、と全くうるせえ事だ。あんた達の方から出向いてきた癖によ。ま、よござんす、命を賭けやしょ」

「男の言葉だな」

「おうよ。男の言葉だあな。早く名乗りなせえ」

どうせ真実《まこと》の身分素姓は名乗るまい、と高《たか》をくっている宗次であった。そう易易《やすやす》と、不気味な相手が要求に従う筈もない、とも思っている。

侍が名乗った。

「私は村瀬正之助《むらせしょうのすけ》、この三人もそうだが天下の素浪人」

「素浪人？……そうとは見えねえ、きちんとした身なりでござんすが」

「無理をして繕《つくろ》ったのだ」

「繕っただとう。本当かねえ。金を充分に持っていなさるように見えやすで」

「仕える藩もなければ、仕える藩を求めようとする積もりもない」

「その天下の素浪人が、貧乏浮世絵師に何の用でえ」

「もそっと近くへ寄ってよいか。余り声高《こわだか》には話せぬ」

「近くへ？……薄気味悪いが、両刀を仲間に預けてならな」

「承知」

村瀬正之助なる大柄な侍は大・小刀を、自分の右側にいた侍に預けた。躊躇《ちゅうちょ》していない。

「これでよいか」

「短筒《たんづつ》などは、隠し持っていねえだろうな」

「持っていない。あのように見苦しきものは武士たる者が持つべきではない」

「武士ねえ……私《あつし》には、どうにも武士には見えねえんだがなあ」

「ほう。何に見えると？」

「忍びじゃねえのかい。それも只者じゃあねえ」

「何を根拠に？」

「私《あつし》の後をつけた時も、こうして身そばに近寄って来た時も、足音一つ立てなかった。いや、気配すら完全に消していた。違いやすかえ」

「だから、我我を忍びと？」

「そうよ」

「…………」

村瀬正之助の双眸《そうぼう》が、不意にギラリと光ったように宗次には見えた。

月明りは、まともに四人の顔に当たっている。

そのせいか、と宗次は思ったが、そうではなかった。村瀬正之助だけではなく、他の三人の目つきも尋常ではなくなっていた。

目尻が吊り上がっている。唇も真一文字で、それはまるで狐《きつね》の面の如し、であった。

（へっ。歌舞伎《かぶき》の役者かえ）

そう思った宗次であったが、このとき初めて、身構えてもいない四人の全身から放たれ始めた猛烈な殺気を感じた。

猛烈、という形容以外では、表現し難《がた》いほど激しい。

（こいつあ凄い……）

宗次は身構えざるを得なかった。右足を後ろへ引き、腰を深く落として両腕を相手の方へ突き出し、十本の指をバラリと開いた「ちょ、ちょっと待っておくんなせえ」と、取り乱しているような身構えだった。

だが、そのまま微塵《みじん》も動かない。つまり、取り乱してなどいない。

侍四人も、不動であった。殺気だけが、噴《ふ》き上がっていた。

このとき、刻《とき》を報《し》らせる〝捨て鐘〟が、本堂西側の森の中に在る安産寺鐘堂で打たれ出した。

ゴオオオーンという音が、宗次と侍四人の間を割るようにしてゆっくりと流れてゆく。

江戸の刻《とき》の鐘《かね》は二代将軍徳川秀忠の治世に、日本橋本石町《ほんこくちょう》へ置かれたのが始まりで、以後、上野寛永寺《うえのかんえいじ》、浅草浅草寺、目黒不動その他へと広がっていた。

侍四人の殺気が、鐘が鳴り終えるや、フッと消え去った。

一呼吸遅れて、宗次も身構えを解いた。

「なんでえ、なんでえ。忍びと言われたのが、〝不都合〟とやらになるのけえ」

宗次は小声で吐き捨てた。相手との話の遣《や》り取りは小声が肝要と、すでに心得ていた。相手が何やら相当大事な話を持ってきた、と判ってきたのだ。

「すまぬ。念を入れたまでだ」と、村瀬正之助。

「ケッ。疲れる侍さん達だぜ。下手に脅かすんじゃねえやな」

「だから、すまぬ。それにしても大剣聖梁伊《やない》対馬守隆房様ご直伝の揚真流兵法炎舞《ひまい》の身構え、見事でござった」

「なにいっ」

宗次は驚いて見せた。ひょっとして自分の可也《かなり》の部分を知っていて近付いて来たのではないか、と警戒する部分もあったから、わざと大形《おおぎよう》に驚いて見せた。

「そこまで知られていたとはなあ」

今度は深刻な表情をつくって見せる宗次であった。

「で、答えてくんねえか。あんた達、忍びだろ？」

「忍び技は心得ているが、武士だ」

「ふうん」

「偽りは言わぬ」

「忍び技を心得た武士ねえ……その武士が私《あつし》に何の用でえ」

「もそっと近付いてよいか」

「来なせえ」

村瀬正之助は宗次の身近に近寄ってきた。

そして何と、深深と頭を下げた。真剣この上なき顔つきだった。

「宗次先生、お願いでござる。預かっている五歳の幼子。大変でござろうが、今暫《しばら》く見守ってやって下されし」

小声だが力みのある言葉が、村瀬正之助の口から出た。

「梅のことか」

「左様」

「お前さん達、梅と何らかの絆《きずな》で結ばれていると言うのけえ。いや、結ばれているんだろうな。見守ってやってくれと頼み込む以上は」

「今は、それ以上のことは申せないが、あの幼子を何とか今暫く見守ってやって下されし。この礼は必ず致すゆえ」

「改めて言われる迄もなく、見守ってやらあな。礼など要《い》らねえよ」

「そうか、見守って下さるか」と、村瀬正之助の口調が熱くなった。

「お前さん達、もしかして槍卍《やりまんじ》と係わりがあるね」

と、宗次は切り出してみた。

「………」

「あ、そうか。今はそれ以上のことは申せない、と言ったばかりだな」

「訊《き》かないで戴《いただ》きたい」

「無理にでも訊こうとすると、〝不都合〟とやらに相当するのけえ」

「その通り」

「くわばら、くわばら。しかし、一つ答えて貰いてえ。私《あっし》が、ちょいとばかしだが今は亡き父（養父）梁伊対馬守隆房から剣術を習ったことを、どうして知ってんでえ」

「この場で宗次先生が五人の侍に襲われた時、実は我我は牡丹の群落の中に潜んでいて最悪の事態に備えてござった」

「なんでえ。そん時には早、私《あっし》と梅のまわりをうろうろしていたのかあ」

「その襲われた時に、宗次先生と刺客の双方から〝揚真流〟の言葉が漏れたのを耳に致してな」

「なるほど、それでかい」

「揚真流は撃滅剣法と称されるほど、多くの剣客の間で恐れられている兵法。その兵法の開祖が梁伊対馬守隆房様であることを知らぬ侍は、おりますまい」

「が、どうも判らねえ」

「何がでござる」

「私《あっし》が夜中に梅と出会《でお》うたのは、偶然ですかい。それとも用意周到に仕組まれていたのですかい」

「…………」

「梅の母親とかが亡くなったのに、運び込まれた寺から消えちまった。これ、あんた達が運び去ったのけえ。それとも本人が突然ムックリと起き上がって走り出したのけえ」

「…………」

「フンッ、だんまりか。ま、どっちでもいいやな。面倒臭え」

「宗次先生の人柄に全幅《ぜんぷく》の信頼を寄せてござる。ひとつ宜しく御願い申す」

「判ったよ。これで用が済んだんなら、早く消えてくれ。鬱陶《うっとう》しいやな」

「承知」

村瀬正之助は振り向いて仲間と頷き合うと、当たり前の足取りで宗次からゆっくりと遠ざかっていった。表《おもて》山門に向かって。

「なんでぇ。瞬時にパッと消え去るんじゃねえのけ。忍び技を心得ている、と言ってたのによ」

宗次は呟くと侍達とは反対の方——裏《うら》山門——に向かって月下を走り出した。梅が心配だった。

(俺をこんなところまで引っ張り出しておいて、何が梅を見守ってくれだ。あの馬鹿侍ども)

胸の中で呟きながら、(ああ、居酒屋《しのぶ》でのんびりと一杯やりてえ)という気にもなってきた宗次だった。

十二

八軒長屋まで駆け戻ってみると、女房《かみさん》連中三、四人が月明りの中に集まって額を寄せ合っていた。

(しまった。もしや梅に……)と思った宗次であったが、「あれ、何かあったのかえ」

と、女房《かみさん》連中に声をかけた。気持は、もう自分の住居《すまい》の表戸を開けている。

「あら宗次先生。一杯機嫌で今お帰り？」

女房《かみさん》の一人が笑って応じた。大事《おおごと》が生じた顔つきではない。

「今夜はほとんど素面《しらふ》だあな。で、どしたい皆集まって」

「いえね。チヨさんが熱出しちまって、今この長屋御用達《ごようたし》の神田錦小路《にしきこうじ》の石川元斉《いしかわげんさい》先生に診《み》て貰ってんですよう」

「そいつあ、いけねえな」

「あの先生。腕はいいけど、薬礼《やくれい》が少し高くってねえ」と声を落とす。

「だな」と宗次は頷いた。

「久平の旦那が仕事で小田原なもんで、お花《はな》ちゃんが心細がって」

「ちょいと覗いてみよう。任せときな」

「そうかい。宗次先生にそう言って貰えると」

「チヨさんには世話になってっから」

そう言い残して、宗次はチヨの家へ足早に近付いた。脳裏には梅の顔がある。

安心したのか、女房《かみさん》連中がそれぞれ自分の住居《すまい》へ戻っていった。

宗次はチヨの家の表戸を、そっと開けた。そっと、とは言ってもボロ長屋で建て付けが悪いから、軋み鳴った。

白髪頭《しらがあたま》の石川元斉と若い弟子、チヨの娘花子《はなこ》がこちらに背中を見せて座り並んでいるから、チヨの寝姿は見えない。

石川元斉の背中が少し丸くなっているところを見ると、どうやら竹筒製の聴診器を用いているらしかった。腕が良くて薬礼が高い医者の間では、この単純な造りの聴診器がぽつりぽつりと普及し始めている。腕の良い職人が造ると心音や呼吸音をかなりはっきりと捉えられる。

宗次はそっと、花子の横に座った。

「あ、先生」と言いかけた花子に、宗次は唇の前で人差し指を立てて見せた。

胸を開いたチヨが目を閉じ、元斉に竹の聴診器を当てて貰っている。

真っ白な大きくやわらかそうな乳房だった。宗次は、勿論《もちろん》の事はじめて見る。

元斉が、「うん、よし」と聴診器をひっ込め、チヨが目を見開いた。宗次と目が合う。

「あれ、やだあ。来てたのう」

熱で少し赤みのあったチヨの顔が、たちまち真っ赤になって慌て気味に胸元を掻《か》き合わせた。

寝着の下で、乳房が揺れる。

が、いつもの嗄《しわが》れ声には元気がない。

宗次は聞き流して、聴診器を片付け出した元斉に訊ねた。

「どうなんで元斉先生」

「お、浮世絵師の宗次さんじゃないか。久し振りじゃの」

「チヨさん、大丈夫ですかい」

「ただの風邪じゃ。心配ない。薬を飲んで安静にすれば、四、五日で楽になろう」

「ひとつ、いい薬を調合してやっておくんない」

「いい薬、と簡単に言うが、それなりの薬礼が要《い》るぞ。払えるのかのう」

「結構でい。私《あつし》が何とか致しますんで」

「そうか。江戸一の浮世絵師に、そう言って貰えると、儂《わし》も安心じゃ」

「後程《のちほど》私《あつし》が戴《いただ》きに参りやす」

「いや。調合を終えたら直ぐ、これに持ってこさせよう。薬礼は、その時でよい」

元斉はそう言って、隣に控えている弟子を、顎の先で軽くしゃくった。

「さいですか。では宜敷《よろし》く御願い致しやす」

元斉と弟子は帰っていった。

「先生、ひどいよ。私《あたし》の胸を黙って見るなんて」

チヨが嗄れ声で、元気なく言った。

「いいから、安心して眠りな。居酒屋『しのぶ』で、玉子酒を作って貰ってやっから」

「うん」

「腹、空いてねえか」

「空いてない」

「食べねえと治らないぞ。旨《うま》い粥《かゆ》もな、『しのぶ』で作らせるからよ」

「うん」

「さ、もう眠《ねむ》りな」

宗次は、診察で腰まで下がっていた薄っぺらな掻《か》い巻《ま》きを、首のあたりまで上げてやった。

「先生……」

「はいよ」

「有り難うね」

「何言ってんでい。俺の方こそチヨさんにゃあ色色と世話になってんだい。こんな時には力にならあな」

「薬礼。久平が小田原から帰ってきたら必ず返すから」

「いいってことよ」

そう言うと宗次は花子に向かって、「お花坊、冷たい水で手拭《てぬぐ》いを湿《しめ》らせてくんな」と告げた。

花子が「うん」と、土間へ下りてゆく。

宗次はチヨの枕元近くへ膝を滑らせて囁いた。

「疲れて帰《けえ》ってきた旦那に、薬礼の事なんぞ口にするんじゃねえぜ」

「でも先生に負担させちゃあ」

「絵にしたいほど綺麗なおっぱいの見料《けんりょう》だよ、見料。相子《あいこ》だあな」

宗次の声が尚ひっそりとなる。

「嫌《や》だよ、宗次先生」

チヨが恥ずかしそうに、顔の半ばまで掻い巻きを引き上げた。宗次に対する日頃の妖し気な挑発振りが、嘘のようである。まるで小娘だ。

「さ、ひと眠《ねむ》りしねえ。風邪は眠るのが薬だ」

「本当に綺麗なおっぱいだった？　先生」

「ああ、本当に綺麗だった。驚いた」

「嬉《うれ》しい……」

そこへ、花子が水で湿らせた手拭いを持ってきて、母親の額《ひたい》にのせた。

「お花坊。先生はお梅ちゃんを部屋に残してきたまんまなんで、これで帰《けえ》るが、何かあればいつでも声をかけてくんな。大声でな」

「うん。そうする」

「居酒屋『しのぶ』から、後で玉子酒と粥を届けさせるからな」

「わかったよ。ありがとう」

宗次は、花子の小さな肩に優しく手をのせてから、腰を上げた。

外に出てみると、女房《かみさん》連中三、四人がまた集まっていた。皆、家族なのだ。この八軒長屋では。

目の前の自分の住居《すまい》へ足を向けつつ宗次が「大丈夫だよ」と言う風に笑って頷いて見せると、皓皓《こうこう》たる月明りの下《もと》、女房《かみさん》たちは安堵したように胸に手を当てた。

宗次は梅を残したままの住居《すまい》の表戸に手をかけた。眠っているかも知れない梅のことを思って、静かにそろりと表戸を引く。

行灯《あんどん》の炎《ひ》を消した部屋に、月明りが勿体《もったい》ないほど射し込んでいた。

宗次は押入れの前に立った。

「帰《けえ》ったよ。眠っているのかな」

宗次は、囁き声を出した。梅の返事はなかった。

聴覚を研ぎ澄ませた宗次であったが、寝息も伝わってこない。

（しまった！）と、宗次は襖《ふすま》を勢いよく開けた。梅は消えていた。

「やられたぁ」

舌を打ち鳴らして、宗次は布団《ふとん》に手を触れてみた。体の温もりは残っていなかった。冷えている。

（どうも、ここんところドジを踏む傾向が強いぜ）

宗次は、もう一度舌を打ち鳴らして我を責め、縁側に座り込んだ。

布団が冷えていることから、梅が押入れから姿を消したのは「かなり前だな」と宗次は思った。

（梅が自分の意思で押入れから出たとは、先ず考えられねえ）

俺は、あの四人の侍の誘いの作戦に落ち込んだのか、と腕組をする宗次だった。誘いに陥った隙《すき》に、四人の侍の別働隊が梅を攫《さら》った可能性はある。

が、宗次はとくに慌てなかった。

「おっと。先ずチヨさんに玉子酒だ」

呟いて立ち上がった宗次は、侵入者の形跡の有無を調べようともせず、雪駄を履いて居酒屋「しのぶ」へ向かった。梅のことを、さほど心配してはいないのであろうか?

居酒屋「しのぶ」は、大盛況の時間帯だった。歌声や手拍子や笑い声が、通りにまで溢《あふ》れかえっていた。

店に入った宗次は、直ぐに主人《あるじ》の角之一と視線が合って「よ」と、左手を軽く上げて見せた。角之一が片目をつむって応える。客達の間から「やあ、宗次先生」とか「浮世絵先生、こっちで一緒に」とか酔った声が掛かる。

宗次はそれらに適当に相槌《あいづち》を打ちつつ、客の間を縫って調理場へ顔半分を突っ込んだ。

「あら、先生いらっしゃい」と、角之一の女房美代が、あざやかに鯖《さば》を下ろしていた手を休めて、にっこりとした。笑顔が格別にいい女将《おかみ》だ。

「忙しいところすまねえが女将。チヨさん家《ち》へなるべく早目に玉子酒と粥を持って行ってくんねえかな」

「おや。玉子酒って、チヨさん風邪でもひいたのかい」

チヨと美代は気が合って、日頃から仲が良い。この店は八軒長屋の亭主達の気休め処《どころ》骨休め処《どころ》だ。たまに女房《かみさん》連中も連れ立って飲みに来る事がある。

「そうなんだ。少し前にな、薬礼の高いことで知られる神田錦小路の元斉先生に診て貰ってよ。おまけに亭主の久平さん、仕事で小田原なんだ」

「あらやだ。じゃあ、直ぐに作って持ってってたげる」

「済まねえ。頼まあ」

宗次は着物の袂《たもと》から一朱金《いっしゅきん》一枚を取り出して、食器棚の端へ置いた。

「なに寝惚《ねぼ》けてんだよ先生。一体何を注文した積もりで払ってんのさ。床に臥せったチヨさんのためなら勘定なんて……」と、女将が小声で怖い目をした。

「いいんだ女将。受け取ってくれ。明日も何か精の付く旨《うま》いもんを届けてやってほしいんだ」

「言われなくとも、届けるわよ。一朱なんて大金、受け取りやしないからね」

「女将。チヨさんは私《あつし》にとって、母親のような甘酸《あまず》っぱい存在なんでえ。体の具合が悪い時には力になってやりてえ。頼むから払わせてくんな」

「宗次先生、あんた……」

「へへっ。私《あつし》はこの年になっても母親の顔、知らねえからよ」

「美代。宗次先生の言う通りにしてあげねえか。ましてや旦那の久平さんは小田原なんだ」

それまで客相手に忙しそうにしていた角之一が、振り向いて〝仕切り暖簾《のれん》〟の間から顔だけを覗かせ、美代を軽く睨《にら》みつけた。

「そ、そうだね。判ったよ先生、任せといて」

「宜しくな」

「あいよ」

「裏口から出してもらっていいかね」

「何を他人行儀なことを。好きな所から入って好きな所から出て行きなせえ」

角之一が、客の方へ戻しかけた顔を、もう一度振り向かせて笑った。

頷いて宗次は、調理場の出入口脇を、裏木戸の方へ急いだ。其処《そこ》からは、幅一間《いっけん》ほどの路地に出られた。

その路地の北側は突き当たりだが、南側は表通りに出る。

宗次は店の板塀に沿って——とは言っても僅かな距離だが——路地の出口に立った。

彼は、板塀の角から顔半分を出して、用心深く表通りの様子を窺《うかが》った。

その状態が、茶漬一杯をかっこむ程度続いたとき、「やっぱり、いやがった」と呟いた宗次が、覗かせていた顔半分を少し引っ込めた。

宗次が屋台で盃一杯を傾けた時、隠れていた四人の侍が現われたあの狭い路地、其処から一人の男がそろりと出て来たのだ。大柄でもなく小柄でもない。夜だというのに道中合羽《がっぱ》に三度笠、腰に長脇差《どす》を帯びた博徒風だった。三度笠が月明りを遮り面相は全く窺えない。

男は居酒屋「しのぶ」をじっと見つめていたが、ぷいと向きを変え東――竜閑橋《りゅうかん》の方角――に向かって足早に歩き出した。

（侍《さむれえ》だな、ありゃあ）

そう思った宗次は後をつけた。間は充分に――一町ばかり――空けた。月夜とは言っても夜の江戸は人の通りがほとんど無いから見失うおそれは少ない。漆黒の暗がりが其処《そこ》いら此処《ここ》いらに無数にあって、つける方としては身を隠し易《やす》く有り難い。

鎌倉河岸《がし》を竜閑橋の手前まで歩いて、博徒風は足を止めた。

宗次が、「鎌倉長屋」の名が付いている長大な長屋入口の用水桶《おけ》の陰に、スウッと体を沈める。

振り向いて様子を窺う態《てい》の博徒風だったが、つけられている心配はないとでも思ったのか、竜閑橋の手前を左に折れて見えなくなった。

慎重に用水桶の陰から立ち上がった宗次は、竜閑橋に人影が無いと見て、（左へ曲《ま》がりやがったか）と急ぎ足になった。

竜閑橋の手前を、彼も勢いよく曲がった。

「おっと」

反射的に一間ばかりを、ふわりと飛び退がって「ちょっと待った」と身構えた宗次であった。

目の前に、博徒風が僅かに腰を上げ、長脇差《どす》の柄に右手をかけていた。鯉口はまだ切っていない。三度笠を下げ気味にして、顔に翳《かげ》りをつくっている。

「なぜ、つける」

夜叉《やしゃ》か、と思わせるような野太い声だった。

「お前《めえ》さんこそ、私《あっし》を見張っていたんじゃねえんですかえ」

「去れ。でないと斬る」

「斬るったって、殺気がまるで無いやな。はは
あーん、もしかして……」

こいつああの四人の侍の仲間だな、と宗次は思った。一分の隙《すき》も無い身構えであるのに、殺気が全く感じられない。あの四人の侍と同じであった。

「少し前に、私《あつし》の貧乏長屋へ四人の侍《さむれえ》が押し込みやがったが、お前《めえ》さん、その連中の仲間だね」

「…………」

「また、だんまりかえ。四人の侍と同じだあな」

「…………」

「さては、梅を攫《さら》いやがったのは、お前さんだな」

「…………」

「だんまりとは、下手人は矢張り手前《てめえ》か。なら、見逃す訳にはいかねえ。ひと攫《さら》いだあ、って大声を出そうかえ」

宗次は左足を一歩踏み出すや、十本の指を組んでボキンと鳴らし威嚇《いかく》した。

だが、演じられた威嚇《どす》で怯《ひる》むような相手ではなかった。

微《かす》かな音がして、長脇差の鯉口が切られた。その構えから、じわりと殺気が滲《にじ》み出す。

「教えてくれ。梅は無事か。それだけが知りてえ」

「無事だ」

「そうか。矢張り、お前《めえ》さんだったかえ」

「もう一度言う。去れ。でないと本気で斬る」

「去れ去れって言うが、私《あっし》を見張っていたのは、お前《めえ》さんの方だ。何か用事があっての事じゃねえのか」

「長屋へ帰れば判る」

「ん？」

「長屋へ戻ってみろと言っているのだ。素直に戻るがよい」

「ふうーん。どうやら野太いお前《めえ》さんの声、つくり声だな」

言われて初めて見せた狼狽《たじろぎ》を、宗次は見逃さなかった。

「頼まあ。自前の声で話してくれねえか」

「…………」

「あるいは、三度笠を取って、月明りに顔を晒《さら》して貰いてえ」

「…………」

「お前《めえ》さん……女だな。しかも、くノ一」

言った途端、踏み込んだ博徒風は抜刀した。月明りを吸った一条の輝きが宗次の喉《のど》元《もと》へ伸びる。凄まじい居合だった。

真っ正面から突いてくる「突きの居合」。はじめて受ける側として経験するそれを、宗次は大きくのけぞり、そのまま後ろに回転して辛うじて避けた。

宗次の二本脚の空間を突き刺した長脇差《どす》が、瞬時に鞘へ納まる。

パチッという音。

「恐《おっそ》ろしい技を見せてくれるじゃねえか。梅のおっ母さん」

「…………」

「白雲寺じゃあ、お前《めえ》さんの亡骸《なきがら》が消えたってんで、大騒ぎだ」

「…………」

「一時《いっとき》の死に技を用いて己《おの》れの目的を果たそうとしたんだろうが、振り回された周囲《まわり》の者《もん》は大迷惑だな」

「…………」

「ウンとかスンとか言いやがれってんだ。くノ一さんよ」

「すまぬ」

女声だった。それも澄んだ綺麗な声だったが、この時にはもう身を翻《ひるがえ》し、宗次が呆気《あっけ》に取られるような速さで走り出していた。アッと言う間《ま》だ。

宗次は追わなかった。追っても追いつく速さではなかった。それにあのくノ一のもとで、梅は無事でいるだろうという確信のようなものがあった。

十三

八軒長屋へ戻った宗次は行灯《あんどん》の炎《ひ》を点《とも》し、土間、流し、簞笥《たんす》、押入れ、鴨居《かもい》と隈無《くまな》く見ていったが、女三度笠が言った「長屋へ戻れば判る」は、何処にも見当たらなかったし、感じられなかった。

宗次は縁側に腰を下ろし、障子にもたれかかった。

「妙なもんだ」と、彼は苦笑して腕組をした。わが子でもない梅がこの貧しい長屋から消えてしまったと判ったことで、胸に穴が空いたような淋《さび》しい感じがあった。

「それにしても……」と、宗次は考え込んだ。あの女三度笠と四人の侍が仲間だとすれば、一つ矛盾《むじゅん》が生じてくる。四人の侍のうち差配格と思われる村瀬正之助とやらは、「今暫く梅を見守ってやってくれ」と言ったのだ。つまり、今暫く梅を預かってくれ、ということである。その梅を、仲間に違いないと思われる女三度笠が攫《さら》ったとすれば……。

話が合わない。

「面倒臭《くせ》えことになりやがった」

呟いた宗次は、村瀬正之助が「礼は必ず致す」と言ったことを、ふと思い出した。

「モノカネの礼かえ。それとも何処ぞに仕官でもさせてくれるのけえ」

そう独り言を漏らしつつ、改めて部屋の中を見まわす宗次だった。

「待てよう」

宗次は腰を上げると、箪笥の真《ま》ん前に立ち、足元の畳を見つめた。

「やりやがったな。それにしても、ここまで知られていたとは」

彼は箪笥の最上段の引出しをあけて、小柄《こづか》を取り出した。そして、それを畳と畳の間に差し込む。

その差し込んだ小柄の一寸ばかり上で、左右の畳に渡されていた短い白い絹糸が真ん中で切れていた。

それは、何者かが畳を動かした事を、宗次に教えていた。

宗次が小柄を使って畳一枚を起こし、箪笥にもたれかけさせる。

畳の下の床板には、一尺四方ほどの切れ目があった。中心に平たい紐《ひも》が付いていている。

町人が住む貧乏長屋にしては、畳があって床板があるなど、贅沢《ぜいたく》といえば贅沢な造りだ。たいていは床板の上に筵《むしろ》を敷くが、ほとんど板張りだけの所も少なくない。

実は宗次の部屋、彼が家主の承諾を得て顔見知りの大工に頼み、自前で改めて貰った造りである。絵仕事が捗《はかど》り易いように、と。

宗次が平たい紐を引くと、蓋《ふた》状の一尺四方が持ち上がり、床板が四角い口を開けた。

その口の向こうに、沈んでいる物がある。

甕《かめ》であった。上半分が油紙で覆われていて、その油紙の上に一見して中身が小判と判る紙包みが四つ——おそらく百両——が入っていた。その重みで油紙が甕《かめ》の中へ凹《へこ》んでいる。

この甕には宗次が浮世絵を描いて、あるいは妖し絵を描いて得た金《かね》が入っていた。貯めているのではなく、入っていた。宗次は金を貯めたり、派手に使ったりすることに、全く関心がない。関心があれば、いま少し増《ま》しな住居《すまい》に移っていた。

「謝礼は金《かね》だったのかえ、こんなものより……」

梅が居た方がいいやな、と言いかけて宗次は口を噤《つぐ》んだ。穴の空いた感じのする胸を冷たいものが、ふうっと吹き抜けてゆく。

宗次は珍しく、家族のいない侘《わび》しさを感じた。考えるまでもなく、梅は我が子でもなければ、妹でもない。何処の誰とも判らぬ、赤の他人の子だ。

宗次は小判の包み四つを、ポイと脇へ小投げにして、起こした畳を元通りにした。

彼は立ち上がって小柄《こづか》と四つの包みを、簞笥の最上段の引出しに入れてから、包金《つつみきん》の一つを引出しの中で握り潰した。カリッと一両小判が擦《こす》れ鳴る。

と、表障子が開いて、「宗次先生」と花子が土間に入ってきた。

「どしたい。おっ母《か》さんの具合が変なのか」

引出しの中へ両手を入れたままの恰好《かっこう》で、宗次は花子を見た。

「ううん。玉子酒と粥と薬が届いたの」

「おっ、食い物と薬が同時に届いたか。そいつあ病人のためにいい。直ぐに行くから」

「あのう」

「居酒屋『しのぶ』の支払いは済んでるよ。薬礼はいま払ってやっから心配すんな」

「うん」と、花子は表情を緩めて戻っていった。

宗次は、花子の後を追うようにして、チヨの住居《すまい》へ入っていった。

チヨの枕元に座っていた元斉の若い弟子が、宗次に向かって黙って頭を下げた。

宗次は玉子酒の匂《にお》いを嗅《か》ぎつつ、「さ、熱いうちに飲みねえチヨさん」と、元斉の若い弟子に向き合う位置へ片膝ついた。

「ふしぶしが痛くって」と、チヨが顔をしかめた。声にすっかり元気がない。いつもの嗄れ声が、さらにかすれている。

「今年の風邪の特徴ですよ」と、元斉の若い弟子が心得顔で言った。

「どれ、私《あっし》が、そうっと起こしてやろうか」

宗次がチヨの頭の上へ回り、彼女の両の肩を掬《すく》うようにして手を差し込む。

「いいかい。起こすぜ」

優しく声をかけて、宗次はゆっくりとチヨの上体を起こしてやった。チヨの少し乱れた着物の胸元へ、若い弟子がチラリと視線を走らせ、喉仏を上下させる。

宗次が前に回って、チヨの着物の胸元を合わせてやると、彼女の目にみるみる大粒の涙が浮き上がった。

それを見ない振りをして、宗次は若い弟子の手に一分金二枚を握らせた。

「薬礼。これで足りるかえ」

「あ、いや。こんなには」

「なら、それでいいやな。元斉先生に手渡してくんな」

「はあ」

「夜が更けてきた。夜盗が出ねえとも限らねえ江戸の夜だ。急いで駆け戻ってくんねえ」

「そ、そうですね。それでは」

夜盗と聞いて、若い弟子はまるで逃げ出すように、表へ飛び出した。

「弱虫」と、花子が小声で言って笑う。

「居酒屋『しのぶ』には料理上手で知られた女将がいる。どれ……」

宗次は、玉子酒の入った大き目の湯飲みに、軽く口を付けた。

「こいつあ、いける。いい酒を使ってくれてらあ。さ、チヨさん、飲んでみねえ」

「うん、いい香りだね」

頷いてチヨは宗次の手から湯飲みを受け取り、彼が口を付けたところから、ひと口啜《すす》った。

「どうでえ?」

「美味しい」と、チヨが目を細める。

「そりゃあ、よかった。なるべく全部飲んじまってよ、それから粥を少し啜って、薬だ」

「宗次先生、お梅ちゃんを放《ほう》っておくのは、よくないよ。花子がいるし、あとは大丈夫だから」

「そうかえ。じゃあ、薬のんだら、ゆっくり休みな」

「有り難う」

「うん。大事にな」

梅が消えた、とは言えない宗次が立ち上がると、チヨは縋《すが》るような目で追って、もう一度「有り難う」と言った。

何刻《なんどき》の鐘《かね》なのか、捨て鐘がゴオオーンと鳴り出す。

宗次は自分の住居《すまい》へ戻ると、畳の上に手枕でゴロリと横になった。

(安産寺で最初に俺と梅を襲った五人の侍《さむれえ》は、尾張藩士だと判った。こいつらには明らかに激しい殺意があった。そして、この五人は爺《じい》……御付家老《おつけがろう》神坂兵部之彰と共に腹を切りやがった。五人の侍《さむれえ》は、今夜現われた四人の侍《さむれえ》及び梅の母親を演じてきたくノ一と、正面から対決する間柄なのか。それとも目的を同じくする仲間ゆえのゴタゴタなのか……四人の侍《さむれえ》もくノ一も槍卍《やりまんじ》と密接につながっているとするなら、その槍卍を送り出したとする尾張藩と、正面から敵対する間柄とは考えにくい……こみ入ってやがるなあ……どうにも判り難《にく》い。そもそも城で生まれたという梅は、一体《いってえ》誰なんでえ。まったく早く腹を切り過ぎたぜ爺よ)

宗次は、あれこれと考えつつ、ゆるやかに眠りの世界へ落ち込んでいった。

十四

翌朝七ツ半前に目を覚ました宗次は、まだ暗い長屋路地の端にある井戸端《いどばた》で顔を洗い、柳の小枝を煮て木槌で叩いて作った総楊枝《ふさようじ》にたっぷりと塩を付け丹念に歯を研《みが》いた。

いつも何処からか聞こえてくる鶏の一番鳴きは、そろそろなのであろうか。空は僅かにうっすらと明るくなったように窺えるが、地上はまだ暗さに覆われている。誰のものか、共同の物干し場に吊るされた二枚の褌《ふんどし》が、旗のように揺れているのが妙に鮮明だった。女房の手によって丁寧に真っ白に洗われているせいだろう。

宗次は家に戻ると、昨夜のうちに決めていたかのように、手早く身繕いを始めた。薄手の長襦袢《ながじゅばん》の上に長着、そして、やや幅広の角帯。それらを役者のように、するすると整えて、羽織袴《はかま》でビシッと締めくくった。羽織に家紋は無い。

が、侍としての正装であった。

「町人浮世絵師がよ、何かの時に役に立つかも、と残しておいた物《もん》が意外な事で必要になってきやがった。太平の世に、こんなもなぁ要《い》らねえんだが」

ぶつぶつと呟きながら、宗次は茶柄黒鞘の名刀彦四郎貞宗を角帯に通した。決まっていた。まさに役者姿であった。

しかし、その正装で一体何処へ出向こうというのであろうか。外はまだ暗く、早起きの職人たちの動きも、伝わってこない。

それでも宗次は雪駄を履いて猫の額ほどの庭へ下り、裏路地へと出た。此処からだと侍姿を長屋の者に気付かれることなく、表通りへと出られる。

羽織袴に二本差し。武士以外には絶対に見えないその形《なり》で、宗次は足音を忍ばせるようにして裏路地から表通りへ出た。

堀端の柳の下の茣蓙《ござ》の上で丸くなって寝ていた白い毛並の野良犬が、頭を下げ尾を振りながら宗次に近付いてきた。弱弱しい歩き方は、明らかに老犬だった。ほの暗い中、ヨタヨタと宗次の方へやってくる白い毛並は、綿《わた》がふわあっと浮いているように見えた。

「起こしてしまったか。すまねえな」

宗次が、野良犬の頭を撫《な》でる。

「今日はチヨさんが風邪をひいて寝込んでいるんでよ。隣のヨネさんか、お菊婆さんが朝飯を運んでくれるよ。もう少し待ってな」

野良犬に優しい口調で話しかけると、言われたことを解したのか、老犬はまたよろめきながら柳の木の下へ戻っていった。何処からやって来たのか、数か月前からこの辺りに棲《す》み着いている。はじめは泥まみれで大層臭かったが、長屋の誰かが見かねて洗ってやってからは、まるで飼われ犬のように綺麗な毛並になっていた。

名はない。老い先短いらしい、と思ってか、八軒長屋の誰もが、こまめに面倒を見てやっている。

野良犬が莫蓙の上へ力なく寝転んだのを見届けて、宗次は歩き出した。莫蓙はチヨが草鞋屋《わらじや》から安く分けて貰って二枚重ねで敷いてやったものだ。すると亭主の久平が「地面に直接莫蓙を敷くのは感心しねえ」てんで、今では高さ四寸ばかりの脚九本を持った凡《およ》そ半間《げん》角の杉板張りの床が、莫蓙の下にはある。

幸せな野良犬だ。久平は「近い内に屋根も造ってやるぞ……」と言っているらしい。

宗次の足は直ぐ西の手、神田橋御門入口の前に出たあと、勘定奉行邸の前の広小路を北――昌平《しょうへい》橋の方角――へ向かった。足取りは、ゆっくりだった。辺りを警戒する様子もない。

「侍は毎日こんな物を着て畏《かしこ》まっているのけえ。肩凝《こ》らあな。つまらねえ」

い。

宗次は、首を左右に振り、肩を上下に軽く揺さぶった。

昌平橋を渡って大外濠川沿いに歩く頃、清清《すがすが》しい朝空になり出していた。雲一つ無い。

職人達の中でも特に早起きと言われる大工や植木職が、道具箱を肩にポツリポツリと宗次を追い越したり、すれ違ったりし始める。「おはようさんで」と声をかける者もいれば、「ごめんなさいやし」と追い越す者など、江戸職人は明るく活気に満ちている。無言のまま、すれ違ったり追い越す者は、先ずいない。

そのたび宗次も「よっ」と返した。その侍らしくない返し方に、一瞬だが驚いて足を遅らせる者もいる。

昌平橋を渡って暫く行くと、右手に湯島《ゆしま》へ入る坂道が見えてきた。

宗次はここで初めて、さり気なく辺りを見まわした。表情は穏やかであったが眼光は鋭くなっていた。警戒しているのであろう。

彼は湯島への坂道に入ると、足を速めた。そして一丁目通りへ入るや、右に折れて直ぐ建物の陰に入った。隠れたのではなく、入ったという印象だった。

そこに、ほんの少しの間いた彼は誰も追ってくる者がいないと判断したのかどうか、再び歩き出した。職人態《てい》が一人また一人、「おはようさんで」と腰を折りつつ忙《せわ》し気に行き過ぎる。

羽織袴に二本差しを、神田でその名と顔をよく知られた浮世絵師宗次だとは誰も気付かない。

神田明神下を少し過ぎた辺りまで来て、宗次の足が大きな料理茶屋の前で止まった。どっしりとした堂堂たる建物であった。切妻屋根をのせた四脚の薬医門《やくいもん》の門扉《もんぴ》は頑丈そうな格子状である。商売柄、客に閉塞《へいそく》感を印象付けぬ配慮なのであろうか。その門扉を通して、式台付玄関が見える。建物の構えは入母屋《いりもや》造りで、屋根は茅葺《かやぶき》だった。母屋の規模は桁行《けたゆき》十間《けん》以上、梁行《はりゆき》五間以上はあろうか。

二層の屋根を持つ式台付玄関だけは、瓦葺《かわらぶき》である。その式台付玄関の左側に接するかたちで、丸窓障子二つを持つ、離れ風《ふう》の建物があり、これはどうやら客に付き従って来た者が待機する「供待部屋《ともまちべや》」と思われた。

典型的な上層民家の構えを見せるこれこそ、江戸で最高格式の料理茶屋と言われている「夢座敷」であった。

薬医門の切妻屋根の下には、誰が書いたものなのか見事な墨書《ぼくしょ》「夢座敷」の横掛け看板が掛かっている。

夜の遅い「夢座敷」は、まだ静まり返っていた。

宗次は右手の小路へ入っていった。三百坪はありそうな敷地を囲む、高さ六尺以上もの竹編みの塀に沿って進むと、小路は左へ折れて「夢座敷」の裏手に出る。

小路を挟むかたちで、小普請組《こぶしんぐみ》手代の屋敷があった。

「夢座敷」の竹編みの塀はここで、枝をびっしりと絡み合わせた背の高い生垣《いけがき》に変わっていた。何という樹木なのか、葉が密生していて生垣の向こうは全く窺えない。

宗次は、その生垣塀の中程で足を止めた。そこだけ幅四間ばかりの生垣が綺麗に刳《く》り貫《ぬ》かれ、人の背丈ほどの潜《くぐ》り戸が設けられていた。潜り戸の左右一間半ばかりは竹編み塀だ。

宗次は辺りを見まわしてから潜り戸の梁に腕を伸ばし、何かを微《かす》かにカタッと言わせてから把手《とって》を少し上げ左へ引いた。

潜り戸は開いた。この用心門《かんぬき》は、宗次が「夢座敷」の女将幸《こう》から聞かされていたものである。「急ぎの御用がおありの時は遠慮のう、いつでも御出《おいで》くんなまし」と色町言葉で微笑《ほほえ》んで。

宗次は用心門を元通りにして、勝手知ったる庭を幸の寝所へと、足を忍ばせた。

太い格子が縦横《たてよこ》に入った障子窓まで近付いて、彼は格子の間から手を差し入れ障子を半尺ばかり開いた。

と、寝着の上に羽織を掛けた幸がすでに布団の外へきちんと正座し、小声で「お戻りなされませ」と三つ指をついた。気配に気付いて寝起きたばかりであるというのに、声には微塵の曇りもなく、その表情の美しさ妖しさは、月夜の白百合であった。

「頼む」と宗次が言うと、お幸は「はい」と応じた。

宗次は障子を閉じ、寝所の角を折れて雨戸の前に立った。

雨戸一枚が、そっと開いて、幸が縁に正座をした。羽織袴に二本差しの浮世絵師の宗次を見ても、格別に驚きの表情は見せない。心では「あっ」と驚いているのかも知れぬが、武家の妻女の如く静《せい》にしてやわらかく、凛《りん》たるものであった。

幸は今では、宗次の血筋を知る立場である。

「お上がりなされませ」と、ひっそり促す幸であった。

「うむ」と頷いて雪駄を脱いだ宗次は、いつもの絵師の表情を抑えている。侍の印象が濃い。

「お刀を」

「いや、直ぐに出かけるのでな」

べらんめえ調を控えて言いつつ角帯から抜き取った大刀を右に置いて座敷に座る宗次であった。布団はすでに折り畳まれ押入れにしまわれて無い。

宗次が浮世絵師としてではなく武士として何かの為に動こうとしている、と当然判る幸であった。

「朝餉《あさげ》の膳《ぜん》は、お済みでございますか」

「まだだが要《い》らぬ。茶も結構だ。直ぐに発《た》つのでな」

「何か騒ぎ事でも？」

「少し面倒に巻き込まれた。これからそれと対峙《たいじ》せねばならぬ」

「まあ」と、幸が眉《まゆ》をひそめた。

「お幸の顔を見ておきたくてな。それで立ち寄ったのだ。夜遅い仕事であるというのに、起こしてしまって済まぬ」

「私《わたくし》の顔を見に立ち寄って下されたということは、もしや御身《おんみ》に……」

「うむ。あるいは危ないかも知れぬわ」と、宗次の声が小さくなった。

「あなた様の御身にもしもの事あらば、この幸も生きてはおりませぬ」

「馬鹿を申せ。そなたは、しっかりと『夢座敷』を続けるのだ。立ち寄ったのは、言い残しておきたい事もあったからだ」

「言い残しておきたい事？」

「そうだ。そなたには、いつぞや私の血筋について少し打ち明けたな」

「はい。うかがいました」

「いま少し詳しく打ち明けておきたくて、立ち寄ったのだが」

「それほど命の危険をお覚悟なさっておりますとは、只事ではありませぬ。御血筋を考えますれば、尾張藩目付筋《すじ》のお力を、お求めなされませぬと」

「それは出来ぬ。する積もりもない」

「でも……」

「まあ、聞きなさい」

「はい」

「私の名は徳川宗徳《むねのり》。実の父親は、そなたに打ち明けた通り現在《いま》の尾張藩の藩公らしい」

「らしい？……と申されますと」

「幼い頃から、そう聞かされて育った、というだけの事だ。それを証する特別な物は何もない。私は〝本当かな〟と疑ってさえいる」

「そんな……」

「母は誰か判っていない。尾張藩江戸屋敷には、私を生まれた時から知る人物がいたが、その人物も私の母が誰かは知らないと頑《かたく》なだ」

「その御方《おかた》に何度も何度も心情を込めて、お訊《き》きなされませ」

「死んだ」

「え？」

「その人物は、つい先頃、自害した。腹を切ってな」

「…………」

幸は目を瞠《みは》り、絶句した。

「私は揚真流兵法の剣法、槍術《そうじゅつ》、棒術、柔術、馬術、手裏剣術などを心得ている。伝授してくれたのは五年前に八十二歳で大往生した父（養父）でな」

「兵法を心得ておられる御養父様《おとうさま》だったのですね」

「目黒村泰叡山近くに小さな庵《いおり》を結んでな。そこで鍛えられ育てられた。非常に寡《か》黙《もく》で厳格だが、心優しい父だった」

「目黒村……御養父様《おとうさま》のお名前を御教え下さいまし」

「従五位下梁伊対馬守隆房」

「あ、剣術の心得ない私《わたくし》のような女子《おなご》でも御名前だけは存じ上げております。大層ご高名な御方でいらっしゃいます」

「うむ。なにしろ揚真流兵法の開祖でもあったからのう」

「その御養父様《おとうさま》は、母上様のことに関しては？……」

「何も話してくれぬまま、他界した。寡黙で厳格で、心優しい父には、とても私の口からは訊《き》けなかった」

「そうでございますねえ。それで、目黒村にはまだ、庵は残ってございますのでしょうか」

「もう無い」

「目黒村泰叡山と申しますと、故《なき》三代将軍家光様の〝放鷹《ほうよう》の御膳所《ごぜしょ》〟があった所でございました……」

「その通りだ。さすが『夢座敷』の女将。よく存じておるなあ」

「実は私《わたくし》」

「ん？」

「目黒村で生まれ、育ちましてございます」

「なんと……」

今度は宗次が、あとの言葉を失った。

「庄屋《しょうや》で苗字《みようじ》帯刀を許されておりました疋田利左衛門《ひきたりざえもん》の名を、ご存知ではありませぬか」

「おう、存じておる。私は会《お》うたことはないが、父隆房は幾度か会っていたようだ。なかなか慈悲深く僧侶《そうりよ》のように心の広い人物であると、父から聞かされた記憶がある」

「私《わたくし》はその疋田利左衛門の三女として育ちました」

「そうであったか。これは驚いたぞ」

「私《わたくし》達二人は幼い頃、もしかすると畦道《あぜみち》や土堤《どて》や河原で顔を合わせていたかも知れませぬ」

「ま、目黒村と申しても可成《かな》り広いが、そのように想像するのも楽しくてよいな」

「そう思うて下さいまし。私《わたくし》達二人は縁《えにし》という目に見えぬ絆《きずな》で結ばれていて、その絆が次第次第と距離を縮めてくれ、こうして出会えたのだと」

「そうよな。いや、そうであろう」

「それにしても、今や江戸で一、二と言われる程の浮世絵のお腕前は、一体何処で御修業なされたのでございますか」

「父の古い友に住吉如慶《じよけい》（実在・慶長四年〈一五九九〉～寛文十年〈一六七〇〉）という絵の先生がいてな。この先生から十歳の頃より絵を御教え戴いたのだ。いやあ、この先生もそれはそれは厳しい御人でなあ。その辛さに、よく泣かされたものであったわ」

宗次は静かに笑いながら、横に置いた刀に手を伸ばした。

「もう行かれるのですか」

「少しでも早い内に、と思うのでな」

「御身にもしもの事あらば、この幸も必ず追って御傍《おそば》に参りますゆえ」

「それは許さぬ。お幸は、この『夢座敷』に打ち込みなさい」

「いいえ……」

「それよりも頼みがある。私に万一のことあらば、私の住居《すまい》に行き箪笥の前の畳一枚を上げ、床下にある甕《かめ》を取り出して貰いたい」

「甕？……で、ございますか」

「これ迄に描いてきた浮世絵の描き料がな、その甕の中に幾らか入っておる。その三分の一を向かいのチヨに手渡してやってくれ。日頃、なにくれとなく世話になっておるゆえ」

「チヨさんにですね」

「野良犬の面倒も頼む、と付け加えてな。そう言えば判る」

「あ。長屋を出た左手、堀端の柳の下にいつも寝そべっている、あの白い野良犬でございますね」

「そうだ。老いて余命長くはなさそうなのでな。それから、残った金はお幸の好きにするがいい。どう使って貰おうが結構だ」

そう言いつつ名刀彦四郎貞宗を角帯に通した宗次は、広縁から下りて雪駄を履《は》いた。ゆったりとした体の動きであった。

「さらば、とは言わぬ。また会おうぞ、お幸」

「はい。いつ迄もお待ち申し上げます」

「行ってくる」

踵《きびす》を返した宗次の背に向かって、幸は三つ指をつき深深と頭を下げた。その白い手の甲にポタポタと涙が落ち、肩が小刻みに震える。

裏木戸の閉まる小さな音がして、静寂が幸を包んだ。

十五

一刻ほど後、宗次の姿は市谷御門前《まえ》の御三家筆頭、尾張藩上屋敷にあった。

今は亡《な》き御付家老神坂兵部之彰と談義した、あの座敷である。

藩邸の門前に立ったのは、半刻ほども前だった。つまり宗次は、座敷に通されて半刻近くも待たされていた。それでも、正座した姿勢は微塵も崩していない。

宗次が目通りを求めたのは、神坂兵部之彰の嫡男で八軒長屋へ訪ねても来た神坂兵三郎であったが、座敷へ案内したのは初対面の若い藩士だった。

応接の態度は悪くなかった。礼儀正しく丁重であった。したがって宗次も、べらんめえ調を控え、侍言葉で対した。

宗次は神坂兵三郎が現われるのを、待ち続けた。

(チッ。腹が減ってきやがったぜ……)

宗次がそう思った時、ジワリとした気配が揚真流兵法で鍛えた五感に触れ出した。

「来やがったか……」

呟いて宗次は、右横に置いてあった彦四郎貞宗を左脇へ移した。

襖《ふすま》が静かに開いて、対面三度目となる神坂兵三郎がようやく姿を見せた。

「どしたい。随分と待たせてくれるじゃねえかい」

口調をいつもの浮世絵師宗次に戻して、正座を胡坐《あぐら》に崩し、彦四郎貞宗を膝の上に置いた宗次であった。

それには答えず、神坂兵三郎は宗次と向き合った。お互い、床の間を横の位置とした対等な向き合いである。

「痺《しび》れやがった」と、宗次は左手で左膝をさすった。べつに痺れてなどいなかった。次に必要となるかも知れぬ瞬発動作に備えて、左手を動かしているのだった。右手は右膝の上にある。

「待たせた。すまぬ」

神坂兵三郎は言ったが、頭を下げることはなかった。八軒長屋を訪ねて来た時とは口ぶりが変わっていた。傲慢《ごうまん》な変わりようではなかった。何やら自信に満ちた変わりようだった。

「今日のお前さんは、妙に大きく見えるぜ」

「その方は一体何者だ。何用あってこの屋敷を訪ねて参った」

「ほう。それが一身に責めを負って腹を切った親父《おやじ》さんから譲り受けた作法けえ」

「もう一度だけ訊《たず》ねる。何用あってこの屋敷へ現われたのだ」

「神坂兵三郎よ。そう真四角になるんじゃねえやな。もうちっと柔らかくなってくんな」

「そうはいかぬ」

「偉くなったのけえ、お前さん」

「……………」

「お前さん。かなり若く見えるが、幾つでえ？」

「三十だ」

「ふうん。意外に年を食ってるじゃねえか。驚きだ」

「…………」

「三十だとすると……さては腹を切って騒動を抑えた親父さんの後を継いで、御付家老の地位に就いたなあ」

「…………」

「矢張りそうか。随分と早い決まりじゃねえか。異例、というやつか。それとも親父さんが腹ぁ切って大事《おおごと》をしっかりと抑えた見返りかえ」

「訪ねてきた用とやらを申せ」

「この江戸屋敷の御文書蔵《ぐら》に入らせて貰いてえ。決して荒らすような事はしねえ、と約束するので諸事記録を見せてほしいのだ」

「馬鹿を申せ」

「もう一つ頼みがある。俺にジワリと迫りつつあるこの気配を、直ぐに退《さ》げるんだな。でないと、腹の底から怒るぜ」

　宗次は膝の上の彦四郎貞宗に左手を触れた。

「とぼけるんじゃねえ。今日俺が腰に帯びてきたのは、彦四郎貞宗だ。刃がボロボロになるまで俺が本気で振り回しゃあ、藩士の三十人や四十人の首が吹っ飛んで、たちまち血の海をつくる事になるぜ。試してみるかえ」

「ここは御三家筆頭、大納言尾張徳川邸ぞ。素姓知れぬ者を御文書蔵になど入れる訳にはいかぬ」

「お前さんが傍《そば》に付いて見張る、という条件付きでも駄目でござんすか御家老さんよ」

「何のことだ」

「御文書蔵で何を調べようというのだ」

「正直言って俺にもよく判らねえ。きっと何か大きな事が判る、という予感しかねえんだ。その何かとはお前さん、いや、大納言尾張徳川家にとっても非常に大事《だいじ》な事という気がしてよ」

「槍卍のことが知りたいのであろう」

「実は、それよりも大きな事、という気がしてなあ」

「……………」

「俺が御文書蔵に入る、というよりも二人して調べてみねえか。お前さんが親父さんからさえ聞いていない大事《おおごと》が次次と判るかも知れねえ」

「…………」

「それが判った後なら、この俺を叩き斬って品川沖に沈めてくれてもいいやな」

「本気で申しているのか」

「ああ本気だ。はじめっから死ぬ気で此処へ来たんでえ。だからこのジワリとした気配を直ぐにでも退げねえと、俺は阿修羅《あしゅら》になるぜえ」

　言葉穏やかに言って、彦四郎貞宗に触れた左手を宗次は引っ込めた。

「考えてみよう。但《ただ》し、もう一つ条件を付けたい」

「言ってみな」

「大・小刀を私に預けることだ」

「いいだろう」

「たいした自信だな。さすが従五位下梁伊対馬守隆房様ご直伝《じきでん》だ」

「おだてるねえ」

「揚真流兵法は撃滅剣法とも称されている実戦兵法と承知している。その凄まじい激しさは薩摩示現流《さつまじげん》でさえ及ばぬと聞いておる」

「で、どうなんでえ。承知してくれるのかよ」

「先ず刀を預かろう」

「判った」

宗次は迷うことなく彦四郎貞宗を、神坂兵三郎の手に預けた。　死の覚悟は出来ていた。

「私は御付家老とは申しても、その職に就いたばかりであり、重要案件の判断経験はまだ無いに等しい。加判役家老ほか重臣達とも協議してみるゆえ、このまま暫し待たれよ」

「また待たすのかい」

それを聞き流して部屋から出て行く、神坂兵三郎であった。

同時に、ジワリと迫りつつあった気配が、雪が解けるが如く消えていく。

「御付家老とは、また早くに偉くなりやがって」

宗次は呟いた。御付家老とは江戸藩邸筆頭家老つまり政治実務の最高責任者であり、加判役家老とは次席家老とも言うべき立場にあって御付家老を補佐し、重要文書などに加判する役目を負っていた。

神坂兵三郎は、意外に早く戻ってきた。

訪ねて来た宗次を半刻もの間待たせている内に、どうやら様様な事態を想定しての打ち合わせを、すでに済ませていたのであろうか。

「付いて来て貰いたい」

襖を開けた位置から座敷の中へ入ろうとはせず、神坂兵三郎は促した。

「地獄の一丁目へかえ」

宗次は苦笑しつつ、腰を上げると付け加えた。

「ちょいと無作法させて貰いてえんだが」

「無作法？」

「羽織袴は肩が凝っていけねえやな。ここで脱ぎ捨て着流しになりてえ」

「武士としての覚悟を決めて、尾張藩邸を訪ねて来たのであろう。長い廊下を進む間には幾人もの藩士と出会《であ》おうから、着流しは困る」

「そうかえ。わかった」

宗次は一間ばかり間をあけて、神坂兵三郎の後に従った。

小柄な体の神坂兵三郎の後ろ姿に、全くスキが無いことに宗次は感心した。

（御付家老の爺《じい》は、思い残すことはなかったであろうな。小柄だが堂堂たる後ろ姿は、まぎれもなく柔《やわら》の達者……いい家老になるだろう）

そう思う宗次であった。

誰もいない座敷を二度抜けると、長い廊下が始まった。左手の庭の向こうに見えるのは小書院であろうか。庭には誰の姿もない。

廊下の突き当たりを左に折れ右に曲がった所、障子を開け放った明るい広間《ひろま》の前で神坂兵三郎の足が止まった。

「黒書院だ」と、神坂は声を落とした。

「ほう。これが……」

「殿は現在《いま》、尾張に居《お》わす。もし殿が江戸藩邸に居《お》られたなら、この黒書院で内内《うちうち》に対面出来たやも知れぬな。即刻打ち首、の沙汰《さた》が出たであろうが」

「関心ねえな。殿様にお目にかかれるやも知れねえ、なんて事には」

「左様か」

「殿様は今年で幾つなんでえ」

「五十五歳におなりだ。文武に長《た》けた立派な御方《おかた》ぞ」

「じゃあ政治《まつりごと》も、さぞや立派でござんしょ」

「行こう」と、神坂兵三郎は歩き出した。

長い廊下をほどなく右に折れると、屈強そうな藩士三人と行き違った。彼等は小柄な神坂兵三郎に、うやうやしく腰を折った。

廊下を進むにしたがって、座敷は小さくなり、藩士や腰元の姿が目立つようになった。

しばらく進んで神坂兵三郎の足が、再び止まった。

「ここが御膳立之間《おぜんだてのま》でな」

「そうですかえ」

「庭の向こうに見える、あれが御文書蔵だ」

顎を少ししゃくって神坂は歩き出した。御膳立之間から先は、それまでの幅広で重厚な造りの廊下は、広い庭を二つに割るかたちで吹き通し造りの渡り廊下となっていた。廊下の左手は手入れの行き届いた緑豊かな築山泉水《つきやませんすい》庭園で、右手は庭木の一本もない、ただの広場であった。人の姿はない。武芸の屋外鍛錬場とも思える殺風景さである。

御文書蔵は瓦屋根、白壁造りの長大な建造物だった。一体どれほどの御文書が収納されているのであろうか。

地面だけの殺風景な広場へ背中を向けた建て方だ。つまり、御膳立之間から見ると、その殺風景な広場の向こうに高く長く連なる、白い土塀となって見える。

吹き通しの渡り廊下は長大な御文書蔵の北の端で尽きていて、ここからは雪駄を履いて庭へ下りねばならなかった。

数本の巨木が繁る庭だった。絵を描く宗次には、桜の木と直ぐに判った。この庭にも、人の姿はない。

御文書蔵と向き合う位置に、瓦屋根三層造りの堂堂たる向唐門《むかいからもん》がある。

門扉は閉じられ、門番はいない。

「春、この庭の桜は、それはそれは見事でな」

そう言いながら御文書蔵の入口に向かって足を速める神坂に、宗次は黙って従った。

神坂が扉を開けた御文書蔵へ、宗次は先に入った。

「これは……」

宗次は呻《うめ》いた。圧巻だった。天井まである書棚は凡《およ》そ一間間隔で十列あって、各列は背中合わせに文書が並べられる、全体で二十列構造だった。高さは七段構造で梯子《はしご》が用意されている。

「なんとまあ。どの棚も文書でびっしりじゃねえかよ。凄い量の文書だなあ」

「政治《まつりごと》というのは、これほどの文書が生み出される煩雑《はんざつ》な怪物なのだ。なかなか綺《き》麗事《れいごと》にはいかない」

「だろうなあ」

「奥の列から手前の列にかけて、きちんと年代別になっておる……とは聞いているが、なあに恐らくかなり乱れていよう。長い年月の間に役職の誰彼が必要の都度、見調べしてきたであろうからな」

「さあて、どこから手を付けるか」

「任せよう。私は他に用を抱えているので、半刻ばかり後にまた来る。御主《おぬし》の言う、〝何か大事なこと〟が判明したなら、そのとき聞かせてくれ」

「付いていなくていいのかえ」

「品川沖に沈められることを覚悟している者に、張り付いていても仕方があるまい。ま、自由に見ることを許そう」

「そのかわり、この屋敷からは絶対に生きては出さねえって訳だな」

「…………」

そばの櫺子窓《れんじまど》一つを開けた神坂兵三郎が、答えずに黙って出ていく。

静かに扉の閉まる音。だが、施錠の音はしなかった。

宗次は、櫺子窓を次次に開けていった。昼間、火災の危険がある行灯の明りなどに頼らなくてもいいよう、大きな櫺子窓が幾つも造られていた。雨を防ぐため窓の外には軒を広く張り出してあって、窓脇には西洋机と椅子《いす》が設けられている。

さすが御三家筆頭、と宗次は感心した。この時代、西洋机と椅子など、大藩と雖も、そう容易《たやす》く見られるものではなかった。

宗次は文書棚の間を、ゆっくりと歩き出した。櫺子窓は東西南北に設けられているとは言え、窓から内寄りの縦列中央部は薄暗い。

が、文書棚の柱に張られている年代別、事案・項目別の張り紙の字は、充分に読み取れた。

宗次は文書棚の間を二回り半ほどして、足を止めた。そこに見たい記録文書があった訳ではなかった。余りに凄まじい量の文書に、改めてあきれ返り足を止めたのだ。

宗次にとってそれは、はじめて目にする〝藩政の痕跡〟であった。

(これが御三家筆頭の実体と言うのけえ。ふん、下らねえ文書を沢山残しているんだろうぜ)

宗次は胸の内で呟きながら、「先ずは元和元年の大坂夏の陣に関する文書から見つけてみるか」と、頭の中を整理した。

元和元年の大坂夏の陣は豊臣家の滅亡を意味し、その二か月前には尾張槍卍によって秀頼公が暗殺され、淀君が拉致《らち》されている。

「淀殿拉致の目的は、一体どこにあったんでえ」

小声を漏らした宗次には、判らぬ事であった。それに関しては自害した神坂兵部之彰からも聞かされていない。

宗次の足が、再び歩き出した。

しかし、数歩と行かないうちに、彼の歩みはまたしても止まった。文書棚の四段目の柱に「大坂夏の陣秘録」と小さな文字で書かれた張り紙を認めたのだ。宗次の視力が優れていたからこそ、気付いた張り紙だった。

しかも、その張り紙の上には、「寛永二十年」と比較的大きな文字で鮮明に書かれた張り紙がある。

「はて？」と宗次は首を傾《かし》げた。大坂夏の陣は、寛永二十年から二十八年も遡《さかのぼ》った元和元年である。

宗次は別の文書棚に立て掛けてあった梯子を持ってきた。

「まてよ」

梯子を中程まで登って、彼の動きが緩慢になった。表情、いや、目つきが変わっていた。町人浮世絵師の目つきではなかった。明らかに、険しい侍の目であった。

「寛永二十年と言えば確か……」

四段目まで上がって、彼の体は動かなくなった。一点を鋭く見つめて考えている。

「間違いない。春日局《かすがのつぼね》様が病《やまい》にて亡くなられた年だ」

梯子に乗った宗次の視線が、ようやく目の前に積み並べられた文書に移った。

「大坂夏の陣秘録」を探そうとして、伸ばしかけた手を、彼は引っ込めた。

「春日局様ご養生録」とある文書の上に、ひときわ分厚い一冊が、ポイと投げ置かれたように斜めになっている。紙はいささか変色して赤茶け、年月の経過を思わせたが傷んではいない。

宗次は腕を伸ばして、それをそっと手に取った。

重い。

表紙に「大坂夏の陣秘録」とあった。裏返してみると、平岡卯三郎忠親《ひらおかうさぶろうただちか》　元和元年七月からはじまって、神坂兵部之彰直義《なおよし》　承応《じようおう》元年十月で終る、六名の名が列挙され、その下にそれぞれ書き判があった。

六名が共に尾張藩士で、この秘録の記録役であることは、一目瞭然《りようぜん》だった。年代ごとにその役割を果たして次の記録役に託し、順次綴《つづ》られて一冊となったものなのであろう。

しかも最後の記録役として、神坂兵部之彰直義の名がある。このことから見て、他の五名も藩の要職にあった者と見てとれた。

（爺が口伝《くでん》記録でしかない、と強調したことが、この秘録に残されているとしたら……）

宗次は暫く神坂兵部之彰の名前を見つめていたが、やがて表返して一枚目を繰ろうとした。

その手が、ふっと止まった。

彼は山積みに並んでいる他の文書に目を近付け、指先で撫でてみた。下役の手によって庫内は時に大掃除はなされているのであろうが、積もっている薄埃《うすぼこり》ははっきりと確かめられた。

だが、手に取っている秘録に、埃汚れはない。

「読んでいやがる。しかも、ごく近頃にだ」

兵部之彰か兵三郎のどちらかが読んだ、と宗次は想像した。

宗次は秘録を手に梯子から下り、西洋机の前に座って表紙を開いた。

彼は読み出した。一体何が秘録されていると言うのか？

「御茶茶殿《おちゃちゃ》」悲劇の陣と称せられる大坂夏の陣。「御茶茶」とは実は淀君の正称であって、時には二の丸殿、西の丸殿と呼ばれていた。

静かな御文書蔵の中に宗次の手で繰られる紙の音が、意外な大きさで広がってゆく。

半刻ほどが経って三分の二ばかりを読み終えた時であろうか。それまで険しかった宗次の表情が強張《こわば》り出した。余程に恐ろしいものにでも出会ったかの如くに。

やがて彼の双つの目から、はらはらと涙がこぼれ始めた。読みめくる手が、ぶるぶると震えもしている。

時が過ぎてゆき、やがて……秘録を閉じた宗次は天井を仰いで大きく息を吐くと、立ち上がった。強張っていた表情は、疲れ切ったようになっていた。

「なんてこった……」

呟いた宗次は、秘録をそばの棚に力なく置くと、身軽になりたかったのか羽織袴をその場に脱ぎ捨てて着流しとなり御文書蔵の外に出た。目は真赤であった。

彼は「ん?」と足元を見、そして前方を見た。

三段の石積階段の最上段に、彦四郎貞宗が刀盆に載せられて置かれているではないか。

前方の向唐門《むかいからもん》を背にし、一人の侍が立ってこちらを見ている。

神坂兵三郎ではなかった。背丈に恵まれた骨格逞《たくま》しい白髪まじりであった。

五十半ばくらいであろうか。遠目にも、眉太く眼光荒鷲《あらわし》の如くと判ったが、表情は静《せい》にして澄んでいる。

宗次を真《ま》っ直《す》ぐに見つめるその侍は数歩を進んで、うやうやしく頭を下げてから口を開いた。どっしりとした声だった。

「宗徳様。お命頂戴《ちようだい》致す」

「お覚悟下され」

「ほう……矢張り私の存在は何かと邪魔か」

「私を殺《や》ると言うならば、名を名乗られよ」

「………」

「お願い申す。名乗られよ」

「柳生厳包《としかね》」

「おう。あなた様が」

宗次は彦四郎貞宗を腰に帯びると石積階段を足早に下りて丁寧に頭を下げた。

柳生厳包——天下にその名を轟《とどろ》かせる尾張柳生の総帥《そうすい》であった。高い見識と優れた剣学で藩公の兵法師範の地位にあり、江戸・尾張両柳生の中で、最も位《くらい》高き剣法を極めているとされる大剣客、いや、大人物であった。

宗次が思わず丁寧に頭を下げたのも、無理はない。

「宗徳様。武士道とは非道なり。生まれて背負いし宿命《さだめ》に罪はなけれど、己《おの》が命この世に無用とお覚悟あれ」

「教えて下され柳生様。己《おの》が血とは……己《おの》が血筋とは、それほど危なきものでございまするか」

宗次の目に、またしても涙が湧《わ》き上がった。無念そうであった。口惜《くや》しそうであった。

「参る……」

天下無双の大剣客が宗次に答えることなく、鞘から静かに刀を抜き放つ。

そよと吹く風もなく、二人の他誰の姿もない桜の巨木の庭。

宗次は着物の袂《たもと》で涙を拭《ぬぐ》うと、三呼吸ほど柳生厳包を見つめてから五、六歩進んで立ち止まり、彦四郎貞宗の柄に手を触れた。

右足を僅かに引き、厳包の目に己《おの》が目を吸い付けて軽く腰を下げる。

厳包の双眸《そうぼう》が、はっきりと光った。宗次には、そうと判った。

宗次が呼吸《いき》を止める。

厳包は綺麗な正眼の構え。

桜の枝の間を縫って落ちる陽《ひ》の光が、その刃を鋭く輝かせ稲妻を放っていた。

どちらも動かない。

どちらにも、恐れは見られない。剣の極意を超えた者同士にある、それは〝理解・判り合える〟を意味するのであろうか。

宗次の爪先がジリッと進む。刀はまだ抜かない。

厳包の爪先も、地面を嚙《か》んだ。双方、間合を詰め出した。

一間半ほどを空けて、二人が動きを止める。

周囲《まわり》の全ても、息を殺した。桜の巨木も、枝枝で休む小鳥も、落葉さえも。

厳包は変わらず正眼、宗次は居合の構え。柳生新陰流対揚真流の、おそらく初めての対峙《たいじ》であった。

片や将軍家及び御三家筆頭の位《くらい》高き剣法であり、片や梁伊撃滅流とまで評されている壮烈剣法である。

余りの息苦しい空気に堪《こら》え切れなくなったのか、小枝の野鳩《のばと》が羽ばたいた。団扇《うちわ》を叩き合わせるような羽音。

瞬間、止まっていた「刻《とき》」が動いた。宗次が一間以上を一気に飛ぶ。

彼の腰から、一条の光が走った。右小手の寸前で、厳包が危うく鍔《つば》受けし、面、面と峻烈《しゅんれつ》な二度打ちを返す。これも、まるで光。

一瞬の激烈。

宗次が左右へ打ち払うや、一間を飛燕《ひえん》の如くに退がって彦四郎貞宗を鞘に戻した。

どちらも再び最初の構え。ぴたりと静止している。

だが、ひと呼吸整えた宗次の額《ひたい》右寄りから、糸のような血すじが、つうっと流れ出した。

それは眉を伝って横に流れ、目尻すれすれに頬《ほお》へと赤い糸を引いた。

これ迄に幾人かの侍と対峙した時の宗次とは、がらりと顔つきが変わっていた。目をやや細め、唇は優し気に閉じ、顎先にも首にも肩にも力みは見られず、己れを夢想の境地に引き込んでいるかのようだった。

と、流れ雲が二人の脇に、流れ影を落とした。

宗次の〝気〟が僅かにそれを意識して小さく揺れた刹那《せつな》、厳包が地表を滑った。

宗次も、素早くひと足出す。

凄まじい唸りが宗次の頭上に覆い掛かり、同時に彦四郎貞宗が彼の腰から離れた。

ガチンッ。

鋼《はがね》と鋼が激突した。青白い火花が散る。

なんと、厳包の頭上打ちを受けたのは、宗次が左手で抜き放った小刀だった。

今度は、厳包がフワリと飛び退がる。年を感じさせぬ静烈《せいれつ》・柔剛《じゅうごう》、見事な身のこなしであった。

片手正眼に構えた宗次が、厳包の目を見据えたまま、小刀を鞘に戻す。切っ先が寸分も鞘口《さやぐち》を誤らぬ鮮やかさだ。

このとき厳包に変化が生じた。正眼に構える大剣客の左手首から、小さな血玉が垂《た》れ出した。

正眼対正眼。二人は微塵《みじん》も動かない。ただ、厳包の目が一段と凄味《すごみ》を帯び始めていた。

対する宗次は、瞼《まぶた》を閉じているのでは、と思われるほど目を細めている。厳包の突き刺さるような眼光を防ごうとでもしているのであろうか。

長い対峙が続いた。まるで彫《ほ》られた武者像のように二人とも動かない。

宗次の額にも、厳包の額にも、汗の粒が浮き始めていた。

不動の対峙が続く。

また流れ雲の影が、二人の脇を往き過ぎた。

それが厳包の不動を解いた。正眼の刃が下段へと移る。

途端、宗次の足が地を蹴った。彦四郎貞宗が矢のように伸びた。切っ先が閃光と化して厳包の喉元《のどもと》へ伸びていく。速い、猛烈に速い。

厳包の下段の刃が、それを下から上へと跳ね上げた。

跳ね上げられた瞬間、彦四郎貞宗が刃返《やいばがえ》しを見せ、厳包の顎の先を割った。

厳包の顔が、思わず「うっ」と歪む。

彦四郎貞宗は休まなかった。小手、面、小手、面と厳包に一呼吸《ひとこきゅう》も与えぬ凄絶《せいぜつ》な連続攻撃。しなやかで激しく、蝶《ちょう》が舞うように美しく阿修羅《あしゅら》であった。これが揚真流であった。

厳包が退がった。顎の先から血を噴き出しながら退がった。

宗次が打つ、また打つ、更《さら》に打つ。

ガツンッ、チンッと鋼が鳴り、刃毀《はこぼ》れが火花となって宙に散った。

受け身の厳包が、彦四郎貞宗の刃を巻き上げ、宗次の手首が捩《ね》じれる。

(殺《や》られるっ)

宗次は、胸の内で叫んでいた。叫びながら瞬時に右へ飛び逃げた。

厳包の剛剣が宗次の脇腹に襲いかかる。空気が裂けて鳴った。

彦四郎貞宗の切っ先が、辛うじて受けた。受けたが信じられないような力でそのまま押された。

厳包の剛剣が彦四郎貞宗の切っ先を滑って、宗次の腰を強打。食い込んだ。

ガツッと鈍い音がして、宗次の腰の小刀の鞘が割れ弾けた。

宗次の上体が打たれた衝撃で大きく揺れつつ横滑りに。

体勢を直ぐに立て直した彼であったが、しかし身構えを解き、彦四郎貞宗を腰の後ろへ引いた。

そして深深と頭《こうべ》を下げる。

「参りました。柳生厳包先生に討たれるのならこの宗徳、悔いはありませぬ」

「さすが撃滅剣法と言われた揚真流。その恐ろしさ、とくと見せて戴いた」

「先生と対峙し、自分の未熟さを思い知らされました」

「なんの。私の躰《からだ》を傷つけたのは、宗徳様が最初であり、おそらく最後でございましょう」

「さ、先生。遠慮のう御斬り下され」

「宗徳様は、まだお若い。剣の道、浮世絵の道、これからも尚一層極められ、永遠の天下一を目指して下され」

「え……」

「向唐門の閂《かんぬき》は外してござる。もう二度と、私の前には姿を見せて下さいませぬよう」

「先生……」

「さらばでござる」

柳生厳包は剣を鞘に納めると、顎の先から噴き出す鮮血など気にもかけず、宗次に一礼して踵《きびす》を返した。

(何という大きな御人であろう……あれが柳生新陰流の心眼であるのか)

宗次は襲い出した腰の痛みに顔を顰《しか》めながら、離れていく大剣客の後ろ姿に熱いものを覚えた。

十六

格式高い料理茶屋と評されている「夢座敷」の女将幸は仏間で、亡くなった亭主徳兵衛の仏壇に手を合わせていた。

(お前様に叱《しか》られるでありましょうけれども、何卒《なにとぞ》あの御人を守ってあげて下さいまし。あの御人に万一の事があらば、私《わたくし》も生きてはおれませぬ。天上で今も尚、私を

可愛いと思うて下さいまするなら、どうかあの御人を助けてあげて下さいまし）

両の目から、涙を流して仏壇に告げる幸であった。亡き夫の徳兵衛に申し訳ないという気持などはなかった。幼子が父に縋《すが》るような気持で、祈り続けた。無心であった。祈り願いながら、無心であった。

徳兵衛の位牌《いはい》がこのときカタカタと微《かす》かに揺れた。

だが幸は気付くことなく、祈り続けた。

と、不意に庭の方でドスンと鈍い音がした。塀に何かがぶつかったような音に思われた。

我を取り戻した幸は立ち上がると、十二畳の居間を抜け、十畳の寝所を経て広縁に出た。

また低音があって、竹編みの塀が軋《きし》み揺れたではないか。

何かがぶつかった音と判って、幸はやや慌て気味に踏み石の上の雪駄を履いて庭先へと下り、着物の裾乱《すそみだ》れを右手で押さえつつ裏木戸に向かって駆け出した。よくない事を予感したのか、綺麗な顔が今にも泣き出しそうになっている。

幸は、裏木戸を開けた。

浮世絵師宗次が倒れ込んで、幸が「あ……」と小さな悲鳴をあげた。

先程の音を耳にしたのか、それとも只ならぬ気配を察知でもしたのか白髪頭の大番頭繁二郎《しげじろう》が「どうなさいました」と、あたふた広縁を駆けてきた。

「あ、こ、これは宗次先生」と、繁二郎が驚いて思わず広縁の端でのけ反《ぞ》る。

「繁さん。早く湯島三丁目の柴野南州《しばのなんしゅう》先生を」

「判りました。足の速い留吉を走らせます」

「店の者には、くれぐれも騒がぬようにと」

「心得ています」

「宗次先生が刀をお持ちであったことも、伏せておいた方が……」

「そうですね。判りました」

繁二郎は頷いて踵を返した。

「宗次先生、先生、もう心配いりませんよ」

幸は、横に倒れている宗次の体を起こそうとした。

「刀だ……刀を鞘ごと……抜き取って……くれ」

宗次が顔を歪めながら訴えた。弱弱しい、かすれ声だった。

「は、はい」と、幸が宗次の帯から大小刀を抜き取る。

彼女は二度目の小さな悲鳴をあげた。抜き取った小刀の鞘が、まるで木屑《きくず》のように刀身から離れ落ちたのだ。

「刀を……」

宗次に求められて、幸はその手に大刀を握らせた。

「すまねえ……肩を貸してくれ」

「はい」

幸が上体を小さく縮ませて宗次の空《あ》いている方の腕を、自分の肩に回させた。

刀を杖《つえ》にして立ち上がろうとする宗次を、幸は必死の力で助け起こした。

二人はよろめきながら支え合って、寝所へと向かった。

幸は嬉しかった。自分の掌に宗次の体の温《ぬく》もりがあった。生きている証《あかし》であった。

寝所に手早く布団を敷いて、宗次をようやくのこと仰向けに寝かせると、彼はそのまま意識を失った。

幸は宗次の大小刀を箪笥《たんす》に隠したあと、彼の枕元に自分の手で湯の用意を整えた。

格式高い大料理茶屋だけあって、湯はたいてい沸《わ》いている。

若い頃、長崎でオランダ医学を学んだという柴野南州は、呼吸《いき》を乱しながらも思いのほか早く駆けつけた。

「白口髭《しろくちひげ》の蘭方医《らんぽうい》」で本郷《ほんごう》、神田界隈《かいわい》では殊《こと》に評判のよいことで知られている。薬礼《やくれい》も大変安い。

「南州先生。浮世絵師の宗次先生が……」

「おう。一体どうしたことじゃ。三日前に堀端で擦《す》れ違うた時は、元気に声を掛けてくれたというのに」

「何やら諍《いさか》いでもありましたのでしょうか……」

「ま、とにかく診《み》よう」

南州は先ず宗次の顔の傷に、医者としての目を近付けた。鋭い目になっていた。

この時になって、駆けることが苦手《にがて》なのか南州の若い女弟子が息を乱しながら「遅れて申し訳ありません」と繁二郎に案内され、寝所に入ってきた。両手に小箱を提《さ》げている。

「タケ。この額の傷には塗り薬じゃ。それで心配ない」

「はい」と答えた女弟子が、手早く木箱を開ける。

繁二郎が、ちょっと安心したような表情を見せて、引き退がった。

だが、名医南州の顔つきが変わるのは、幸に忠実な大番頭が退がってからだった。

南州は宗次の額に膏薬《こうやく》を塗り終えた女弟子タケに手伝わせて、宗次の腰から上を裸にした。

「こ、これは……」と南州が絶句し、幸も女弟子タケも思わず口に手を当てる。

宗次の左腰は痛痛しく腫《は》れあがり、皮膚の色は広範囲に赤黒くなっていた。

「いかん。ひどい内出血じゃ。しかも、まだ続いておる」

聞いて幸は「南州先生……」と、唇を震わせた。

「冷たい井戸水を急いで。それも汲《く》み上げたばかりのな」

「は、はい。直ぐに汲んで参ります」

「それと大手拭いが三、四枚要《い》る。タケ、女将を手伝ってあげなさい」

「承知しました」

大童《おおわらわ》となった。

帳場続きの〝大番頭兼本板〟の部屋で「何かあらば……」と待機していた繁二郎が、下洗方の若い衆と共に井戸水の汲《く》み上げに加わった。

それによって幸もタケも、南州の治療を手伝えた。

「ともかく内出血を抑えねばならん」

と、南州の目つきは怖いほどであった。

「止まりましょうか先生」と、幸は顔色がない。

「どうしても止まらぬ場合は、腰から脇腹にかけてを少し開《ひら》かねばならん」

「儂《わし》は蘭方医じゃ女将。外科は苦手《にがて》ではない。安心なさるがよい。器具の用意も整えておる」

「先生、どうか……」

「お願い致します先生。どうか、どうか……」

「うん、うん、任せなさい。それにしても余程、強い打撃を浴びたようじゃな」

「……」

「此処へは、傷ついた姿で転がり込んで来たんじゃな」

「南州先生……」と、幸は祈るような表情になった。

「そうか。よしよし訊《き》くまい」

宗次の腰から脇腹にかけては、冷たい濡れ手拭いで繰り返し繰り返し冷やされた。幸とタケが交替で行なった。手桶《ておけ》の井戸水は下洗方の若い衆の手で、ひっきりなしに替えられた。

「腰の骨は大丈夫でしょうか先生」

幾度目かの濡れ手拭いを宗次の腰にそっと当てながら、幸は両の目を赤く腫《は》らして訊ねた。涙は堪《こら》えていたが、彼女は泣いていた。

「内出血を止めることが先じゃ。骨の心配は、それからでよい」

幸は黙って頷いた。

同じ刻限、尾張藩上屋敷。

五百石取りの藩公兵法師範《しはん》柳生厳包は、御膳立之間に近い長屋の一室に於いて、蘭学者で三百石取りの奥医師杉野伯道《すぎのはくどう》の外科手術に耐えていた。アヘン軟膏《なんこう》の局所的塗《と》布《ふ》による鎮痛に頼るしかないため、縫合《ほうごう》の痛みはかなりのものだった。

「顎先の骨が、真っ二つに割られていますな。これは時を要しましょうが治ります。それにしても、あと僅かのところで太い血の道を断ち切られ、とり返しのつかぬ事態になっておりましたぞ」

「う、うむ……左様ですか」と厳包が頭にまで響く痛みを堪えた。

「あ、話さないで。聞くだけにして下され厳包殿」

座敷には十二、三名の武士が、黙然と座っていた。どの表情も険しい。

ここは長屋とはいっても、浮世絵師宗次が住む八軒長屋とは訳が違う。上級長屋と称する長大な建物で、屋敷塀《べい》に沿って建てられ、外に向かっても内に向かっても庭を持っていた。内部は幾つかに区切られ、それぞれに玄関があって江戸詰め中堅藩士の住居《すまい》となっている。

いま巌包が外科手術を受けている部屋は、柳生門下筆頭の地位《くらい》にある武士の住居であった。見守っている十二、三名はその油断なき面構えから、どうやら全て柳生門下、手練《てだれ》中の手練と思われた。

「さ、これで宜しかろう。それにしても真剣による打合稽古《うちあいげいこ》は、もう御止《およ》し下され。この伯道、肝を冷やしましたぞ」

一段落して伯道が微笑《ほほえ》み、巌包も微《かす》かに目で笑った。

「巌包殿は尾張藩にとっても藩公にとっても、大事な御方《おかた》。くれぐれも御自愛なされますように」

言われて、巌包は小さく頷いて見せた。

「暫《しばら》くの間は、水気《みずけ》を多くした粥《かゆ》に白身魚を煮付けた身を細かく潰したものを混ぜ、それを細い管《くだ》で吸う食事となりましょう。噛まずに、ゆっくりと飲み込んで下され。細い管は後程《のちほど》弟子に持って来させます。粥については私から賄頭《まかないがしら》進堂安之助《しんどうやすのすけ》殿に頼んでおきまするゆえ」

そう言いながら、三百石取りの蘭学者・奥医師杉野伯道は腰を上げた。

尾張藩の医師には、奥医師、奥詰医師、番医師の三つの位《くらい》がある。

奥医師は藩公の侍医《じい》だ。

「ではまた明朝、診《み》に参りましょう」

杉野伯道は、引き揚げた。

巌包は横たわっていた布団の上へ、上体を静かに起こした。

それを待って、この部屋に住まう柳生門下筆頭の前澤要介《まえさわようすけ》が、巌包へ膝を擦《す》り寄せる。

「柳生先生。一体何処の誰と立ち合われたのでございまするか」

穏やかな口調であったが、目は光っていた。

巌包は手振りを見せて、紙と筆墨を持って来させた。

前澤要介が筆先を軽く湿らせ、巌包に手渡す。

筆が滑らかに走った。

「その方たちが束《たば》になっても勝てぬ相手じゃ。相手も深い手傷を負うておる故、騒ぐことは断じて許さぬ」

書いたものを前澤要介に手渡し、筆を脇の硯《すずり》に置いて巌包は再び横たわり目を閉じた。

書かれたものに目を通した侍たちが、一人また一人と部屋から出ていく。

相手も深い手傷を負ったと知って一応、納得したのであろうか。

（浮世絵師宗次……まさか、あれほど凄い剣が使えるとは）

浮世絵師宗次の、いや、徳川宗徳の剣構え、閃光の如き身のこなし、を脳裏に次次と思い浮かべる柳生厳包であった。

（御家老殿に、討《う》ちもらしたと詫《わ》びねばなるまい）

厳包は小さく息を吐いた。

十七

五日目の朝、料理茶屋「夢座敷」。

一日半意識を失っていた浮世絵師宗次だが、ようやくのこと布団の上へ体を起こせた。

「痛みませぬか」

と、幸が宗次の後ろへ回り、彼の肩を包むようにして羽織をかける。

宗次のために幸が縫《ぬ》いあげたものだ。

「随分と楽になった。すっかり迷惑をかけちまったな」

宗次の口調には、さすがにまだ何時《いつ》もの気力はない。

「どうやら腰の骨には異常がなさそうで、本当に宜しゅうございました」

「うん。心配かけてすまねえ」

「それにしても肩がすっかり小さくなってしまわれましたこと……」

「なにしろ口を動かすだけで痛みが激しく走るんで、ほとんど食えなかったからなあ」

「今朝は、お粥に玉子焼と焼魚を付けさせて下さいましね」

「食ってみよう」

「はい」

「女将……」

「はい」

「有り難うよ」

「きっと生きて帰ってきて下さると信じておりました。宗次先生の命は、私《わたくし》の命でありまするから」

幸はほんのりとした美しい笑みを添えて言うと、寝所からそっと出ていった。

宗次は床の間に目をやった。彦四郎貞宗が刀掛けに掛かっていた。小刀《こがたな》は真っ白な紙の上に抜き身で横たえられ、その横にもう一枚紙が敷かれてあって、幾つもの破片状に砕かれた鞘が、出来るだけ鞘の形を整えてのっている。

（とても完璧《かんぺき》には防げなかった……強烈な一撃だった。柳生様の剣は私を助けんがため、わざと小刀の上に打撃を与えたのだろう……）

打たれる直前、目の前で稲妻が光ったような気がした宗次であった。

（恐るべし……尾張柳生剣）

宗次がそう思ったとき、幸が戻ってきた。にこやかであった。

「どしたい？」

「私《わたくし》が自分でお食事の用意を調えようと致しましたら、女将の役目は先生の身そばに居《い》ることですよ、と大番頭の繁二郎に体《てい》よく追い返されてしまいました」

「繁さんにも、面倒を掛けちまったな。申し訳ねえ」

「南州先生の御許しを頂戴できましたなら、今日明日あたり近くをゆっくりと歩いてみましょうね」

「そうよな。ところで、あの小刀の鞘だが……」

「よく見てみまするると、刃の当たった痕跡が、はっきりと残っておりました。強い力と申すよりは、速い力と申した方が宜しいような打撃が、加わったのでありましょう」

「速い力のう……なるほど、女将はいい見方をする」

「急いで鞘を作り直して貰わねばなりませぬ」

「鞘だけじゃあねえ。大小刀とも刃を研《と》ぎに出さねばなるめえよ。神田の顔見知った刀鍛冶《かじ》まで届けてはくれねえか」

「はい」

「鍛冶町《かじちょう》一丁目の奈茂造《なもぞう》てえ看板を掲げた腕のいい老職人まで届けて貰いてえんだ。研ぎも鞘も、きちんとやってくれる。浮世絵師宗次が道楽刀《どうらくがたな》を傷《いた》めちまった、と渡してくれりゃあ、小うるさい事《こた》ぁ訊《き》かねえ爺《と》っつあんだから」

「それでは、宗次先生が朝の膳《ぜん》をお済ませになられてから、届けて参りましょう」

「途中、気を付けてな。なるべく刀だと判らぬよう、風呂敷なんぞにくるんだ方がいい」

「はい。そのように致します」

「浮世絵師宗次が刀を持っていた事、南州先生や繁さんは変に思っていねえかい」

「余計なことを、口にするような人たちではありませぬから」

「そうかい。そりゃあ助かるなあ……ともかく気を付けて鍛冶町へな」

「気を付けてと申せば、一昨日あたりから三、四人連れの御侍様が、店の前を往《い》ったり来たりするようになりました」

「ほう……浪人かえ？」

「いいえ。きちんとした身なりの御侍様です」

「ふうん」

「いずれも、キリリッとした御顔立ちの御侍様たちで、ひ弱には見えぬ御印象でしたけれど」

「キリリッとした顔立ちねえ……わかった。じゃあ鍛冶町へは、私《あつし》が自分の足で行かあ」

「いいえ。鍛冶町までは少し道程《みちのり》がありまするから、幸に行かせて下さいまし。大丈夫でございますから」

「そう言ってくれるのは有り難えが……よし、なら二人で手をつないでゆっくりと行くか」

「は、はい」

幸は目を細めて、ふふっと小さく笑った。嬉しそうだった。

繁二郎が朝の膳を運んできた。

「大変な迷惑を掛けちまったな繁さん。許しておくんない」

「何をおっしゃいます。先生は『夢座敷』にとっては大切なお客様。また、江戸画壇にとっても今や欠かせぬ御方様《おかたさま》。『夢座敷』としては当然のことをさせて戴いておりますので」

「そう言われるほど、この『夢座敷』では飲み食いをして儲けて貰っちゃあいねえんだが」

「細かい事は言いっこ無しでございますよ。へい」

繁二郎は明るい笑顔で言いつつ、「女将さん、ここへ置いておきますので」と声を低め、朝の膳を置いた。

「御苦労様。それから朝の膳が済んでからですけれど、先生に付いて神田鍛冶町へ出かけますから」

「えっ。先生、もう歩いて大丈夫なので？」と、繁二郎は床の間の刀へチラリと視線を流した。

「朝の膳を終えて一刻もせぬうち南州先生が見えましょう。お許しを頂戴できたら、ということで」

そう言う幸の視線も、床の間へと流れた。

「もし行かれる場合は女将さん、店の若い者《もん》を二人ばかり付けさせて下さい。何かの場合の手足となりましょうから」

「大丈夫《でえじょうぶ》だよ繁さん、大丈夫《でえじょうぶ》。しっかり者の女将が付いていてくれるんだから」

宗次が横から口を挟んだ。

「はあ……宗次先生が、そう仰るなら」

繁二郎は心配気な表情をつくって、退がっていこうとしたが、何かを思い出したかのように体の動きを止めた。

「あ、女将さん。またですねえ表の通りを例の三、四人連れの侍が往《い》ったり来たりと……」

「え……」

「下働きの、お糸《いと》が先程店先を掃き清めていて気付いたのですが」

「繁さん、その連中の顔の特徴を、ようく覚えておくだけで充分だよ。出来れば着ている物なんぞもな。それで何かの時に必ず役に立たあな」

宗次に言われて、繁二郎は頷いた。

「はい。お糸は実に物覚えのいい娘《こ》ですので、場合によっては先生に似顔絵や似姿絵を描いて戴き、それを町奉行所へでも届けてはどうかと」

「うん。そういう手もあるねえ。近頃じゃあ町奉行所も、不審な侍相手には遠慮しねえようだから」

「それでは先生、ゆっくりとお食事を召しあがって下さい」

「有り難う。御馳《ごち》になるよ」

宗次は繁二郎に向かって、きちんと頭を下げた。

繁二郎が、にこりと応じて部屋から出ていき静かに障子を閉じた。

「いい大番頭だな女将」

「人柄も料理の腕も申し分ありませぬから、本当は日本橋あたりに出店の一軒も持たせてやらねばならぬのですけれど」

「なあに。繁さんは、この店で骨を埋める積もりで働いていらあな」

「そうでございましょうか。それならば有り難いのですけれど……さ、先生お食事を」

「いただくぜ」

宗次は幸の優しいまなざしに見つめられながら、朝の膳を済ませた。きちんとした朝食を摂《と》るのは、幾日ぶりであろうか。

「美味しかったよ」と、宗次が合掌して謝意を表す。

「ほんに綺麗に、お食べになりました。繁さんがきっと喜びます」

「うん」

「南州先生は、もう暫くすればお見えになりましょう。朝の往診の早い先生でございますから」

「南州先生にも世話をかけちまったい」

「あのう……」

「ん？」

「只事ではなさ過ぎまする此度《こたび》の一件。何がおありなされたのか、幸に一部始終を打ち明けては下さりませぬか」

「一部始終をか……」

「それとも、この幸は打ち明けるに値しない女性《おなご》でございましょうか」

「いや。そのようなことはない」と、べらんめえ調を抑えて、重重しい口調となる宗次であった。

「ならば、どうか……南州先生がお見えになる迄には、まだ充分の時がありますゆえ」

「判った、聞いて貰おうか」

「決して他言は致しませぬ」

「女将に対し、その心配は致しておらぬ。心から気を許しておるわ」

「宗徳様……」

幸は軽く三つ指をついて頷き、そして微笑んだ。

「私が立ち合《お》うた相手は、現在《いま》の尾張藩公つまり我が父と言われておる徳川光友の兵法師範《しはん》柳生厳包先生だ」

「まあ……」

幸が息を止め、その表情が、たちまち沈む。

「お年齢《とし》は確か藩公と同じ五十五歳の筈……その御人に私は完敗した。いや、命を救われた、と言いかえるべきかも知れぬ」

「斬られていたかも知れぬのに、相手は斬らなかったと申されるのですか」

「うむ」

「その柳生厳包様は何故、尾張藩公の血を引いておられまする宗徳様に、刃を向けなければならなかったのでございましょう」

「私の存在が邪魔だからだろう」

「邪魔？……目ざわりと、申されまするのですか」

「恐らく厳包先生が、そう感じておられた訳ではない。先生は懇懇《こんこん》と説かれ頼まれて動かざるを得なかったのであろうな」

「藩公の兵法ご師範を動かせる程の御人と申せば、余程に高位の方《かた》でございましょう」

「その通りだ。藩公か筆頭家老職あたりでないと、巌包先生ほどの大人物は動かせぬ」

「では藩公がご自分の血を分けた宗徳様を？」

「藩公の血を分けた〝あの子は邪魔〟とか〝この子は要《い》らぬ〟という武家社会の下らぬ世迷《よま》い言《ごと》は、たいてい藩公の側近どもの口から出るものでな。しかも藩公の全く知らぬ間に生じる事が少のうない、ときている」

「なんと非道《ひど》い……」

「武家社会とは非道《ひどう》なものよ。浮世絵師として穏やかに暮らしている者まで、藩公の血を引いているというだけで、亡き者にせんとするからのう。こちらは世継ぎ問題などに関心ないわ。実に下らぬ」

「では宗徳様は、これからも尾張藩の誰彼に狙われるのでございまするか」

「いや、尾張藩だけでは済まぬ事を、ついに知ってしもうたわ」

「どういう意味でございましょうか。まさか徳川幕府からも狙われると申されるのでは……詳しくお聞かせ下さりませ」

「それには数十年前の出来事から、順を追って話さねばならぬ」

「はい」と幸の美しい表情が厳しくなった。更なる〝不吉〟を予感したのであろうか。

「今より六十五年前の元和元年に生じた大坂夏の陣で、豊臣一門が徳川家康公によって滅ぼされた事は、赤子でも知っている事だが」

「亡き秀吉様のご側室淀《よど》の方様《かたさま》及び一門の総帥秀頼様の母と子が、城内で自害なされたと伝えられております」

〝淀の方様〟の丁重語がこの上もなく似合う、幸であった。

「が、自害ではなかった」

「………」

　幸が、思わず出かけた声を抑え、目を瞠った。

「秀頼殿は大坂夏の陣が生じる二月《ふたつき》前、尾張藩が組織した暗殺集団の手によって殺害されていた」

「そんな……」と幸が背筋を伸ばして驚く。

「それだけではない、同時に淀殿は暗殺集団の手によって密かに尾張へ連れて来られていた。密かにな」

「拉致《らち》されたと申されるのですか」

「そうだ」

「何の目的で淀の方様を尾張へ？」

「大坂夏の陣の二月前と申せば、豊臣軍が勝つかも知れぬ、という見方も相当強かったらしい」

「では、徳川方は戦《いくさ》が不利に展開するかも知れぬ事態に備えて、淀の方様を人質として捕えたのですね」

「そういう判断が出来そうなのだ。但し尾張の暗殺集団が淀殿を密かに尾張藩公のもとへ連れて来たことを知る者は、非常に限られておるようだ。現在《いま》に於《お》いてもな」

「もしや現在《いま》の幕府さえ知らないこと？……でございまするか」

「うーん。その点はどうかのう……よくは判らぬ」

「それに致しましても、なんと空恐ろしい事……では大坂夏の陣は、西軍の主母子《あるじおやこ》がおらぬまま、開戦となったのでございましょうか」

「そういう事になるな」

「主不在の戦など私《わたくし》にはとうてい理解できませぬ」

「それが武家社会の下らぬ意地というものなのだ」

「それで、尾張へ連れて来られた淀の方様は、いかがなりましたのでしょう」

「当時、尾張の藩公は徳川家康公の九男義直《よしなお》様。若くして、武道、軍学、儒学、神道、音楽などに長じた優れた御方であったらしく、家康公が亡くなられる前年あたりから、つまり元和元年の十五歳の頃から尾張に常在し、翌年の、元和二年あたりから実質的に藩政の指揮をとるようになられた。つまり初代藩主として、尾張藩開祖の立場にあられた訳だ」

「十五歳を過ぎるあたりから藩政を指揮なされたとは……余程に優れた御方であられたのでございましょうね」

「うむ。有能であるだけではなく、体格の良さも人柄の良さも抜きん出ていたようだな」

「それで淀の方様は？」

「この若き初代藩主義直様の手が付いた」

「何と申されます」

幸は愕然《がくぜん》となった。後の言葉が続かなかった。

「尾張へ連れて来られし時の淀殿は、確か四十七、八。だが然し、亡き豊臣秀吉公を捉《とら》えて離さなかった、その瑞瑞《みずみず》しいばかりの若若しさ、美しさ、豊満なる妖しさは息をのむばかりであったらしく、若い義直様はすっかり心を奪われなされた」

「女子《おなご》に男子《おとこし》の手が付きまするると当然、考えねばならぬことが生じて参ります……もしや淀の方様は」

「その、もしや、だ。淀殿は翌年の元和二年、女児春《はる》を産みなさってな」

「なんとお気の毒な……淀の方様の御心を思いますと心が痛みまする」

「痛むのう……豊臣一門の頂点に立っておられた御方が、徳川の血を引く子を産んだのじゃから」

「生まれましたるその赤子春姫様は、徳川にとっては困った存在であったのではありますまいか」

「さすが『夢座敷』の教養高き女将。ようく見るのう。女児春は生まれて直ぐ、野に追放されてしもうた」

「追放……」

「とは申しても、義直公と淀殿の間に出来た子であることを伏せ、尾張江戸藩邸より密かに、日本橋の大奥出入りの豪商菱山《ひしやま》家へ養女に出されてな」

「大奥出入りの菱山家と申しますと、江戸一番の呉服商人でありまする菱山録吾郎《ろくごろう》様？」

「左様。当時は初代の録吾郎だが……」

「現在《いま》の二代目菱山録吾郎様は、商《あきな》い組合の打合せなどで、この『夢座敷』を年に四、五度は御利用下さっておりましょうか」

「だろうのう。『夢座敷』の格式から見れば、利用していよう」

「で、産みしわが子を直ぐに野に下《お》ろされた淀の方様は？」

「子を奪われた悲しみの余り、自裁なされた」

「矢張りそのような結末に……」と、幸は肩を落とした。

「淀殿のこの自裁の怨念《おんねん》は、実はその後三代に亘って続くことになる」

「三代に……」

「菱山家の養女となった淀殿が産みし春姫は、美しく育ったようでな。今より四十八年前の寛永九年十六歳の時、三代将軍家光公の側室探しに御熱心であられた大奥差配春日局《かすがのつぼね》様の目に偶然とまった」

「あの絶大な権力をお持ちであられたという春日局様の……」

「うむ。大変な御人の目にとまった、という訳だ」

「まさか春姫様は、側室として三代将軍様の御子をお産みになられたのでは」

「産んだ。四十六年前の寛永十一年に女児咲《さき》をな……しかし、その直後に春姫こと側室お幸《こう》の方《かた》が淀殿の産んだ子と、春日局様に知れてしもうた」

「お幸の方様……私《わたくし》と同じ名でございますね」

「同じだ」

「お幸の方様が、淀の方様の産みし子と春日局様に知れて、またしても恐ろしい結果になったのではございませぬか」

「なった」

「ああ」と、幸は両手で顔を覆った。これからの辛い話の先を、予感しているのであろうか。

「堪《こら》えて聞いてくれ、お幸。これからが大事なのだ」

「はい。すみませぬ」

幸は顔を上げて宗次と目を合わせた。

彼女は、ハッとなった。宗次の目に涙があることを知った。

「お幸の方様が産みし女児咲姫は、家光公に一任された春日局様が密かに動き、直ちに尾張藩江戸上屋敷預けとなってな。御付家老つまり筆頭家老神坂家が養育する責任を負わされる事となった。養女となったのではなく、養育するという面倒だけが神坂家に押しつけられたのだ」

「それで……それでわが子を奪われたお幸の方様は、いかがなりました」

「悲しみの余り、自裁した」

聞いて幸は、ぶるぶると唇を震わせた。耳を覆いたくなるような更に恐ろしい結末が次第に、自分に迫りつつあるような予感に捉《とら》われたのであろうか。

「なあ、お幸」

「はい」

「時代は容赦なく流れ去る。あらゆるものを飲み込んでな」

「はい」

「三十七年前の寛永二十年には、春日局様が亡くなられ、三十年前の慶安《けいあん》三年には初代尾張藩公義直様も亡くなられた。そして、三度目の淀殿の怨念が、いよいよ足音を立て出した」

「は、はい」と、幸は息をとめた。

「今より二十九年前の慶安四年、三代将軍家光公がついに身罷《みまか》られた。そしてこの年、尾張藩江戸上屋敷で御付家老神坂家によって養育され十七歳となった咲姫に、尾張藩二代藩主徳川光友公の手が付いた」

幸は大粒の涙を流した。

「翌年の承応《じょうおう》元年、咲姫は男児を産んだ……それが……この私だ」

「咲姫様は……母上様は、いかがなりました」

幸は、涙で宗次の顔が見えなかった。

「私が揚真流の大剣客、梁伊対馬守隆房先生の手に預けられしその夜……悲しみつつ自裁した」

「おお……なんたる非道」

幸は、泣き伏した。激しく肩を震わせて泣いた。

宗次は、頬に涙を伝わせながら、穏やかに付け加えた。

「淀殿は私の曾《そう》祖母に当たり、三代将軍家光公は祖父に当たる。いま申した流れを見れば、浮世絵師宗次の存在が、尾張徳川家にとって……いや、将軍徳川家にとっても如何《いか》に目障りかが判ろう、お幸」

「けれども……けれども今頃になって、なにゆえ目障りなのでございましょう。浮世絵師として……浮世絵師として、天下一に大成なさっておりまするのに……徳川様御一門は余りにも……ご無体でございます」

「その無体を、武士の世は押し通そうとするのだ」

「幸は、許せませぬ……許せませぬ」

「今迄は大剣客、梁伊対馬守隆房という養父《ちち》の絶対的な力が、私の後ろ盾《だて》としてあった。養父《ちち》の周囲には、幾人もの強力な門下生もいた。だから私に対して、何者も迂闊《うかつ》には手を出せなかったのであろう。考えてみれば、養父《ちち》が亡くなり、強力な門下生も高齢で次次と亡くなっていく頃から、私の身辺で大小の変事が次次と頻発するようになっている」

「宗徳様……」

「ん？」

「何処《どこ》ぞの山奥深くで、浮世絵に打ち込み下さいまし。この幸が、お供致します。わが命ある限り、どこ迄も」

「それはいかぬ。『夢座敷』の楊貴妃《ようきひ》とまで言われ、江戸の男達の注目を一身に集める美しいそなたは、この格式ある店から離れるべきではない」

「いいえ。『夢座敷』は繁さんに預けます。私《わたくし》のこれからは、宗徳様お一人だけのものと致しとうございます」

「お幸……」

「お聞き届け下さらねば、私《わたくし》はもう、生きる術《すべ》を失った脱《ぬ》け殻《がら》となってしまいます」

「そこまで言うか、そなたは」

「はい。心から……命を賭けて」

宗次は片膝を立てて体を右へ捩《ね》じると、床の間の大刀彦四郎貞宗に手を伸ばした。

「命を賭けてもと、申したな」

「はい。真実《まこと》の心で申し上げました」

「ならば侍の刃《やいば》の非情さというものを、今、見せてくれよう」

宗次は立ち上がって、大刀彦四郎貞宗を帯へ通した。目は閉じられた障子の向こうを見ている。

「宗徳様に斬られるのであらば、悔《く》いはございませぬ。どうぞお斬り下さいませ」

「よかろう」

宗次が頷いた次の瞬間、不意に障子の向こうに人影が映るやバリバリと蹴《け》り破られ、刃の光が幸の頭上に襲いかかった。

宗次の腰から彦四郎貞宗が走り、幸の頭上寸前で二つの刃が打ち合った。

ガツンと鋼《はがね》の音、そして火花が舞う。

二の足を踏み込み様《ざま》、宗次の彦四郎貞宗が相手の剣を巻き上げた。

強烈!

相手がぐらりとよろめいて広縁に退がり、宗次が迫る。

幸が悲鳴をあげる間もない程に、峻烈《しゅんれつ》なる双方の攻防だった。

相手が面、面と激しく返し、あざやかに鍔《つば》受けした彦四郎貞宗が刃を天に向けるや真っ向から突いた。

「げえ」

襲い来たる剣客の最初の呻《うめ》きが生じ、その喉元《のどもと》を貫いた宗次の剣が天へと跳《は》ねる。

顔面《かおづら》を真っ二つに割られ、刺客が縁《えん》の下へもんどり打って落下。

二人目が、頭上から宗次に襲い掛かった。

この時になって幸はようやく、相手が目だけを覗《のぞ》かせた黒装束と知った。

彦四郎貞宗が、頭上から襲い来る黒装束の右脚を払う。

だが、空《くう》を切った。相手は宙で反転するや音もなく広縁に立ち、ひと呼吸も休まず宗次を突いた、また突いた、更に突いた。速い。

光の矢であった。空気が鋭く鳴った。

のけぞり、よろめいて宗次が座敷へ退がる。

四撃目の突きを見せんとした相手の切っ先が、幸の雪のように白い首に打ち込まれた。

その相手の二つの目が、幸にははっきりと見えた。吊り上がっていた。

（あ、憎悪の目……）と彼女が感じた刹那《せつな》、相手の眉間《みけん》に彦四郎貞宗が斬り込んでいた。鈍《にぶ》い音。

宗次がそのまま押す、押す。

一気に広縁まで押し返した彦四郎貞宗が、そのまま斬り下ろして眉間から肺の臓までを裂き、血しぶきが滝の如くに散った。

宗次がまともにそれを浴びる。

赤鬼の如し。

「見よお幸、これが侍の非道ぞ」

振り向いて幸を見る宗次の双眸《そうぼう》が、ギンッとなった。

それは幸がはじめて目にする、愛《いと》しい人の恐るべき眼光であった。怒りではなく、憎悪があると、幸は矢張り感じた。

庭に、黒装束が、一人残っていた。中段の身構えだ。

十八

庭先へ下りた宗次が、静かな足取りで黒装束に近付いた。

「まだやるか」

「お命、頂戴致す」

「尾張か、それとも将軍家か」

「何の話でござります」

言い終えて目でニヤリとするや、相手は地を蹴った。面、面、面と痛烈な一点連続打ちを、辛うじて彦四郎貞宗が切っ先三寸で弾き返す。

双方の刃が火花となって、欠け散った。

相手がふわりと飛び退がり、身構え直した。

「手前《てめえ》の太刀構え、江戸柳生だな。将軍家お抱えの刺客ってえ訳かえ」

宗次は、小声を吐いた。べらんめえ調に、戻っていた。

「お覚悟を」

「何が、お覚悟を、だ。下らねえ。帰って馬鹿将軍や馬鹿老中どもに伝えやがれ。何処をどう辿《たど》ってこの浮世絵師宗次を突き止めたのかは知らねえが、俺《おれ》は断じて徳川宗徳じゃあねえ。絵描きの宗次でござんす、とな。将軍家にも尾張徳川家にも全く関心などねえんだよ」

「…………」

「どうしてもやるってんなら、幕府軍でも連れてきな。とことん相手になってやらあな。そうなりゃあ、手前《てめえ》たちの馬鹿さ醜さを一層のこと、世間様に知らせることになろうよ。そん時《とき》ゃあ、大変だぜ」

「…………」

「さ、刀を納めな。仲間の亡骸《なきがら》は暗くなってから裏路地へ出しておいてやっからよ。手前《てめえ》たちの手で、そっと片付けりゃあ、それで御終《おしま》いって事になる」

「…………」

「それとも、まだやるかえ」

相手は、刀を鞘に納めた。そして、宗次に向かって軽く頭を下げると、たちまち姿を消し去った。

幸が、案外に落ち着いている自分に気付いたのは、この時だった。

彼女は庭先へ下り、宗次に駆け寄った。

「お腰は……」

「大丈夫でえ」

「お着物を着替えませぬと」

「それよりも風呂に入りてえ」

「私《わたくし》の寝所に湯殿は付いておりますけれど、この刻限、まだ水が張ってあるだけで……」

「有《あ》り難《がて》え。水で結構だ。案内《あない》してくんな」

「でも、冷た過ぎますゆえ、少し温めませぬと。風邪でもおひきになられては大変でございます」

「大丈夫だ」

「は、はい……それでは」

「そろそろ南州先生がお見えになる刻限かい」

「あと半刻ばかりの余裕はありましょう」

「その辺の飛び血は隠しようもねえが、死体だけは日が暮れるまで人目につかぬ場所へ移してえな」

「ならば、あの物置の陰にでも……」

幸が指差した寝所の裏手に、なるほど三坪ばかりの物置がある。

宗次は刺客の亡骸を、その物置の陰に横たえると、幸に案内されて湯殿に入った。

宗次が身を切るような冷たい水で心身を清めた湯殿から、脱衣の板の間に出てみると、竹編み籠《かご》の中に幸の手でつくられた着替えが、丁寧に折り畳まれて入っていた。

(お幸、すまねえ)

宗次は感謝しつつ着替えた。胸が温まる着替えであった。

寝所へ戻ってみると、血を浴びた障子や布団は取り払われてその辺りには見当たらず、畳の血も拭き取られてはいたが、不自然な湿りだけは隠しようもない。

彦四郎貞宗も、どこかへ消えていた。

庭先には、たっぷりと水が撒《ま》かれ血のあとは何とか消えている。

幸が宗次の帯の捩《ね》じれを正しながら言った。

「二部屋南側の客間に床を延べてございますゆえ、そちらで南州先生に診ていただいて下さい」

「お幸……」

「はい」

「そなた……あ、いや……お前《めえ》だけには、淀殿の四度目の怨念は、決して訪れさせせねえ。この宗次の命に賭けてもな」

「はい」

「本当にいいのけえ。こんな、ややこしい男でもよ」

「はい」

「お前《めえ》って女は……まったく」

聞いて幸の目尻に小さな涙の粒が浮き上がった。

「夢座敷」の楊貴妃——「まれに見る美貌《びぼう》」と江戸の男子《おとこし》達が酔いしれ憧《あこが》れる女の慕情が今、薄幸の浮世絵師へ熱い奔流《ほんりゅう》となって注がれる。

祖父の将軍家からも、父の御三家筆頭家からも葬《ほうむ》りさられようとする薄幸の男の胸深くへ……。

「本当に有り難うよ、そして……すまねえな、お幸」

「先生は、私《わたくし》の命そのもので、ございますから」

「お幸も……この宗次の命そのものよ」

「信じてようございまするか」

「おう、信じてくんねえ……」

宗次が深深と頷いた。

と、長く延びた広縁の向こうから、こちらへと向かってくる足音があった。どうやら医師南州の訪れのようであった。

宗次は幸に促されて、十二畳の客間へと入った。

幸が医師南州の往診に備えて、広縁に正座をした。

次第に足音が近付いてくる。

幸が布団の上に座っている宗次と目を合わせ、にっこりと微笑んでから、広縁の向こうへ視線を戻し「宜しく御願い致します」と三つ指をついて静かに頭を下げた。

「どうじゃな様子は」

と、南州が応じる。

その声はまだ、広縁の先、遠くにあった。

十九

幸と共に神田鍛冶町一丁目の奈茂造《なもぞう》を訪ねて刀を預けた宗次は、その夜は幸の寝所で休ませて貰い、翌朝、日の出前に八軒長屋へ戻って、煎餅《せんべい》布団の上に体を横たえた。

幸には「暫《しばら》く八軒長屋に訪れてはならない」と、強く言い含めてある。

「う、うむ……痛みやがるなあ」

宗次は舌打ちをして、呻いた。軽快しつつあった腰、脇腹のあたりに、三人の刺客と対峙した直後からまたしても疼《うず》きが甦《よみがえ》っていた。幸には打ち明けていない。

うとうとして、どれ程か経《た》った頃。

「いるのかえ、宗次先生」

チヨの嗄《しゃが》れ声がして、乱暴気味に表障子が開いた。

「やあ、チヨさん……」

宗次は庭先へ向けて横たえていた体を、土間の方へ寝返りを打った。

腰に激痛が走って、宗次の表情が思わず「ウッ」と歪《ゆが》んだ。

が、チヨは気付かない。

「やっぱり帰ってたんだね。絵仕事で留守してたのかい」

チヨが寝床のそばまで容赦なく近寄ってきた。毎度《いつも》のことだ。

「いや。梅をな、親戚筋《しんせきすじ》まで届けに行ってたのよ。今日はまだ眠いやな。朝飯はいらねえよ」

「あ、お梅ちゃんをねえ。そうじゃないかと思ったよ。少し淋《さび》しくはなるねえ」

「なあに、他人様《ひとさま》の子だあな。ともかく、もう少し眠りてえ」

「そうかね。じゃあ、また覗くから」

「風邪は？」

「治ったよ。あんがとうね」

チヨは水仕事で荒れた両手で宗次の頬を挟むと、幼子《おさなご》に対するように軽く揉《も》みさすってから、あっさりと出ていった。

勢いよく閉められた表障子が、けたたましく鳴る。これも毎度のことだ。

宗次は溜息《ためいき》を吐いて、目を閉じた。

腰、脇腹の疼きが少し弱まると、気が緩んで睡魔が訪れた。

宗次は、眠りに落ち込んでいった。

夢を見た。梅の夢だった。誰かに手を引かれて、向こうからやってくる。誰か、は男か女かぼやけて判らない。梅だけが鮮明だった。宗次は梅の名を呼んで手を振った。梅が宗次に気付いて、引かれていた手を振り切り「おじちゃあん」と駆けてくる。一生懸命に駆けてくる。

と、一発の銃声が鳴り響いた。梅の左胸にパッと赤い大輪の花が咲き、それが四囲に飛び散った。

宗次は、布団の上に跳ね起きた。息が乱れていた。腰、脇腹の疼きは消えている。目の前に、梅とは似ても似つかぬ人物が端座していた。北町奉行所の与力頭、大崎兵衛であった。

「これは、大崎様」と、宗次は布団の上で居住《いず》まいを正した。

「どうした。頻《しき》りと梅の名を呼んでおったが」

「お見苦しいところを見せて、申し訳ござんせん」

「夢を見たな」

「へい」

「幼子……梅とやらが見当たらぬが……その子の夢だな」

「…………」

「梅はどうしたのだ。消えたのか、それとも何者かに拉致《らち》されたのか」

「消えた……ようでして」

「ようでして、とはまた頼りない返答だな」

「消えた見返りに百両の礼金が……」

「礼金？……意味が判るように話してくれ宗次先生よ」

宗次は大きな深い溜息を一つ吐いた。目の前の大崎与力よりも、今見たばかりの夢のことが気になった。梅が心配であった。嫌な予感がした。

宗次は、梅が消えて百両の礼金が知らぬ間にこの部屋へ届けられた前後の事を含め、大崎与力に打ち明けた。

「ふうん……素浪人を名乗る忍び侍らしき四人と、くノ一かあ……その内の一人が、村瀬正之助のう」

「大崎様がこれ迄に扱いなすった大きな事件で、村瀬正之助の名が出たことは、ござんせんか」

「ない。はじめて耳にする名だ」

「そうですかい。私《あっし》は何だか、梅のことが心配で」

「今の話から察すると、梅なる子は、その四人の素浪人か、くノ一の手にあると見てよさそうだの」

「四人の素浪人と、くノ一とは、志《こころざし》を同じくする仲間か、仲間に近い間柄と思われやす」

「うん」

「大崎様。幕府大目付様に付いていらっしゃいやす筆頭与力の立場で軍学史、戦史などを編纂《へんさん》なさっておられる御父上様に、村瀬某について訊《き》いて貰えませんですかい。

過去の歴史上の事件に、村瀬の名が出たことはないかどうか」

「判った。急ぎ訊いてみよう」

「お手間をとらせやす」

「宗次先生よ。梅のこと、村瀬正之助のこと、くノ一のこと以外に、私に打ち明けること報告することはないのか」

「ござんせん。へい」と、宗次は首を横に振った。

「額の傷はどうした。薄くなってはいるが、刀傷ではないのか」

「村瀬正之助やくノ一と向き合ってきたんですぜ。安産寺で変な侍に襲われたことも、打ち明けたじゃあござんせんか。小さな手傷の一つや二つ、受けまさあな」

「そうか……そうだな。北町奉行所としても、宗次先生に危ない仕事を手伝って貰っているのであった」

「そうでさあ。額の小さな傷など、気にしないでおくんなさい」

「が、しかし、顔色がもう一つよくないぞ。どこか具合が悪いのか」

「風邪をひいたのかも知れやせん。このところ、ちょいと無理が続いておりやすから」

「何かと相《あい》すまぬ。ともかく気を付けてくれ。まだ色色と頼みたい事もあるのでな」

「礼金で受け取った薄気味悪い百両はどう致しやす？」

「梅の面倒を見た事に対する礼金であろう。宗次先生が貰っておいても、法には触れまい」

「ですが、相手の正体は判りやせん。もし、黒い金なら、こちらも扱いに困りやす。どう致しやしょうか」

「先生が自分で判断することだな」

「じゃあ、大崎様と派手に酒でも飲みますかい。不忍池《しのばずのいけ》あたりの品のいい料理茶屋で、いい妓《こ》を大勢呼びやして」

「私は役人だ。商人や町人の金では一滴たりとも飲まん。一人でやるがいい」

「役人の皆が、大崎様のように堅けりゃあ江戸の町も、もう少し清潔になるんでござんすが」

「ともかく、村瀬正之助については急ぎ父に訊ねてみよう。たぶん判るまいがな。また来る」

「あ、今日、わざわざお訪ね下さった御用は？」

「宗次先生の様子を見に来ただけだ。その後、一向に報告がないのでな」

「すいやせん」

「村瀬について、もし何か判ったら、誰かを先生への連絡に走らせよう。その時は直ぐに奉行所へ来てくれ」

「承知致しやした」と、宗次は頭を下げた。

「では な……」

大崎兵衛は帰っていった。

宗次は何気なく部屋を見まわした。

「はて？」

彼は首をひねった。この長屋へ戻って来た時は腰、脇腹の針で刺されるような疼きに気を取られて気付かなかったが、ひと眠りしたことで微かな不自然さをフッと感じ取れた。

土間、流し台、庭先、天井、畳と宗次は布団の上に座ったまま見ていった。

やがて彼は立ち上がり、簞笥《たんす》の引出し最上段に手をかけた。

引いて彼の目が光った。風呂敷でくるまれたものが入っていて、彼には中身は大小刀と直ぐに見当がついた。

だが、刀鍛冶奈茂造へ風呂敷にくるんで預けた名刀彦四郎貞宗でないことは、明らかだった。先ず風呂敷が違う。それに中身の長さや太さに微妙な差があると見抜けた。

宗次は引出しからそれを取り出した。やはり重さが違っていた。

(掌《てのひら》に触れるこのズシリとした感触は一体……)

布団の上に座った宗次は風呂敷を開いて驚き、唇を真一文字に結んだ。当たり前の侍が持つ大小刀でないことは一目で判った。

彼は大刀の鯉口を静かに切り、ゆっくりと鞘を滑らせた。

その手が途中で止まり、「これは……」と彼は更なる驚きに見舞われた。肉の厚い刀身の鍔《つば》上一寸ほどの位置に、薄くだがはっきりと刻まれているものがあった。豊臣家の家紋「太閤桐《たいこうぎり》」である。間違いはなかった。そして反対側に一字、「鬼」の刻み文字。

(実戦刀同田貫《どうたぬき》最高の作、五郎太《ごろうた》鬼切丸《おにきりまる》……)

胸の中で呟きつつ宗次は、その凄み漂う刃紋に見入った。伝説の名刀であった。豊臣秀吉が死を迎える前日、淀殿を枕元に呼んで「この鬼切丸を我が魂と思い片時も手放すべからず」と告げ、手渡したとされる言い伝えがあった。

実在せぬ名刀、とも言われてきた。

その伝説の刀を、何者かが百両の金子《きんす》に次いで再び宗次の住居《すまい》に置き去ったのだ。

「一体何を言いたいのか……」

呟いて宗次は、伝説の刀鬼切丸を鞘に納めた。いや、伝説ではなかった。確かに目の前に鬼切丸はあった。しかも、これを秀吉から手渡されたと伝えられる淀殿は、宗次の曾祖母に当たるのだ。

結局、この日の宗次は一歩も外へ出ずに夜を迎え、食事も摂《と》らず、そして朝陽《あさひ》が庭先から射し込む頃になって漸くのこと、僅かにまどろんだ。箪笥にもたれて、だらしなく投げ出した両脚の左脇に五郎太鬼切丸を置いて。

「行っといで」

「あいよ。宗次先生の朝飯、忘れるんじゃねえぞ」

「任せときな」

チヨの嗄れ声と、〝小田原仕事〟から帰って来ているらしい亭主の久平の声が、宗次の住居《すまい》に飛び込んできた。チヨも久平も相変わらず人の善《よ》い大声だ。まるっきり飾っていない。

宗次は布団の下へ、鬼切丸を挿《さ》し込んだ。

チヨの足音が、宗次の住居に近付いてくる。

「起きてんのかい宗次先生」

嗄れ声を掛けるのと乱暴に表障子を開けるのとが、いつも同時のチヨだった。

「いま起きたところだ。久平さん、小田原から帰ってきたね」

「ああ。いい稼ぎをしてくれてさあ」

「そいつあ何よりだ。大事にしてやんな」

「大事にしてるよ。宗次先生の次にさ」

「逆だろうが」と宗次が目を細めて笑う。

「朝飯、味噌《みそ》汁と漬物《つけもの》と干物《ひもの》の焼いたのでいいかえ」

「上等以上だあな。いつも、すまねえなチヨさんよ」と、宗次は合掌してみせた。

「薄気味悪い感謝なんぞ、いらないよ」と、チヨが軽く睨《にら》む。

「はい。わかりました」

「いま持ってくっから」

チヨが顔を引っ込めると、宗次の顔から笑みが消えた。今日、何をやるかは、すでに決めている宗次であった。腰、脇腹の疼きはどうやら鎮まっている。

彼は、立ち上がって、ゆっくりと上体を左右へ捩じってみた。大丈夫のようであった。

彼は箪笥の引出しへ、鬼切丸を戻した。

チヨが古びた盆に朝飯を載せて、入ってきた。

「布団、上げようかね」

「いや。朝飯を食ったら、もう少し眠りてえんだ」

「そう言やあ、顔色あまり良くないよ。あたしの風邪がうつったのかねえ」

「ただの寝不足だよ。絵仕事が忙しくなってきてるんで」

「そうかえ。無理しちゃいけないよ」

「チヨさんこそ大事にしねえ。滅多に寝込まねえ人が、寝込んだ後だからな」

「元斉先生に払ってくれた薬礼、そのうちきっと返すから暫く待っとくれ」

「なに言ってるんだ。聞こえねえよ、そんな下らねえ話」

「だけどさ……」

「じゃあ、これ迄に私《あつし》に食わせてくれた朝飯だの夕飯だの、それに洗濯などの面倒代を払わせてくんねえな。十両かえ、それとも二十両かえ、いや三十両以上はするだろうぜ」

「ふん。宗次先生ったら……憎ったらしいほど、優しい男だね」

「その言葉なら、チヨさんに返してえ」

「わかったよ。じゃ、朝御飯《ごはん》、ここへ置いとく」

「あいよ」

「小便臭い褌《ふんどし》や汚い肌襦袢《はだじゅばん》があったら出しときな。今日は洗濯日和《びより》だから」

「うん」

チヨが出ていき、表障子が乾いた大きな音を立てて閉まった。

宗次は布団の上で居住まいを正すと、表障子に向かって両手をつき頭を下げた。真顔であった。

(いつもいつも有り難うよ……おっかさん)

胸の内で呟き、ぐっと下唇を噛《か》みしめる宗次だった。

朝飯を「うまい」と言いながら食べ終えた宗次は、外に出て井戸端で顔を洗い、丹念に口中を清めて着流しのまま八軒長屋を出た。腰に鬼切丸を帯びることはなかった。知らぬ内に持ち込まれた伝説の刀を、意味も判らず腰に帯びる訳にはいかない。

宗次の足は神田の町を抜けて、大外濠川に架かる和泉《いずみ》橋を渡った。

行き先は、決まっていた。

御徒町《おかちまち》を抜け、とげぬき地蔵を右に見て車坂町《くるまざかまち》、御切手町《おきってまち》を過ぎると、やがて入《いり》谷田圃《やたんぼ》が広がり出した。

宗次は松平出雲守《いずものかみ》の下屋敷裏手の道に立って、実り豊かな入谷田圃を見まわした。

東西南北、至る所に寺院の屋根が認められた。

田圃の中では、百姓たちが忙し気に動いている。実り豊かなせいで、動きに活気が見られた。

宗次は、松平家下屋敷の東の角から田圃の中へと延びている道を選んで歩き出した。

「もし……」

宗次は道そばで元気に鍬《くわ》を振るっている、白髪頭の老百姓に声をかけた。

老百姓が手を休めて、宗次を見た。

「鷲《おおとり》明神近くの法相宗《ほつそうしゆう》覚念寺《かくねんじ》という寺は、どの辺りでござんしょ」

「あ、覚念寺なら向こうに見えている、ほら、土塀の崩れているあの寺だよ」

「ああ、あれですかい。あの荒れ様《よう》では無住《むじゆう》の寺のようでござんすねえ」

「いやいや。病《やまい》がちの住職お一人だけだが、ちゃんとおらっしゃる」

「そうですかい……どうも手を休ませてしまいやした」

「なんの」と、老百姓はまた鍬を振るい出した。

宗次は一度空を仰ぎ見てから、歩き出した。日は、かなり高くなっていた。

突き当たりの道を左に折れて二町ばかり行くと、覚念寺の山門があった。

尾張藩江戸上屋敷の御文書蔵にあった「大坂夏の陣秘録」を繙《ひもと》いて知った寺の名、それが覚念寺だった。

「こいつあ、ひでえ」と、宗次が呟く。

境内は広く鬱蒼《うっそう》たる巨木が林立してはいたが、土塀だけでなく山門も石段も傷みがひどかった。五段の石段を上って境内奥に見える本堂などは、屋根瓦の多くが落ちてぺんぺん草が生え繁り、濡れ縁は崩れてとても歩けるものではなかった。

本堂と庫裏《くり》とを結んでいる渡り廊下も、中程は完全に崩落してしまっている。

宗次は山門を少し入ったところで、暫し茫然《ぼうぜん》と立ち尽くした。

境内を風が吹き抜けて、ざわざわと木の葉が鳴いた。淋し気な音であった。

宗次は思い直したように、境内を奥へと進んだ。

巨木の枝枝の重なりは日を遮り、足元は湿って暗かった。落葉は長きに亘ってほとんど掃き清められたことがないのであろう、厚く積もり湿っているため宗次の足音を消した。

彼の足がとまった。

境内が尽きようとする、ひと隅に、三体の青苔《あおこけ》むした小さな墓石が並んでいた。

その優しい特有な石の造りが、女性の墓であることを表している。墓の周囲《まわり》だけは塵《ちり》一つなく綺麗に掃き清められていた。線香が立てられ、細い煙を揺らせている。

宗次は、ゆっくりと墓に近付いた。

墓石にそれぞれ、文字が刻まれていた。はっきりと読み取れた。

茶、はる、さき、それだけであった。他には何の文字もない。

宗次には、茶は御茶茶《おちゃちゃ》つまり淀殿と判った。そして、はるは春姫、さきは咲姫。

ようやくのこと摑《つか》めた、曾祖母、祖母、母の墓であった。

涙も出ない宗次であった。かける声も出なかった。ただ、じっと眺めていた。

六十六年前の元和元年に始まった最初の悲劇から、承応元年の三つめの悲劇までを物語る三体の小さな墓石だった。

と、宗次の背後十二、三間の辺りで、落葉の中からまるで湧き上がったようにして、黒い影が音もなくむっくりと立ち上がった。

それに並ぶようにして、また一つ。さらに一つ……。

合わせて七つの影が湧き上がって、増えるのを止《や》めた。

「お身内の方《かた》かな？」

不意に声をかけられて、宗次は右手後方を振り返った。

杖《つえ》を手にした痩《や》せて小柄な老僧が、巨木の間をよたよたと宗次の方へやってくる。

同時に、七つの影がスウッと地に沈んだ。

宗次は黙ったまま老僧を迎えた。

「お身内の方かな」

老僧はまた訊ねた。穏やかなまなざしだった。

「誰知らぬこの小さな墓を訪ねて来るとは、お血筋の方以外は考えられぬでのう」

老僧は微笑んだ。

宗次は口を開いた。

「この覚念寺は境内の堂堂たる広さから格位を推《お》し量《はか》って、恐らく寺領五、六百石はある筈《はず》でございましょう。にもかかわらず、この荒廃ぶりは……」

「ははは。今は三十石の貧乏寺じゃよ」

「三十石……」

宗次には、とうてい信じられぬ石高であった。

「覚念寺が創建されたのは、いつ頃のことでございましょう」

「もう二百六十年になるかな」

「創建二百六十年と申せば、大変な歴史を有する寺院ではございませんか。それが三十石とは、いつ頃からでございます」

「忘れた」と、老僧は笑みを絶やさない。

「お願いです。お教え下され」

「なぜ知りたい」

「は、はあ……」

「矢張りこの可哀そうな三体の墓の、お血筋じゃな」

「………」

「まあよい。今は平和な世じゃ、訊くまい」

「申し訳ございませぬ」

「なに謝ることはない。この儂《わし》はいま欲も色も尽きた八十五歳でな……」

老僧は「ははは」と一人静かに笑ってから続けた。

「覚念寺の修行僧として迎えられたのは十六歳の時でのう。その頃、この寺は七百石じゃった」

「矢張り左様でしたか」

「それが元和二年に二百石に減らされてな。寛永十一年にまた百石に減らされ、承応元年に更には三十石に減らされてしもうた……忘れる事の出来ぬ出来事じゃった」

宗次は、うなだれてしまった。

和尚が口にしたいずれの『年』も、彼の曾祖母、祖母、母の自害した年であった。

つまり、淀殿、春姫、咲姫の悲劇の墓碑建立《こんりゅう》を押し付けられたか引き受けたかの覚念寺は、次次と石高を剝奪《はくだつ》されていったのだ。

幕府のどす黒い政略である事は、明らかだった。いや、明らかと言う他ない、と言えそうだった。

「和尚どの」と、宗次は声を低くした。

「ん？」

「どうやら私だけでなく、よからぬ連中がこの場を嗅《か》ぎつけて訪れたようです」

「ほう」

「恐れ入りますが暫《しば》しの間、墓に読経を捧《ささ》げてやっていて下さいませぬか」

「それは一向に構わぬが」

「その間に私がよからぬ連中と話をつけますゆえ」

「よからぬ連中のう」

「はい。よからぬ連中でございます。詳しくは申し上げられませぬが」

「宜《よろ》しい。お前様の好きになされい」

老僧は杖に縋るようにして墓前にしゃがむと、手を合わせた。

宗次はゆっくりと振り向いて、老僧の背中から二、三歩離れた。

それを待ち構えていたように、十二、三間先で次次と黒い影が湧き上がる。

全員が黒装束。覗かせているのは二つの眼だけ。

直後。

宗次は後ろ首に向かって来る強烈な殺気を感じて、体を横へ開いた。

鼻先一寸のところを風を切って殺気が宗次の手で叩き落とされた。

その殺気——刀の切っ先——が宗次の足元の落葉を叩くと同時に、宗次の手が相手の手首を摑んだ。

なんと老僧の手首ではないか。

老僧の杖は仕込み刀であった。

宗次の腰が沈み、彼の肩の上で老僧が豪快な大車輪を描く。

叩きつけられた老僧の引き——反動——を用いて、宗次の体も地面を離れ、自ら大車輪を描いた。

その肉体が、黒い影達の面前に着地するや否や、一人が烈火の如く凶刀を打ち込んだ。

宗次の頭が真っ二つに割れ、血しぶきが飛び散る。

と、見えた瞬間、宗次の両手が眉間寸前でそれを挟み受けた。

彼が体重をかけて上体をひねる。

相手が宙で一回転し、宗次の手に刀が残った。

頭から叩きつけられた刺客の首がボキリと鳴る。

それを待たず、三人目が激しく斬り込んだ。

宗次が鍔受けし、相手の切っ先を巻き上げる。

凶刀が二人の頭上に舞い上がった。相手が退がろうとした。それを許さず、宗次が二歩踏み込みざま下から上に向かって刃を走らせた。

相手の右手首が、断ち切られ薄暗い木立ちの中を吹っ飛ぶ。

悲鳴をあげて踵《きびす》を返した相手の背中を、宗次の刀が斜めに打ちおろした。

袈裟《けさ》斬《ぎ》りにされた刺客の背中が、大きく口を開け、鮮血が噴き飛ぶ。

それを浴びた落葉が炒《い》り豆の如く、弾けた音をたてた。

この時、宗次と残った刺客五人の間へ、バラバラと飛び出してきた黒装束――またしても――の一団があった。

いずれも抜刀し、切っ先を刺客へ向けた。

宗次の予測していない出来事であった。

刺客五人と黒装束の集団との、無言の睨み合いが続く。

双方ともに黒装束だ。違いは後者の黒装束は二つの眼だけではなく鼻をも覆面の外へと出していることだった。

「去らぬかっ」

無言の睨み合いを先に破ったのは、宗次に背中を見せている黒装束のうちの一人だった。

威嚇的な重重しい野太い声。

その声の余韻が消えるより先に、刺客五人は信じられない速さで遠ざかって行った。

それを待って、宗次が手にしていた刀を足元に投げ捨てた。

黒装束の一団が宗次に向き直り、刀を鞘に納めて片膝ついた。

「何者だ、お前《めえ》らは」

「私です」

黒装束の一人が言い、覆面を静かに取った。

「おう、お前《めえ》は……」

「村瀬正之助でございます」

「だったな」

「お怪我はありませぬか」

「大丈夫だ。それよりも俺の前で何故片膝をつく？」

「我等のもとへお帰り下され」

「あん？」

「我等の盟主となって頂かねばなりませぬ」

「何の話でぃ。判りやすいように言ってくれ」

「私が申し上げます」

と、静かな女の声がして再び覆面を取る者があった。

「お前《めえ》か。梅の母親を演じたり、死んだり生き返ったりして騒がせやがったくノ一だな」

「申し訳ございませぬ。これも宗徳様に近付かんが為でございました」

「ほお。俺のもう一つの名を知っていたのけえ」

「勿論《もちろん》でございます。何もかも宗徳様に近付き、貴方様が徳川家の人間か、それとも豊臣方になって頂ける人間かを念入りに調べるためでございました」

「大形《おおぎょう》な話を持ち出しやがるなあ。それならそれで、最初《はじめ》にきちんと身分素姓を明かしやがれってんだ」

「は、はい。我我は、大坂夏の陣の二月前に、尾張暗殺集団槍卍の手によって殺害されし秀頼様や、尾張へ拉致されたのち自害なされた御茶茶様の側近達の血を引く者でございます」

「ふうん。なるほど……」

「我我は、尾張暗殺集団槍卍の卑劣なる手段を決して忘れてはおりませぬ。それゆえその槍卍の名を用いて徳川一門ことごとくに復讐する事を誓い合ってきました。豊臣一門が槍卍によって滅ぼされたのでありますから、徳川一門も槍卍で滅びるが良い、と考えております」

「ちっ。この平和な世に下らねえ考えを持ち込みやがって」

「下らない考えと申されまするか」

「おう。申されまするよ」

「では、御茶茶様の血を濃く引くお方でありながら、我等の盟主にはなって頂けませぬので?」

「俺は、徳川の血にも、豊臣の血にも関心はねえ。俺が関心があるのは酒と女と浮世絵だけよ」

「本気で申されているのですか」

「心底本気だ」

くノ一の眼が吊り上がった。黒装束達の右手が一斉に刀の柄《つか》にかかる。

「ほう。俺を斬るのかい。俺の曾祖母、祖母、母の墓の前でよ」

短い対峙の後、村瀬正之助が立ち上がり、続いて他の者も腰を上げた。

誰の手も刀の柄から離れていた。

「もうよい。行こう」

村瀬正之助が力なく他の者を促して、先に離れていった。足早であった。肩を落としている。

くノ一だけが動かず宗次に向かって何か言いたげだった。悲し気な表情になっていた。

が、諦《あきら》めたのか歩き出そうとした。

「待ちねえ」

宗次が声をかけて、続けた。

「梅はどうなっているんでい」

「修行を積んでおりまする」

と、くノ一が答えた。

「修行だとう？」

「はい。あの子は、くノ一として優れた素質に恵まれておりまする。天才的と申していいほどに」

「あの幼い子を下らねえ事に使っちゃなんねえ。同じ年頃の幼子達は皆、幸せに平和を味わっているんだ。梅を俺の長屋に預けな」

「預けて何となされます」

「長屋の者《もん》みんなで立派に育ててやらあなあ。俺が頑張って絵を描き梅のために金を貯めてよ。寺子屋へやり、何処かの大店《おおだな》で礼儀作法も習わせ、どこへ出しても恥ずかしくない子にしてやらあな」

「無用のお心遣いでございます」

「どうしてもくノ一にするのけえ」

「それが、あの子の宿命でございます」

「だがよ……」

「聞く耳は持ちませぬ」

「そうけえ、なら仕方がねえやな。あの子を思いっ切り不幸にしてやるんだな」

くノ一は立ち去った。

宗次は思い直したように庫裏《くり》へ向かった。

引き戸を開け、「誰かいるかい」と声をかけたが応答が無い。

宗次は雪駄を脱ぎ、綿埃《わたぼこり》の積もった廊下を庫裏の奥へ向かった。

廊下の右手の雨戸は開けられ、雑草だらけの庭が広がっている。

宗次の足が止まった。

廊下の先に座敷から血が流れ出している。

「やっぱり殺《や》られちまったか……」

宗次は、その座敷の前まで行き住職と思われる老僧の斬殺《ざんさつ》死体を確認すると両手を合わせて祈り、庫裏を出た。

重い気分だった。

情けない気分でもあった。

悲しい気分でもあった。

「俺を殺りてえんなら、遠慮なく来やがれい。徳川御一門様よ」

呟いた宗次の言葉に力はなかった。

彼は八軒長屋へ足を向けた。トボトボとした歩き様《よう》であった。

二、三の寺院に立ち寄って、あの三つの墓に幸せあれと祈って長屋に着いた頃は、陽《ひ》が傾きかけていた。

井戸端に居た四、五人の女房達《かみさん》の中に、チヨがいる。

「お帰り先生。晩飯はどうするねえ。魚煮付けるけんど」

「今夜はいらねえ」

「あいよ。わかった」

宗次は自分の住居《すまい》へ向かい破れた表障子を力なく開けた。

とたん宗次は、「おっ」と、のけ反った。

「お帰りなさい。おじちゃん」

「お前《めえ》……」

梅であった。梅が正座をして出迎えた。予期せざる出来事であった。考えてもいなかった出来事であった。

「い、いつ、何処《どこ》から来たんでい」

「少し前に庭側《にわがわ》の路地から」

「そっとか」

「うん」

「こいつめ」

宗次の目が、今にも泣き出しそうになった。頭の中が真っ白になりかけていた。

「居ていい？」

「いいともよ。おじちゃんが命を賭けて守ってやるぜい。いつ迄もいつ迄も居なっ」

「うん」

梅の顔に笑みが広がり、両の頬に可愛い笑窪《えくぼ》ができた。

（あのくノ一め、洒落たことをしやがって、くそっ……）

胸の内で呟いた宗次は外へ半歩出ると、井戸端に向けて大声を出した。

「チヨさんよ。すまねえが晩飯二人前だあ」

（完）

〈特別書下ろし作品〉

くノ一《いち》母《ぼ》情《じょう》

一

その夜、宗次《そうじ》が絵筆を置いたのは、夜九ツ頃（午前零《れい》時頃）だった。依頼先へ手渡す予定が三日後に迫っていた。が、まずまず遅れなく手渡せそうだ。

作品は掛け軸用の金剛力士像である。

宗次は傍《かたわ》らで眠っている幼子、梅《うめ》を見た。軽い寝息を立てて、よく眠っている。母親の温《ぬく》もりを求めて、肩の力を落とす様子も見られず、寝床に就《つ》くまで明るく元気に振る舞っていた。大人になったら医者とか寺子屋の先生とか、あるいは両親を失って放浪する幼子の収容施設をつくるとか、人の役に立つ仕事に就きたいのだという。

「しっかりしている……さすがくノ一《いち》の娘だあな」

宗次は梅の頭に手を伸ばして、そっと撫《な》でてやった。両親の愛情を知らずに育った宗次である。

今ある宗次に逞《たく》ましく育て上げたのは、血のつながりがない稀代《きたい》の大剣客《だいけんかく》として知られた故・従五位下《じゅごいのげ》、梁伊対馬守隆房《やないつしまのかみたかふさ》だった。

（だが梅よ。お前は実の母の姿を知り、その母の情を知っている。それだけでもまだ幸せぞ）

宗次は胸の内で呟《つぶや》いて、もう一度梅の頭を軽く撫でてやった。

少し呑むか、と宗次は静かに立ち上がり足音を忍ばせて水屋へと近付いていった。

口まで酒が詰まっている織部芦紋徳利《おりべあしもんとっくり》とぐい呑み盃を取り出して、月明りが降り注ぐ縁側に胡坐《あぐら》を組む。

月明りを浴びた織部芦紋徳利の端整な絵柄の色艶《いろつや》が美しい。

宗次は徳利の木の栓《せん》をポンと鳴らして取ると、ぐい呑み盃に酒を満たした。

満月が酒の中に沈んでいた。何処《どこ》からか犬の遠吠えが聞こえてくる。

酒をゆっくりと呑み下して、宗次は「ふうっ」と小さな吐息を吐《つ》いてから、「旨《うま》い」と呟いた。そして、二杯目、三杯目、四杯目と重ねる。

「大人になったら人の役に立つ仕事に就きたい……か」

そう漏らして（よし、応援してやるぞ梅……）と頷《うなず》く宗次だった。

宗次は自分の悲しくも激しい生《お》い立ちを、改めて脳裏《のうり》に想い浮かべた。

曾祖母《そうそぼ》である**淀殿**《よど》（豊臣秀吉《とよとみひでよし》の側室。織田信長《おだのぶなが》の姪《めい》）。

祖父である三代将軍**徳川家光**《いえみつ》（二代将軍徳川秀忠《ひでただ》の次男）。

実の父である**徳川光友**《みつとも》（大納言。尾張《おわり》藩二代藩主）。

そして養父である梁伊隆房（大剣聖。従五位下・対馬守）。

これらの人人のことを思えば、よくも今日まで無事で生きてこられたと、新たなる戦慄が背すじに走り、それだけに養父への感謝を強く感じる宗次だった。実名、徳川宗徳《むねのり》。この名を今でもどれほど恨《うら》めしく思っていることか。若《も》し天下に大波乱が生ずれば、それこそ否応《いやおう》なく将軍の座に就かされるかも知れない立場だった。**「文」**にすぐれ**「武」**を極めし徳川宗徳（宗次）である。血すじは一点の曇り無き名流とくれば、将軍に推《お》そうとする「力」と、それを潰《つぶ》そうとする「力」が必ず現われる。そして醜《みにく》く衝突する。

「まっぴら御免《ごめん》だぜい」

五杯目の酒を空にして「ふうっ」と溜息を吐いた宗次は縁側にゴロリと横になった。ぐい呑み盃に五杯の酒のせいなのであろうか、これまでに闘ってきた様様な相手が思い出された。多くは「武」の位を極めた一角《ひとかど》の敵たちだった。我が身が血まみれとなったことも一度や二度では済まない。

そういった苦難の道を乗り越えて今日《こんにち》まで来られたのも、養父であり大剣聖と謳《うた》われた従五位下・梁伊対馬守隆房の御蔭《おかげ》であると思っている。もはや養父などではなく、実の父であった。

月明りを浴び、宗次は手枕で微動《びどう》だにせず目を閉じた。

ゆるやかな睡魔が訪れていた。

どれほど眠ったのであろうか、宗次は目を覚ました。「眠った」としても五感は

「眠ることがない」宗次である。その宗次が頬を撫でた、ふわりとしたものを捉《とら》えて目覚めたのだ。

手枕で横たわった姿勢のまま、宗次は用心深く辺《あた》りを見まわした。視界に入っているのは、月明り降る猫の額《ひたい》ほどの庭と、破《や》れ板塀《いたべい》の向こうに覗《のぞ》いて見える狭い裏路地だけだ。こういった場合、迂闊《うかつ》に寝返りを打てないことを、宗次は充分に心得ていた。

だが目に映る範囲には格別に用心すべき雰囲気などはなく、背中側にも何者かが潜《ひそ》んでいるような気配は捉えられない。

宗次は寝転んだ姿勢のまま、ゆっくりと体の向きを変えた。

梅はよく眠っていた。安らかなかわいい寝顔だった。

月明りがいつの間にか、梅の寝床の真上にまで射し込んでいる。

「ん？」

宗次の表情が変わった。梅の枕元に視線を注いだまま、宗次は体を起こした。月明りを背中に浴びた宗次の影が、梅の寝顔を覆《おお》った。

宗次は、ひと膝滑《すべ》らせて梅の寝床に迫り、その枕元に手を伸ばした。

見馴れない風呂敷包みがあるではないか。

それを取り上げた宗次は、胡坐の上に載《の》せて風呂敷包みを開いた。

真新しい普段に着る着物と帯が三着分、それに小作りな髪飾りが現われた。むろん、ひと目で子供(梅)用だと判る。

手紙などは入っていなかった。

「やはり我が子のことが心配《しんぺえ》かえ。くノ一と雖《いえど》も母の情にゃあ、変わりはねえやな」

宗次は呟いた。梅の母親がこの部屋へ風のように侵入して我が娘《こ》の顔を見て消え去ったことは明らかだった。

「大事に使わせて貰《もら》うぜ、安心しねえ」

宗次は風呂敷包みを閉じて簞笥《たんす》の一番下の引き出しに納めた。

二

朝がきた。

宗次はいつものように、「ほいじゃあ行ってくらあ」「ああ、行っといで」という向かいの屋根葺《ふき》職人久平《きゅうへい》とチヨ夫婦の会話を耳にして、寝床の上に体を起こした。

久平の仕事場が日帰りが可能な江戸市中なら、夫婦の間にこのやり取りは無い。このやり取りがあるときは、久平の仕事場は決まって、川崎《かわさき》、戸塚《とつか》、藤沢《ふじさわ》、ときに鎌倉《かまくら》、小田原《おだわら》と幾日もの泊まり仕事になる。

とにかく久平は腕がよく人柄もよいので、引く手数多《あまた》なのだ。若い者《の》を四、五人使って組を持つのも近いのではないか、という噂《うわさ》がちらほらと無くもない。

宗次が寝床を静かに折り畳んで部屋の隅《すみ》へとやると、表障子がそろりと動いた。この刻限に宗次の住居《すまい》の表障子を開けるのは、チヨと決まっている。

チヨが風邪などで臥《ふ》せっている時は、上の娘花子《はなこ》——七歳——が隣近所へチヨの頼みを持って駆けつける。

つまり、宗次に朝飯を出す役割を伝えに行くのだ。

表障子が一尺ばかり開いて、チヨが丸い顔を覗かせた。

梅はまだ軽い寝息を立てている。この貧乏長屋の安心感は大きい、と幼子なりに捉えているのであろうか。なんだかぐっすりと眠っている。

「よく眠っているねえ」

チヨが梅を指差して、囁《ささや》いた。目を細め、やさしい表情だ。

「疲れていたのかも知れねえな。すまねえがチヨさん頼まあ」

それだけで意味が通じる宗次とチヨであった。

「待っといで、いま持ってきたげる」

チヨが表障子を大きく開けっ放したまま戻っていった。

朝餉《あさげ》のことだった。久平やチヨにしてみれば、大きな息子を一人抱えているようなものだ。

毎朝、食事を届けて貰うという程ではないにしろ、宗次はかなりの世話になっていた。

昼餉《ひるげ》や夕餉《ゆうげ》の世話になることもあるし、洗濯にしてもチヨは嫌な顔ひとつせず引き受けている。なかなか出来ることではない。

それもこれも久平の肚《はら》が大きいからだ。チヨが男前な浮世絵師の面倒を一生懸命に見ても、嫌な顔ひとつしないし皮肉の一つも言ったことがない。

花子とその下の娘吾子《あこ》——四歳——が盆に二人分の朝餉を載せてやって来た。花子は大きな盆、吾子は小さな盆だった。小さな盆には、麦飯を盛った茶碗が二つ載っているだけだ。

「私《わたち》も運ぶう……」

と、吾子が〝主張〟でもしたのであろうか。運び役は、チヨに代わる場合、花子と決まっていて、吾子が運んできたことはない。

「はい先生、朝御飯ですう」

と、吾子の声が元気がいい。花子の顔立ちはチヨに似ているが、吾子は父親の久平によく似ている。とくに二重《ふたえ》の目元のやさしさがそっくりだ。

「はい、どうもありがとよ」

「おかわりの時は、大声で叫んで下さい」

「うんうん……」

チヨと全く同じ台詞《せりふ》を吐いた吾子の手から小盆を受け取った宗次は、「よしよし……」とその頭を撫でてやった。花子がクスクスと笑いながら、あつあつの味噌汁の椀《わん》を二つと出がらしの茶が入っている土瓶《どびん》、それに漬物の中皿一つを載せた大盆を上がり框《かまち》に置いた。

この賑《にぎ》やかさで梅が目を覚まして体を起こした。

「おはよう梅ちゃん、遠慮しないで食べなさい」

吾子が梅を見て言った。これも母親から教えられた通りの言葉なのであろう。語尾が「……なさい」になっている。

梅が「え?」という表情を拵《こしら》えて、両手で目をこすった。まだ眠いのであろうか。

「あとで遊んであげるからね」

「いいのよ吾子、さ、戻るよ」

何を言い出すか判らない、とでも思ったのか花子が吾子の手を引いて外へと出ていった。表口の障子は開けっ放しのままだ。

「花子、おっ母さんにな」

「うん……」

振り向いた花子が白い歯を覗かせてニッと笑った。これだけで宗次と花子は意思の疎通が出来ていた。「おっ母さんに有り難うと言っておいてくんない」という意味なのだ。花子がもう少し幼い頃、宗次は「お花坊」と呼ぶこともあったが、近頃では「花子」と呼ぶ場合が増えていた。花子の成長を感じるようになったからだ。

「まだ眠いのかえ梅」

「眠くない」

「じゃあ布団を畳もうかえ。あ、朝飯を済ませてからにしようか」

「うん。ほこりが起《た》つから」

「そうだな。じゃあ食べよう」

宗次は小さな膳《ぜん》がある板の間へ、梅のためによれよれの薄汚れた座布団をほこりが起たぬようそっと敷いてやった。

宗次は上がり框の二つの盆に載っている御飯や味噌汁などを膳の上へ移した。

「さあ、おいで。戴《いただ》こう」

宗次は膳の前に正座をして梅を手招いた。

頷いた梅が寝床を離れて宗次と向き合う位置にまできた。そして座布団を横へ退《ど》けてきちんと正座をした。

見守る宗次は何も言わなかったが、（幼くともさすが辣腕《らつわん》くノ一の娘だ……）と思った。

二人が合掌《がっしょう》をして食事を始めようと箸《はし》を手に取ったとき「おはよう梅ちゃん……」と、自分の家のような調子でチヨが入ってきた。玉子焼を載せた皿を右の手にしている。市井《しせい》の者にとって玉子（卵）は高値の品である。誰も彼もが口に出来るものではない。

「梅ちゃん、さ、これもお食べ」

チヨは板の間に上がって梅の隣に座ると、玉子焼を載せた皿を置いた。

「嫌いじゃないよね」

「大好き。あまり食べたことないけど」

「では、しっかりとお食べ。しっかりと食べて、大きくなるんだよ。いいね」

「はい」

「いい子だね」

チヨは梅の背をやさしくひと撫でると、出ていった。一度も宗次と目を合わせないままだった。しかし宗次は、明るさしか知らない筈《はず》のチヨの目が潤《うる》んでいたのを見逃していなかった。二人の幼い子を持つ母親ゆえの涙なのであろう、と宗次は思った。

（ありがとよ、おっ母さん）

宗次は胸の内で感謝の言葉を述べた。お礼を具体的なかたちでしなければ、と考え、これまで小粒を差し出したりすることも度度《たびたび》あったが、チヨも久平も断固として受け取らなかった。

　その度にチヨが怖い顔をして言う言葉は、

「そんなことをしちゃあ宗次先生、大事な何かが壊れちまうよう」

だった。それを聞かされる度、宗次は胸を抉《えぐ》られるのだったが、それでも有り難さの余り小粒を差し出しては拒否されてきた。

　そのため、ここ二、三年は、久平、チヨ、花子、吾子の生まれ月に日頃の感謝の気持を込めて二分金（一両の半分）を包み、あれこれと多くを言わず手渡すようにしている。年にすれば二両の額だ。これに、久平に対しては伏見《ふしみ》の酒の柳樽《やなぎだる》を一樽、チヨには櫛《くし》とか笄《こうがい》とか簪《かんざし》とかいった装《よそお》いの小物を、花子と吾子には年年《としどし》に育っていく様子の宗次作の姿絵を、付けてやっている。この方法は、久平一家には大変喜ばれた。

　なかでも花子と吾子の姿絵は、二人の子の将来に亘《わた》って大きな財産ともなる。

「美味《おい》しいかえ梅」

「とても美味しいね。梅は玉子焼が大好き」

「その玉子焼、一部が丸く焼け焦《こ》げているねい」

「あ、ここ？」

「そう。新しい焼き方かねい。この丸い銭形《ぜにがた》の焼け焦げは」

「うふっ」

梅が箸を休めて笑った。心底からおかしそうだった。宗次は自分の意見が、幼い笑いで否定されたと知って、やはり笑った。

「この玉子焼はどのようにしてつくるの？」

「梅は見たことはねえのかえ」

「うん。忍びの村では、料理をするところなど子供に見せてくれたことがないから」

「料理」という表現を心得ているくノ一の娘梅であった。宗次は、忍びの厳しい掟《おきて》の中で育ったのであろうこれ迄の梅の環境に、哀れを覚えた。

「向かいのチヨおばさんはな……」

そこまで言って何かを思い出したようにハッとなった宗次だった。チヨは所帯を持った際に、久平となけなしの金をはたいて流行《はや》り出していた真鍮《しんちゆう》製の柄付き鍋を買って大事に使ってきた。その高価な鍋に小さな穴があいてチヨが困っているのに気付いた宗次が、「知り合いの鍛冶《かじ》職人に頼んでやるから、ちょっと待っていねえ」と言ったものであった。

うっかりとそれを、宗次は忘れていた。

（いけねえ、いけねえ……）

　宗次はひとり苦笑をして箸を置き、外に向かって「チヨさん……チヨさんよう」と声を掛けた。多少大きな声ではあったが、叫んだ訳ではない。が、チヨは直《す》ぐに戸外に出てきた。吾子がチヨの前掛の端を確《しっか》りと摑んで真剣な顔つきだ。自分にも用があるとでも思っているような様子である。

「すまねえ、ちょいと……」

　宗次は声を抑《おさ》えてチヨを手招いた。

「なにさ……おかわり？」

「いやさ、美味しい玉子焼に銭形の焼け焦げが出来ていたんで、ハッと気付いたんだけどよう」

「ああ、あれ……」

　と、チヨは顔いっぱいに笑いを広げた。

「申し訳ねえチヨさん。私《あっし》がうっかり忘れていた。朝飯が済んだら散歩がてらに梅の手を引いて神田《かんだ》の刀鍛冶奈茂造《なもぞう》さんを訪ねっからよ、例の真鍮で出来ている柄付き鍋を持ってきておくんない」

「いいのかねえ、奈茂造さんて神田界隈《かいわい》じゃ名の知れた刀鍛冶じゃないのさ」

「いいから持ってきておくんない。その内にってえと、また忘れっからよ」

「そうだね。宗次先生は忙しいから……じゃあ持ってくる」

「おい吾子よ。お前《めえ》も一緒に奈茂造さん家《ち》へ行くかえ」

「行く行く……」

宗次が「……梅の手を引いて……」と言った瞬間から、きつい目つきをして今にも泣き出しそうにしていた吾子が、母親と一緒になって笑みで顔を埋めた。

「朝飯が済んだら迎えに行くよ吾子、必ずな」

「うん」

母子は宗次の家から出て行った。しかし吾子は、おいてきぼりにされるのを警戒しているのか、チヨが家の中へ入ったあと、玄関の敷居の上に座り込んだ。

かわいい猜疑《さいぎ》心だった。

「さ、梅、食べよう」

宗次は梅を促《うなが》して味噌汁の椀を手に取った。

三

「なあ梅よ……」

　宗次は味噌汁が入った椀を膳に戻すと、梅を見た。

「梅は医者とか、寺子屋の先生とか、親を失った幼子を世話する施設をつくるとか、とにかく人の役に立つ仕事に就きたいんだったな」

「うん、そう……」

「その中でも一番やってみたい仕事ってえのは何だ」

「女のお医者様になりたい」

「どうしてだい」

「忍びの村には、お医者様がいませんでした。怪我《けが》をしたり病気になったりすると山や野原に生えている薬草とかを摘《つ》み取ってきます」

「だろうねい」

「でも余り効かなくて、何人も死んだ人を見てきました」

「そうか……幼いのに、そのような経験もなあ。けどよ梅、医者になるには一生懸命に難しいことを勉強しなければなんねえ。大変だぞう」

「だから梅は早くその勉強がしたい」

「と言ったって、梅はまだ幼い。本格的に勉強するには、もう少し年を取ってからの方がいいねい」

「経験というのも、勉強なのですか。勉強に入るのですか」

「入るともさ。経験てえのは、立派な勉強だい」

「じゃあ、梅のような子供の時からお医者様になるための経験を積んだ方がいいです」

宗次は思わず「おっ……」となった。それは梅が、くノ一の母親からどのような教育をされてきたかを物語る、幼いなりの意見だった。だからこそ、梅の母親は、幼いわが娘を宗次に預ける決心をしたのであろう。くノ一らしからぬ決心、と言えなくもない。

「子供の時から経験を積む……ねえ」

宗次は呟いて天井を仰いだ。箸の動きが止まっていた。なるほど、という思いが胸の端で蠢《うごめ》いているのが判った。その一方で、むつかしい、という思いが勿論《もちろん》のことある。

けれども幼い梅の意見は、予想外の衝撃を宗次に与えていた。

チヨが問題の柄付き鍋を持って家の中から現われ、足を忍ばせるようにして宗次の家に入ってきた。そして何も言わずに、表障子にその柄付き鍋をもたせかけ、そっと出て行く。表口に背を向けて朝餉をとっている梅への配慮なのであろう。

家の中へ消える時にチヨが振り向いてちょっと笑ってみせたので、宗次も黙って頷き返した。

宗次は朝餉の箸を置いて、土瓶に入っている出がらしの茶を飯の茶碗へ注いだ。それをひと口すすって宗次は言った。

「朝飯が済んだらよ梅、先程も言ったように神田を歩こうかい。そのあと湯島《ゆしま》三丁目の柴野南州《しばのなんしゅう》先生を訪ねてみよう」

「柴野南州先生て？」

「江戸では三本の指に入る有名な蘭方医《らんぽうい》の先生でな、別の名を『白口髭《しろくちひげ》の先生』ってんだい。おっとっと……蘭方医って判るかえ」

「阿蘭陀《オランダ》医学」

「これはまた……」

宗次は思い切り顔を綻《ほころ》ばせた。梅の母親くノ一が、予想以上に教育熱心であったことを窺《うかが》わせた。梅が阿蘭陀医学という言葉を知っているではないか。

「その柴野南州先生の所にはな、色色な西洋の薬とか手術台とか手術道具とかがあるのさ、場合によっちゃあ、それらを見せて貰おうじゃあねえかい。経験を積むってのでよう」

「はい」と梅が大きく頷いて箸を置いた。

「そいじゃあ、そろそろ出掛ける準備をしようかい」

宗次はそう言うと、箪笥の一番下の引き出しから、梅の着物を包んだ例の風呂敷包みを取り出した。そして梅を手招く。

「ちょいと此処《ここ》へ来てみな」

「はい」

梅が宗次の前まで来て立った。

風呂敷包みを解《ほど》いて、宗次は迷うことなく三着の内の一着を手に取った。

「ちょいと、これを着てみない。これで出掛けようじゃないか」

宗次は梅の首の下あたりに着物を当ててみせた。ぴったりな寸法だった。

「おじさんが買ってくれたの？」

「そうさな」

「ありがとう。じゃあ着替える前に顔を洗い歯を磨《みが》かせて下さい」

「おっと、そうだったたい」

宗次は立ち上がって水屋の方へ行った。宗次と梅のそのやり取りを熟《じ》っと見守っていた吾子が、不意に家の中へ飛び込むようにして消えてしまった。

水屋から総楊枝《ふさようじ》と結晶の粗《あら》い歯磨用の塩が入った小袋を取り出した。

「井戸端で顔を洗い、歯を磨こうかねい。総楊枝、大人用だが我慢してくんねえ」

そう言いながら宗次は、総楊枝と塩入りの小袋を梅に手渡した。

梅が外へ浮き立つように出ていった。くノ一の母親と別れ別れになったというのに、この八軒長屋の環境が嬉《うれ》しいのであろうか。

宗次が外に出ると、吾子が出てきた。泣きべそをかいていた。ははーん、と宗次には見当がついた。

宗次は軽軽と吾子を抱きあげ、そして耳元で囁いた。

「散歩の途中、何処ぞで綺麗《きれい》な着物を買ってやるぞ。但《ただ》し誰にも内緒だ」

たちまち吾子の顔が綻んだ。

四

一人の大人と二人の幼子の散歩が始まった。

八軒長屋の女房《かみさん》たちが、にこやかに長屋口の前で見送った。まるで長の旅に出掛けるみたいであった。二人の幼子は浮き浮き気分だ。

神田界隈の通りは、荷馬車も通れば大八車《だいはちぐるま》も通る。時には大名屋敷に向けて、早馬が町人街区を駆け抜けることもある。

そのため宗次は幼子二人に通りの家側（塀側）を歩かせ、そして自分は通りの中央側にあって幼子たちを守った。当然のごとく、梅と吾子は姉妹《きょうだい》のように手をつないだ。

空は青青と晴れわたって一片の雲もなく、二人の幼子の気分を高揚させるには充分だった。

「吾子、楽しいか」

「うん」

「梅、楽しいか」

「うん」

宗次の同じ問いがおかしかったのか、幼子二人は顔を見合わせてケラケラと笑った。

宗次は右の手に小穴があいた柄付き鍋を持っていた。先ず初めに神田鍛冶町一丁目で刀鍛冶をしている奈茂造を訪ね、右手を軽くする必要があった。

梅も吾子も背中に小さな風呂敷包みを背負っていた。中身はチヨがつくった三人分の苔《のり》で巻いた握り飯と玉子焼だ。

幼子二人は自分たちが「持つ持つ」と主張して宗次に持たせない。握り飯を背負っている、ということも幼い二人にとっては新鮮で楽しいのだろう。

神田三河町（鎌倉河岸）の八軒長屋から神田鍛冶町一丁目までは、幼子二人を連れて歩いたとしても大層《たいそう》な道のりではない。

梅と吾子はつないだ手を大きく振って元気に歩いた。今川堀《いまがわほり》の堀口に架かった竜閑橋《りゅうかんばし》は直ぐ其処《そこ》だから、それを渡らずに無視して真っ直ぐに進むと、たちまち「今川橋跡」の大通りに出る。左手の方向が神田鍛冶町の通りで、右手の方向は日本橋へと通じている大通りだ。

「今川橋跡」に出たところで、宗次は左手のそう遠くない辺《あた》りを指差してみせた。刀鍛冶奈茂造のかなり大きな看板が目立っているのだが、梅や吾子にそれが判る筈もない。

「ほら、向こうに刀や鍋の絵が描いてある白木の大きな看板が、通りを往《い》き来する人たちに見えるようこちら向きに軒《のき》からぶら下がっているだろう。見えるかな。あそこへ行くんだ」

「あ、見える」

と答えたのは梅だけであった。四歳の吾子には宗次が言った「……白木の大きな看板……」あるいは「……軒からぶら下がって……」といった表現がいささか難しかったのであろうか。梅がその看板を指差して、吾子の耳へ顔を近付けた。

「ほら、玉子焼をつくる鍋の絵とか、お侍さんが腰に差している刀の絵が描いてある大きな看板が見えるでしょ」

「うん、見えるよ」

「あのお店《たな》に行くんだって」

「近いね」

「うん、近い」

こっくりと頷く吾子であった。宗次は、なるほど子供は子供同士に限る、と感心した。梅と吾子がこの〝小さな旅〟によって心と心をどうやら通い合わせていることも、宗次には嬉しかった。これからの梅にとっても大切なことである、と思った。

三人は奈茂造の店先に立った。神田界隈ではそれと知られた刀鍛冶の店だったから店構えは大きい。あちらこちら、それこそ大名家の台所方からも鍋釜の修理の依頼が多いことから、いつの頃からか刀や鍋の絵を描いた看板を軒からぶら下げるようになっていた。本業は勿論、刀鍛冶だ。

三人は手をつないで、「奈茂造」と染め抜かれた暖簾《のれん》を潜《くぐ》って店の中へと入った。

「おや、宗次先生、これはお久し振りで……」

店土間《たなどま》で小僧二人に何やら教えるような様子で話しかけていた老人が、宗次に気付いてにっこりとした。

「これは奈茂造さん。本当にお久し振りでござんす。お元気そうで何よりです」

「へい。元気だけが取り得でございやすよ。元気でなきゃあ刀鍛冶はやっていけやせん」

そう応じながら、宗次が右の手にしている柄付き鍋を見る奈茂造だった。

「今日の用はそれでございやすか」

「へい。小穴があいているもんで、直してやっておくんない」

「お安い御用で……」

頷いて宗次の手から柄付き鍋を受け取った奈茂造であった。

「あ、この穴ね。直ぐに埋めさせやしょう。今日の夕方には先生ん家《ち》まで小僧に持って行かせやすから」

「それは助かりやす。宜敷《よろし》くお願い申し上げやす」

「ところで先生、水臭いじゃござんせんか」

「え？」

「所帯を持つなら持つで一声掛けて下さりゃあ、祝いに私《あつし》が渾身《こんしん》の業《わざ》で鍛《きた》え上げた新刀の大小でもお届け致しやしたものを」

「所帯？」

「それもこんなに可愛いお嬢ちゃんを素早く二人も拵えるなんざあ、さすが女に持てて持ての先生でござんすねえ。大《て》《え》した早業だい」

「おいおい奈茂造さん。この子たちは他人様《ひとさま》からの大事な預かりものだよ。これからぶらぶらと散歩に出掛けるのさ」

「え？　左様《さよう》でござんしたか、これはちょいと失礼を致しやした」

奈茂造が梅と吾子に向かってにこにこ顔で謝り腰を折ったものだから、二人の幼子たちはまた顔を見合わせてケラケラと甲高《かんだか》く笑った。明るい笑いだった。奈茂造も破《は》顔《がん》した。

　宗次の気持も和《なご》んだ。とりわけ明るい気立ての吾子を連れてきたのは、梅のためにも非常によかったと思うのであった。

　三人は奈茂造に見送られて店を出た。次の行き先は湯島三丁目の名医、柴野南州治療院である。

「何処でお弁当を食べるの先生」

　梅が訊《たず》ねた。奈茂造の〝先生〟呼びが影響したのであろう、梅も〝先生〟を付している。今日、梅の目に留まっているものは何もかもが〝真新しい社会〟の筈であった。人も風景も全てが瑞瑞《みずみず》しく目に映《うつ》ったに違いない。幼い心は興奮しているのかも知れない。

「もうお腹《なか》が空《す》いたのかえ梅」

「うん、空いてきた」

「よし判った。じゃあ神田の町を抜けて神田川に架かった橋を渡れば小さな稲荷《いなり》神社がある。その神社の境内《けいだい》で食べようかい」

「神田の町って？」

「いま歩いているこの界隈よ。色色な職人たちが集まって出来た町だあな」

「どんな職人さん？」

「そうよな、先程の刀鍛冶もそうだし、大工、左官、焼物師、塗師《ぬし》、染物師など色色あらあな。覚えておきな。いい勉強になるぜい」

「はい」

梅はきらきら輝く目で宗次を見つめながら頷いた。

宗次と幼子二人の三人が神田の大通りを抜けるのにそれほどの刻《とき》は要さなかった。手をつなぎ合っている幼子二人は元気溌剌《はつらつ》だ。吾子にしても、宗次とこれほど遠出をするのは初めてである。

神田川に架かった二つの橋が見えてきた。二町（約二百メートル）ほどの間隔があいている。

「梅よ。右側に見えている立派な御門を持つ橋を筋違橋《すじかいばし》御門ってえんだ。左側の貧相な橋には名がまだ付いちゃあいねえ。近いうちに大きな橋に造り替えられるってえ噂があるから、そうなりゃあ橋に名が付くだろうぜい（後の昌平橋《しょうへいばし》）」

「あの貧相な橋を、これから渡るのですか」

「そうそう」

「立派な御門が付いている橋は渡っちゃあいけないの」

「絶対にいけないってえ訳でもねえんだが、隣に貧相な橋があるから町人はその橋を渡ればいいってことよ。あの御門付きの橋は三千石以上の大身《たいしん》旗本が登城の際に通る橋であり御門なんだい」

「ふーん」

「ほら見な。二人の侍と六尺棒を手にした家来が辺りを睨《にら》み回すようにして立っているだろう。大事な御門橋なんでよ。五千石以上の大身旗本に門番を任《まか》されているんでい」

「無理に渡ろうとしたら斬られるのですか」

「女子供は斬られる心配なんぞはねえが、怪しい浪人などが無理に通ろうとすりゃあ双方が刀を抜いて斬り合いになるかもしんねえなあ」

「ふーん、凄《すご》いいね」

「凄いってえと？」

「凄く勉強になります。江戸に住むと勉強になるんだね」

「そうよなあ、色色な事があり過ぎたり、人が大勢いるし、その分怖い人も多くて大きな犯罪も多い。びっくりするほど立派な大名屋敷も沢山《たくさん》あるし、それらの一つ一つをじっくりと見てゆけば、それだけでも大変な知識を持つことになる。そうは思わねえかい梅」

「思います……」

三人は貧相な木橋を渡った。

「この橋の下を流れている川が神田川ってえんだ」

「いい名前の川だね」

「そうかえ。あ、稲荷神社が見えてきた。あそこで弁当を開こうかい」

宗次が森という程でない森を指差して言うと、吾子が「わあい」と歓声をあげてはしゃいだ。

宗次は梅と会話を交《か》わす中で、この幼子の精神《こころ》のかたちの深さに触れて驚いていた。厳しい世界で生きているくノ一たちである。男の忍びたちよりも重大な任務を負うことが多い、と宗次は聞いていたし、ある程度までは自ら学んで知ってもいた。実際に血で血を洗う闘争に巻き込まれることが少なくないくノ一だ。そのくノ一を母に持つ梅であるのに、特有の影響が殆《ほとん》ど見られない。これは梅の母親であるくノ一が、育て方や教育にかなり腐心した結果なのであろう、と宗次は思った。

（血のつながりが有ろうが無かろうが、これこそ子に対する母というものの愛だ……）

宗次は幼子二人を見護《みまも》るように寄り添ってゆっくりと歩きながら、母の愛を知らぬ己《おの》れの無常さを改めて悲しんだ。

　わあいっ、と歓声をあげた二人の幼子は、宗次の傍を離れて赤い鳥居の下を潜り、稲荷神社を囲んでいる小さな森――という程でもない木立の膨《ふく》らみの中へと駆け込んでいった。梅などは、もう胸前にある風呂敷包みの結び目を解きに掛かっている。

「待っててちょうだい、お姉ちゃん」

　吾子が黄色い声で叫んだ。おやおや吾子にもう一人お姉ちゃんができた、と宗次は破顔した。

　森の中には稲荷神社の社殿があったが、小さいながらも決して疎《おろそ》かには出来ない風格のある重重しい造りであった。相当に古い本格的な檜皮葺《ひわだぶき》の稲荷造りで軒下に連なって彫《ほ》られた様様な形の狐《きつね》の彫り物が見事である。実は今日はじめて宗次も、しみじみと眺めるのだった。

（この社殿は絵になる。いや、絵に描いて残しておかなくちゃあならねえ。それにしてもよくぞ明暦《めいれき》の大火を生きのびてくれたなあ……）

　熟《じ》っと眺めながら、宗次は絵師としての感情を熱くさせた。

「どうしたの？」

　吾子が宗次にぴたりとくっついて、手を揺さぶった。

「おっと、弁当だったな。その前《めえ》にこの稲荷神社に御挨拶《あいさつ》をしなくちゃあなんねえ。さ、このおじさんを、いや、お兄ちゃんを真ん中に挟んで並びなさい」

「うん」

「はい」

梅と吾子が左右から宗次にもたれかかるようにして並んだ。

「いいかえ、今から先生のやる通りに真似《まね》るんだぜい」

宗次はそう言うと拍手《かしわで》を打ち鳴らして合掌《がっしょう》し頭《こうべ》を垂れた。

梅と吾子が真剣な顔つきでかわいい手を打ち鳴らして宗次を真似た。

「さ、弁当を食べようかい、此処に座らせて戴いてよう」

宗次は社殿を背にして、二段ある石段の上に腰を下ろした。薄い矩形《くけい》の切石を二段積み重ねた石段だ。

梅と吾子が宗次の左右に座って、弁当を包む風呂敷の結びを解きにかかった。梅は小器用にさっさと解いたが吾子はもぞもぞと指先をこねている。

「吾子よ、ちょいと貸してごらん。ほどいてあげよう」

「嫌だ、吾子がする」

「そ、そうか。じゃあ、頑張ってやんな。慌《あわ》てなくっていいからよ」

赤い。

しかも三人の内の一人は二本差しの浪人だ。日が高い内から酒を呑んだらしく顔が

鳥居の下を潜って三人の男が境内に入ってきた。顔つき身形《みなり》がよくない。

吾子がそう言って可愛く頷いたときであった。宗次の顔つきが、ふっと変わった。

「うん、慌てないよ」

「へへへっ……」

ごろつき町人にしか見えない二人が、せせら笑って近付いてくる。宗次は音を鳴らさぬようにして、舌打ちをした。

梅と吾子の顔にたちまち怯《おび》えが広がってゆく。幼くとも善人悪人の見分けがつくのであろう。

「先生、いい玉が見つかりやしたぜ。見なせえ。今から丹念に磨《みが》けば吉原《よしわら》一になるのは間違いありやせんぜ」

「ひと玉百両。あわせて二百両はポンと懐《ふところ》に入りやすぜ」

ごろつき町人二人は、二本差しの浪人と目を合わせて、にやついた。

「弁当はもう少しあとで食べよう。いいな」

宗次は梅と吾子に囁きかけて立ち上がった。宗次から見れば、ごろつき町人二人は

数のうちに入っていなかったが、浪人の方はかなり剣術をやるな、と読めていた。

「臭え野郎共だ。此処は人攫《ひとさら》いが立ち入る場所じゃあねえ。怪我をしねえうちにさっさと消えねえ阿呆《あほ》が」

顔色ひとつ変えない宗次の、くぐもった声の啖呵《たんか》であった。

「あんれえ、この兄さん。儂《わし》らのことを臭え野郎だの、人攫いだの、阿呆だのとぬかしましたぜ先生」

「おい兄ちゃん、お前《めえ》の方こそ怪我をしねえうちに、さ、消えねえ。おい黒助《くろすけ》、構わねえから子供をこっちへ連れてこい。この元気のいい兄ちゃんは俺が血まみれにするでよ」

「ほいきた……」

二人のごろつき町人がへらへらしながら宗次へと迫った次の瞬間であった。ぎゃっという悲鳴と共に二人のごろつきが仰向けに地面に叩きつけられていた。

宗次が何かを行なった訳ではない。その証拠に、宗次は辺りを見まわしている。

浪人も驚いたようであった。刀の柄《つか》に手を掛けたまま茫然《ぼうぜん》として、仰向けに倒れピクリともしない仲間二人を眺めている。

ごろつき町人二人の眉間《みけん》は割れ、血が噴《ふ》き出しかけていた。だが何かが突き刺さったのとは明らかに違っていた。

(石礫《つぶて》だ……それも手練《てだれ》の投げ……)

倒れたごろつき町人二人の脇にころがっている拳大《こぶしだい》の石礫二つに、素早く気付いた宗次だった。それが、ビュッという音を鳴らさずに飛んで来たのだ。これぞ「忍び投げ」と宗次は思った。

「おのれ貴様《きさま》、何をしやがった」

浪人が物凄い形相《ぎょうそう》で抜刀《ばっとう》し、宗次に向かった。宗次は今度は耳目《じもく》を研《と》ぎ澄ませた。微《かす》かな飛来跡《ひらいせき》の尾を引いて、石礫が浪人の膝頭《ひざがしら》に命中した。宗次は見逃さなかった。膝頭の砕ける残酷な音が、はっきりと宗次の耳に届いた。

「うわあああっ」

浪人は刀を放り出して、地面をころげ回った。激痛どころの痛みではないのであろう。その浪人の無様《ぶざま》な様子など宗次は見ようともせず、石礫を投擲《とうてき》したと思われる方角へ目をやった。

かなり離れた位置の巨木の陰に、町女房の身形の女が立っていた。べつに姿を隠すつもりなどないらしく、宗次がこちらを見たと気付くと丁寧《ていねい》に頭を下げた。

宗次は、その町女房風の女が顔を上げてから然《さ》り気《げ》なく、くいっと首を横に振ってみせた。

（消えろっ……）

と、告げたのであった。女はそれを理解して姿を消した。立ち去る、という消え方ではなかった。ふっと消えたのである。瞬間的にだ。

「梅よ、吾子よ、弁当は他の場所で食べようかい。な、行こう」

「うん」

「はい」

宗次の言葉を待ちかねていたような、幼子二人の返事だった。宗次が驚いたのは、二人の幼子が今の〝恐怖の出来事〟の中で、既に弁当を再び背負《しょ》い直していたことだった。逃げる準備を終えていたのだ。

「よしよし、いい子だ、いい子だ。何てえ可愛いんだ、お前《めえ》たちはよ」

宗次は二人の頭を撫でてやりながら、

（それに比べて……）

と、無様な三人の大人を見て、チッと舌を打ち鳴らした。

五

三人は湯島天神を目指した。

「ねえ、あの怖い三人のおじさんたちは、どうして急に倒れたの？」

吾子の手をしっかりと握ってやりながら、梅が宗次に訊ねた。

「判らねえな。びっくりしたよ。でも見当はつくなあ」

「見当ってなに？」

「多分こうじゃないかな、と判断することだい。判断ってえ意味は、判るな」

「うん、判る」

「うん、判るよ」

吾子までが首をこっくりと振ったので、梅が「うふふっ」と目を細めた。

「先程の稲荷神社にはな、お狐様が祀《まつ》られてあってな、そのお狐様が悪い奴らを懲《こ》らしめたんでい」

「稲荷神社のお狐様は怒ると怖いんだね」

「怖いとも。だが、善人とか正しい人にはやさしいんだ」

「それからよ梅、お前《めえ》のおっ母さんは、すばらしいぞ。ずっとお前《めえ》のことを見守っているぞ」

「ふうん」

「この子の、吾子のお母さんもやさしいね。朝御飯とても美味しかったし」

「そうとも、吾子のおっ母さんも、なかなかやさしいぞ。料理も上手《じょうず》だしな」

「でも声が大きいよ。しわがれ声だし……」

吾子が真剣な顔をして言ったので、梅が噴き出した。その吾子が甘えたような調子で言った。

「お姉ちゃん、おなかが空《す》いたよう、歩きながら食べようよ」

「駄目だよ吾子ちゃん、歩きながら食べるのは一番行儀が悪いんだよ。きっと、お狐様に叱られるよ。それでもいいの？」

「いやだ。座って食べる」

幼子二人の会話に宗次は「くくっ……」と笑いを堪《こら》えながら言った。

「吾子よ、もうすぐ湯島天神ってえ所に着くからよ。其処《そこ》でお弁当を食べようや。次の角を左に折れたらよ、もう見えるから頑張って歩きねえ」

「うん、頑張って歩く」

現金なもので吾子の歩き方が急に力強くなったので、梅が肩を並べ歩調を合わせて歩いた。宗次は、梅が吾子を妹のように眺めることも、これからの生活で大事になっていくだろう、と思った。

（いい出《で》だしだな梅よ……よかったぜ）

と、ほっと安心する宗次だった。それにしても我が子に対する産みの母の情の何と鮮烈なことよ、と宗次は胸の内が熱くなった。まさか陰ながら見守っていようとは、予想もしていなかった。だから、いつにない大きな驚きだった。

通りの向こう角にあるのは、羊羹《ようかん》で知られた老舗《しにせ》の菓子舗「明甘堂《めいかんどう》」だった。日本ではじめて「羊羹」という表現（語）があらわれるのは南北朝から室町《むろまち》初期にかけての頃で、すでに「砂糖羊羹」という言葉もあった（江戸期寛政《かんせい》前後にあらわれた「練《ね》り羊羹」とは趣《おもむき》が少し異なるが……）。

その「明甘堂」の角を三人は左へ曲がった。

だが吾子は直ぐに引き返して、実に素直に迷うこともなく「明甘堂」へとことこと入っていった。

「あれ？……吾子ちゃん、どうしたの」

「あの店が羊羹の店であると知っていて入ったんだろうぜい。仕方がねえ、おいで梅」

苦笑した宗次は梅の手を引いて、「明甘堂」へと入っていった。

店の手代《てだい》らしいのと、吾子とが何やら話していた。

手代はいささか困惑顔であったが、入って来た宗次に気付いて顔に笑みを広げた。

「これは宗次先生、お久し振りでございます」

「すまねえが、その子の望むものを言うなりに包んでやっておくんない」

「先生のお子様でいらっしゃいますか。羊羹を頼まれたのでございますが」

「おいおい……」

「冗談でございますよ先生。客室の床の間に掛け軸を描いて戴いた先生のお暮らし振りを知らぬ『明甘堂』ではございませぬ」

手代は笑みを広げた顔の前で陰間《かげま》のように右の手をひらりとひと振りすると、腰を振っていそいそと店の奥に下がり羊羹を包み出した。

宗次は吾子の耳元で囁いた。

「吾子よ、お前《めえ》はこの店をどうして知ってんだ」

「お母さんと一度来たから」

「羊羹を買いに?」

「親方のお見舞いにとか言ってたよ」

ああ、なるほどと宗次は頷けた。羊羹は高価な菓子である。庶民がそうそう食べられるものではない。宗次はまた吾子の耳元で囁いた。

「で、羊羹を今、幾つ注文したんだえ」

「あのね……」

吾子は、指を折って数え出した。合計六包み、つまり六人分らしいのであった。宗次には直ぐに六包みの内容が判った。吾子の家に先ず四包み、そして梅と宗次の分が二包みである。「明甘堂」の羊羹はまだ練り羊羹とまでは行っていないが、それに近いものにはなっていた。人気の菓子だ。一包みの中には三本入っており、六包みだとかなりの重さになる。

奥との間を仕切る暖簾を左右に開いて、白髪の老人が姿を現わした。

「おや宗次先生、ようこそ。どうぞどうぞ奥の間へ……」

「これは御隠居お久し振りでござんす。いえ、これから行き先を持っておりますので、また別の日にでも……」

「それは残念。今日は何ぞお買い上げ下さいましたので……」

「はい、羊羹を六包みでございます」

そう答えたのは、包みを急いでいる手代であった。

「六包みなら、かなりの重さになるじゃないか。先生はご用を抱えていなさるご様子。品はあとで先生のお宅へ店から届けるようにしなさい」

「はい、承知いたしました」

「先生、夕方にはご自宅にお戻りですか」

隠居の久三《きゆうぞう》が目を細めて宗次と顔を合わせた。「明甘堂」の創立者倉橋《くらはし》久三であり菓子づくりの名人として京、大坂にまでその名を知られた人物だ。大奥はおろか、大名旗本家への出入りを許され、また名字帯刀《みようじたいとう》も認められている。

「はい、夕方までには八軒長屋に戻っておりやす」

「それじゃあ店からお届けするように致しましょう」

「有り難うござんす。助かりやす。それではご隠居……」

と、宗次が代金を支払おうとして懐から財布を取り出すと、隠居久三は顔の前で手を小さく横に振り「先生、あとで結構です。あとで……」と小声で告げた。

店の中には他にも客がいるからの、隠居の小声であった。

「そうでござんすか。そいじゃあ、あと清算ということで甘えさせて戴きやす」

宗次は隠居久三に丁重《ていちよう》に腰を折ると、幼子二人の手を引いて「明甘堂」を後にした。隠居久三が代金を受け取らないことは明らかであったから、そのうち隠居の姿絵でも、と宗次は頭の中で考えた。

梅は「明甘堂」について知らないから、宗次に訊ねた。

「店の中が甘くていい匂いがしていたよ。並んでいた色色なお菓子の色がとても綺麗でおいしそう。吾子ちゃんは何を頼んだの？」

「羊羹だい。あの店は『明甘堂』と言ってな。羊羹という菓子が大変有名なんだわさ」

「羊羹て？」

「食べりゃあ判る。夕方までには家に届くからよ。先ず食べてみねえ」

「わあ、楽しみだあ」

三人の行く手には、湯島天神が見え出していた。この界隈は町人街区と小旗本、御家人街区が混在していた。湯島天神の境内は、小高いというほどでもない高台にあって、その北側へと下って行くと不忍池《しのばずのいけ》に出る。東側には中堅の旗本邸が幾邸も在《あ》るには在るが、殆どは小旗本、御家人の小屋敷で埋まっている。番町《ばんちょう》の旗本街区のようには整然と区割りされてはおらず、通りは入り組んでどこか雑然とした町の印象は拭《ぬぐ》えない。

が、侍《さむらい》の住居《すまい》が多いだけに、静かな環境ではあった。

三人は辻番のある通りを、高台に見えている湯島天神の境内へと歩いていった。

「あれは何？」

梅が辻番を指差して訊ねた。この子は新しい知識を得ようとすることに積極的だった。

「あれかい。あれは辻番ていうんだい。先程のような怖い人が歩いていないかどうか、あの辻番の中に人がいて目を光らせているんだわさ」

「ふうん……番人が入っているんだね」

「そうそう、その番人だい。辻番という言葉はな梅よ。正しくは辻番所のことなんでい。そして同時にな、辻番所に入っている辻番人のことを言い、また辻番をするという意味をも持っているんだい。判るかえ。少し難しいかな」

「判るよ。とてもよく判る」

「ほう、そうかえ。お前《めえ》のおっ母さんは、実に大《てえ》したもんだ。幼子の教育によ」

「吾子も判る」

吾子が口をとがらせて言った。下から宗次を睨みつけている。

「おお、そうだよな。吾子もよく判るよな。お前《めえ》のおっ母さんも、実に大《てえ》したもんだ。吾子の躾《しつけ》かたによう」

　宗次が同じような意味のことを言ったので、梅がまた笑った。声は押し殺していた。声を出して笑うのは吾子に対して悪い、という理解が、ちゃんと出来ているのだろう。

「おっ……」

　宗次の足が不意に止まった。その視線は、すぐ目の先の小屋敷に注がれている。いま表門が開いて、女中身形の者に見送られるようにして、人二人が出てきた。

　一人は豊かな美しい白髪に白い口髭《くちひげ》の身形正しい老人だった。腰には鍔《つば》付《つ》きの小脇《こわき》差《ざし》(普通の脇差より短い)を帯びている。

　江戸で屈指の蘭方医として知られ、湯島三丁目に立派な診療所と付属幼児治療棟を設ける柴野南州であった。

　あとの一人は女性で白い羽織《はおり》を着ており明らかに看護手伝いの女《ひと》と思われたが、宗次の見知らぬ人だった。

「柴野先生……」

　宗次に声を掛けられて、柴野南州が顔を振り向かせた。白い羽織の女《ひと》は表門を閉じつつある女中身形の者に腰を折っている。

「おお、これは久し振りじゃな。最近は駆け込んでこないところをみると、大人しくしているようじゃな」

「また皮肉を仰《おつしや》います……」

宗次は微笑《ほほえ》みながら梅と吾子の手を引いて、柴野に近付いていった。宗次は闘いで傷ついた時の己れの体を、柴野南州に幾度となく手術されている。

そういったこともあって宗次と南州は親子のように交誼《こうぎ》を深めてきた間柄だった。

ただ、お互いに出自《しゆつじ》のことには全く無関心であったから、浮世絵師宗次の背後にある大変な血筋について、驚いたことに南州は未だに知らない。

白い羽織の女《ひと》が南州の後ろに立って宗次と目が合い、軽く会釈《えしやく》をした。

「先生、こんにちは……」

吾子がぺこりと頭を下げた。一、二歳の頃には、よく風邪を引いていた吾子は南州によって度度診《み》て貰っていた。

「チヨさん家《ち》の吾子か。最後に診てやったのは三歳の時であったかのう。うむ、元気そうでよい。どれどれ」

南州はにこにこ顔で吾子を抱くように引き寄せると、胸元へするりと手を滑《すべ》り込ませた。

「いひひっ、先生くすぐったいでちゅう」

「これ、大人しくしなさい」

「ひひひっ」

吾子の様子に梅が甲高く笑ったが、南州の顔は直ぐに真剣となった。

「うん、心の臓は綺麗に打っておる。ついでだ、脈も診ておこうかの」

吾子の胸元へ滑り込ませていた手で、今度は脈を診てやる南州だった。生まれてから一、二歳までは、ひ弱かった吾子である。それを診てやって治してやって見違えるように元気な子にした南州だった。吾子が我が子のように可愛いのであろう。

梅の顔がそれまでの笑いを消して、目つきがきつくなっていた。南州の脈を診る手元や白口髭の顔を、食い入るように眺めている。

「よし、吾子。元気な子だ。思い切り遊んでよいぞ。今日は何処へ行くのかな」

「宗次先生と弁当を食べに行くのでちゅ」

語尾の〝ちゅ〟は、吾子の喋《しゃべ》り方の特徴だった。甘えた気分の時によく出てくる喋り方だったが、一方で赤児と幼児の間をまだまださ迷っている部分も残っているのだろう。この〝ちゅ〟がまた可憐《かれん》であった。

宗次が、南州に対し吾子の言葉を少し補足した。

「なんだ、そうだったのか。じゃあ診療所へ来なさい。そろそろ昼時のようだから、私の書斎で皆一緒にお昼を食べよう。いいな、吾子よ」

「いいでちゅ、吾子の弁当を半分、大好きな南州先生にあげる」

「そうか、そうか」

柴野南州は吾子の頭を撫でてやりながら、梅の頭を撫でることも忘れなかった。だが梅に対して、あれこれと話しかけるようなことは何故かしない。

「これ、早苗《さなえ》や、子供たちを一足先に診療所へ連れていってやりなさい」

「はい、承知いたしました」

南州の後ろに控えていた早苗とやらが、師の脇を回り込むようにして、「さ、行きましょうね」と、幼子二人の手を取った。

宗次と南州の真顔《まがお》の会話が、その場に立ったままで始まった。

「この屋敷は確か不良旗本で庶民に恐れられた粟野四郎兵衛高行《あわのしろべえたかゆき》の住居《すまい》ではありやせんでしたかい先生」

「そう。もと大小神祇組《じんぎぐみ》の頭領のな、だが今や当人は病み衰《おとろ》えて昔の面影《おもかげ》は全くない。粟野について語るのは、ここまでとしておくれ。医師は病の床に就いている者についてあれこれと公《おおやけ》にしてはいかぬのでな」

「はい。心得ておりやす」

「ところで……」

と、南州の視線が次第に離れてゆく白い羽織の女《ひと》と幼子二人の背中を追った。

「吾子はほんに元気な子になった。かわゆいのう。さて、もう一人のきりりとした面《おも》立《だ》ちの幼子は何ぞ事情を抱えているようじゃな。この儂《わし》の顔を射るような眼差《まなざ》しで見つめておったが……」

「へい、実は先生、梅という名のあの幼子について柴野先生にご相談があり、訪ねようとしていたところでございやす」

「それはまた……宜しい。遠慮のう言《ゆ》うてみなされ。儂の力が及ぶようなことであらば、いくらでも力を貸そうではないか」

「有り難うござんす」

宗次は揃《そろ》えた両手が膝下に届くほどに腰を折って謝意を表した。

「いいから早く言《ゆ》うてみなされ。今さら儂とお前《まい》さんとの間で、感謝のやり取りなんぞ要《い》らぬわい。面倒くさい」

「は、はあ。それでは申し上げさせて戴きやす」

宗次はゆっくりとした喋り様《よう》で、順を追うようにして梅に関する今日までの経緯を南州に打ち明けた。聞いていくうち柴野南州の顔は厳しくなっていた。

「なるほどのう。それにしても余りの偶然に驚いたわい。いや、まったく驚いた。大勢の人が住む世では、こういう偶然というのが一人の老医師に向かって集まってくることがあるのじゃのう。摩訶《まか》不思議じゃ」

「は？……」

「偶然じゃよ。まさしく偶然じゃ」

「あのう、柴野先生……」

「ほれ見なされ。あの白い羽織を着た医者見習いの早苗を……」

南州に言われて、指差された方へ視線をやった宗次であるが、三人の後ろ姿は武家屋敷の角を右に折れて見えなくなるところだった。

「あの早苗という女《ひと》は、医者見習いでござんしたか」

「余り詳しいことは申せぬがな、江戸で屈指の大店の主人《あるじ》から頼まれたのじゃ、ひれ伏《ふ》して頼まれた」

「ひれ伏して？」

「本人の志《こころざし》で熱心に漢方医学を学んできたらしいのだが、これからの世は阿蘭陀《オランダ》医学つまり手術が出来る医学を無視する訳にはいかない、ということでな……ま、本人の熱意が非常に高いので弟子として引き受けたが、なかなかに有能じゃ。そう遠くない内に医者として独り立ちできるじゃろ」

「で、先生。それのどの部分を『偶然』と申されやすので」

「服部半蔵正成《はっとりはんぞうまさなり》の血を引いておる。濃くな……」

「ええっ」

宗次は驚きの呻《うめ》きを危《あや》ういところで押し殺し、背をのけ反《ぞ》らせた。

予期せぬ驚きどころではない大衝撃であった。

「まあまあ、そう驚かずにそっと見守ってやっておくれ。そっとな……服部半蔵正成が亡くなって時はすでに八十年以上が流れておるのじゃ」

「ですが柴野先生……」

「梅のことはこの柴野南州、確かに引き受けた。早苗がきっとよく指導役を務《つと》めてくれるじゃろ。暫《しばら》くは早苗に面倒を見させよう。それでどうじゃな。梅がくノ一の血を受け継いでいることは、早苗には打ち明けぬ」

「お引き受け戴けやすか。安心いたしやした。私《あっし》も頻繁《ひんぱん》に訪れては、梅が淋しがらねえように致しやす」

「それはならぬ」

「え？」

「医学という難しい学問を志すのじゃ。年幼い者は驚くほど吸収が速い。どんどん吸収してゆく。じゃから集中が大事じゃ。儂が見守っているから心配はない。梅に素養がある限り、万が一にも教育の失敗はさせぬ」

「そうですか。判りやした。早苗さんにも宜しくお伝え下さいやし」

「お前《まい》さんは、もう此処からお帰り」

「なんと先生。此処から追い払うのでござんすか」

「これ。追い払うなどと他人《ひと》聞《ぎ》きの悪いことを言うもんじゃあない。梅の教育は今日から始まるのじゃと思いなさい」

「ですが吾子を連れて帰らなきゃあなりやせん」

「何を言うておる。吾子はこの儂にも懐《なつ》いておるのじゃ。儂の子供みたいなものじゃ。夕刻には儂が吾子の手を引いて八軒長屋へ届けるわい。弁当は吾子と儂で半分ずつ食べる」

「さ、左様ですか。わ、判りやした」

「今や天下一の浮世絵師と言われておるのに、なさけない顔をしなさんな」

「ですが先生……」

「おい、お前《まい》さん。ははあん、さては淋しいのじゃな」

「冗談じゃござんせん。淋しいと思うほど、私《あつし》の一日一日はひまじゃあござんせんので」

「早く嫁をお貰い。お前《まい》さんなら、いい嫁が来てくれるじゃろう。ではな……」

柴野南州は宗次の肩を軽く叩くと、呆気《あつけ》に取られている天下一の浮世絵師を残して、スタスタと足早に離れていった。

「なんだろね、まったく……」

暫くして呟いた宗次が、苦笑を漏らした。ほっとした表情である。

「まだ御天道様《おてんとさま》は高いが、何処ぞで一杯呑んで帰《けえ》るとするかあ」

宗次は両手を上げて気持よさそうに伸びをすると、来た道をゆっくりと戻り出した。

「それにしても、あの早苗ってえ医者見習いが服部半蔵正成の血筋の者だとはなあ。早苗を柴野先生に預けた江戸で屈指の大店ってえのも気になるぜい。近頃は大店が御禁制の品に密《ひそ》かに手を出しているってえ噂もある。黒く汚れた大店でなけりゃあいいのだがねい」

腕組をし、呟きながら歩く宗次であった。

「や、宗次先生、今日はまたこの辺りでお仕事で」

「お久し振りです先生、二、三日中にまた一杯お付き合い下せえ」

道具箱を肩にした職人たちが、宗次に気軽く声を掛けて走り過ぎてゆく。

そのたびに小さく手を上げて応える宗次だった。

どれほどか歩いて神田川岸まで出た宗次の足が、ふっと止まった。

「なんでえ。まだ心配で、梅を見守っていたのけえ」

宗次は背後の気配へ声を掛けた。往き交う人に不審がられない低い声だった。背後の気配との間は、不自然でない程度の開きはあると摑めている。それでも己れの低い声は届いているという確信があった。

相手は歴戦のくノ一、梅の母親だ。

「申し訳ありませぬ。少し話をさせて下さい。五間《けん》ばかり（約九メートル）後ろに位置しておりまする」

「何の話がしたいんだえ？　梅は大層《たいそう》信頼できる人に預けた。おそらく見ていたんじゃねえのかえ」

「はい。その件については何の不満もありませぬ。嬉しく思っておりまする」

「じゃあ、何の話がしたいのだえ」

「どうぞ歩きながらお聞き下さい」

「判った……」

宗次はゆっくりとした足取りで川下に向かって歩き出した。くノ一が言った。その声ははっきりと宗次に届いた。

「お話し申し上げたいのは柴野診療院の医者見習い・早苗についてでございます」

「間違いなく服部半蔵正成の血を引いているのか」

「それは間違いございません。服部半蔵正成が亡くなって既に八十四年。その当時の廻船業《かいせんぎょう》『菱垣屋《ひがきや》』は、まだ江戸では規模の小さな業者でした」

「なに。『菱垣屋』だと。江戸一の廻船業者ではないか。早苗はその『菱垣屋』と関係があるのかえ」

「はい。伊賀者《いがもの》与力三十人および同心二百人を配下に置いて徳川将軍家に忠誠を誓っておりました服部半蔵正成でございますが、ふとした縁で知った『菱垣屋』の娘と情を結び、その娘は赤児《やや》を産みましてございます」

「その赤児《やや》が？」

「早苗の祖母に当たります。すでに亡くなって、この世の人ではありませぬ」

「なんとまた。江戸最大の廻船業『菱垣屋』が、服部半蔵正成とつながっていたとはいやはや」

「この事実は長いこと将軍家に知られることはありませんでしたが……」

「おう、今では？」

「知られてございます。しかし服部半蔵正成の将軍家に対する数数の勲功《くんこう》によって、また強大な財力を有する現在の『菱垣屋』の幕府に対する多大な協力の姿勢などで、服部半蔵正成の秘めたる情事の件は問題にもなってはおりませぬ」

「そうかい。ま、そりゃそうだろうぜい。『菱垣屋』と言やあ、事実上日本一の廻船業者だからのう。潰《つぶ》そうったって、そう簡単には潰れやしねえ」

「はい、その通りだと思いまする。『菱垣屋』の船は海賊に備えて大砲や鉄砲さえも備えているとか」

「で、早苗の人柄はどうなんでい。そこまで摑めていねえかい」

「いえ。把握できておりまする。早苗ならば梅を預けても安心。心配いりませぬ」

「そうかい。そいつを聞いてなによりだぜ。お、もういいやな。私《あつし》の横へきて肩を並べねえ」

「それは、ちょっと……」

「何がちょっとなんでい。私《あつし》のような男は嫌かえ」

「そうではありませぬ。宗次殿は江戸のみならず、今や京・大坂でも知られた高名なお方。そのようなお方の隣に並んで、くノ一は歩けませぬ」

「なるほど。それも一理ある。が、まあ、いいじゃあねえか。お、いい店があったい」

宗次は道端の小間物と草鞋《わらじ》の店へと入ってゆき、編笠《あみがさ》を前下げ気味にかぶり顔が見られないようにして出てきた。さすがにくノ一が、くすくすと笑って仕方なく宗次と肩を並べた。

「いつ江戸を離れて忍びの里に戻るのだえ」

「暫くこの江戸にひっそりと住まわせて戴きます。里へ戻って、すぐ暴力を振るう小《こ》頭《がしら》（忍び集団の副頭領）の顔など見たくありませぬから」

「暴力だとう？」

「はい。役目の果たし様が不充分だと申しては殴り、年若い忍びと少し話をしたからというては殴ります。尤《もつと》も、そう簡単には殴らせなど致しませぬが」

「当たり前《めえ》よ。しかし、けしからん小頭じゃねえかい。女を殴る男ってえのは最悪だぜい。体の芯《しん》が腐っている証拠よ。よし、これから旨い物を食べに連れてってやろう。なあに知られたって構うこたねえ。堂堂と私《あつし》と腕を組んでついてきなせえ」

「何を御馳走して下さるのですか」

「浅草《あさくさ》に滅法《めっぽう》うまい善哉《ぜんざい》の店があってよ」

「おしるこ……ですね」

「そうじゃあねえ、善哉よ。嫌いか」

「いいえ。大好きです」

「じゃあ勇気を出して、私《あっし》と腕を組みねえ、いいからよ」

「はい」

くノ一が、ぴたりと宗次に寄り添った。さすがに腕は組まなかったが、二重《ふたえ》の涼し気な目を細めてこの上もなく嬉しそうだった。


（完）

●徳間文庫版　二〇〇九年三月刊
●祥伝社文庫版〈本書〉は、著者による加筆修正等が施され、特別書下ろし作品「くノ一母情」を収録し、「特別改訂版」として刊行。

「門田泰明時代劇場」刊行リスト

ひぐらし武士道
『大江戸剣花帳』（上・下）　徳間文庫　平成十六年十月
光文社文庫　平成二十四年十一月

ぜえろく武士道覚書
『斬りて候』（上・下）　光文社文庫　平成十七年十二月

ぜえろく武士道覚書
『一閃なり』（上）　光文社文庫　平成十九年五月

ぜえろく武士道覚書
『一閃なり』（下）　光文社文庫　平成二十年五月

浮世絵宗次日月抄
『命賭け候』　徳間書店　平成二十年二月
徳間文庫　平成二十一年三月
祥伝社文庫　平成二十七年十一月
（加筆修正等を施し、特別書下ろし作品を収録して『特別改訂版』として刊行）

ぜえろく武士道覚書
『討ちて候』（上・下）　祥伝社文庫　平成二十二年五月

浮世絵宗次日月抄
『冗談じゃねえや』　徳間文庫　平成二十二年十一月
光文社文庫　平成二十六年十二月
（加筆修正等を施し、特別書下ろし作品を収録して『特別改訂版』として刊行）

浮世絵宗次日月抄
『任せなせえ』　光文社文庫　平成二十三年六月

浮世絵宗次日月抄
『秘剣 双ツ竜』 祥伝社文庫 平成二十四年四月

浮世絵宗次日月抄
『奥傳 夢千鳥』 光文社文庫 平成二十四年六月

浮世絵宗次日月抄
『半斬ノ蝶』（上） 祥伝社文庫 平成二十五年三月

浮世絵宗次日月抄
『半斬ノ蝶』（下） 祥伝社文庫 平成二十五年十月

浮世絵宗次日月抄
『夢剣 霞ざくら』 光文社文庫 平成二十五年九月

拵屋銀次郎半畳記
『無外流 雷がえし』（上） 徳間文庫 平成二十五年十一月

拵屋銀次郎半畳記
『無外流 雷がえし』（下） 徳間文庫 平成二十六年三月

浮世絵宗次日月抄
『汝 薫るが如し』 光文社文庫（特別書下ろし作品を収録） 平成二十六年十二月

浮世絵宗次日月抄
『皇帝の剣』（上・下） 祥伝社文庫（特別書下ろし作品を収録） 平成二十七年十一月

一〇〇字書評

切・り・取・り・線

購買動機（新聞、雑誌名を記入するか、あるいは○をつけてください）	
□（　　　　　　　　　　　）の広告を見て	
□（　　　　　　　　　　　）の書評を見て	
□ 知人のすすめで	□ タイトルに惹かれて
□ カバーが良かったから	□ 内容が面白そうだから
□ 好きな作家だから	□ 好きな分野の本だから

・最近、最も感銘を受けた作品名をお書き下さい

・あなたのお好きな作家名をお書き下さい

・その他、ご要望がありましたらお書き下さい

住所	〒				
氏名		職業		年齢	
Eメール	※携帯には配信できません	新刊情報等のメール配信を 希望する・しない			

この本の感想を、編集部までお寄せいただけたらありがたく存じます。今後の企画の参考にさせていただきます。Eメールでも結構です。

いただいた「一〇〇字書評」は、新聞・雑誌等に紹介させていただくことがあります。その場合はお礼として特製図書カードを差し上げます。

前ページの原稿用紙に書評をお書きの上、切り取り、左記までお送り下さい。宛先の住所は不要です。

なお、ご記入いただいたお名前、ご住所等は、書評紹介の事前了解、謝礼のお届けのためだけに利用し、そのほかの目的のために利用することはありません。

〒一〇一 - 八七〇一
祥伝社文庫編集長　坂口芳和
電話　〇三（三二六五）二〇八〇

祥伝社ホームページの「ブックレビュー」からも、書き込めます。
http://www.shodensha.co.jp/bookreview/

祥伝社文庫

命賭《いのちか》け候《そうろう》 特別改訂版《とくべつかいていばん》 浮世絵宗次日月抄《うきよえそうじじつげつしょう》

平成27年11月20日　初版第1刷発行

著　者　門田泰明《かどたやすあき》

発行者　竹内和芳

発行所　祥伝社《しょうでんしゃ》

東京都千代田区神田神保町3-3

〒101-8701

電話　03（3265）2081（販売部）

電話　03（3265）2080（編集部）

電話　03（3265）3622（業務部）

http://www.shodensha.co.jp/

印刷所　萩原印刷

製本所　ナショナル製本

カバーフォーマットデザイン　かとうみつひこ

 ISBN978-4-396-34163-3 C0193